Josef Urban will nichts als davon. Da kommt ihm das Auto, an dem der Schlüssel steckt, durchaus gelegen. Allerdings muß er bald bemerken, daß auf dem Rücksitz ein Mädchen schläft. Als sie aufwacht, fordert er sie auf auszusteigen, aber sie will nicht. Maria ist Schülerin und die Geliebte des Religionslehrers, dem das Auto gehört, außerdem ist sie schwanger. Mit dem Bestohlenen hat sie wenig Mitleid. Urbans Fluchtversuch hingegen kann sie etwas abgewinnen. Die Grenze ist näher, als man glaubt, unversehens sind die beiden in Italien. Josef findet immer mehr Gefallen an der Fahrt und seiner jungen Begleiterin.

Peter Henisch erzählt die Geschichte einer unerwarteten Begegnung, einer aus Zufall entstandenen Zweckgemeinschaft, die für den männlichen Part zur Obsession wird. Ein Roadmovie, das sich kreuz und quer durch die Literaturlandschaft bewegt und doch mit tragikomischer Konsequenz auf sein Ziel zusteuert: dem Finale vor dem Fresko der Madonna del Parto, der schwangeren Madonna.

Peter Henisch, geboren 1943 in Wien. Studium der Germanistik, Philosophie, Geschichte und Psychologie. Mitbegründer der Zeitschrift ›Wespennest‹ und der Musikgruppe ›Wiener Fleisch und Blut‹. Zahlreiche Buchpublikationen u. a. ›Die kleine Figur meines Vaters‹ (1975/2003), ›Vom Wunsch, Indianer zu werden‹ (1994), ›Morrisons Versteck‹ (1991/2001), ›Schwarzer Peter‹ (2000). Peter Henisch wurde vielfach ausgezeichnet, u. a. mit dem Rauriser Sonderpreis für Literatur und dem Anton-Wildgans-Preis. ›Die schwangere Madonna‹ wurde 2005 für den Deutschen Buchpreis nominiert. 2007 veröffentlichte Peter Henisch den Roman ›Eine sehr kleine Frau‹.

Peter Henisch

Die schwangere Madonna

Roman

Deutscher Taschenbuch Verlag

Von Peter Henisch ist
im Deutschen Taschenbuch Verlag erschienen:
Morrisons Versteck (12918)

Ungekürzte Ausgabe
September 2007
Deutscher Taschenbuch Verlag GmbH & Co. KG,
München
www.dtv.de
© 2005 Residenz Verlag im Niederösterreichischen Pressehaus
Druck- und Verlagsgesellschaft mbH St. Pölten – Salzburg
Umschlagkonzept: Balk & Brumshagen
Umschlaggestaltung: Stephanie Weischer unter Verwendung
eines Details des Freskos ›Madonna del Parto‹ (c. 1476)
von Piero della Francesca
(Photo SCALA, Florence/Monterchi, Museum)
und eines Fotos von plainpicture/Johner
Druck & Bindung: Druckerei C. H. Beck, Nördlingen
Gedruckt auf säurefreiem, chlorfrei gebleichtem Papier
Printed in Germany · ISBN 978-3-423-13591-7

Ich sehe dich in tausend Bildern
Maria, lieblich ausgedrückt,
Doch keins von allen kann dich schildern,
Wie meine Seele dich erblickt
...
Novalis

...
A broom is drearily sweeping
Up the broken pieces of yesterdays life
Somewhere a queen is weeping
Somewhere a king has no wife
And the wind cries "Mary"
Jimi Hendrix

Für Alfred Koch,
ohne den Maria und Josef nicht nach Monterchi
kämen.

N
W — O
S

0   50   100   150   200km

Bolzano
(Bozen)

Etsch

Piave

Trieste

Verona

Venezia

Po

Bologna

A d r i a

Firenze

Arno

Ancona

L. Trasimeno
Monterchi
Perúgia
Todi

Lago di
Bolsena
Ísola
Martana
Montefiascone

Spoleto

Tévere

ROMA

Testa del
Gargano

Fòggia

Bari

Nápoli

Taranto

Mare Tirreno

Palermo

Messina

Reggio
Calabria

Portopalo

erster

teil

I

Ein Attentat auf die Madonna habe ich nie vorgehabt. Ausgerechnet mir eine solche Absicht zu unterstellen ist absurd. Entschuldigen Sie, Commissario, ich will Ihnen und Ihren Kollegen gegenüber nicht respektlos sein. Aber mit diesem Verdacht sind Sie auf dem Holzweg.

Es stimmt, daß ich es verabsäumt habe, den Ausstellungsraum rechtzeitig zu verlassen. Daß ich also eine Nacht mit der Madonna verbracht habe. Vorsätzlich? – Nein. So würde ich das nicht nennen. Es hat sich ergeben. In gewisser Hinsicht war es ein Ergebnis.

Ich habe das schon bei den Einvernahmen zu klären versucht. Aber man hat mir nie richtig zugehört. Alle waren so fürchterlich aufgeregt. Angefangen von dem Nachtwächter, der mich entdeckt hat.

Und erst die Carabinieri. Du lieber Himmel! Wie sie aufgetreten sind mit ihren kugelsicheren Westen! Wie sie mich in Schach gehalten haben mit ihren Maschinenpistolen! Natürlich hat mich diese Aufregung angesteckt.

Vielleicht habe ich allerdings nicht alles richtig verstanden. Oder ich habe mich nicht in allen Details verständlich machen können. Zwar hat sich in den fünf Wochen, die ich nun in Ihrem Land verbringe, mein Italienisch um einiges verbessert. Aber, so leid es mir tut, perfekt ist es noch lang nicht.

Ich will also alles in meiner eigenen Sprache aufschreiben. Im Vertrauen darauf, daß Sie es sorgfältig übersetzen lassen. Daß Sie meinem Wunsch nach Papier und Filzstiften nachgekommen sind, deute ich als Schritt zur Verständigung. Oder brauchen Sie nur Schriftproben für den Graphologen?

Wie dem auch sei, ich will die Gelegenheit nutzen. Die Chance, mir Verschiedenes von der Seele zu schreiben. Die Ruhe dieser fast klösterlichen Zelle. – Wo sind wir überhaupt, Commissario, wohin hat man mich gebracht? – Tut mir leid, ich bin nicht der große Fang, für den Sie mich halten. Mit den Delikten, die Sie mir anhängen wollen, kann ich nicht dienen. Aber wer weiß, vielleicht finden sich ein paar andere. Ich will versuchen, mich möglichst genau zu erinnern.

Also von Anfang an ... Bloß: Wo ist der Anfang?

Wenn ich berichten will, wie ich das Auto entwendet und das Mädchen entführt habe ... Wenn ich detailliert festhalten will, was seither alles geschehen ist ... Kann ich da einfach mit der Szene auf dem Schulparkplatz beginnen?

Nein, kann ich nicht. Alles hat sich schon früher angebahnt.

Jahre oder Monate früher. Zumindest Wochen früher.

Im übrigen habe ich das Mädchen gar nicht entführt.

Ich habe sie wiederholt gefragt, ob sie aussteigen will.

2

Vielleicht sollte ich mit meinem Besuch im Pflegeheim beginnen. Wahrscheinlich hätte ich das Feature über die Alzheimerpatienten nie machen dürfen. Ich war Rundfunkmitarbeiter, Commissario, Mitarbeiter der Feature-Redaktion des Hörfunks. Ein Feature – ich weiß nicht, ob man dieses englische Wort auch hierzulande in diesem Sinn gebraucht – also ein Feature ist ein Hörbild.

Ich war freier Mitarbeiter, ich lieferte Beiträge aus kulturell und sozial interessanten Bereichen. Jedenfalls kamen sie mir und, wie ich jahrelang den Eindruck hatte, auch einigen anderen interessant vor. Kollegen respektierten mich, Hörer schrieben zustimmende Briefe, Jäger, der Chef der Abteilung, lud mich sogar manchmal zum Essen ein. Nicht einfach in die Kantine, sondern zum Griechen, wo man nicht nur gut essen und trinken, sondern auch recht entspannt plaudern konnte.

Frei *schwebender* Mitarbeiter – so nannte ich mich manchmal im Scherz. Im Rahmen des Sparprogramms, das die neue Regierung auf Gedeih und Verderb durchzuziehen entschlossen war, hatte die Intendanz die Absicht, solche wie mich auf den Boden der Realität herunterzuholen. Die einen würde man ganz oder teilweise anstellen, von den anderen würde man sich leider trennen müssen. Was bevorstand, war so etwas wie die Scheidung der Böcke von den Schafen – biblische Assoziationen wie diese hängen nicht zuletzt damit zusammen, daß ich auf dem Schulparkplatz ins Auto des *Religionslehrers* gestiegen und geraume Zeit damit gefahren bin.

Ein Auto, an dessen Tür der Schlüssel steckte. Wie der Zufall so spielt. Aber vielleicht war das alles kein

Zufall. Jedenfalls habe ich damals natürlich nicht gewußt, in wessen Auto ich steige. Mein Sohn, den ich von der Schule abholen wollte, ist auf Wunsch seiner Mutter vom Religionsunterricht abgemeldet, der Religionslehrer war mir also weder vom Hörensagen noch persönlich bekannt.

Alles der Reihe nach – ich will versuchen, System ins Chaos zu bringen. Mein Besuch im Altenheim also, im *Alzheimer*heim. Natürlich heißt es nicht offiziell so, aber der Zustand der meisten Patienten dort entspricht diesem Krankheitsbild. Dem Bild, das man sich von dieser Krankheit macht – unscharf genug, aber beunruhigend.

Darüber wollte ich ein Hörbild machen, vielleicht keine so gute Idee. Für einen wie mich, den ohnehin gewisse Ängste plagten. Ich ließ mir nichts anmerken, versuchte, dem mehr oder minder ausgeglichenen Menschen zu ähneln, der ich einmal gewesen war. Doch eine gewisse zunehmende Zerstreutheit, eine nach und nach irritierende Vergeßlichkeit machte mir zu schaffen.

Zu Hause verbrachte ich immer mehr Zeit damit, Gegenstände des täglichen Gebrauchs zu suchen, die ich verlegt hatte. Im Rundfunk traf ich immer häufiger Leute, die mich auf etwas Gemeinsames ansprachen, an das ich mich nicht erinnerte. Häufig erinnerte ich mich nicht einmal an die Personen. Manchmal kamen sie mir zwar bekannt vor, aber nur selten und dann meist mit Verzögerung fielen mir die Namen ein.

Sicher hatte das auch mit Streß zu tun – die Reform und das zuvor erwähnte Ausleseverfahren hing über unseren Häuptern. Mit Streß und Überarbeitung – man mußte zusehen, daß man sich qualifizierte. Bevor ich die Alzheimergeschichte anpackte, hatte ich drei Sendungen in einem Zeitraum geschafft, in dem ich sonst eine machte. Ich hatte fast pausenlos gearbeitet. Ich hatte wenig geschlafen.

Und dann eben dies: das Pflegeheim und die Interviews. Die Angehörigen berichteten über Symptome, die ich von mir selbst zu kennen glaubte. Die Patienten waren nur zum Teil ansprechbar, manche waren schon völlig jenseits einer Grenze, die mich ebenso erschreckte wie faszinierte. Diese Faszination will ich nicht leugnen – hätte ich sie nicht von vornherein empfunden, so hätte ich die Alzheimersendung gar nicht vorgeschlagen.

Ab und zu kamen die Patienten aber kurz von jenseits der Grenze zurück. Dann gaben sie überraschende Sätze von sich. Diese Sätze oder Satz*fragmente* klangen manchmal komisch, manchmal tragisch, manchmal surreal, manchmal jedoch wie grelle Erkenntnisblitze. Einige davon nahm ich auf – von dem, der mich am meisten beschäftigen sollte, wurde mir allerdings nur erzählt.

Ein älterer Herr, selbst Arzt, allerdings nicht für Psychiatrie, sondern für innere Medizin, hatte seine Frau, die seit Jahren an Alzheimer litt, mit dem Auto spazierengefahren. Dabei gewesen sei eine Betreuerin sowie die Tochter der Kranken, die sich zu einem Interview bereit erklärte. Wer ist der größte Feind des Menschen? habe der Vater angesichts des riskanten Überholmanövers eines anscheinend Betrunkenen rhetorisch gefragt (er war engagiertes Mitglied einer Abstinenzlervereinigung und erwartete die Antwort: der Alkohol). Bevor aber die Tochter oder die Betreuerin in diesem Sinne bestätigend antworten konnten, habe die ihr bewußtes Leben lang schwer katholische Mutter geantwortet: Gott!

Gott der größte Feind des Menschen – dieser Satz und die kuriose Situation, in der er gesprochen wor-

den war, ging mir nicht aus dem Kopf. Beim Überspielen der Interviews, beim Abhören und Schneiden
der Bänder, beim Notieren der Moderation kam er mir
immer wieder in den Sinn. Ich konnte mich dieses Satzes nicht erwehren. Beim Notieren anderer Sätze erwies er sich als ausgesprochen störend.

Dieser Satz hatte was. Vielleicht, dachte ich, sollte
ich ihn als Titel für die Sendung verwenden. Ich tippte
ihn eine Seite lang immer wieder. Vielleicht ein Versuch, ihn zu bannen. Der Versuch mißlang. Auf den
Befehl, die Seite auszudrucken, lieferte mir der Druk-
ker nichts als Hieroglyphen.

Das kam allerdings öfter vor. Ich hatte manchmal
Probleme mit den Geräten. Lang hatte es gedauert, bis
ich mich von der Schreibmaschine, auf der ich seit
meiner Studentenzeit zu tippen gewohnt war, auf den
PC umstellte. Mit dem Schneiden am Computer konnte ich mich überhaupt nicht anfreunden. Es war mir
nach wie vor lieber, Kassetten auf meine alte Tonband-
maschine zu überspielen und auf klassische Weise mit
Schere und Klebebändern zu arbeiten. Beim Rundfunk war das belächelt, aber bislang toleriert worden.
Wenn ich mir diese Arbeit zu Hause antat, statt einen
Platz in der Redaktion zu blockieren, hatte das, öko-
nomisch betrachtet, sogar Vorteile. Nicht für mich,
aber das war meine Sache. Ich hatte halt eine gewisse
Disposition zum Anachronisten.

Zum Anachronisten wohlgemerkt, nicht zum *Anarchisten*.

Entschuldigen Sie, Commissario, aber Ihr Verdacht
ist zum Lachen.

Oder zum Weinen. Aber das können Sie noch nicht
verstehen.

Nicht bevor Sie begreifen, was für ein Verhältnis ich
zu dieser Madonna habe.

Im Ernst – mit Ihren Anarchisten, wie immer sie sich nennen, lasse ich mich nicht in Verbindung bringen. Mit diesen Leuten habe ich nichts zu tun. Eine gewisse Tendenz zum Anachronismus hingegen kann ich nicht leugnen. Sehen Sie, ich habe ja nicht einmal einen Führerschein.

3

Ich habe zwei Anläufe genommen, die Fahrprüfung zu machen. Den ersten, wie es sich gehört, gleich nach der Matura, als mir mein Vater einreden wollte, daß der Besitz eines Führerscheins mindestens ebenso zum Erwachsensein gehöre wie der eines Reifezeugnisses. Den zweiten Anlauf nahm ich zehn Jahre später. Meine Frau, die einen Citroen 2 CV, eine sogenannte Ente, in unsere mehr oder minder alternative Ehe mitbrachte, hätte es praktisch gefunden, wenn auch ich hätte fahren können.

Das erste Mal hatte ich, ohne besonderes Interesse an der Materie, durchaus genug Theorie- und Praxisstunden hinter mich gebracht, um zu den Prüfungen anzutreten, meldete mich dementsprechend auch an, ging aber nicht hin. Das zweite Mal, nun doch schon deutlich älter als das Gros der Kursteilnehmer, empfand ich, was die Theoriestunden betraf, eine simple Abneigung gegen die Schulsituation, in der Praxis aber einen von Lektion zu Lektion wachsenden Widerstand gegen die angemaßte Autorität des Fahrlehrers. Die Theorieprüfung bestand ich schlecht und recht, bei der Demonstration meiner praktischen Fähigkeiten aber entlud sich die während all der Fahrten an der Seite dieses Fachidioten aufgeladene Spannung, indem ich ihm meine Meinung sagte. Das war mir ein

Bedürfnis. Das Autofahren hingegen war mir im Grund genommen keines.

Klingt komisch für einen, werden Sie vielleicht denken, der ein paar tausend Kilometer in einem gestohlenen Auto gefahren ist. Aber sehen Sie, das war etwas ganz anderes. Dort auf dem Parkplatz. Als ich den Schlüssel an der Tür des grünen VW Golf stecken gesehen habe ... Der Schlüssel. Der Zündschlüssel. Die Zündung. Der zündende Funke.

Geduld. Ich muß noch von der Fertigstellung der Sendung erzählen. Meiner *letzten* Sendung. Der über die Alzheimerpatienten. Das war zwei Tage, bevor der Funke sprang. Schneidend und klebend hatte ich bis zum letzten Moment gearbeitet. Ich hatte mich um den letzten aller für die Sendung in Frage kommenden Studiotermine bemüht. Ich fuhr mit dem Taxi, aber ich kam trotzdem nicht ganz zurecht. Es war später Abend. Den Techniker und die Moderationssprecherin kannte ich seit Jahren. Als ich das Studio betrat, ließen sie sich nicht viel von dieser langjährigen Bekanntschaft anmerken. Entschuldigung, sagte ich. Meine Verspätung betrug ungefähr eine halbe Stunde. Ein Stau, sagte ich. Die Moderationssprecherin nahm wortlos mein Manuskript und verfügte sich in die Sprecherkabine. Der Techniker sah mich mit hängenden Augen an und legte mein Zuspielband auf den Teller. Für Feinheiten, die ich noch herausarbeiten wollte, besondere Betonungen, subtile Übergänge, hatten sie um diese Zeit wenig Sinn.

Zehn Minuten vor Mitternacht hatten die beiden endgültig genug von mir. Sie packten ganz einfach ihre Sachen zusammen. Das Sendeband war sieben Minuten zu lang. Die mußte ich halt in meinem Zimmer herausschneiden.

Von einem *Zimmer* zu schreiben ist übrigens eine

beschönigende Übertreibung. Bei dem Raum, in den ich ein halbes Jahr vorher zu übersiedeln genötigt worden war, handelte es sich eher um eine Kammer. Aber das war die neue Ökonomie. Kaum daß ein winziger Schreibtisch darin Platz fand – das Tonbandgerät, noch älter als jenes, das ich zu Hause hatte, wirkte darauf monströs. Bänder und Manuskripte konnte man dort nur auf den Boden legen. Zwischen den aus diesen Bändern und Manuskripten aufgetürmten Stößen blieb bloß ein schmaler Pfad. Auf dem Schreibtisch stand neben dem Tonbandgerät nur noch ein Foto meines Sohnes in einem Wechselrahmen, kein sehr aktuelles Foto, sondern eines aus der Phase, in der er noch lieb gewesen war. Das Foto meiner Frau hatte ich nach meiner Übersiedlung gar nicht mehr aufgestellt.

Den mitternächtlichen Weg vom Studio zu diesem Raum habe ich im Geist immer wieder zurückgelegt. Mit den Bändern unterm Arm gehe ich den schmalen Korridor bis zum Hauptgang. Vor mir noch der Techniker – von der Sprecherin ist nichts mehr zu sehen, aber ich höre noch das sich rasch entfernende Klappern ihrer Absätze auf dem Fliesenboden. Die Deckenbeleuchtung ist auf die Hälfte ihrer Tagesleistung reduziert und flackert trüb.

Ich muß kurz auf die Toilette – wohin lege ich, bevor ich mich an die Pißmuschel stelle, die Bänder? Aufs Fensterbrett? Auf den Boden? An den hinteren Rand des Waschbeckens? Am Waschbecken halte ich jedenfalls noch die Hände unter den ärgerlichen Wasserhahn. Früher hat man einfach das Wasser aufgedreht, jetzt muß man einen Laserstrahl dazu bringen, einen wahrzunehmen. Natürlich funktioniert der Laserstrahl nicht, das grüne Auge ist anscheinend verschmutzt. Vielleicht ist es auch nach Mitternacht einfach geschlossen – angesichts der neurotischen Spargesinnung, von der auf die Dauer alle Bereiche erfaßt werden, ist der Gedanke gar nicht abwegig. Ich gehe weiter, ohne mir die Hände gewaschen zu haben. Habe ich die Tonbänder noch dabei oder nicht?

Wahrscheinlich lege ich sie links oben auf den Kaffeeautomaten, bevor ich die Münze einwerfe und warte, bis rechts unten der heiße Mokka in den Pappbecher rinnt. Wenn ich mir vorstelle, wie ich dann stehe und die bittere Flüssigkeit in mich hineinrinnen lasse, sehe ich sie jedoch nicht vor mir. Allerdings sehe ich in dieser Situation gar nichts vor mir, ich starre nur vor mich hin. Ich fühle mich ausgelaugt und müde. Hoffentlich wird mir das Koffein helfen.

Anschließend gehe ich den Hauptgang weiter bis zum Zentrallift. Der Zentrallift ist nahe beim Ausgang – guten Abend, sage ich zum Portier. Habe ich Tonbänder unter dem Arm gehabt, als ich an Ihnen vorbeigekommen bin? werde ich ihn ein paar Minuten später atemlos fragen – statt mit dem Lift zu fahren, der weiß der Teufel von wem zu nachtschlafender Zeit blockiert ist, bin ich die Treppe hinuntergehetzt. Doch, ich glaub schon, daß Sie etwas unter dem Arm gehabt haben, wird der Portier antworten, aber selbst, wenn er mit mir spricht, löst er seinen Blick kaum vom Fernseher – im Spätprogramm läuft die Serie *The Invisible Man.*

Im Lift kann ich die Bänder nicht abgelegt haben, auch auf der Strecke zwischen dem Liftausstieg im zweiten Stock und meinem Zimmer gibt es dazu keine Gelegenheit. Erst unmittelbar neben der Tür zu meinem Rattenloch steht ein alter Sessel, der mir drinnen im Weg war. Es ist wohl richtiger zu schreiben, er *stand* dort, man hat ihn inzwischen gewiß entsorgt. Daß ich die Bänder während des Aufsperrens auf diesen Sessel deponiert habe, mag schon sein.

Nur: Als ich, kaum, daß ich ins Zimmer eingetreten bin, in ebendieser Annahme aus dem Zimmer wieder herauskomme, ist der Sessel leer. Das gibt es doch nicht! Wo habe ich die Bänder bloß hingelegt? Ich kehre ins Zimmer zurück. Auf dem Schreibtisch sehe ich sie nicht. Zuoberst auf einem der Stöße, die ich besser nicht durch hektische Bewegungen aus dem Gleichgewicht bringen sollte, sehe ich sie auch nicht.

Ich *bin* aber hektisch – einer der Stöße fällt um. Bänder stürzen und landen geräuschvoll auf dem Boden. Darunter das Band mit der Sendung zum 40. Todestag von Ernest Hemingway, auf die ich immer noch stolz bin. Eine Produktion, die unter den neuen Budgetbedingungen nicht mehr möglich wäre, selbst wenn ich, wie damals, einen nicht unerheblichen Teil der Spesen selbst bezahlte.

Das waren noch Zeiten. Für diese Sendung habe ich immerhin einen Preis gekriegt. Das heißt, genaugenommen hat ihn der Sender bekommen. Man hat mich schon damals beschissen, denke ich. Trotzdem gerate ich über dem alten Band in eine fast sentimentale Träumerei.

Schluß damit! Es geht um die neuen Bänder! Die Bänder über die Alzheimerpatienten und ihre Angehörigen. Zuspielband und fast fertiges Sendeband. Plötzliche Panik: Habe ich diese Bänder überhaupt beschriftet?

Ich trage einen Stoß mit Leerbändern ab, höre stichprobenweise hinein. Der Transport und das leise Rauschen der Bänder. Möglicherweise ist das kosmisches Rauschen. Dabei handelt es sich, hat mir ein Physiker, den ich einmal interviewt habe, allen Ernstes gesagt, um einen Energierest des Urknalls.

Dieses Rauschen höre ich und meinen Herzschlag. Irgendwann glaube ich auch Schritte zu hören. Ich reiße die Tür auf und spähe hinaus auf den Gang. Wer außer mir und dem Portier soll denn um diese Zeit noch im Haus sein?

Mit dem Aufzug fahre ich noch einmal abwärts.

Ist jemand vorbeigekommen? frage ich den Portier.

Ja, Sie, sagt er.

Habe ich wirklich die Bänder unter dem Arm gehabt?

Er zuckt die Achseln und gähnt. Na ja, *schwören* kann er es nicht.

Zurück zum Kaffeeautomaten. Zurück zur Toilette. Zurück zum Studio. Die Tür ist versperrt. Zurück in mein Zimmer. Ich suche bis vier Uhr früh. Dann rufe ich mir ein Taxi und fahre nach Hause.

So war das. Hatte ich meine Karriere als Radiojournalist damit schon aufgegeben? Nein! Ich hatte die Absicht, früh am Morgen ins Funkhaus zurückzukehren. Sobald jemand da war, der mir das Studio öffnen konnte. Vielleicht war das Band ja einfach dort liegengeblieben. Oder es würde jemand die Tonbänder finden. An einem ungewöhnlichen Ort womöglich, aber das spielte im Endeffekt keine Rolle. Vielleicht eine Putzfrau – ja, eine findige Putzfrau! Diese ebenso findige wie intelligente Putzfrau würde die Bänder an der Portierloge deponieren.

Sehen Sie, Commissario, solche Illusionen machte ich mir. Ich war völlig erschöpft. Aber ich mußte noch ein Bier trinken. Ganz einfach zur Stärkung. Außerdem mußte ich noch den telefonischen Weckdienst anrufen. Mein Wecker war auch nicht mehr der jüngste und hatte mich letzthin manchmal im Stich gelassen.

Die Alzheimersendung war für 10 Uhr 5 angesetzt. Wenn das Band bis acht bei der Sendeleitung lag, würden die etwas ungewöhnlichen Umstände vor seiner Abgabe niemandem auffallen. War ich um sieben Uhr da, um mich mit klarem Kopf darum zu kümmern, so hatte ich noch genug Spielraum. Wenn ich mir wieder ein Taxi nahm, mußte ich nicht vor sechs Uhr aufstehen. Sicher, die vielen Taxirechnungen, die ich unter den neuen Bedingungen freier Mitarbeit nicht mehr als Spesen verrechnen konnte, verringerten den Betrag, den ich mit der Geschichte verdiente, erheblich. Aber das Geld, um das ich arbeitete – bei all den Abzügen, die man mir und meinesgleichen neuerdings aufbrummte –, war ohnehin kaum mehr der Rede wert. Ich betrieb mein Geschäft in immer größerer Selbstausbeutung. Wen ging das was an? Das war einzig und allein mein Bier!

So ungefähr dachte ich, als ich die zweite Flasche aus dem Kühlschrank nahm. Als Schlaftrunk. Den Weckruf würde ich also für sechs bestellen. Ich erinnere mich noch genau daran, wie ich die Nummer wählte. Es klingelte. Gleich würde eine nette, junge Dame abheben.

Auch diese Erwartung erwies sich als Illusion. Es meldete sich eine Automatenstimme. Ihr Anruf, sagte sie, kostet 1,09 Euro pro Minute. Erst danach hieß sie mich beim Auftragsservice der *Telekom* willkommen. Sie haben die Möglichkeit, durch Drücken der Taste eins einen Weckruf zu setzen. Na schön. Dann würde ich diese Möglichkeit also verwirklichen. Ich drückte die Taste eins. Bitte geben Sie das Datum, an dem Sie geweckt werden wollen, vierstellig an. Also zum Beispiel für den 7. August 0708.

Ich gestehe, Commissario, daß mir das nicht auf Anhieb gelang. Mit einer Aufgabenstellung dieser Art hatte ich nicht gerechnet. Außerdem war ich durch die Automatenstimme befremdet. Früher hatte man angerufen, und eine lebendige Person hatte abgehoben. Mein Name ist Katja, hatte sie zum Beispiel gesagt, was kann ich für Sie tun? Auch wenn sie nicht wirklich Katja hieß – der Weckruf war eine Form von Kommunikation. Vor einigen Wochen war das noch so gewesen. Na ja, vielleicht war das auch einige *Monate* her, womöglich schon ein Jahr.

Ein Jahr ... zwei Jahre ... wie rasch die Zeit verging! Das Datum. Vierstellig. Wir hatten nicht den 7. August, soviel stand fest. Wir hatten – Tag und Monat hatten sich mir wegen des Studiotermins eingeprägt – den 27. November. Aber das Jahr ... Herrgott, welches Jahr hatten wir eigentlich?

Das war nicht gefragt, aber die Frage beschäftigte mich ... Welches Jahr? 1968? Nein, das war lächerlich ... 1984? Unsinn! ... 1989? 1991? ... Quatsch! Wir waren doch längst im neuen Jahrtausend!

Der Silvester der Jahrtausendwende, genau, genau. Das Geknalle in der Innenstadt war unerträglich. Die große Glocke vom Dom war nicht zu hören. Es wäre besser gewesen, wir wären zu Hause geblieben. Vera und ich. Aber sie hatte es so gewollt. Den Kleinen hatten wir bei der Großmutter gelassen. Die beiden spielten wahrscheinlich *Mensch, ärgere dich nicht.* Eine friedliche Vorstellung. Während wir uns im Krieg befanden.

Das war zumindest mein Eindruck. Die Situation schien mir bedrohlich. Überall explodierten Feuerwerkskörper. Rund um uns war Gedränge, Geschiebe, Gerenne. Man mußte aufpassen, daß man nicht hinfiel und zertrampelt wurde.

Gehen wir weg von hier! schrie ich.

Aber wieso denn? schrie Vera. Wir müssen doch, schrie sie, noch den Donauwalzer tanzen!

Was?

Den Donauwalzer!

Ich hörte ihn nicht.

Am Ende werde ich taub.

Zumindest wirst du anscheinend alt, sagte Vera.

Im Hotel, in dem wir uns für die Nacht einquartiert hatten, wollte ich das Gegenteil beweisen. Diese Silvesternacht durch romantisch-erotische Zweisamkeit zu krönen, das war mir ursprünglich als hübsche Idee erschienen. Roter Plüsch, großes französisches Bett, gepflegt servierter Champagner. Mit der gebotenen Ironie, hatte ich zu Vera gesagt, können wir uns so etwas durchaus einmal gönnen.

Ich hatte nicht mit den vielen Spiegeln gerechnet. Diese Spiegel, etwas nachgedunkeltes, weichzeichnendes Glas, vergoldete Rahmen, gehörten zwar durchaus zum anrüchigen Reiz des Etablissements, aber in dieser Nacht hielt ich sie nicht aus. Als Vera bemerkte, was mich störte, drehte sie das Licht ab, Sex im Dunkeln war ihr ohnehin lieber. Doch mit dem Dunkel fiel die Müdigkeit, die ich seit einigen Jahren spürte, auf mich, und ich schlief meiner Frau, die ihre Bemühungen um meine Männlichkeit auch nicht mehr übertrieben leidenschaftlich fortsetzte, davon.

Und das Jahr mit der großen Sonnenfinsternis ... War das nachher oder vorher? 2001 oder schon 1999? ... Wir machen wieder einmal Ferien in Italien. Bei Sirolo, kennen Sie das? Etwas südlich von Ancona. Vera, der Kleine und ich. Na ja, so klein war der Kleine damals gar nicht mehr. Er war beinah acht. Er kam in die dritte Klasse. Die Haare, die noch bis kurz zuvor weich sein Gesicht umrahmt hatten, waren zu Beginn des Sommers der Schere eines Friseurs zum Opfer gefallen. Ich war dagegen gewesen, aber Vera hatte gemeint, man müsse ihm seinen Willen lassen.

Un vero ragazzo, sagten unsere italienischen Bekannten. Ja eben. Ja leider. Von wem hatte er bloß so abstehende Ohren? In der Bar auf der Piazza entdeckte er die Videospiele. Wenn er davorstand, kehrte er uns den Rücken zu. Dieser sein Anblick von hinten ärgerte mich. Diese zuckenden Schultern, dieser zusammengekniffene Hintern. Drehte er sich nach uns um, so war es nur, um neue Münzen zu holen. Das ist aber jetzt die letzte, sagten wir immer wieder, dann ist endgültig Schluß – aber es war schwer, konsequent zu sein.

Haben Sie Kinder, Commissario? Wenn Sie Kinder haben, können Sie sich das sicher vorstellen. Man sagt nein, aber es nützt nichts – insbesondere, wenn man gegen den Zeitgeist ankämpft. Zeitgeist. Eine zweifelhafte Bezeichnung. Zeit-*Un*geist, denke ich immer häufiger. *Time is on our side*, durch Textzeilen wie diese habe ich mich früher bestätigt gefühlt, aber das ist lang her.

Der Kleine, er heißt übrigens Max, fuhr völlig auf die Videospiele ab. Eine Wendung, die ich sonst nicht mag (ich weiß nicht, ob es im Italienischen eine vergleichbare gibt), die aber in diesem Fall genau paßt. Er fuhr uns davon in virtuelle Welten. Er war kaum von den Bildschirmen wegzubringen – nicht einmal durch die Sonnenfinsternis.

Die Sonnenfinsternis, Commissario – ich nehme an, Sie haben dieses Naturereignis auch beobachtet. Ihre Zeitungen, soviel bekam ich auch auf dem Niveau meiner damaligen Italienischkenntnisse mit, hatten genug Wind darum gemacht. Man neigte dazu, das Naturereignis zu mystifizieren – aber tatsächlich lag so etwas wie ein Endzeitgefühl in der Luft. Täglich donnerten Flugzeuge über uns und durchbrachen die Schallmauer.

War das noch vor dem Krieg auf dem Balkan oder danach? Ging es um Bosnien, um Kosovo, um Afghanistan oder gar schon wieder um den Irak? Bin es nur ich, der den Überblick verloren hat, oder geht es anderen auch so? Waren die täglichen Flüge, von denen die Dachziegel des Ortes zitterten, nur Training oder Ernstfall?

Diese kollektive Bangigkeit – man mußte schon sehr unsensibel sein, um sie nicht zu spüren. Vielleicht hat ja Nostradamus doch recht, sagte Vera, bei aller Sachlichkeit, die sie mir gegenüber häufig hervorkehrte, hatte sie manchmal solche Anwandlungen. Natürlich versuchte ich, ihre Ängste zu zerstreuen, gab mich meinerseits betont sachlich. Was sollte ein physikalisches Phänomen am Himmel mit historischen Ereignissen auf der Erde zu tun haben?

Es sei allerdings eine interessante Erscheinung. Ein Spektakel, das wir uns nicht entgehen lassen sollten. Ich kaufte drei paar schwarze Brillen, deren Gläser den empfohlenen Durchlässigkeitsfaktor für UV-Licht garantiert nicht unterschritten. Schließlich wollte ich nicht, daß unsere Sehkraft, Veras, meine, aber vor allem die des Kleinen, durch den unzureichend geschützten Anblick der *Corona* geschädigt würde.

Auch gab ich mich ganz als die Welt erklärender Vater. Am Vorabend zeichnete ich Skizzen, die den Durchgang der Sonne durch den Schattenkegel darstellten. Zwar hatte Max überhaupt keine Angst vor der Sonnenfinsternis geäußert. Aber wenn er sie doch hatte, so wollte ich sie ihm nehmen.

Und dann das: Nach unserem späten Frühstück in der Bar stand er sofort wieder vor einem seiner blöden Automaten. Komm, sagte ich, die Sonnenfinsternis wird bald anfangen! Wir hatten vor, sie von der Terrasse unseres Apartments zu beobachten. Komm! wiederholte ich. Gleich, sagte Max, aber er rührte sich nicht von der Stelle. Du hast überhaupt keine Autorität, sagte Vera. Gereizt stand sie vom Tisch auf und redete von hinten auf unseren Sohn ein. Der aber hatte soeben ein Freispiel gewonnen. Es fiel ihm nicht ein, wegen eines wie immer gearteten Phänomens in der Außenwelt darauf zu verzichten.

Infolge seiner Widerspenstigkeit mußten wir die Sonnenfinsternis schließlich im Gedränge vor der Bar beobachten. Schau, sagte ich. Die Sonne sieht aus wie der Mond! Na und? sagte Max, die schwarze Brille mit provokant gelangweiltem Blick abnehmend. Gibst du mir noch ein paar Münzen? Ich möchte inzwischen weiterspielen.

Damals war Max acht gewesen, jetzt war er zwölf. Also wäre die Sonnenfinsternis bereits vier Jahre her gewesen! Ein Jahr folgte aufs andere. Aber wieso auf einmal mit dieser Beschleunigung? War es wirklich wahr, daß wir schon 2003 schrieben?

Die beim automatischen Weckauftrag wollten das gottlob nicht von mir wissen. Wenn wir inzwischen 2004 hatten, war es auch egal. Das tröstete mich ein wenig. Hauptsache, ich wußte den Tag und die Uhrzeit, an dem ich geweckt werden wollte. Also am 27. November, um sechs Uhr früh.

Als mich das Klingeln des Telefons weckte, hatte ich den Eindruck, nur kurz geschlafen zu haben.

Ich tastete nach dem Hörer. – Ja, danke, sagte ich.

Was heißt da ja, danke? sagte die Stimme des Anrufers.

Er war nicht vom Weckdienst, er war von der Sendeleitung.

Herr Urban, wir fragen uns, wo Sie das Sendeband hingelegt haben.

Was sollte ich antworten? Daß ich mich das auch fragte?

Blick auf die Armbanduhr. Es war zwanzig vor zehn.

Um zehn kamen die Nachrichten. Danach sollte mein Beitrag folgen.

Herr Urban! Das Band! Im üblichen Fach liegt es nicht!

Was sollte ich sagen? – Ist es nicht in der Portierloge abgegeben worden?

Moment, sagte der Anrufer und verbannte mich kurz in die Warteschleife.

Für eine mit einer letzten, winzigen Hoffnung aufgeladene Minute hörte ich Musik.

Klassik. Die Rundfunkanstalt, bei der ich jahrzehntelang mein Brot verdient habe, ist eine Anstalt mit Niveau. Schubert. Oder war es Beethoven? Nein, dachte ich, es ist doch etwas von Schubert. Dann hörte ich wieder den Typ von der Sendeleitung. Nein, sagte er. An der Portierloge liegt kein Band von Ihnen.

Ein paar Minuten später rief Jäger an.

Als Studenten hatten wir zusammen Fußball gespielt.

Schau, Alter, sagte er, ich weiß nicht, wieviel du in letzter Zeit getrunken oder gekifft hast, das ist übrigens deine Sache. Aber eigentlich wollte ich ohnehin schon seit einer Weile mit dir reden.

Du wirst nicht glauben, sagte er, daß mir die Richtung, in die sich die Verhältnisse hier bei uns und um uns herum entwickeln, gefällt. Aber es ist nun einmal so, daß wir zu gewissen Strukturveränderungen gezwungen sind. Alles muß in Zukunft rationaler, effizienter sein, es wird anders und pedantischer gerechnet als früher – die sogenannte Kostenwahrheit, du weißt schon. Diesen Vorgaben müssen wir wenigstens einigermaßen entsprechen, sonst drehen uns die da oben den Strom ab.

Also es gibt Mitarbeiter, die wir voll anstellen können, fuhr er fort, und es gibt Mitarbeiter, die wir nur teilweise anstellen können. Und es gibt Mitarbeiter, die offenbar eine Freiheit brauchen, die sich im Rahmen dieses Unternehmens nicht mehr verwirklichen läßt. Wir müssen Entscheidungen treffen, das ist nicht leicht. Unversehens ergeben sich manchmal Entscheidungshilfen.

Ja, sagte ich.

Du verstehst mich also richtig, sagte er.

Ich glaube schon, sagte ich.

Du bist mir also nicht gram, sagte er.

Nein, sagte ich.

Wir wollen nicht ausschließen, sagte er, daß wir irgendwann wieder einen Beitrag von dir bringen. Aber vielleicht versuchst du es ohnehin lieber bei einem Privatsender.

4

Das war die Ausgangsposition an jenem Morgen, Commissario. Keine sehr aussichtsreiche, wie Sie mir zugestehen werden. Ich zog die Jalousie hoch und schaute aus dem Fenster. Draußen war Nebel. Man sah kaum bis zur gegenüberliegenden Fassade. Ich ging in die Küche, in der Absicht, mir frischen Kaffee zu kochen. Stellte die Mokkakanne auf die Kochplatte und wartete. Schaltete das Radio ein und hörte die Sendung, die statt der Alzheimersendung lief. Eine Wiederholung natürlich. Das maßlos überschätzte Feature eines Kollegen. Worum es sich drehte? Ich kann mich nicht mehr erinnern. Möglicherweise bekam ich es einfach nicht mit. Ich fühlte mich wie betäubt. Mein Geist war nicht da. Mein Körper ersehnte den Kaffee, der erstaunlich lang auf sich warten ließ.

Endlich begriff ich, daß ich die Kochplatte nicht eingeschaltet hatte. Ich verzichtete darauf, das nachzuholen. Ich zog mich an, versperrte die Wohnungstür hinter mir und ging die Treppe hinunter. Ich trat auf die Straße. Vielleicht würde mir die Luft ja gut tun.

Die Luft war allerdings ziemlich unangenehm. Voll Wassertröpfchen, die sich in Haar und Bart festsetzten. Grau. Auf dem Gehsteig lag eine tote Taube. Ihr Gefieder klebte am Körper, ihr Hals sah erbarmungswürdig dünn aus.

Ich ging vor mich hin, ich könnte nicht sagen, wie lang. Auch an den Weg, den ich ging, habe ich keine konkrete Erinnerung. Ich kann ihn nur rekonstruieren, ich ging stadtauswärts. Um die Mittagszeit jedenfalls fand ich mich in einem Espresso an der Peripherie. Das weiß ich. Vom Turm der dem Espresso gegenüberliegenden Kirche läuteten die Glocken. Aus dem Radio waren die Mittagsnachrichten zu hören. Vor mir stand eine Tasse Kaffee, die ich nach dem ersten Schluck beiseite geschoben hatte. Danach hatte ich einen Cognac bestellt, um den säuerlich-bitteren Geschmack loszuwerden.

Im Radio also die Nachrichten, wie üblich mehr Krieg als Frieden. Unruhen und Bürgerkriege in Ländern, die zerfallen waren und weiter zerfielen. Staaten, von denen man früher nie gehört hatte. Im Detail nahm man das gar nicht mehr wahr, das lag, kam mir vor, nicht nur an meiner etwas aus dem Lot geratenen Wahrnehmung.

Ich beobachtete die Kellnerin, deren glattes Gesicht keinerlei Reaktion zeigte. Große, weiße Stirn, wie die der Frauen auf manchen gotischen Bildern – auch als die innenpolitischen Nachrichten liefen, gab es kein äußeres Zeichen, daß sie hinter dieser Stirn ankamen. Zu viele Flüchtlinge, zu wenige Heime, die Forderung nach restriktiveren Maßnahmen. Privatisierung zur Erhaltung von Arbeitsplätzen, Ausverkauf zur Sicherung des Wirtschaftsstandorts, Rationalisierung von

Entwicklungen, die man angeblich nicht aufhalten konnte.

Eben. Warum sollte man die Speicherkapazität des Gehirns überhaupt noch mit solchen Daten belasten? Die Dinge geschahen über unsere Köpfe hinweg. Geschahen sie nicht heute, so geschahen sie morgen. Geschahen sie morgen nicht, so geschahen sie später.

Über den Wetterbericht mündeten die Nachrichten wieder in unverbindlichem Geplauder. Kommentatorenstimmen voll unmotivierter Lebensfreude. Rhythmen aus dem Computer, die etwas in der Kellnerin zum Schwingen brachten. Die Reaktion darauf begann in ihrem linken Fuß, erfaßte nach und nach Hüften und Schultern, gipfelte in einem dem Rhythmus bereitwillig zustimmenden Kopfnicken. Die Rhythmen wechselten. Kaum war die eine Nummer zu Ende gespielt, hatte die andere schon begonnen. Der Körper der Kellnerin stellte sich sofort darauf ein. Auch die Seele der Kellnerin? Konnte man so etwas wie eine Seele sehen? Die Augen der Kellnerin waren weit offen, aber schienen nichts Bestimmtes zu erfassen.

Meine etwas aus dem Lot geratene Wahrnehmung, ja. Sie pendelte, um im Vergleich zu bleiben, zwischen zwei Extremen. Auf der einen Seite setzte sie manchmal fast aus. Auf der anderen Seite war sie zuweilen von ungewöhnlicher (nicht selten unangenehmer) Genauigkeit.

Auf dem Gesicht der Kellnerin lag zuviel Make-up. Die übliche Maske, die jüngeren Frauen von den Kosmetikkonzernen verordnet wurde. Da und dort hatte dieser Verputz feine Risse. Na, was ist, sagte die Kellnerin, wollen Sie ein Foto von mir?

Nein, sagte ich, Entschuldigung. Aber einen zweiten Cognac hätte ich noch ganz gern.

Um sie und mich nicht weiter in Verlegenheit zu

bringen, griff ich zu einer Zeitung. Worauf sich die in Balkenlettern gedruckte Schlagzeile bezog, daran erinnere ich mich nicht. Aber an das Datum, das in kleinen Buchstaben darüber stand, erinnere ich mich noch sehr genau.

Als ich das Datum las, stellte die Kellnerin gerade das zweite Glas vor mich hin.

Haben wir wirklich schon den 28.? fragte ich.

Klar, sagte die Kellnerin.

Freitag?

Wo leben Sie denn, fragte sie. Auf dem Mars?

Ich leerte das Glas in einem Zug. Rufen Sie mir bitte ein Taxi!

Es war nämlich so: Jeden zweiten Freitag holte ich Max von der Schule ab. Auch wenn seine Mutter und ich uns den Weg zum Scheidungsrichter erspart hatten – wir seien vernünftige Menschen, hatten wir gefunden, und brauchten, um uns in Frieden zu trennen, keine Behörde –, eine gewisse Ordnung mußte sein. Als wir uns getrennt hatten, war Max in die dritte Volksschulklasse gegangen, inzwischen ging er schon ins Gymnasium. Ein Programm zu machen, das ihn einigermaßen aus seiner flapsigen Reserve lockte, war, zugegeben, eine immer schwerer lösbare Aufgabe, aber manchmal gelang es.

Fürs bevorstehende Wochenende hatte ich allerdings keine Idee von einem Programm. Über der Arbeit an der Alzheimersendung hatte ich das bevorstehende Wochenende glatt vergessen. Im Taxi, mit dem ich zur Schule fuhr, schüttelte ich den Kopf über mich selbst. Ist etwas nicht in Ordnung? fragte der Fahrer.

Er sah sich kurz nach mir um. Er wirkte besorgt. Vielleicht hielt er mich für einen problematischen

Kunden. Vielleicht jedoch war er ganz einfach ein mit-
fühlender Mensch. In seinen brauen Augen war möglicherweise eine Spur von Anteilnahme.

Vielleicht war er jemand, mit dem man reden konnte:

Haben Sie einen Sohn? fragte ich.

Er habe nicht einen Sohn, sondern drei.

Und was machen Sie mit ihren Kindern zum Week-
end?

Nichts, sagte er. Seine Kinder seien daheim in der
Türkei.

Nun wäre es wohl angebracht gewesen, mich detail-
lierter nach seinen dortigen Lebensverhältnissen zu
erkundigen. Vielleicht aber hätte er zuviel diesbezügliches Interesse als distanzlos empfunden. Als im Grunde genommen erheuchelte Zu-, nein: Herabneigung
des durch den Zufall von Geographie und Geschichte
bislang besser Gestellten gegenüber dem vorläufig
minder Bemittelten. Solche Überlegungen blockierten
meinen wohl guten, aber ohnehin schwachen Willen
zur Kommunikation, und ich fiel wieder zurück in den
Fluß meiner Gedanken.

Wir fuhren durch eine Einkaufsssstraße, in der schon
die Weihnachtsbeleuchtung hing. Es war zwar erst
Mittag, aber die Glühbirnen waren bereits eingeschaltet. Daß der Weihnachtsrummel schon angebrochen
war, hatte ich auch noch nicht mitgekriegt. Gerade erst
war Spätsommer gewesen und nun sollte schon Advent sein. Die Zeit war ins Gleiten geraten, genau so
war es. Wir befanden uns auf einer schiefen Ebene,
manchmal spürte ich die Schwerkraft, die uns nach
unten zog. Zwar hatte ich das Gefühl, nicht wirklich
dazu zu gehören, immer weniger empfand ich diese
Zeit als meine Zeit. Aber das half nicht gegen den Eindruck, mitzugleiten.

Gewiß war der Weihnachtsmarkt vor dem Rathaus auch schon eröffnet. Vor zwei, drei Jahren hatte man Max noch mit den Plastikmonstern locken können, die dort weit besser verkauft wurden als die Krippenfiguren. Inzwischen brauchte er wesentlich stärkere Reize. In einem Kino, an dem wir im Schrittempo vorbeifuhren, spielten sie *The Matrix-Revolutions*, aber das war vermutlich nicht jugendfrei.

Können wir nicht in eine Seitengasse ausweichen? fragte ich den Fahrer. Er zuckte die Achseln. Prompt gerieten wir in ein Labyrinth von Umleitungen. Sehen Sie, sagte er, da ist nichts zu machen. Als wir endlich in die Straße einbogen, die in einer leicht ansteigenden Kurve zur Schule führte, war es fünf vor eins.

Die fünfte Schulstunde endete um 12 Uhr 45. Sicher, die Schülerinnen und Schüler mußten noch in den Umkleideraum, aber gerade am Freitag hatten sie es meistens eilig. So offenbar auch heute. Uns entgegenströmende Horden behinderten das Vorankommen. Lassen Sie mich hier aussteigen, bat ich den Fahrer – bis zum Schultor waren es noch ungefähr hundert Meter.

Die Steigung war sanft, dennoch kam ich, als ich aufwärts hetzte, ins Schwitzen. Wahrscheinlich trug auch der Cognac, den ich zuvor gekippt hatte, zu diesem Schweißausbruch bei. Absurd, dachte ich: trotz der kühlen Außentemperatur verschwitzt zu sein. Ich wischte mir mit dem Mantelärmel über die Stirn – Max sollte nicht merken, in welchem Zustand ich mich befand.

Commissario, versetzen Sie sich in meine Situation! Ich bin endlich auf dem Schulparkplatz angelangt, ich atme durch, ich sehe mich um. Ob ich das Auto schon im Blick habe? Blödsinn! Ich halte Ausschau nach Max. Auf der Strecke, die ich zu Fuß zurückgelegt habe, ist er mir nicht begegnet, hoffentlich habe ich ihn nicht übersehen. Väterliche Gefühle – wahrscheinlich sind solche Gefühle auch Ihnen nicht fremd. Liebe, Sorge, vermengt mit einer gewissen Unsicherheit. Einer gewissen Unsicherheit, die sich in den letzten paar Jahren verstärkt hat. Proportional zum Längenwachstum des Sohns.

Und dann begegnen Sie dem Blick dieses Burschen. Na also, da ist er! Jetzt glauben Sie, aufatmen zu können. Aber sein Blick wirkt keineswegs erfreut. Er wirkt – wenn Sie ihn nicht überinterpretieren und als genervt bezeichnen wollen – erstaunt, befremdet, zumindest irritiert durch Ihre Anwesenheit.

Er macht keinen Anstalten, Ihnen entgegen zu kommen. Vielmehr wendet er den Kopf, als wollte er jemanden im Hintergrund etwas fragen. Und dann sehen Sie: Ein paar Schritte hinter ihm kommt seine Mutter. Die Frau, mit der Sie einen nicht unerheblichen Teil Ihres erwachsenen Lebens verbracht haben. Diese Frau, die Ihnen so vertraut ist wie keine andere auf der Welt, und inzwischen doch fremd. Wieso ist sie überhaupt da? denken Sie. Gibt es Probleme mit dem Buben? Sein Fortkommen in der Schule? Doch hoffentlich nichts Ernstes mit seiner Gesundheit! Er sieht etwas blaß aus. Also: Was will sie Ihnen sagen?

Und dann sagt sie folgendes: Was machst denn *du* da?

Was für eine Frage! Sie wollen Ihren Sohn zum gemeinsamen Wochenende abholen.

Wie ausgemacht. Sie sind ein verläßlicher Vater.

Darauf die Miene Ihrer Frau. Und die affine Miene Ihres Sohns.

Weniger irritiert inzwischen als amüsiert.

Amüsiert und ein bißchen verärgert.

Daß du kein guter Rechner bist, sagte Vera, diese Erfahrung hab ich leider schon früher gemacht. Aber daß du den Abstand von 8 und 14 Tagen nicht mehr unterscheiden kannst, ist neu.

Das war zuviel, Commissario. In der Verfassung, in der ich mich damals befand, war das eindeutig zuviel.

Du hast doch den Maxi erst vorige Woche abgeholt!

Wie stand ich dort, vor meiner Frau und dem inzwischen grinsenden Rüpel?

Paß auf dich auf, sagte meine Frau. Und knöpf dir den Mantel ordentlich zu!

Damit wandten sich die beiden von mir ab und gingen davon. Ich stand und sah ihnen nach. Vera hatte ein neues Auto. Das heißt, nein – nicht *sie* hatte ein neues Auto, sondern ihr neuer Freund. Der Typ saß im Wagen – war es ein BMW, war es ein Volvo? Was interessierte mich das? Ich sah sein Gesicht nicht.

Ich stand dort und sah, wie die beiden in dieses Auto einstiegen.

Vera hatte recht. Mein Mantel war schief zugeknöpft.

Ich knöpfte den Mantel auf und ließ ihn offen.

Ich stand dort und sah, wie sie mit diesem für mich gesichtslosen Menschen davonfuhr.

Ich stand im Weg. Nach wie vor aus der Schule strömende Schüler und Schülerinnen rempelten mich an. Ich stand, bis der Schülerstrom allmählich nachließ. Dann wollte ich gehen. Ich ging auch tatsächlich ein paar Schritte. Aber da kam ich an diesem VW vorbei.

Das heißt, Commissario, ich kam eben *nicht* daran vorbei. Etwas an diesem Auto erregte meine Aufmerksamkeit. Was war es bloß? In den ersten paar Sekunden war es mir noch nicht bewußt. Mir war nur bewußt, daß ich das Fahrzeug mit für meine Begriffe ungewöhnlicher Aufmerksamkeit betrachtete.

Ein grüner VW-Golf, nicht sehr gepflegt, nur unzureichend beseitigte Spuren von Vogeldreck auf dem Dach. Einige Kratzer an der linken Seite. Am Rückspiegel, der einen Sprung hatte, hingen Wassertröpfchen. Aber – tatsächlich! – der Schlüssel steckte im Türschloß.

Ich schaute mich um. In diesem Moment war der Schulparkplatz so gut wie leer. Ich griff nach dem Schlüssel, ich öffnete die Tür und stieg ein. Ich steckte den Schlüssel ins Zündschloß, ich rückte den Fahrersitz in die für mich passende Position. Ein paar Sekunden beobachtete ich noch fasziniert die Scheibenwischer, die sich hin und her bewegten wie ein Metronom.

Ich schaltete das Blinklicht ein, ich löste die Handbremse. Ich betätigte die Kupplung, drehte den Zündschlüssel vollends nach rechts, suchte den Rückwärtsgang. Auf dem Rücksitz lag, etwas unordentlich hingeworfen, wie mir schien, ein schwarzer Mantel. Trotz schlechter Sicht durch die etwas verschmierte Heckscheibe gelang mir das Ausparkmanöver.

Dann fuhr ich ganz einfach. Fuhr die Straße hinunter, die ich zu Fuß heraufgekommen war. Beim Schalten vom ersten auf den zweiten Gang war ich etwas zu zaghaft und trat die Kupplung nicht ganz durch. Der Motor reagierte recht unwillig. Hinter mir glaubte ich einen Moment lang etwas anderes weniger zu hören als zu spüren. Eher eine Bewegung als ein Geräusch. Aber ich mußte mich aufs Fahren konzentrieren.

Es ging gar nicht schlecht. Beim Überholen hatte ich anfangs noch Herzklopfen, aber es gelang wie im Traum. Mir fiel jetzt ein, daß ich manchmal vom Fahren geträumt hatte. Ich saß am Steuer und fuhr. Ich konnte das einfach. Wenn mir bewußt wurde, daß ich keinen Führerschein hatte, war das ein aufregendes Gefühl.

Natürlich war dieses Gefühl auch mit einer gewissen Bangigkeit vermischt. Was, wenn ich irgend etwas falsch machte und dadurch auffällig wurde? Was, wenn ich zwar nicht auffällig wurde, aber zufällig in eine Verkehrskontrolle geriet? Und was, wenn ich zwar fahren, aber nicht einparken konnte?

So etwa der Traum. Aber das jetzt war Wirklichkeit. Ich fuhr eine Ausfallstraße Richtung Stadtgrenze. Der Nebel war aufgerissen, nun schien sogar ein wenig Sonne. Ich geriet in eine fast euphorische Stimmung.

Die Auffahrt zur Autobahn nahm ich mit einem gewissen Elan.

In diesem Moment richtete sich ein Mädchen hinter mir auf. Sie war zusammengekauert unter dem Mantel gelegen. Ihre embryonale Schlafstellung hat mich in den folgenden Tagen immer wieder gerührt.

Natürlich erschrak ich. Unsere Blicke begegneten einander im Rückspiegel. Der Wagen geriet mir gefährlich nah an die Leitschiene. Kaum hatten wir sie bemerkt, hätte unsere Gemeinsamkeit auch schon zu Ende sein können. Wir hatten aber Glück. Ich behielt das Lenkrad einigermaßen im Griff.

Aufgerichtet sah das Mädchen beinahe wie eine erwachsene Frau aus.

Das ist aber nicht Ihr Auto, stellte sie fest.

Nein, sagte ich. Gehört es deinem Vater?

Sie schüttelte langsam den Kopf. Ihre Augenlider wirkten schwer.

Auch ihre Zunge schien etwas schwer zu sein.

Das Auto gehört dem Wolfgang, sagte sie schließlich.

Also deinem Freund, sagte ich.

Darauf antwortete sie vorerst nicht.

Dann sagte sie: Der Wolf ist mein Religionslehrer.

Ah ja, sagte ich. Ah ja, klar. Deswegen also hing das kleine, silberne Kreuz über dem Armaturenbrett. In der scharfen Kurve, die wir mit Glück und Geschick überstanden hatten, war es in Bewegung geraten.

Und was machst du in seinem Auto?

Ich habe auf ihn gewartet, sagte sie. Aber das geht Sie nichts an. Was machen eigentlich *Sie* in seinem Auto?

Keine ganz abwegige Frage, nicht wahr? Was sollte ich antworten? Vor allem aber, was sollte ich *tun*? Mein erster Impuls war gewesen, sie an der nächsten Ausweichstelle aussteigen zu heißen. Vermutlich würde sie die Polizei verständigen, aber vielleicht war ich bis dahin ohnehin schon gegen einen Baum gefahren. Wahrscheinlich hätte ich mich erst gar nicht auf ein Gespräch mit ihr einlassen sollen. Auch der bloße Ansatz eines Gesprächs war schon zu viel. Die Ausweichstelle, nach der ich Ausschau hielt, kam schon nach wenigen Kilometern, ich fuhr daran vorbei. Ich konnte diese junge, eigenartig schläfrige Person nicht einfach hier aussetzen!

Was machen eigentlich *Sie* in diesem Auto? wiederholte sie.

Ich fahre davon, sagte ich, das heißt, ich *wollte* davonfahren ...

Einfach so?

Nein, sagte ich. Nicht einfach so ... Das sei schwer zu erklären. Aber jetzt sei ohnehin alles anders.

Wieso? fragte sie.

Weil ich jetzt umkehren müsse. Bei der nächsten Möglichkeit fahre ich von der Autobahn ab und in der Gegenrichtung wieder auf.

Ich bring dich dorthin zurück, sagte ich, woher ich dich versehentlich mitgenommen habe. Und dein Religionslehrer kriegt sein Auto wieder.

Nein! sagte sie. Für einen Moment wirkte sie sehr wach.

Was heißt nein? fragte ich

Ich will nicht zurück, sagte sie.

Und warum nicht? fragte ich.

Das sei auch schwer zu erklären, sagte sie. Aber dem Wolf, diesem Arsch, geschehe ganz recht.

Nach diesen Worten legte sie sich wieder hin und verkroch sich unter dem Mantel. Es konnte nicht ihrer sein, dazu war er zu groß.

Aber ..., sagte ich.

Fahren Sie einfach weiter, sagte sie. Und lassen Sie mich schlafen. Ich habe ein Valium genommen.

5

Ich kann mir schon vorstellen, Commissario, was Sie jetzt denken. *L'occasione fa l'uomo ladro* – Gelegenheit macht Diebe. Da entwendet der Kerl zuerst ein Auto und zieht dann kriminellen Nutzen aus dem halb narkotisierten Zustand einer Minderjährigen. Ich kann Ihnen nur versichern, daß es nicht so war.

Es stimmt, daß ich nicht umkehrte, obwohl ich diesen in der gegebenen Situation einzig vernünftigen Impuls gehabt hatte. Aber das Mädchen hatte ja selbst gesagt, daß es nicht zurück wolle. Um die Wahrheit zu sagen: Ich wollte auch nicht zurück. In diesem Sinn waren wir von Anfang an Kumpane.

Möglicherweise hat sie das auch so empfunden. Die Tatsache, daß sie sich mir bedenkenlos anvertraute, spricht dafür. Fahren Sie einfach weiter, hatte sie gesagt. In gewisser Hinsicht verstand ich das als Auftrag.

Obwohl sie natürlich nicht wußte, *wem* Sie sich da

anvertraute. Extrem verrückt: einem Fahrer ohne Führerschein. Es sollten ein paar Tage vergehen, bis ich
sie über diesen Umstand aufklärte. Nach einer Sekunde sichtlicher Verblüffung hat sie sehr darüber ge-
lacht.

Aber da waren wir schon jenseits der Grenze. Dies-
seits war alles noch ein bißchen anders.

Anfangs erwog ich noch immer, sie loszuwerden.
Erst später hatte ich Angst davor, daß sie mir abhanden kommen könnte.

Sie loszuwerden, ja, das hatte ich vor. Zwar fuhr ich
mit ihr, die sich einfach wieder unter den Mantel
zurückgezogen hatte, Richtung Süden, aber sobald sie
aufwachte, würde ich sie an irgendeine Bahnstation
bringen. Sie an eine Bahnstation bringen und sie in
den nächsten Zug nach Hause setzen. Ja, dachte ich,
das war in dieser unmöglichen Situation vielleicht
noch eine Möglichkeit.

Vielleicht würde sie einfach nach Hause fahren und
mich nicht an die Polizei verraten. Immerhin hatte sie
gesagt, daß dem Religionslehrer recht geschehe. Zwar
wußte ich noch nicht genau, was alles sie damit meinte. Aber soweit es die Entführung des Autos betraf,
konnte ich unter diesen Umständen vielleicht darauf
hoffen, daß dieses Einverständnis vorhielt.

Natürlich gab es einige Unwägbarkeiten. Die Reaktion ihrer Eltern zum Beispiel, die doch vermutlich
fragen würden, wo sie nach der Schule geblieben war.
Wenn sie nicht zu spät in den Zug stieg, würde sie
allerdings noch vor dem späten Abend nach Hause
kommen. Vielleicht konnte sie dann erzählen, sie sei
bei einer Freundin gewesen.

Ja, warum nicht? Vielleicht fiel ihre etwas längere
Abwesenheit den Eltern gar nicht auf. Wenn beide be-
rufstätig waren, wäre das denkbar. Außerdem war sie

ein fast erwachsenes Mädchen. Ich schätzte sie auf mindestens siebzehn, vielleicht war sie schon achtzehn.

Aber was brauchte mich das zu interessieren? Ich würde sie absetzen und einfach weiterfahren. Verriet sie mich nicht, war es gut, überlegte sie sich's und verriet mich doch, so war es auch in Ordnung. Ohne die Verantwortung, die mir ihre Anwesenheit im Auto unversehens auferlegt hatte, würde ich eine gewisse Freiheit wiedergewinnen.

Die Freiheit, durch einen Unfall ums Leben zu kommen. Im günstigen Fall ein finaler Crash und basta. Die kurze Euphorie an der Autobahnauffahrt hatte auch mit diesem Gefühl zu tun gehabt. Seit mir bewußt war, daß ich eine Mitfahrerin hatte, war diese Freiheit eingeschränkt.

Das Gespräch mit dem Mädchen hatte mich übrigens vom Akt des Fahrens abgelenkt. Jetzt, da sie wieder schlief, fesselte er aufs neue meine Aufmerksamkeit. Mein Fuß auf dem Gaspedal und auf der Kupplung, meine Hand an der Gangschaltung. Die Straße: ein Band, das unter die Vorderreifen floß und unter den Hinterreifen wieder hervorkam.

Nach wie vor eine gewisse Unsicherheit beim Schalten, das wohl, und die dadurch ausgelösten, unwilligen Geräusche der Mechanik. Versuchs- und Irrtumslernen im Umgang mit Kräften, mit denen ich, Hände am Volant, umzugehen hatte. Spürbare Zentrifugal- und Zentripetalkräfte − hoppla, dachte ich manchmal −, die kleinen Schwankungen, die mir unterliefen, waren zum Lachen. Natürlich waren sie nicht *nur* zum Lachen (hoffentlich merkten die Fahrer hinter und vor mir nichts davon), aber ich pendelte mich im simpelsten Sinne des Wortes ein.

So geisttötend ich die Fahrstunden gefunden hatte,

anscheinend hatte ich doch einiges dabei gelernt. Es ging jetzt darum, das Erlernte zu aktivieren. Und tatsächlich: Das schien mir ganz gut zu gelingen. Von Kilometer zu Kilometer wurde mir der Umgang mit dem Fahrzeug selbstverständlicher.

Bald hatte ich die von Handel und Industrie verwüstete Gegend um die Großstadt hinter mir und fuhr durch eine richtige Landschaft. Rechts ein schneebedeckter Berg, links eine Burg an einem Felsabsturz. Dann ging es eine Paßstrasse bergauf, erst Nebel, dann eine Passage unter unerwartetem Sonnenglanz. Weite, hügelige Almböden mit weidendem Vieh, ein Ansichtskartenbild bukolischen Friedens.

Hier fuhr ich kurz von der Autobahn ab und probierte auf einer kaum befahrenen Landstraße, in der Nähe eines Friedhofs, das Einparken. Das Mädchen auf dem Rücksitz rührte sich, änderte seine Lage ein wenig, wachte aber nicht auf. Ich stieg aus und ging um das Auto herum, um zu sehen, auf welcher Seite sich das Tankschloß befand. Durchs Fenster betrachtete ich eine Zeitlang das nun nicht mehr vom Mantel bedeckte, junge Gesicht.

Mit geschlossenen Augen sah meine Mitfahrerin weniger erwachsen aus. Zwischen ihren Augenbrauen, die in der durchs Fenster fallenden Sonne sehr hell wirkten, war allerdings eine winzige Falte. Ich fand es schön, sie im Schlaf zu beobachten, stimmt. Damals allerdings hatte ich noch das Gefühl, daß es besser sei, das nicht zu lang zu tun.

Ich stieg wieder ins Auto ein und öffnete das Handschuhfach. Ich fand eine kleine, ziemlich zerlesene Bibel, eine Reihe unbeschrifteter Tonbandkassetten sowie, in einer braunen Kunstlederhülle, Führer- und Zulassungsschein des Religionslehrers. Auf dem offenbar an einem Automaten aufgenommenen Schwarzweißfoto kam er mir bekannt vor. Mir war aber vorerst nicht klar, an wen er mich erinnerte.

Zurück auf der Autobahn, hielt ich an der nächsten Tankstelle. Zwar war der halbe Tank noch voll, aber ich wollte die Prozedur lieber hinter mich bringen, solang das Mädchen schlief. Sie atmete nach wie vor ruhig und regelmäßig. Bloß als ich wieder einstieg und infolge meines noch etwas ungeschickten Hantierens mit dem Benzinstutzen ein wenig nach Benzin roch, rümpfte sie die Nase.

Ich fuhr weiter. Eine Strecke ging es nun wieder flach dahin. Links und rechts Felder, längst abgeerntet, Äcker, da und dort mit den grünen Spitzen irgendeines Wintergemüses. Phasenweise versank ich in die Betrachtung der Nummernschilder der Autos vor mir. Dann wieder fesselten mich die Verkehrszeichen und Signaltafeln.

Zahlen und Zeichen. Was wohl die Archäologen davon halten würden, die solche Reste unserer Zivilisation eines fernen Tages ausgruben? Vielleicht lag es an der nun rasch einfallenden Dämmerung, daß ich auf solche Gedanken kam. Kabbalistische Chiffren, kuriose Hieroglyphen. Alles wahrscheinlich, so würden sie mutmaßen, von kultischer Bedeutung.

Daß ich laut lachen mußte, weckte das Mädchen. Aus dem Halbdunkel hinter mir spürte ich ihren Blick. Sie setzte sich auf. Anscheinend mußte sie sich erst besinnen. Wo sind wir? fragte sie schließlich.

Noch nicht zu weit für dich, antwortete ich.

Sie schien über die Bedeutung dieser meiner Antwort nachzudenken.

Ich beschloß, ihr klipp und klar zu sagen, was ich mit ihr vorhatte.

Ich hoffe, sagte ich, du bist jetzt einigermaßen ausgeschlafen.

Es geht, sagte sie. Geben Sie mir einen Kaugummi!

Tut mir leid, sagte ich. So etwas habe ich nicht.

Greifen Sie ins Seitenfach neben sich, sagte sie.

Tatsächlich. Dort stieß meine Hand auf ein kleines Depot. Sie kannte sich aus im Auto des Religionslehrers.

Ich reichte ihr den Kaugummi nach hinten, sie wickelte ihn aus der Stanniolverpackung und kaute.

Also paß auf, sagte ich, ich bring dich zum nächsten Bahnhof und kauf dir eine Fahrkarte ... Dann steigst du hübsch in den Zug und fährst nach Hause.

Hübsch? sagte sie.

Ja, sagte ich.

Sie hatte offenbar eine Kaugummiblase zustande gebracht und ließ sie zerplatzen.

Und Sie fahren hübsch mit dem Auto vom Wolfgang weiter?

Ja, sagte ich. Ich fahre, so weit es geht.

Cool, sagte sie. Echt cool. Machen Sie so was öfter?

Nein, sagte ich. Es ist das erste und wahrscheinlich auch das letzte Mal.

Sie schwieg und kaute. Sie kaute weiter und schwieg.

Dein Vater und deine Mutter, sagte ich, werden sich schon Sorgen machen.

Mein Vater kaum, sagte sie.

So und warum nicht? fragte ich.

Mein Vater ist tot, sagte sie. Er ist gestorben, als ich noch klein war.

Das tut mir leid, sagte ich.

Ich kann mich gar nicht an ihn erinnern, sagte sie.

Wieder platzte eine Kaugummiblase.

Vielleicht solltest du vom Bahnhof deine Mutter anrufen, stellte ich anheim.

Sie kurbelte die Fensterscheibe hinunter, nahm den

Kaugummi aus dem Mund und schnippte ihn ins Dunkel.

Da waren wir bereits auf der Autobahnabfahrt. Die kurze Zeitspanne, die wir noch bis zum Bahnhof brauchten, verbrachten wir schweigend. Das Parken gelang mir problemlos. Na schön, sagte ich. Wie ein Chauffeur ging ich rund um den Wagen und öffnete die Tür.

Die junge Dame zeigte wenig Bewegung. Sie nahm ihren Schulrucksack, den sie, unter dem Mantel liegend, anscheinend als Kopfpolster verwendet hatte, und stieg aus. Ich ging mit ihr in die Kassenhalle des Bahnhofs, warf einen Blick auf die Tafel mit den Abfahrtszeiten. Siehst du, sagte ich, dein Zug fährt in zehn Minuten. Sie nickte ein wenig abwesend, schaute durch die Glastür auf den Bahnsteig. Im Halbdunkel promenierten zwei Uniformierte. Als sie ins Licht traten, entpuppten sie sich als Eisenbahner. Okay, sagte ich, ging zum Schalter und löste eine Fahrkarte.

Hier, sagte ich.

Danke, sagte das Mädchen, von dem ich mich nun gleich trennen wollte. Sie steckte die Karte in die rückwärtige Tasche ihrer Jeans.

Nur eines würde mich noch interessieren, sagte ich: Wie bist du eigentlich ins Auto deines Religionslehrers gekommen?

Ganz einfach, sagte sie. Ich hab den Schlüssel aus seiner Jackentasche geklaut.

Dann ging sie, ohne sich noch einmal umzudrehen. Auf dem Perron verschwand sie aus meinem Blickfeld. Hoffentlich hatte ihr Zug keine große Verspätung. Ich gab mir einen Ruck und trat aus der Bahnhofshalle auf die Straße.

6

Auf der anderen Seite der Straße war ein Gasthaus. Jäh wurde mir bewußt, daß ich seit gestern nichts gegessen hatte. Jedenfalls erinnerte ich mich an nichts. Nur an den Kaffee und an den Cognac in jenem nun schon Lichtjahre hinter mir liegenden Espresso.

Ich öffnete also die Wirtshaustür, widerstand dem Impuls, an der Schwelle gleich wieder umzukehren, und setzte mich an einen Tisch in der Ecke. Daß mich die Männer an der Schank anstarrten, lag wohl kaum daran, daß sie irgendeinen Verdacht schöpften. Normal, daß ihnen meine Fremdheit suspekt war, eine in meiner Verfassung vielleicht besonders auffallende Fremdheit. Aber mit dem Wagen, der draußen stand und auf mich wartete, hatte das nichts zu tun.

Ich bestellte ein Bier und eine Gulaschsuppe, ich aß zwei Schnitten Brot dazu. Nachher gönnte ich mir noch ein Gläschen Korn. Als ich zum Auto zurück ging, fühlte ich mich gestärkt und erwärmt. Aber als ich beim Auto ankam, stand dort das Mädchen.

Der Zug ist weg, sagte sie.

Was soll denn das heißen? fragte ich. Ist er nicht stehengeblieben?

Nein, sagte sie. Ich bin nicht eingestiegen.

So, sagte ich. Und was jetzt?

Nehmen Sie mich mit, sagte sie.

Das geht doch nicht, sagte ich.

Mir ist kalt, sagte sie.

Tatsächlich war sie für die Jahres- und Tageszeit zu leicht bekleidet. Pullover, Jeansjacke, Jeans, aus eher dünn wirkendem, weißen Stoff gefertigte Sportschuhe. Wir waren am Fuß der Alpen, es mußte um die null Grad haben. Beim Sprechen sahen wir schon den Hauch vor dem Mund.

Ich nahm den Schlüssel aus der Tasche und sperrte den Wagen des Religionslehrers wieder auf. Sie setzte sich auf den Beifahrersitz, ich merkte, daß sie zitterte. Ich steckte den Schlüssel ins Schloß und schaltete die Heizung ein. Draußen begann es zu schneien. Dicke Flocken landeten auf der Windschutzscheibe.

So saßen wir zwei oder drei, vielleicht fünf Minuten.

Dann waren wir fast von der Außenwelt abgeschlossen.

Und? sagte ich.

Vielleicht sollten Sie die Scheibenwischer einschalten, sagte sie. Gleichzeitig begann sie die innen beschlagene Scheibe mit einem Papiertaschentuch zu reinigen.

Na schön, ich besann mich wieder und setzte das Fahrzeug in Bewegung. Aus meinem Gehirn gingen die Befehle an die Gliedmaßen, die Gliedmaßen führten die Befehle aus. Meine Füße betätigten Gashebel und Kupplung, meine rechte Hand betätigte die Gangschaltung. Erster Gang, zweiter Gang, dritter Gang. Schon waren wir wieder auf der Autobahn.

Wie heißt du eigentlich? fragte ich.

Maria, sagte sie.

Hör zu, Maria, sagte ich. Du kannst es dir immer noch überlegen.

Was? fragte sie.

Ob du nicht doch lieber nach Haus fährst ... Ich nehme an, deine Mutter wird dich schon suchen.

Werde sie nicht. Ihre Mutter sei gar nicht daheim. Übers Wochenende bleibe sie weg.

Ach so, sagte ich. Und wo?

Die Antwort auf diese Frage kam mit einer trotzigen Verzögerung.

Bei ihrem Freund, sagte Maria schließlich. In Hamburg.

Aber sie wird dich anrufen, sagte ich.

Vielleicht, sagte Maria. Aber das tut sie in diesem Fall selten.

In welchem Fall? fragte ich.

Wenn sie mit ihrem Freund vögelt.

So, sagte ich.

Ja, sagte sie. Das sei eine Erfahrungstatsache.

Eine Strecke fuhren wir schweigend. Maria blickte etwas angestrengt geradeaus. Ich schaute sie ab und zu von der Seite an, aber die Verantwortung, die ich jetzt wieder am Hals hatte, zwang mich, die Straße vor mir nicht allzu lang aus den Augen zu lassen. Im Scheinwerferlicht tauchten Verkehrszeichen und Hinweistafeln auf. *Staatsgrenze 5 km*, las ich, *Staatsgrenze 3 km.*

Verdammt schnell ging das. Ich hätte nicht geglaubt, daß wir schon so weit waren. Ich war doch überhaupt nicht so schnell gefahren. Noch so ein Schild – die phosphoreszierende Schrift leuchtete auf und verschwand. *Letzte Ausfahrt vor der Grenze*, begriff ich, aber da war ich schon daran vorbei.

Hast du überhaupt einen Reisepaß bei dir? wollte ich fragen. Da fiel mir ein, daß diese Frage keine Bedeutung mehr hatte. Jedenfalls nicht jetzt, nicht hier, nicht an dieser Grenze. Kein Schlagbaum, keine Zöllner – nichts, was unsere freie Fahrt in eine zugegebenermaßen fragwürdige Zweisamkeit behindert hätte.

Hier endete das eine Land, begann das andere – na und? Der Mond, der seit einiger Zeit mit uns fuhr, Leitgestirn der Lunatiker aller Länder, schmal, aber zunehmend, wenn mir meine Erinnerung das nicht bloß vorgaukelt, dieser Mond blieb derselbe. Nach etwa einer halben Stunde verschwand er hinter schwarzen Wolken. Da merkte ich, daß ich die Straße vor mir

kaum mehr sah, sei es aus einer Art von Nachtblind-
heit, die mir als Nicht-Autofahrer bisher nicht aufgefallen war, sei es aus Müdigkeit, die nach der unge-
wohnten Anstrengung konzentrierten Schauens kein
Wunder gewesen wäre, und fuhr, dem Rest von Vernunft gehorchend, über den ich nach den vergangenen
24 Stunden noch verfügte, von der Autobahn ab.

7

Der Ort, in dem wir die Nacht verbrachten, lag noch
mitten in den Alpen. Ich glaube, Chiusa oder so ähnlich hieß er. Er sah auch so aus: eng am schwarzen
Fels, verschlossen. Das einzige *albergo*, das es dort
gab, hatte aber noch offen.

Ich fragte, ob es zwei freie Zimmer gebe, eines für
meine Tochter und eines für mich. Die Wirtin, eine
große, starkknochige Frau, schien nicht an meiner Va-
terschaft zu zweifeln. Die Anmeldung mittels Meldeschein schien ihr kein Anliegen zu sein. Ohne weiteres
händigte sie mir zwei Schlüssel aus, von denen ich
einen an Maria weiterreichte. Daß wir so gut wie kein
Gepäck hatten, schien ihr nicht aufzufallen. Oder sie
war so dezent. Oder so desinteressiert. Als wir die
Treppe in den ersten Stock hinaufgingen, erlosch das
Zweiminutenlicht. Da faßte Maria töchterlich meine
Hand.

Unsere Zimmer lagen nebeneinander. Maria hatte
die Nummer 3, ich die Nummer 4. Auf dem Gang, an
dessen Ende sich das Etagenbad und die Toilette befanden, gab es insgesamt acht Zimmer. Es war aber
völlig still, anscheinend waren wir die einzigen Gäste.

Na schön, sagte ich, dann wollen wir einmal alles
überschlafen.

Sie sperrte die Tür ihres Zimmers auf, ich die des meinen.

Gute Nacht, sagte ich. Gute Nacht, sagte sie.

Sie schloß ihre Tür hinter sich, ich tat desgleichen.

Das Zimmer war karg möbliert und vor allem kalt. Es gab zwar einen Heizkörper unter dem Fenster, doch der schien nicht zu heizen. Über der Waschmuschel wusch ich mir kurz das Gesicht, das mich aus dem matten Spiegel müde ansah. Maria nebenan schien sich etwas ausführlicher zu waschen – trotz eines Tosens in meinem Kopf, das stärker wurde, sobald ich unter den zwei viel zu leichten Decken halb angezogen im Bett lag, hörte ich sie noch eine Weile plätschern.

Ich war, hatte ich den Eindruck, kaum eingeschlafen, als es, erst zaghaft, dann immer stärker klopfte. Ich knipste das Licht an, hüllte mich flüchtig in eine der beiden Decken, öffnete die Tür einen Spalt breit. Draußen stand Maria. Die Decke, in die sie gehüllt war, hatte das gleiche Muster wie meine. Ich friere, sagte sie. Geh rasch wieder ins Bett, sagte ich, ich hol dir den Mantel aus dem Auto.

Ich schlüpfte in Hose und Pullover, ging die Treppe hinunter, sperrte das Auto auf, nahm den Mantel vom Rücksitz. Eine schwarze Ringmappe, die daneben lag, nahm ich ebenfalls mit. Ich klopfte an Marias Tür, trat kurz ein und breitete den Mantel über sie. Jetzt schlaf aber, sagte ich und ging wieder nach nebenan.

Zwar war ich nach wie vor todmüde, aber der Inhalt der Ringmappe interessierte mich. Im Bett mehr sitzend als liegend, blätterte ich darin. Computerausdrucke, manche Passagen mit farbigem Filzstift angestrichen – offenbar handelte es sich um Vorbereitungsblätter für den Unterricht. Doch gab es auf den unbedruckten Rückseiten sowie an den Rändern Notizen und Kommentare. Die Handschrift, in der sie geschrieben waren, wirkte hinsichtlich ihrer Neigung etwas unentschlossen. Manche Buchstaben hatten überraschende Unterlängen. Zum Beispiel das *G* am Anfang des Wortes *Gott* und am Ende des Wortes *Versuchung.* Erst recht das *F* in der Mitte des Wortes *Sinnfrage.*

In dem Abschnitt, den ich aufgeschlagen hatte, ging es um die Freiheit des Willens. Willensfreiheit manifestiere sich angesichts der Entscheidung zwischen Gut und Böse. Der Baum der Erkenntnis im Zentrum des Paradieses. Am Rande ein Hinweis auf die biblische Bedeutung des Wortes *erkennen.*

Als ich so weit gelesen hatte, klopfte es neuerlich. Vor der Tür stand wieder Maria, wer sonst. Diesmal ohne die Decke, nur im dünnen Leibchen und im Slip. Ich habe Angst, sagte sie, darf ich zu Ihnen ins Bett?

Was sollte ich tun, Commissario? Was hätten Sie an meiner Stelle getan?

Na komm, beruhig dich, sagte ich. Sie schlüpfte unter die Decke.

Für zwei war das Bett recht schmal. Durfte ich meinen Arm um sie legen?

Daß Sie es gleich wissen, sagte sie, ich bin schwanger.

8

Sie lag neben mir und schaute hinauf zum Plafond.

Ich lag neben ihr und versuchte diskret zu bleiben.

Am besten, ich schaute auch hinauf zum Plafond. Eine Projektionsfläche von etwas schmutzigem Weiß, da und dort ein paar Spinnweben.

Ich hab mich schon eine Weile so komisch gefühlt, sagte sie schließlich. Daß ihre Regel ausgeblieben sei, das sei auch früher schon vorgekommen. Diesmal aber, da war es irgendwie anders. So ein Gefühl tief innen, das man einem Mann nicht gut erklären kann.

Nein, sagte sie, richtig schlecht sei ihr nicht geworden. Das flaue Gefühl habe sie eher gehabt, weil sie beunruhigt gewesen sei. Die siebente Klasse habe sie wegen eines Idioten von Mathematiklehrer wiederholen müssen. Nun, in der achten, nachdem sie sich einigermaßen gefangen habe, schwanger zu werden und mit einem dicken Bauch zur Reifeprüfung zu erscheinen – also das habe ihr gerade noch gefehlt.

Ein, zwei Wochen habe sie versucht, diese Unruhe zu unterdrücken. Dann habe sie gedacht, es sei wohl besser, sich nichts vorzumachen. Entweder oder, hab ich gedacht, wir werden ja sehen. Sie sei also in die Apotheke gegangen und habe sich einen Schwangerschaftstest gekauft.

Sie habe die Gebrauchsanweisung gelesen, in der empfohlen wurde, den Test am Morgen zu machen. Also schön, habe sie gedacht, dann morgen früh. In der folgenden Nacht habe sie nicht besonders gut geschlafen, am Morgen sei sie etwas zeitiger aufgestanden als sonst. Sie habe sich im Badezimmer eingeschlossen und den Teststreifen laut Gebrauchsanweisung benutzt.

Man muß zehn Minuten warten, sagte sie, bis sich die Teststreifen färben. Sie habe die Dusche aufgedreht, damit ihre Mutter keinen Verdacht schöpfe. Womöglich, habe sie gedacht, bilde sie sich diese Schwangerschaft ja nur ein. Vielleicht habe Wolf im Religionsunterricht zuviel über die *Verkündigung* gesprochen.

Ein Thema, das sich nicht nur durch die Bücher der Bibel ziehe, sondern auch durch die abendländische Kunstgeschichte. Wolf brachte sogar einen Projektor und eine Leinwand mit, um das möglichst sinnfällig zu demonstrieren. Anfang der frohen Botschaft des Neuen Testaments, Einlösung des Versprechens aus dem Alten. *Siehe, die Jungfrau wird einen Sohn gebären* – na ja, das müsse man nicht ganz wörtlich nehmen.

Die *junge Frau* wird einen Sohn gebären, heiße es im Originaltext bei Isaias. Es war erstaunlich, aber Wolf konnte diese alten Geschichten so bringen, daß sie seine Schüler und Schülerinnen nicht langweilten. Jedenfalls manche. Die intelligenteren und sensibleren. Zu denen sich Maria gewiß nicht zu Unrecht zählte.

Ihr Wolfgang hatte das zweifellos auch getan. Das konnte ich mir vorstellen. Die Freude des Lehrers über die Schülerin. Keine, der seine Botschaft beim einen Ohr hinein und beim anderen wieder hinausging. Sie hatte übrigens hübsche Ohren mit kleinen, feinen Einstichen für Ohrringe.

Maria, die Schülerin also, die als Repetentin zur 7 C gestoßen war. In der Wolf, ein noch junger Mann, Religion unterrichtete. Ich überlegte, wie alt er wohl sein konnte. An das Foto in seinem Führerschein hatte ich eine gewisse Erinnerung, aber auf das Geburtsdatum hatte ich nicht geachtet.

Er ist halt ein anderer Typ, sagte sie, als der Katechet, den ich davor gehabt hab. Solang sie den gehabt habe, habe sie Religion nicht interessiert. Absolut nicht, sagte sie. Das war völlig jenseitig. Während der vorn am Katheder seine Sätze gesäuselt habe, Sätze, die sich allesamt anhörten, als ob er jemandem Beileid wünschte, habe sie unter der Bank Hausübungen aus den Hauptfächern geschrieben.

Hingegen Wolf, bei dem sie sich dazu entschlossen habe, in Religion zu maturieren. Sein Blick, der dem ihren auf ganz eigene Art begegnete. Verwandte *vibrations* sagte sie, das Gefühl einer ähnlichen Frequenz. Einer Frequenz, auf der sie empfing und sendete.

So war das am Anfang, doch jetzt kam das dicke Ende. Die Färbung des Teststreifens war jedenfalls eindeutig. Die junge Frau wird gebären, wenn sie nichts dagegen unternimmt. Bei diesem Gedanken sei ihr nun wirklich schlecht geworden.

Sie habe es nicht einmal mehr bis zur Klomuschel geschafft. Ich hab halt gekotzt, sagte sie, wo ich gerade gestanden bin. Danach habe es eine Weile gedauert, die Wanne zu reinigen. Jetzt reicht's aber, habe die Mutter von draußen gerufen, andere Leute wollen auch unter die Dusche.

Das war vorgestern, sagte Maria, aber mir kommt vor, als wär es schon ewig lang her. Neben ihr liegend sah ich die Konturen ihres Gesichts aus großer Nähe. Die widerspenstigen Kringel an ihrem Haaransatz, den sanften Schwung ihrer Stirn. Die weiche Nase, die sich beim Sprechen leicht mitbewegte, die wahrscheinlich von der Kälte etwas aufgesprungenen Lippen.

Hören Sie auf, mich so anzuschauen, sagte sie, das ist mir unangenehm.

Entschuldigung, sagte ich und blickte wieder zum Plafond.

Die Spinnweben, die dort hingen, bewegten sich. Sei es durch die Wärme, die unsere Körper abstrahlten, sei es durch die subtile Schwingung der Schallwellen.

Auch für mich lag vorgestern schon eine Ewigkeit zurück.

Vorgestern war Donnerstag, sagte Maria. Kein Tag, an dem Religion auf ihrem Stundenplan stand. Sie schaffte es trotzdem, Wolf über den Weg zu laufen. Ich muß mit dir reden, habe sie einfach gesagt. Möglicherweise etwas atemlos.

Ja, sagte sie, kann schon sein, daß ich atemlos war. Auch ihr Herz habe auffallend geklopft, aber gehört haben könne er das nicht. Natürlich sei es etwas unvorsichtig gewesen, ihn so mir nichts, dir nichts auf dem Gang anzusprechen. Aber deswegen hätte er nicht gleich in Panik geraten müssen. Wohlgemerkt: ohne zu wissen, was eigentlich los war. Mein Gott, sie war seine Maturantin, na also! Sie konnte doch eine dringende Frage haben! Er habe es aber nichts als eilig gehabt.

Am Nachmittag dann die Versuche, ihn anzurufen. Am Festnetztelefon nur das Tonband, am Mobiltelefon einzig und allein die Mobilbox. Ich muß dringend mit dir sprechen, habe sie hinterlassen, es geht um etwas für uns beide sehr Wichtiges. Vielleicht habe ihre Stimme etwas zu hoch geklungen.

Sie habe versucht, ihre Angst hinunterzuschlucken. Wenn er zurückrief, wollte sie möglichst vernünftig wirken. Es war halt passiert. Nachdem mehr als ein halbes Jahr *nichts* passiert war. Jetzt mußten sie gemeinsam überlegen, was zu tun sei.

Aber er *habe* nicht zurückgerufen. Sie habe CDs gehört und zu lesen versucht. Wenn man sie gefragt hätte, was sie gerade gehört und gelesen habe, so hätte sie allerdings kaum darauf antworten können. Daß er nicht zurückrief, durfte doch nicht wahr sein!

Jedenfalls nicht, wenn er ihre Nachricht gehört hatte. Aber vielleicht *hatte* er sie gar nicht gehört. Vielleicht saß er wieder einmal über seiner Doktorarbeit, die er endlich fertigschreiben wollte. In bezug auf seine Dissertation, mit der er, seit er den Job an der Schule hatte, nicht recht weiterkam, erfaßte ihn manchmal eine gewisse Hektik.

Das würde es sein. Sie sah ihn vor sich, wie er versuchte, System in die Bücher und Skripten zu bringen, die in seinem Zimmer überall herumlagen. Auch auf der Couch. Jedenfalls waren sie da gelegen, als sie das erste Mal bei ihm gewesen war. Später hatte er immerhin gewisse Vorbereitungen getroffen, sogar frische Blumen hatte er auf den Tisch gestellt. Und hinter dem Zierpolster, den man, bevor man sich auf die Couch sinken ließ, am besten auf den Boden streifte, wartete ein frisches Leintuch.

Die Doktorarbeit – natürlich, das war die Erklärung! Er hatte ihr manchmal davon erzählt, bevor oder nachdem sie sich geliebt hatten. *Über die ersten und die letzten Dinge, Gott und die Welt.* Sie hatte nicht alles verstanden, was er da schreiben wollte, aber es hatte ihr imponiert. Er mußte das wieder anpacken, gar keine Frage. Der Job in der Schule machte ihm Freude, aber damit konnte es nicht sein Bewenden haben. Er mußte sich wieder einmal darauf konzentrieren. Da war es vielleicht wirklich besser, sich nicht durch Telefonsignale ablenken zu lassen.

Und doch hätte sie seinen Anruf dringend gebraucht. Ruf an, dachte sie. Ruf doch an. Verdammt, ruf doch an! Die Wirksamkeit telepathischer Kräfte zwischen Menschen, die einander nahestehen. Eine Zeitlang hatte das zwischen ihnen funktioniert.

Um elf stellte Maria ihr Handy ab, sie mußte schlafen. Das Valium hatte sie aus dem Necessaire ihrer Mutter. Sie nahm jedoch vorerst nur eine halbe Tablette. Verschlafen wollte sie nicht. Der Freitagvormittag begann mit einer Religionsstunde.

Beinahe wäre sie trotzdem zu spät gekommen. Ihre Mutter, die mittags gleich vom Büro auf den Flughafen wollte, um zu ihrem Freund nach Hamburg zu fliegen, begann noch im letzten Moment auf sie einzureden.

Das tut sie immer, sagte Maria, sie gibt mir noch jede Menge überflüssiger Anweisungen und Ratschläge. Ich hab mir längst abgewöhnt, genauer hinzuhören. Diesmal zog ihre Mutter dieses Ritual besonders in die Länge. Oder es kam Maria, die es besonders eilig hatte, so lang vor. Maria, deren Nerven ohnehin ziemlich strapaziert waren. Jetzt hör einmal zu, Mama, ich bin achtzehn, mich zu bemuttern, das hättest du dir früher überlegen müssen, dein schlechtes Gewissen geht mir auf den Geist!

Sie hatte Wolf noch vor der Religionsstunde ansprechen wollen – das konnte sie jetzt vergessen. Sie betrat die Klasse ein paar Sekunden nach ihm. Daß sie an ihm vorbei zu ihrem Platz ging, so nah an ihm vorbei, daß er nur die Hand hätte ausstrecken müssen, um sie zu berühren, sie zu beruhigen, davon nahm er keine Notiz. Na schön: Es war ja auch nicht der Rede wert, daß sie ein bißchen zu spät kam.

Sie setzte sich hin, packte Heft und Schreibzeug aus. Sie versuchte, seinem Vortrag zuzuhören, versuchte, wie immer, mitzuschreiben. Es hatte Zeiten gegeben, da war ihr fast jedes seiner Worte bedeutend erschienen. Da hatte sie so gut wie alles mitgeschrieben und mindestens die Hälfte davon unterstrichen.

Jetzt konnte sie seinen Worten nicht mit der entsprechenden Konzentration folgen. Wovon redete er überhaupt? Sie hätte es nicht sagen können. Nicht, daß ihr seine Worte bei einem Ohr hinein und beim anderen wieder hinausgingen. In dieser Stunde flossen sie einfach an ihren Ohren vorbei.

Vielleicht war es auch so: Ihr Gehörsinn war ausgeblendet. In dieser Stunde war sie ganz Auge, aber das nützte nichts. Sein Blick wich dem ihren aus – das war nicht zu fassen! Daß er ihren Blick nicht erwiderte, das war noch nie dagewesen!

Ahnte er etwas? Und dann verhielt er sich *so*? Sie mußte das klären. Das duldete keinen Aufschub. Als es zur Pause klingelte, war sie schon in Startposition. Aber bis sie aus der dritten Reihe nach vorn kam, behindert durch die Horsky und die Fitz, zwei Mitschülerinnen, die ihr prompt im Weg standen, war er schon bei der Tür draußen.

Sie lief ihm nach. In diesem Moment war es ihr egal, was die Mitschülerinnen dachten. Herr Professor! (Diese idiotische Anrede.) Sie holte ihn ein. Sie berührte kurz seine Schulter. Als er sich umdrehte, hatte er einen roten Kopf.

Bist du verrückt?

Nein, aber –. Sie war außer Atem. Wolfgang, sagte sie, ich muß dir was sagen!

Der Blick seiner Augen in diesem Augenblick.

Nicht hier, raunte er. Nicht jetzt. Sei vernünftig! Später!

So ungefähr erzählte sie diese Szene. Oder: So ungefähr stelle ich sie mir vor. Die Schule, der Korridor, der Religionslehrer, das Mädchen. Die Nähe, die er verleugnen will. Die Distanz, die sie empfindet.

Wie sie es trotzdem noch nicht ganz wahrhaben wollte. Sie würde sich nicht ganz einfach abwimmeln lassen. Vielleicht hatte Wolfgang ja doch nicht so richtig kapiert. Vielleicht hielt er sie nur für unvorsichtig und aufdringlich. Aber wie konnte er? Er kannte sie doch! Und wie er sie kannte! Nichts an ihr war ihm fremd. Oder am Ende doch etwas? Sogar etwas Wesentliches? Sie hatte ja schließlich auch geglaubt, ihn zu kennen!

Die nächste Stunde war Deutsch, die darauffolgende Mathematik. Zwei Stunden, von denen sie kaum etwas mitbekam. Texte wurden gelesen, Gleichungen wurden auf die Tafel und in die Hefte geschrieben. Sie saß in der Klasse, aber fühlte sich abwesend.

Dann kam Turnen. Das war eine Möglichkeit. Vom Turnen konnte man sich ganz ordnungsgemäß abmelden. Sie fühle sich nicht ganz wohl, so ein bißchen schwindlig. Schon recht, sagte die Lehrerin und kritzelte ihr Autogramm auf einen Passierschein.

Ich hab eigentlich nichts als nach Haus wollen, sagte Maria. Nach Haus fahren, die Tür hinter mir zusperren, mich hinlegen und schlafen. Auf dem Weg ins Sekretariat, in dem sie den Passierschein der Ordnung halber stempeln lassen sollte, sei sie aber am Lehrerzimmer vorbeigekommen. Da sei die Tür einen Spaltbreit offen gestanden.

Das war vielleicht doch noch eine Chance, habe sie gedacht, wer weiß, ein Zeichen. Vielleicht hatte Wolf ja gerade eine Fensterstunde. Eine Stunde ohne Unterricht also. Wenn er im Lehrerzimmer saß und sie im Türspalt sah, käme er möglicherweise zu ihr heraus.

So dachte sie, durch den Spalt in den dahinterliegenden Raum spähend. Nein, ihn selbst sah sie nicht – doch da hing seine Jacke. Hing da ganz einfach über einer Sessellehne. Er konnte also nicht weit sein, vielleicht war er nur kurz auf der Toilette. Ihr erster Impuls war zu warten, doch dann hatte sie eine bessere Idee. Das Lehrerzimmer war ja so gut wie leer. Da saß nur Bruckner, der alte Musikprofessor. Aber der war schon beinah in Pension und döste.

Das wahrnehmen und an ihm vorbeihuschen war eins. Auf Wolfs Platz lag ein Notizblock, sie riß einen Zettel ab und schrieb. *Lieber Wolf, es ist wirklich ganz dringend, M.* Den Zettel steckte sie ihm in die linke Tasche.

Na ja, sagte sie, und da drin waren die Autoschlüssel.

Sie schaute sich um. Der Musiklehrer döste noch immer.

Wolf tauchte nicht auf. Vielleicht war das ohnehin besser.

Sie nahm die Autoschlüssel an sich und ging.

Im Sekretariat wollte sie sich jetzt nicht mehr aufhalten. Ob der Passierschein gestempelt war oder nicht, das interessierte ohnehin keinen Menschen. Früher hatte es einen Schulwart gegeben, der das kontrollierte. Aber im Laufe der Jahre waren immer mehr Schüler einfach an ihm vorbeigegangen, und inzwischen hatte man ihn eingespart.

Sie trat aus dem Schultor, überquerte den Parkplatz. Wolfs Auto war ihr vertraut, sie sperrte es auf. Sie bemerkte nicht, daß sie den Schlüssel außen stecken ließ. Sie setzte sich auf den Rücksitz. Ja, hier würde sie auf Wolf warten. Da lag der Mantel. Der tröstete sie ein wenig. Irgendwie, sagte sie, war das ein Stück von ihm. Außerdem war es natürlich kalt im Auto. Sich zuzudecken war durchaus angebracht.

Und dann bist du eingeschlafen?

Nein, nicht gleich.

Sondern?

Sie zögerte. Da war noch was vorher.

Was denn?

Sie setzte sich auf und schüttelte den Kopf.

Vorher, sagte sie endlich leise, habe sie noch versucht, Wolf anzurufen.

Er würde inzwischen im Lehrerzimmer zurück sein, habe sie gedacht. Sie würde ihn also anrufen und ihm sagen, daß sie auf ihn warte. Daß und wo. So eine Anwandlung war das. Schließlich wollte sie nicht, daß er wegen der Autoschlüssel durchdrehte. Also griff sie zum Handy und rief ihn an. Und sein Mobiltelefon war nicht abgestellt. Da *war* die Verbindung, sagte sie, ganz bestimmt. Aber als er bemerkt habe, *wer* anrief (er müsse ja ihre Nummer auf dem Display ge-

sehen haben), da habe er die Verbindung rasch ge-
kappt.

Danach, sagte sie, habe sie zum Valium gegriffen.

Für einen Moment der Gedanke, gleich mehr zu
nehmen.

Doch ohne Flüssigkeit wäre das schwierig gewesen.

Sie nahm also eine Tablette, würgte sie hinunter und
verkroch sich unter dem Mantel.

So etwa Marias Erzählung, Commissario. Unmittelbar darauf drehte sie sich nach links, also von mir
weg, kauerte sich zusammen und schlief ein. Etwas
später allerdings, als ich das Licht ausgelöscht hatte,
aber, der tosenden Müdigkeit zum Trotz, noch immer
mit offenen Augen dalag – die Projektionsfläche des
Plafonds über mir war nun dunkel, aber nicht weniger
phantasieanregend –, drehte sie sich nach rechts,
suchte tastend nach etwas und bettete schließlich
ihren Kopf an meine Brust. Ich ging davon aus, daß sie
nicht mich meinte, sondern mich mit einem anderen
verwechselte.

9

Das Aufwachen am Morgen, ein nicht ganz leicht an-
laufender Prozeß. Die Suche nach räumlichen und
zeitlichen Koordinaten. Sonne schien durch ein Fenster, Sonnenstrahlen fielen auf das helle Haar eines
Mädchens, das neben mir lag. Wie kam es zu dieser
Konstellation, wo und wann waren wir eigentlich,
hatte ich die letzten zwanzig Jahre nur geträumt?

Ich setzte mich auf und betrachtete die neben mir
liegende junge Person. Ich stand auf und sah mich im
Spiegel – leider, ich war noch immer der alte. Ich
wusch mir den Schlaf aus den Augen, so gut es ging.

Ich spülte mir den Mund mit kaltem Wasser, Zahnbürste hatte ich offenbar keine.

Dann ein Geräusch hinter mir, das Mädchen war wach. Wie hieß sie bloß, der Name lag mir auf der immer noch etwas brackigen Zunge. Sie stand auf, griff nach der Decke, hüllte sich ein, trat ans Fenster, schaute hinaus. Gibt es hier Frühstück? fragte sie. Ich hab Hunger.

Wir waren noch immer weit im Norden, Commissario, das Frühstück, das auf den Tisch kam, war deftig alpin. Große Tassen Milchkaffee, Speck, Eier, Schwarzbrot und Butter. Die Wirtin, für die ich am Vorabend meinen italienischen Basiswortschatz auszugraben begonnen hatte, sprach, wie sich herausstellte, ohnehin mehr oder weniger Deutsch, einen Dialekt mit der auch auf der anderen Seite der Grenze üblichen Färbung. Vielleicht war Deutsch ihre Morgen- und Italienisch ihre Abendsprache.

Die sei aber gut bei Appetit, sagte sie sinngemäß, meine – Tochter. Hatte sie die Pause vor dem Wort Tochter wirklich gemacht, oder hatte ich die nur gehört? Die ißt ja für zwei, lachte sie – jetzt fiel mir wieder ein, was mir in der vergangenen Nacht anvertraut worden war. Die gute Frau wußte gar nicht, wie recht sie hatte.

Da saß ich mit einem Mädchen, das meine Tochter sein konnte und, wenn alles seinen natürlichen Weg ging, in acht Monaten Mutter wurde. Ich, der ich meinen Job als Rundfunkmitarbeiter, die Basis meiner bisherigen Existenz und Identität, vergessen durfte. Warum eigentlich? Ach ja, wegen einer abhanden gekommenen Sendung über Alzheimer! Na, wenn das nicht zum Heulen komisch war.

Was haben Sie? fragte meine Tisch- und Bettgenossin.

Nichts, sagte ich. Mir ist nur etwas in die falsche Kehle gekommen.

Sie stand auf und klopfte mir auf den Rücken.

Danke, sagte ich. Es ist schon besser. Es geht schon.

Dann zahlte ich, dann holten wir den Schulrucksack und den Mantel aus dem über Nacht weniger benutzten Zimmer. Und dann saßen wir im Auto, bei angelassenem Motor.

Und jetzt? fragte ich.

Zurück will ich nicht, sagte sie.

Na schön, sagte ich. Was das betrifft, sind wir d'accord.

10

Ich fuhr also wieder. Nach wie vor fand ich es überraschend, daß und wie das klappte. Zwar geriet ich auf der Landstraße noch etwas zu sehr in die Straßenmitte – an einem entgegenkommenden Kleinbus kam ich nur knapp vorbei, was meine Mitfahrerin, die eindeutig wacher war als am Vortag, zum ersten Mal zu einer Bemerkung über meine kühne Fahrweise veranlaßte. Doch auf der Autobahn war mehr Platz, die drei Spuren gaben mir ein Gefühl von Bewegungsfreiheit. Auch wenn mich Fahrer, die meine überraschenden Spurwechsel nicht goutierten, ab und zu wütend oder warnend anblinkten.

Allmählich ließ das nach oder fiel mir weniger auf. Vielleicht war es auch so: Meine Aufmerksamkeit richtete sich auf etwas anderes. Das Eintauchen in Tunnels zum Beispiel (Röhren mit gelben Reflexionslichtern links und rechts, weißen Lampen an der Decke, auf dem Boden der ebenfalls weiße, durchbrochene Mittelstreifen), das wiederholte Eintauchen in diese Sphäre faszinierte mich. Kombiniert mit dem Auftauchen der Erinnerung an ein Diapositiv, das in meiner Kindheit, jeweils am Anfang und am Ende der zu jener Zeit noch rührend naiven Werbung, auf den Leinwänden der Kinos erschien.

Ein Torbogen oder eben ein Tunnel, in den eine Mädchenfigur trat. Ihr Schatten fiel an die kurz nach dem Eingang noch nicht ganz dunkle Seitenwand der Höhle. Sie würde aus dem Licht in die Finsternis treten und vorübergehend darin verschwinden. Doch auf der anderen Seite sah man den Ausgang, perspektivisch zwar kleiner gezeichnet als den Eingang, aber strahlend.

Das Eintauchen in einen Traum, das Wiederauftauchen in einem anderen. Lichteinfall/Schatteneinfall – ich bildete mir ein zu spüren, wie meine Pupillen sich verkleinerten und vergrößerten. Schatteneinfall/Lichteinfall – manchmal war ich geblendet und filterte das Licht durch die gesenkten Wimpern. Aus den Augenwinkeln sah ich das Mädchen an meiner Seite, jetzt erinnerte ich mich wieder an ihren Namen.

Und wie heißen *Sie*? fragte Maria.

Ich heiße Josef.

Und was machen Sie so, wenn Sie nicht gerade ein Auto klauen?

Ich war beim Radio, sagte ich. Aber das liegt hinter mir.

Und was liegt *vor* Ihnen? fragte sie.

Das weiß ich noch nicht.

Rechts von der Autobahn floß jetzt ein vorerst schmaler Fluß in einem weiten Bett. Fast weiß wirkendes Wasser in einer Wüstenlandschaft voll großer Kiesel. Da und dort ausgeblichenes Holz, Äste und Stämme wie Knochen vor langer Zeit verendeter Tiere.

Mittendrin ein Mann, der einen schweren Balken auf der Schulter trug.

Wie rasch alles ging! Manche Bilder kamen mir erst zu Bewußtsein, wenn ich schon an ihnen vorbei war.

Gehst du gern ins Kino? fragte ich.

Ja, sagte Maria. Schon.

Beim Rundfunk, sagte ich, habe ich Hörbilder gestaltet. Aber vor der Matura, also ungefähr in deinem jetzigen Alter, da hab ich mir vorgestellt, ich würde Filme drehen.

Und? fragte sie. Warum haben Sie es nicht getan?

Da war keine Chance bei uns, sagte ich. Dazu hätte ich ins Ausland gehen müssen.

Und warum sind Sie nicht ins Ausland *gegangen*?

Wahrscheinlich hab ich einfach zu wenig Courage dafür gehabt.

Das war die Wahrheit. Die traurige Wahrheit meines Lebens bis zu diesem Zeitpunkt. Aber das konnte, das sollte, das würde sich ändern! Ich erinnere mich genau an die Stelle, Commissario, an der ich mir das vornahm. Da war eine Fahrbahnverengung, die Spur wurde von rechts begrenzt durch eine Reihe rot-weiß gestreifter Plastikkegel. Ich fuhr einen an. Ein leichter, erheiternder Aufprall. Der Kegel kippte und rollte einfach zur Seite. *Udine*, las ich, *40 Kilometer*. Dort fahren wir ab, sagte ich. Wir brauchen beide was zum Anziehen.

II

Damals hatte ich noch Geld auf meinem Konto, also konnte ich mich einem Bankomaten auf völlig unbefangene Weise nähern. Das tat ich in Udine. Ich fuhr bei der ersten Bank vor, die mir in den Blick kam. Daß das Institut *Banca di Santo Spirito* hieß, amüsierte mich. Ich hielt in zweiter Spur, ersuchte Maria, im Auto sitzenzubleiben und gegebenenfalls darauf hinzuweisen, daß der Fahrer gleich wieder zurück sei.

Der Automat hing gleich rechts neben dem Portal, ich zog meine Bankomatkarte aus der Brieftasche und steckte sie in die dazu bestimmte Öffnung. Ich gab meinen Code ein, ich wählte den mittleren der zur Disposition stehenden Beträge. Die Digitalanzeige fragte mich, ob die Operation wirklich durchgeführt werden sollte, ich bejahte das durch Knopfdruck. Es war, als ob die Maschine kurz nachdenken müßte, dann gab es ein Geräusch, das so klang, als werde meine Karte in einem Reißwolf zerkleinert oder als werde das Geld erst gedruckt – eigenartig, dachte ich, daß ich solche Ideen, die mich jetzt zum Lachen brachten, früher nie gehabt hatte –, doch dann tauchte die Karte wohlbehalten wieder auf, und die Geldscheine erschienen in ihrer ganzen banalen Ernsthaftigkeit.

Ich steckte sie ein und kehrte zum Auto zurück. Ich fuhr ein Stück weiter, fand einen Platz, auf dem ich genug Raum für ein schwungvolles Parkmanöver hatte. Ich warf zuviel Geld in einen Parkscheinautomaten, ich steckte den Parkschein, der uns zum Verweilen bis Mitternacht berechtigt hätte, innen an die Windschutzscheibe. So, sagte ich generös, jetzt gehen wir einkaufen.

Auf einem Markt kaufte ich Unterwäsche, Strumpfhosen und warme Übersocken für Maria. Socken konnte auch ich brauchen, je einen grob gestrickten, aber sympathischen Pullover kaufte ich für sie und mich. Dann sahen wir in einem Schaufenster unter Arkaden eine Jacke mit Kaninchenpelzkragen. *Com'è carina*, sagte der Verkäufer, das könnte für beide gelten, die Jacke und das Mädchen, das sie vor dem Spiegel probierte.

Der Mann zog die Augenbrauen hoch, sein Blick bewegte sich von Maria zu mir und wieder zurück.

Tanti auguri, sagte er. Ich wußte nicht recht, wie ich diese Glückwünsche auffassen sollte.

Ich zahlte. Wir gingen. Maria legte den Kopf etwas schief und schmiegte ihre Wange in den Pelz. Die Jacke stand ihr wirklich gut, die warmen Erdfarben des Designs brachten ihren Teint sehr vorteilhaft zur Geltung.

Danke, sagte sie.

Keine Ursache, sagte ich. Es ist mir eine Freude.

Bevor wir Stiefel für sie kauften, mußte ich allerdings an einen weiteren Bankomaten.

Die Stiefel waren gefüttert und hatten gut zur Jacke passende Pelzborten an den Stulpen.

Auf den Markt zurückgekehrt, fanden wir noch eine Kappe, die zu Stiefeln und Jacke paßte und meiner sichtlich gut gelaunten Begleiterin ein pfiffiges Aussehen verlieh.

Es war schön, mit ihr durch die Altstadt zu gehen. Ich hatte mir Udine, wo ich zuvor nie gewesen war, nicht so hübsch vorgestellt. Vielleicht lag es an der Situation, aber das *centro storico* gefiel mir wirklich. Verwinkelte Gasse, Arkaden, eine Piazza, die ich, hätte ich sie auf einem Foto gesehen, in einer viel berühmteren Stadt vermutet hätte.

Piazza della Libertà, las ich, das war, fand ich, ein schöner Name. Mir war schon klar, daß er vermutlich etwas mit der Geschichte Italiens zu tun hatte, aber ich bezog ihn auf unsere Gegenwart. Aus den verschiedensten Positionen immer neue, überraschende Durchblicke. Ich fühlte mich beschwingt und beinahe beschwipst − an dem Glas Prosecco, das wir uns in einer kleinen Bar geleistet hatten, an diesem heiteren Gedanken von Alkohol allein konnte es nicht liegen – ich sah eine Perspektive von Freiheit, die ich bis dahin nicht gekannt hatte.

12

Ja, Commissario, das war es: diese Perspektive. Diese Perspektive und die damit verbundene Freude. Die Freude, da zu sein, also vorerst dort zu sein, auf diesem Platz, in diesem Augenblick. Und vielleicht das Gefühl, davongekommen zu sein, von dem, was ich bis zum Vortag für meine Wirklichkeit gehalten hatte, in den Bereich der Möglichkeiten.

Wie war das gewesen? Hatte ich mir allen Ernstes eingebildet, Alzheimer zu bekommen? Was für ein Unsinn! Wegen der paar streßbedingten Gedächtnislücken! Schon richtig, ich hatte mich in eine beängstigende Enge treiben lassen. Aber das lag hinter mir, vor mir lag eine beglückende Weite.

Dieses Gefühl steigerte sich, als wir wieder im Auto saßen. Ich empfand jetzt eine unbändige Lust am Fahren. Eine Begeisterung darüber, daß ich das Fahrzeug nun fast schon problemlos beherrschte. Gepaart mit einer Euphorie über die Geschwindigkeit, mit der ich es zu bewegen imstande war.

Die Landschaft am Rand der Autobahn wirkte schon südlicher. Zur Linken und Rechten Spalierobstplantagen, Weinstöcke. Dann eine Folge von Wäldchen, adrett gepflanzte, schlanke Bäume, die an die Hintergründe von Renaissancebildern erinnerten. Die Stämme hielten das Licht von uns ab, aber die Zwischenräume zwischen den Stämmen ließen es durch – im raschen Vorbeifahren ergab das einen sehr reizvollen Effekt.

Rasch gleitende Streifen von Licht und Schatten auf unseren Gesichtern. Auf meinem eigenen Gesicht glaubte ich sie zu spüren, aber auf Marias Gesicht konnte ich sie sehen. Da saß sie, in ihre neue Jacke gehüllt, und lächelte. Filmen Sie mich? fragte sie. Ja, sagte ich, man könnte es so nennen.

Die Kamera in meinem Kopf. Mein drittes Auge.

Mit den zwei anderen Augen, sagte sie, sollten Sie aber auf die Straße schauen.

Tu ich ja, sagte ich. Aber ich filme auch die Straße. Die Autos, die wir überholen oder von denen wir uns überholen lassen, die Verkehrszeichen, die Hinweisschilder.

Echt? fragte sie.

Ja, sagte ich. Ich filme alles. Das alles, sagte ich, sollte man nicht vorbeihuschen lassen, sondern *wahrnehmen*. Schau nur: Die Vögel dort über dem Feld. Ihre Formationen. Ihre Positionswechsel ... Wie die von Radfahrern bei einem Etappenrennen.

Im Ernst, sagte ich. So müßte man einen Film drehen.

Den Ur-Film, sagte sie.

Ja, sagte ich. Den Prototyp eines Films. Film als die Bewegung einer Figur in Raum und Zeit, der Versuch, etwas von dieser Bewegung festzuhalten. Die Schwierigkeit wäre nur das Festhalten aller Assoziationen.

Genau, sagte Maria. Mir ist gerade eingefallen, daß die Typen im alten Rom die Zukunft durch Beobachtung des Vogelflugs vorhersagen wollten. Glauben Sie, daß man das kann? Überhaupt die Zukunft vorhersagen?

Ich weiß nicht, sagte ich. Die Vögel vollzogen eine plötzliche Wendung, ihr Gefieder glänzte in der Sonne. Heute fliegen die Vögel jedenfalls sehr schön.

13

Mir war nach Musik. Ich drehte das Radio auf. Ein paar Takte Vivaldi – das hätte gepaßt, aber es handelte sich nur um die musikalische Verpackung für einen Werbespot. Ich versuchte einen anderen Sender, da sang irgendein Epigone von Vasco Rossi. Vielleicht war er es auch selbst, jedenfalls wurde er mitten im Satz, mitten im Takt von einer Hip-Hop-Gruppe abgelöst. Eine Welle wurde von der nächsten überlagert. Manchmal wurden auch Satzfetzen angespült. *La Casa Bianca, il Presidente del Consiglio, l'economia mondiale.* Wenn Sie wollen, können wir auch Kassetten hören, sagte Maria.

Sie öffnete das Handschuhfach.

Ach ja, richtig! Wolfgangs Kassetten.

Ich empfand eine gewisse Scheu davor. Was hört er denn so? fragte ich.

Sie nannte einige Namen, die mir nichts sagten.

Madonna war der erste, mit dem ich etwas anfangen konnte.

Okay, sagte ich. Gib her. Ich legte die Kassette in den Recorder.

Die Musik setzte sich in Bewegung. Ich muß zugeben, daß es sich dazu gut fuhr.

Der Rhythmus, vielleicht simpel, aber animierend, darüber diese mädchenhaft maskierte Stimme.

Die Nummer, die sie zuerst sang, hatte ich schon gehört, aber auf den Text hatte ich bisher kaum geachtet.

Für gewöhnlich hört unsereins diese englischen oder amerikanischen *song-lyrics*, ohne wirklich hinzuhören, geht es Ihnen nicht auch so, Commissario? Bestenfalls schnappen wir ein paar Worte vom Refrain auf. Es war jedoch eine neue Art von Aufmerksamkeit, mit der ich in dieser Situation nicht nur sah, sondern auch hörte. Mit etwas über hundert Kilometern pro Stunde nach Süden fahrend, eine junge, von mir neu eingekleidete Person an meiner Seite.

Diese Stimme aus den Stereoboxen! Sie forderte auf, die Feste zu feiern, wie sie fielen ... Gewiß, das war eine etwas freie Übersetzung des Textes ... Aber lief die frohe Botschaft nicht darauf hinaus?

Celebrate, wiederholte die Stimme suggestiv, und: *holiday ... It's time for the good times, forget about the bad times ... Everybody spread the word, we're gonna have a celebration ...* Ich gebe es zu, Commissario, davon fühlte ich mich angesprochen.

Allerdings war es auch eine Art von Beziehungswahn, mit dem ich die Texte hörte. Die meisten schienen in unseren Zusammenhang zu passen. In einer der nächsten Nummern war zum Beispiel von Grenzüberschreitung die Rede, von einer Liebe, durch die sich das singende Mädchen über eine gewisse Grenze, eine *borderline* gedrängt fühlte. Durch die Nummer *Like a Virgin* schließlich fühlte ich mich sehr ambivalent berührt.

Die Vorstellung, daß der Religionslehrer, der mit seiner Schülerin geschlafen hatte, in diesem Auto fuhr und diese Songs hörte ... Songs einer Sängerin, deren Künstlername, kombiniert mit ihrem Auftreten, im Grunde genommen ein Sakrileg war ... Daß ihn der Rhythmus dieser Songs beflügelte ... Diese Vorstellung war gleichzeitig amüsant und ärgerlich.

So ein Kerl, dachte ich, so ein verfluchter Kerl! ... Wie eine zum allerersten Mal berührte Jungfrau fühle sie sich, sang Madonna ... Und dieser Typ hatte sich dadurch bestätigt gefühlt ... Je konkreter ich mir den Religionslehrer vorstellte, desto mehr verdrängte der Ärger, ja die Empörung, das Amüsement.

Amüsant blieb nur, daß ich jetzt an seiner Stelle saß. Auf seinem Fahrersitz neben seiner minderjährigen Geliebten. Na ja, genaugenommen war sie gar nicht mehr minderjährig, nicht im Sinne des Gesetzes. Aber als es zwischen den beiden begonnen hatte, soviel hatte ich aus Marias nächtlicher Erzählung behalten, mußte sie noch ein paar Monate unter achtzehn gewesen sein.

Allerdings ... vielleicht war Wolf für Maria gar nicht der erste gewesen. *I made it through the wilderness*, sang Madonna, dieses kokette Luder. Für die Rolle, die sie in diesem Hit verkörperte, hatte sie sich sogar einen aparten S-Fehler zugelegt ... *Somehow I made it through* − na also, hier ging es um eine junge Frau mit Vergangenheit.

Denkbar, daß Maria erste, eher enttäuschende Erfahrungen hinter sich hatte ... Vage stellte ich mir plumpes Bumsen mit dem einen oder anderen Mitschüler vor ... Pickelige Typen, die ihre Unsicherheit überkompensierend eine fragwürdige Männlichkeit demonstrierten ... Diese kleinen Scheißer! Kein Wunder, daß sie sich danach nicht wohl fühlte ... Eher beschmutzt würde sie sich nach so etwas gefühlt haben ... Alles andere als beglückt jedenfalls: *sad and blue* ... Dann aber hatte sie sich mit Wolf eingelassen und war voll auf ihn hereingefallen ... *But YOU made me feel*, sang Madonna, *shiny and new*.

Shiny! Strahlend! Wer weiß, was er ihr vorgemacht hatte! ... So ein Arsch, dachte ich. Bitte, auch sie hatte ihn so genannt ... Daß ich ihm sein Auto geklaut hatte, erfüllte mich jetzt geradezu mit Genugtuung. Geschieht ihm recht, diesem Arsch ... Ja, ich war ganz ihrer Meinung.

Er hatte den Eremiten gespielt. Dieser faule Trick mit den Büchern auf der Couch! ... Den ungeschickten

Intellektuellen hatte er gegeben ... Dieser Wolf im Schafspelz, ich konnte mir seine Taktik schon vorstellen! ... Vielleicht hatte er sogar gewartet, bis sie den ersten Schritt auf ihn zu tat.

You said fine/You are mine. Er hatte das Geschenk einfach entgegengenommen ... Mein Gott, Madonna, diese falsche Jungfrau! ... *Like a virgin* – dieses laszive *hey* bei der Wiederholung des Refrains! Ich konnte das nicht mehr hören. Ich betätigte die Stoptaste.

Ist was? fragte Maria. – Die kleine Falte zwischen ihren Augenbrauen.

Ich nahm die Kassette aus dem Gerät und gab sie ihr zurück.

Nicht ganz mein Fall, sagte ich. Was hat dein Wolfgang denn noch im Angebot?

Sie stehen eher auf Veteranen, sagte sie, was?

Kann schon sein, sagte ich.

Leonard Cohen? fragte sie. Tom Waits?

Nicht schlecht, sagte ich. Vielleicht war der Religionslehrer doch kein so übler Bursche.

Die Rolling Stones, David Bowie, Sting & The Police?

Das war, fand ich, genau das richtige zur Abkühlung. Sting.

Es hatte wieder zu regnen begonnen, aber die dunklen Wolken hatten helle Ränder. Das gab ein eigenartiges Licht – es erinnerte an eine Bühnenbeleuchtung. Über dem grau vergitterten Geländer einer der Brücken, die über die Autobahn führten, der Kopf eines Rad- oder Mopedfahrers, der von rechts nach links fuhr. Vor uns ein Auto mit einem verpackten und verschnürten Boot auf dem Anhänger.

Sting sang die Nummer *Message in a Bottle*.

Eine Stimme aus der totalen Einsamkeit, aber der

Mensch, dem er seine Stimme lieh, hatte eine Hoffnung.

Ein suggestives Lied, sagte ich.

Maria nickte. Wir könnten irgendwo ans Meer fahren und eine Flaschenpost versenden.

14

Das taten wir wirklich. Ich nahm die nächste Abfahrt. Durch eine flache Landschaft fuhren wir an die Küste. Silos, Schornsteine, endlich ein Campanile. In einem Lebensmittelgeschäft kauften wir eine Flasche Mineralwasser.

Dann folgten wir den Hinweispfeilen zum Strand. An den Namen des Ortes kann ich mich nicht erinnern, es war keiner der bekannten Badeorte. Trotzdem: Im Sommer mußte dort einiges los sein. Eine Zeile von Hotels, Pizzerien und Eissalons, zwei oder drei Badeanstalten mit Drehkreuzen am Eingang.

Jetzt machten die Spuren dieses Sommerlebens einen absurden Eindruck. Fast alles geschlossen, zum Teil demontiert, verlassen. Immerhin fanden wir eine Bank, auf der wir die Mineralwasserflasche leeren konnten. Wir tranken abwechselnd, wie zwei Clochards.

Maria nahm ein Heft aus ihrem Schulrucksack und riß eine Seite heraus.

Was schreiben wir? fragte ich.

Jeder seins, sagte sie.

Sie nagte am Kugelschreiber. Sie dürfen nicht schauen!

Dann schrieb sie und faltete das Papier, sodaß ich nicht sehen konnte, was sie geschrieben hatte.

Ich ging auf die von ihr vorgegebene Spielregel ein und schrieb ebenso verdeckt.

Dann rollte ich das Papier zusammen. Maria löste den Gummiring, der ihr Haar im Nacken hielt.

Der Wind blies ihr das Haar ins Gesicht. Wir schoben den Gummiring über die Papierrolle.

Dann steckten wir die Doppelbotschaft in die Flasche.

Durch den grauen, feuchten Sand stapften wir zum grauen Meer.

Maria zog Schuhe und Socken aus und rollte die Jeans bis unter die Kniekehlen.

Sie nahm mir die Flasche aus der Hand, trug sie ein Stück hinaus und warf sie, so weit sie konnte.

Als wir zum Auto zurückgingen, sahen wir einen Regenbogen.

15

Wieder auf der Autobahn fuhren wir weiter Richtung Venedig.

Der Himmel hing grau. Die Marschlandschaft darunter war eher zu ahnen als zu sehen. Landeinwärts erstreckten sich Äcker. Die Erde glänzte feucht. Zwei Männer in Tarnanzügen gingen querfeldein.

Der eine war dem anderen voraus und drehte sich nach ihm um. Vielleicht rief er etwas, aber das konnten wir natürlich nicht hören. Sie trugen Gewehre. Weiter entfernt liefen Hunde. Vielleicht waren es auch Hasen. Aus der großen Distanz ließ sich das nicht entscheiden.

Liest du gern? fragte ich.

Ja, sagte Maria. Schon.

Hast du je was von Hemingway gelesen?

Nein, sagte sie.

Ich habe eine Radiosendung über ihn gemacht, sagte ich. Zu seinem hundertsten Geburtstag.

Ah ja? sagte sie höflich.

Damals war ich hier in der Gegend, um zu recherchieren.

Hier? sagte sie. Wieso nicht in Amerika?

In Amerika war ich damals auch, sagte ich. Sogar in Kuba ... Aber hier, etwas weiter oben an der Piave, sei Hemingway im Ersten Weltkrieg verwundet worden. Und später sei er hierher gekommen, um Wildenten zu jagen.

Das schien Maria nur mäßig zu interessieren. Ich versuchte, ihr eine Inhaltsangabe von *A Farewell to Arms* zu geben, aber die einzige Episode, der sie mit einer gewissen Aufmerksamkeit folgte, war die Liebesgeschichte mit der Krankenschwester. Und die nahm sie nicht ernst. Das seien halt Männerphantasien. Was so ein alter Kracher sich alles vorstelle!

Na ja, sagte ich, damals sei Hemingway noch jung gewesen. Auch als er das Buch geschrieben habe, zehn Jahre danach. Aber später, nach dem Zweiten Weltkrieg, sei er hierher zurückgekehrt. Und habe noch ein Buch geschrieben, in dem ein alter Oberst und ein junges Mädchen ...

Ungefähr an dieser Stelle mußte ich meine zweite Inhaltsangabe unterbrechen. Ich sah ein Auto mit blinkendem Blaulicht im Rückspiegel. Es näherte sich rasch, das Gewimmer der Sirene wurde immer unerträglicher. Ich spürte den Herzschlag im Hals und in den Schläfen. Gleich würde unsere Reise beendet sein, dachte ich, schade. Als uns das Einsatzfahrzeug überholte, schaute ich starr nach vorn. Als trüge ich Scheuklappen. Aber das würde nichts nützen. Gleich würde der Beifahrer die Fensterscheibe hinunterkurbeln und uns durch Handzeichen anhalten. Ich sah zu Maria hinüber. Tut mit leid, wollte ich sagen. Ich wäre gern noch ein Stück mit dir gefahren. Ich sagte es nicht. Sie verstand mich wahrscheinlich auch so. Machen Sie sich nichts draus, sagte ihr Blick, es hat halt nicht länger sein sollen.

Aber das Fahrzeug raste an uns vorbei. Zwei weitere folgten. Über dem Autodach hörten wir das die Luft peitschende Geräusch eines Hubschraubers. Nein, unseretwegen trieb man diesen Aufwand nicht. Da gab es wohl andere, hinter denen die her waren.

Tatsächlich: Für ein paar Kilometer wurde der Verkehr in die linke Spur geleitet. An der rechten Leitschiene ein schwarzer Kombi wie ein gestrandetes Schiff. Lag jemand auf dem Boden? Stand jemand mit erhobenen Händen? Schwer bewaffnete Uniformierte winkten uns hastig weiter.

Und dann war die Autobahn fürs erste zu Ende, und wir fuhren schon auf der *tangenziale* zwischen den grauen Häusern von Mestre. Und dann waren wir bereits auf dem Damm Richtung *Piazzale Roma*. Und auf dem Wasser schwammen Abfälle, aber dazwischen glitzerten Sonnenreflexe. Und Möwen flatterten von den Bojen auf und ließen sich wieder nieder. Und schon waren wir in einem der großen Parkhäuser und schraubten uns hoch und höher. Und waren ein wenig schwindlig, als wir in der Dachetage ausstiegen. Ich versperrte das Auto des Religionslehrers und steckte den Schlüssel ein. Als wir im Aufzug abwärts fuhren und einander so nah standen, daß es kein Ausweichen gab, da kam uns das beiden komisch vor, und wir mußten lachen.

16

Die Idee, daß Venedig Ende November nicht so aus-
gebucht sei, wie in den meisten anderen Monaten,
erwies sich als Illusion. Jedenfalls vermittelte uns der
Mann am Informationsschalter gleich im Erdgeschoß
des Parkhauses diesen Eindruck. Ich fragte nach
einem Zimmer für eine Nacht. *Una camera per una
notte?* – Im Ton, in dem er das sagte, schwang Mitleid
und Skepsis.

Ha prenotato? sagte er.

Nein, sagte ich. Ich habe nichts reserviert. Sonst
würde ich mich, fügte ich unter Verwendung eines
wahrscheinlich falschen Konjunktivs hinzu, ja gar
nicht an ihn wenden.

Er schüttelte kurz den Kopf, ein wenig verärgert.

E sempre meglio, sagte er, *prenotare.*

Schon recht. Es sei immer besser zu reservieren.
Aber was mache man, wenn man nicht reserviert
habe? Meine Tochter und ich, sagte ich, wir seien eher
all'improvviso nach Venedig gekommen.

Sua figlia e Lei? Er bekam einen langen Hals, um
einen Blick auf Maria zu erhaschen.

Schön, sagte er. Er werde sein Möglichstes tun. Sein
Blick konzentrierte sich auf den Bildschirm, den er vor
sich hatte. Er seufzte einige Male. Er telefonierte. *È un
problema*, sagte er. *Un vero problema.*

Endlich schien er etwas gefunden zu haben. Eine
Pension in der Nähe des Campo San Polo. *È piccola ma
carina.* Oder sagte er *discreta*? Durch puren Zufall sei
dort noch ein Zimmer frei.

Es sei das einzige, das er mir anbieten könne. Er
nannte den Preis, den ich einigermaßen stolz fand. *Ma
Signore*, sagte er, *siamo a Venezia!* Ich solle mich ent-
schließen, bevor auch dieses Zimmer weg sei.

So ging das, Commissario. Wir fuhren also mit dem Vaporetto Richtung San Polo. Dann suchten wir eine Weile die richtige Gasse. Der Mann am Informationsschalter hatte mir zwar freundlicherweise einen Plan gezeichnet. Aber die Realität war verwinkelter als der Plan. Außerdem hatte die *calle*, die er uns aufgeschrieben hatte, zwei voneinander getrennte Teile. Und die Nummern liefen nicht kontinuierlich. Trotzdem fanden wir letzten Endes das Haustor. Davor zu stehen war fragwürdig, unten auf dem Straßenpflaster hatten sich Schichten von Vogelexkrementen angesetzt, oben in der Dachrinne saßen die Tauben, die ab und zu ihren Beitrag zur obersten Schicht fallen ließen.

Drinnen war es dann aber erstaunlich gepflegt. Ein Fußboden aus Terracotta, ein Rezeptionstisch aus Ebenholz. Das Zimmer lag unter dem Dach, es war unerwartet hell, wenn man die Läden öffnete. Das Problem war lediglich, daß es darin nur ein Bett gab.

Ein Bett, auf das der Padrone einladend wies.

Un matrimonio, sagte er.

Ja, schön, sagte ich, aber wir sind zwei. Ich habe ein Zimmer mit zwei Betten erwartet.

Damit könne er nicht dienen, sagte der Mann, er habe nur dieses oder gar keines.

Er war ein kleiner Mann mit ironischen Augen.

Una bella camera per una bella coppia.

Vielleicht haben Sie ein Klappbett, wollte ich sagen – aber was hieß Klappbett auf italienisch?

Machen Sie kein Theater, sagte Maria. Das Bett ist breiter als das gestrige.

Sehen Sie, Commissario, das war ihr praktischer Sinn. Ein gesunder Realismus, der sich ohne viel Wenn und Aber auf die jeweilige Situation einstellte. Ihre gefalle es hier, sagte sie und setzte sich aufs Bett. Nur das Bild über dem Bett sei ein bißchen eigen.

Das Bild kopierte den Stil von Botticelli, war aber offensichtlich viel später gemalt. Eine Gruppe von Jägern hatte sich anscheinend in einem Wald verirrt. Von ihren Pferden abgestiegen, standen sie auf einer Lichtung und wirkten verloren. Aus dem Dickicht hinter ihnen lugten drei Nymphen.

Und was nun? fragte ich.

Ich habe Hunger, sagte Maria.

Na gut, sagte ich, dann gehen wir etwas essen.

Wie sich erwies, hatte um diese Zeit wenig offen. Aber in einer Bar aßen wir einige Schnitten *pizza al taglio*.

Das heißt, genaugenommen aß ich eine und sie drei.

Es war schön zu sehen, wie es ihr schmeckte.

Ihre Silhouette beim Pizzaessen.

Wie sie am Fenster saß, gegen das Licht draußen.

Sie sei schon früher in Venedig gewesen. Im Alter von vier oder fünf habe sie mit ihrer Mutter zwei oder drei Tage dort verbracht. Mit ihrer Mutter und einem von deren Freunden. Vielleicht habe es sich dabei um den ersten ernstzunehmenden Freund nach ihrem Vater gehandelt.

Sie zuckte die Achseln. Na ja, sagte sie, vielleicht auch nicht. Jedenfalls war es der erste, an den sie sich erinnerte. Ein großer Mann mit langen, blonden Haaren. Wer bist denn du? habe sie gefragt. Ich bin der Rolf, habe er geantwortet.

Gar nicht wahr, habe sie gesagt. Rolf war für sie ein Hundename.

Kann schon sein, habe er geantwortet und im Scherz gebellt.

Er konnte auch winseln und knurren, erzählte sie. So echt habe das geklungen, daß sie nicht gewußt habe, ob sie lachen sollte oder weinen.

Nach einer Weile habe sie ihre Reserve gegen diesen Rolf abgelegt. Er habe sich um sie bemüht, sagte sie, das habe sie für ihn eingenommen. Ihre Mutter habe sie an der rechten, er an der linken Hand gehalten. Und dann habe er sie hochgehoben und auf seinen Schultern getragen.

Sehr hoch, sagte sie. In ihrer Erinnerung maß er beinahe zwei Meter. Der Blick von seinen Schultern sei eindrucksvoll gewesen. Unten gewölbte Brücken, schmale Kanäle. Eine bestimmte Brücke über einen bestimmten Kanal sah sie noch lang danach in ihren Träumen.

Sie versuchte, mir diese Brücke zu beschreiben, aber das war schwer. Der schön gespannte Bogen, das reich verzierte Geländer. Alte Laternen am Ufer davor und danach. Treppen, die zur dieser Brücke hinauf und wieder von dieser Brücke hinunter führten.

Sie hatte die fixe Idee, diese Brücke zu finden. Die ist es – nein, die nächste –, aber keine war es. Nach und nach gerieten wir in ein Gewirr von Gassen und Wasserläufen, die zumindest ich nicht überblickte. Ich hatte das Gefühl, daß wir an gewissen Stellen immer wieder vorbeikamen.

Zum Beispiel an der Ecke mit der kleinen Marienstatue unter dem Erker. Sie saß hinter Glas, zu ihren Füßen brannte ein rötliches Licht. Mit der Dämmerung wurde das Licht immer deutlicher. Jedesmal, wenn wir erneut in seine Nähe kamen, sahen wir es schon aus größerer Entfernung.

Bis halb fünf oder fünf war es vollends finster. Es wurde auch kalt, und wir hatten das Bedürfnis, uns zu wärmen. Auf einem runden Platz mit einem Brunnen in der Mitte fanden wir eine Vinothek. Bekommt man auch Glühwein? fragte ich auf deutsch. Ja, sagte der Wirt, warum nicht?

Er war ein freundlicher Mensch. Zum Glühwein stellte er uns *cantucci* auf den Tisch. Nicht nur ich, sondern auch er beobachtete Maria mit Vergnügen. Das sah ich ihm nach. Sie war einfach hübsch anzusehen. Wie sie vorsichtig und konzentriert trank, wie sie die Hände ums Glas schloß, wie sich ihre Wangen röteten.

Während der drei Tage Venedig habe sie Rolf richtig liebgewonnen. Wenn wir Glück haben, habe ihre Mutter gesagt, abends im Hotel am Bett der kleinen Tochter sitzend, die ich mir vorzustellen versuchte, ein Vorschulkind mit fast erwachsenem Blick, wird er dein neuer Papa. Diese Aussicht habe ihr beinah so gut gefallen wie die Aussicht von seinen Schultern. Aber als sie wieder daheim gewesen waren, sei der Zweimetermann irgendwie abhanden gekommen.

Sie schwieg eine Weile und schaute zum Fenster hinaus. Dann trottete ein zottiger Hund an den Brunnen. Ein paar Jahre später, sagte sie, habe sie einen Hund gehabt. Aber der sei entlaufen und nicht zurückgebracht worden, obwohl sie straßauf, straßab Zettel mit seiner Beschreibung und dem Versprechen eines kleinen Finderlohns geklebt habe.

An dieser Stelle, Commissario, spürte ich aus meiner Brust den Pflegetrieb aufsteigen, der mir in den nächsten Wochen immer wieder zu schaffen machte. Oder stieg dieser Trieb aus meinem Bauch auf? Marias rechte Hand lag nun auf dem Tisch neben dem Glas. Ich war drauf und dran, nach dieser Hand zu greifen, um sie zu streicheln, aber einen Atemzug bevor ich diesem Impuls folgen konnte, wurde ihre Position verändert. Rasch griff Maria nach dem Glas und trank aus. Gehen wir? fragte sie. Na schön, sagte ich, gehen wir. Ich zahlte an der Theke. Was hat sie denn? fragte der Wirt. Da war sie schon draußen. Ich mußte mich beeilen, ihr nachzukommen.

17

Es begann wieder ein wenig zu regnen, also kaufte ich bei einem schwarzen Straßenhändler einem Schirm. Behutsam spannte ich ihn über Maria und mir auf. Sie nahm das zur Kenntnis, sagte aber kein Wort. Na komm, sagte ich. Du kannst dich doch ohne weiteres bei mir einhängen.

Ohne weiteres? fragte sie.

Ja, sagte ich.

Sie meinen, es hat nichts darüber hinaus zu bedeuten?

Genau, sagte ich. Es hat keinerlei Konsequenzen. Außer, daß wir beide etwas trockener bleiben.

Jetzt erzählen Sie einmal etwas von sich, sagte sie schließlich.

Hab ich doch schon, sagte ich. Ich war freier Mitarbeiter beim Radio.

Sonst nichts? fragte sie. Sie müssen doch ein Privatleben gehabt haben.

Vermutlich, sagte ich. Aber daran kann ich mich kaum mehr erinnern.

Das glaub ich Ihnen nicht, sagte sie. Sind Sie verheiratet?

Ja, sagte ich. Aber ich habe mich von meiner Frau getrennt. Oder meine Frau hat sich von mir getrennt, das ist eine Frage der Perspektive.

Und warum? fragte sie.

Zwischen uns hat nichts mehr gestimmt.

Was hat nicht mehr gestimmt? Haben Sie keine Freude mehr aneinander gehabt?

Ja, sagte ich. Und keinen Respekt mehr voreinander.

Traurig, sagte sie.

Stimmt, sagte ich, aber ich glaube, das kommt häufig vor.

Und? Haben Sie Kinder?

Ja, sagte ich. Einen Sohn.

Schon erwachsen?

Nein, sagte ich, erst elf.

Ich rechnete nach. Genaugenommen schon zwölf.

Oh, sagte sie charmant: Da haben Sie sich aber Zeit gelassen.

Von der Tochter, die Vera und ich gehabt hätten, wollte ich ihr nichts erzählen. Das war schon so lang her. Die Wunde war vernarbt. Und doch, manchmal tat sie noch weh, das war eigenartig. Die Trauer um eine Person, die man gar nicht gekannt hat ...

Wir waren inzwischen auf den Zattere angelangt. Von der Giudecca-Insel gegenüber sah man nur wenige Lichter. Alle Lokale an der Uferpromenade waren geschlossen. Blieben wir stehen, so hörten wir, wie das Wasser gegen die Fundamente schwappte.

Plötzlich hatte ich das Gefühl, daß wir an einer Stelle standen, an der ich mit Vera gestanden war. Damals waren wir beide noch an die Uni gegangen. Eine Interrailreise in den Semesterferien. Venedig war eine der ersten Stationen gewesen.

Wir hatten unsere Rucksäcke in einem Schließfach am Bahnhof deponiert. Dann waren wir einfach durch die Stadt gestreunt. Gepicknickt hatten wir auf irgendwelchen Kirchenstufen. Vera hatte eine billige Kamera dabei gehabt und ab und zu ein Foto gemacht. Zum Beispiel hier − ein großes Schiff war vorbeigefahren, das Wasser hatte geglitzert. Die Gebäude am anderen Ufer: ein Schattenriß. Das wird schön, hatte Vera gesagt, du wirst sehen. Aber später, als wir auf einem Markt Obst einkauften, war uns die Kamera mit den schönen Bildern abhanden gekommen.

Auch davon erzählte ich nichts. Ein paar hundert Meter gingen wir schweigend. Dann kamen wir an eine Stelle, an der es nicht weiter ging. *Fondo chiuso.* Eine trüb leuchtende Laterne bewegte sich im Wind. So hab ich mir als Kind, sagte Maria, das Ende der Welt vorgestellt.

Wir gingen also zurück, was blieb uns übrig. Zwar brauchte ich eine Weile, bis ich die hölzerne Akademiebrücke fand, aber dann waren wir wieder in belebteren Gegenden. *Campo Santo Stefano, Campo San Maurizio* – dort kannte ich mich besser aus. Nicht weit von hier, sagte ich, muß das Palasthotel Gritti sein.

Und? sagte Maria.

Dort habe ich Interviews aufgenommen, als ich das Feature über Hemingway gemacht habe.

So, sagte Maria.

Ja, sagte ich. Dort hat er nämlich gewohnt.

Wer? fragte sie.

Na, Hemingway, sagte ich. Als er dieses Buch geschrieben hat.

Welches Buch? fragte sie.

Das über den alten Oberst und das junge Mädchen.

Es sei gewiß nicht Hemingways bestes Buch. Aber es habe doch etwas eigenartig Berührendes. Das junge Mädchen sei übrigens eine junge Gräfin. Und der Oberst sei eigentlich noch gar nicht so richtig alt, aber herzkrank.

Klingt schlimm, sagte Maria.

Na ja, ganz so schlimm ist es auch wieder nicht. Der Oberst versucht jedenfalls, so zu tun, als ob es nicht so schlimm wäre ... Trinkt tüchtig in Harrys Bar, zu der er vom Gritti nur ein paar Schritte zu gehen braucht. Und trifft die Contessa ...

In diesem Moment traten wir durch einen unscheinbaren Durchgang und standen unversehens auf dem Markusplatz.

Der Platz war fast menscheleer, ich hatte ihn nie zuvor so gesehen. Die Palazzi und die Basilika von einem jedenfalls in meiner Erinnerung milden, indirekten Licht beleuchtet, wie von innen her strahlend. Das Pflaster glasiert vom Regen, die Lichter spiegelnd. Maria löste sich von mir, lief unter dem Schirm, der uns gemeinsam bedeckt hatte, hervor in die Mitte des Platzes, breitete die Arme aus und drehte sich ein paar Mal um sich selbst.

Ihre Stimmung steckte mich an. Man muß die Feste feiern, wie sie fallen. *Hier*, dachte ich. *Jetzt.* Diese unwahrscheinliche Konstellation. Dieses Mädchen und ich: gestern vormittag hatten wir uns noch nicht einmal gekannt. Vielleicht würden wir uns morgen wieder trennen – aber den heutigen Abend sollten wir genießen.

Das Café Florian hatte zu. Aber das Gran Café Chiogga um die Ecke hatte offen. Ein Pianist und ein Bassist, beide in schwarzen Anzügen, spielten Jazz-Standards. Maria trank einen Punsch, ich einen Martini extra dry. Dann trank ich noch einen, und Maria bekam einen flamingofarbenen Cocktail. Danach waren wir gut aufgelegt und fuhren mit dem Wassertaxi bis zum *Ca' d'Oro*. Von dort schlenderten wir durch die Via Nova, da verschaute sich Maria in einen kleinen, mondförmigen Anhänger. Türkis, sehr zart. Türkis ist mein Lieblingsstein, sagte sie. Ich ging also zum dritten Mal an diesem Tag zum Bankomaten.

Ich wollte noch 200 Euro abheben, wurde jedoch digital darüber informiert, daß ich heute nur mehr 100 bekäme. Ich nahm, was ich bekam. Der Anhänger war nicht wirklich teuer. Trotzdem fragte ich mich, ob mein Rest Bargeld noch fürs Abendessen reichen würde. Und wenn nicht? Sollte ich zechprellen oder mit der Kreditkarte zahlen?

Weder noch. Ich durfte die Polizei nicht auf unsere Spur lenken ... Aber würde ich das durch den Gebrauch der Bankomatkarte nicht auch tun? ... Für den Fall, daß man mich suchte? ... Blödsinn, dachte ich – warum sollte man mich überhaupt suchen? ... Ich konnte davon ausgehen, daß ich vorläufig niemandem abging.

Was Maria betraf, so lag der Fall allerdings etwas anders. Zwar behauptete sie nach wie vor, daß sich ihre Mutter, in den Armen des Hamburger Beischläfers erfahrungsgemäß von temporärer Amnesie befallen, frühestens Montag ihrer erinnern werde. Aber wie stand es mit dem famosen Wolf? Hätte er, als er ihre Botschaft in seiner Sakkotasche gefunden hatte, nicht doch versucht, mit ihr Verbindung aufzunehmen?

Keine Chance, sagte Maria. Sie habe ihr Mobiltelefon ausgeschaltet.

Das war eine gute Idee, sagte ich. Komm nur ja nicht auf den Gedanken, es wieder einzuschalten!

Natürlich, lächelte Maria, wird er sein Auto vermißt haben. Aber ich glaube nicht, daß er deswegen die Polizei bemüht hat.

Diese Unterhaltung führten wir schon beim Abendessen. Das Lokal, in dem wir es zu uns nahmen, hieß *Paradiso perduto*. Es lag etwas abseits, an einem langen, geraden Kanal. Die Gegend dort erinnerte eher an Amsterdam als an Venedig. *Paradiso perduto*. An einem Lokal dieses Namens konnten wir nicht vorbeigehen. Im übrigen sah es nicht sehr teuer aus. Junge Leute, sowohl das Personal als auch die Gäste. Maria paßte gut dazu, und ich bemühte mich, nicht allzu alt zu wirken.

Wir saßen an einem Tisch, den die Kellnerin, sobald wir Platz genommen hatten, mit Packpapier bedeckt hatte. Vor uns stand ein großer Teller voll Muscheln, ein Krug Weißwein und eine Flasche Mineralwasser. In der Luft lag der gute Geruch von gebratenem Fisch, dem wir noch zusprechen würden. Und Maria, wie gesagt, lächelte, weil sie sich ausmalte, wie Wolf auf den Parkplatz der Schule getreten war und sein Auto nicht vorgefunden hatte.

Spätestens in diesem Moment hätte er wohl auch den Schlüssel vermißt. Und wahrscheinlich im selben Augenblick den Zettel in der Tasche seines Sakkos gefunden. Da hätte er sicher eine Verbindung zwischen dem einen und dem anderen hergestellt. Der Abwesenheit des Schlüssels beziehungsweise des Autos und der Anwesenheit des Zettels.

Der Wolf, sagte sie, sei ein intelligenter Mensch. Intelligent und phantasievoll dazu. Das sei es ja, womit er sie herumgekriegt habe. Seine Intelligenz und seine Phantasie, eine, wie sie glaube, gar nicht so häufige Kombination! Ur-gebildet sei er natürlich auch. Die Bücher in seiner Wohnung – wow! könne man da nur sagen. Aber das Beste sei, was ihm dazu einfalle. Die Kreuz- und Querverbindungen zwischen Altem und Neuem Testament – also manches, was er ihr da erzählt habe, sei echt spannend.

Von wegen Paradies, sagte sie, verloren oder nicht – Raten Sie, wie er den alten Adam genannt hat? Adam, der Klon Gottes – na, wie finden Sie das?

Interessant, sagte ich. Und Eva wäre dann der Klon Adams?

Ja, sagte sie, wenn es nach ihm geht schon. Darüber haben wir allerdings im Scherz gestritten. Die Frauen sind ja im Grund zuerst da, oder? Auch die Embryos, sagte sie, sind ja zuerst alle weiblich.

Hier brauchte sie eine Pause und nahm einen Schluck. Hab ich gehört, sagte sie. Im Biologieunterricht. Wahrscheinlich war also eigentlich Eva zuerst da. Als Klon einer Göttin. Aber das wär eine andere Geschichte.

Nun, jedenfalls sei der Wolf ziemlich hell im Kopf. Der geht nicht zur Polizei, sagte sie. Der kapiert, daß das Verschwinden seines Autos mit meinem Verschwinden zu tun hat.

Wieso? fragte ich.

Er wird annehmen, sagte sie, daß *ich* es entführt hab.

Sie sei achtzehn. Vor zwei Monaten habe sie die Führerscheinprüfung gemacht.

18

Wie wir dann aus dem *Verlorenen Paradies* in die Pension zurückkamen. Vorerst bester Laune – durchaus beschwingt, könnte man sagen. Es regnete nun nicht mehr, den Schirm hatte ich unaufgespannt getragen, trotzdem hatte sich Maria bei mir eingehängt. Die Treppe hinauf stützten wir einander etwas mehr als wirklich notwendig. Es war mehr Spiel als Ernst, Commissario, glauben Sie mir. Wir waren angeheitert, im erfreulichsten Sinn dieses Wortes. Mehr war es nicht – Sie werden mir beipflichten, daß zwei Halbliterkrüge Wein zu einem guten Abendessen nicht unangemessen sind. Wobei Maria nach dem ersten, pur genossenen Schluck dazu übergegangen war, ihren Wein mit Wasser zu verdünnen.

Daß sie sich nun im Zimmer gleich aufs Bett fallen ließ, unter das Bild mit den Jägern und Nymphen, das war gewiß auch Pose. Hopps, sagte sie. Sie sei ehrlich gesagt etwas schwindlig. Den geringfügigen Zungenschlag, den sie zweifellos hatte, übertrieb sie ein wenig. Sie wisse nicht, ob sie noch imstande sei, sich auszuziehen.

Ja und? sagte ich. Diese Frage verfolgte kein eindeutiges Ziel.

Es ging einfach darum, zu klären, ob sie angezogen bleiben wollte oder ob ich ihr helfen sollte.

Ich bin ziemlich sicher, sie verstand es auch so.

Wenn Sie so freundlich sein wollen ..., sagte sie versonnen.

Ich zog ihr also zuerst die Stiefel aus. Und dann die hübsche Jacke und den Pullover. Mein Gott, Commissario, schließlich hatte ich sie am Vormittag eingekleidet! Ich fand es nicht ganz falsch, daß ich sie nun, am späten Abend, wieder auskleidete.

Im übrigen keineswegs ganz, dazu war das Zimmer zu kühl. Warum hatte ich bloß vergessen, ihr und mir Pyjamas zu kaufen? Mir ist kalt, sagte sie. Das war eigentlich die gleiche Situation wie am Vortag. Nur daß nun *sie* schon im Bett lag. Kommen Sie, sagte sie, kuscheln Sie sich zu mir.

Das meinte nicht mehr als das: wärmendes Kuscheln.

Oder doch? Einen angehaltenen Atemzug lang wurde ich unsicher.

Wenn uns der Wolf jetzt sehen könnte! sagte sie.

Hatte sie in diesem Moment womöglich die Idee, ihrem Religionslehrer und Liebhaber eins auszuwischen?

Mein Herz klopfte. Ich bilde mir ein, ich habe in diesem Augenblick auch ihres klopfen gehört. Da steckten wir miteinander unter einer Decke, und zwar in einer recht anderen Stimmung als am Vorabend. Vielleicht, dachte ich, sollten wir einfach das Beste daraus machen. Aber gerade in dem Moment, als ich der Versuchung nachgeben wollte, sprang Maria auf und lief ins Badezimmer.

Dort kotzte sie ausführlich. Vielleicht waren es ja die Muscheln. *Mir* allerdings ist davon nicht übel geworden.

Kann ich dir helfen? fragte ich durch die Badezimmertür.

Nein, sagte sie dumpf.

Als sie wieder ins Bett kam, schlief sie sofort ein.

19

Am folgenden Morgen aß sie lieber kein Frühstück. Ich war mit ihr solidarisch und begnügte mich mit einem Espresso. Bevor ich das Zimmer zahlen konnte, mußte ich noch zum nächsten Bankomaten. Gottlob war er gutwillig. Ich hob gleich die 400 Euro ab, die er mir für den neuen Tag gewährte. Was man hat, das hat man, dachte ich. Jetzt konnten wir eine Etappe weiterfahren. Das heißt, wenn Maria das überhaupt noch wollte. Sie hatte nichts Diesbezügliches gesagt, ich hatte sie vorsichtshalber nicht gefragt. Vielleicht hatte sie die mißlungene Nähe der vergangenen Nacht doch etwas verstört. Es war ein schöner, aber frostiger Tag. Das Licht war sehr weiß. Die Gesichter der Menschen, denen ich auf meinem Weg von der Bank zurück zur Pension begegnete, sahen blaß aus. Das Läuten von Kirchenglocken lag in der Luft. Es war Sonntagvormittag, Freitag mittag waren wir gestartet.

Als ich in die Pension zurückkam, war Maria nicht im Zimmer. Ich spürte ihre Abwesenheit, kaum daß ich über die Schwelle trat. Mir brach auf der Stelle der Schweiß aus. Ich mußte ins Badezimmer, um mir Gesicht und Nacken zu waschen. Die gelbe Zahnbürste, die ich ihr in Udine gekauft hatte, steckte nicht mehr im Zahnputzbecher. Aus dem Schrank im Vorraum war die Jacke mit dem Kaninchenkragen verschwunden. Auch der Schulrucksack war nicht mehr zu finden. Ich lief die Treppe hinunter zur Rezeption. *Ha visto la signorina?* Ja, sagte der Padrone, die sei vor etwa einer Viertelstunde zur Tür hinaus.

Ich verlangte die Rechnung und legte einen Geldschein auf das Pult. Wartete nicht auf das Wechselgeld und die Zahlungsbestätigung, sondern war schon draußen. Die enge, taubenbeschissene Gasse – war Maria rechts oder links gegangen? Hatte sie sich Richtung *Rialto* gewandt oder Richtung *Ferrovia?* – Eher letzteres. Ich sah sie schon auf dem Weg zum Bahnhof. Sollte ich sie nicht einfach fahren lassen? Freitag nachmittag hatte ich sie doch noch selbst in einen Zug setzen wollen. Was hatte ich nun dagegen zu haben, wenn sie zur Vernunft gekommen war und das verrückte Abenteuer für ihren Teil abbrach?

Wenn sie jetzt abfuhr, würde sie noch Sonntag abend zu Hause sein. Sie würde Montag früh in die Schule gehen. Ihre Mutter, die, wenn ich recht verstanden hatte, gleich vom Flughafen in die Arbeit fuhr, in irgendein Büro, in dem sie am Computer saß, würde sie am folgenden Abend nicht vermissen. Es würde so sein, als ob überhaupt nichts geschehen wäre.

Bis auf die Schwangerschaft natürlich, aber das sollte nicht meine Sorge sein. Damit hatte ich nichts zu schaffen, das ging mich nichts an. Und bis auf die Autoentführung, aber davon mußte Maria nichts wissen. Daß sie die Polizei davon informieren würde, hielt ich für unwahrscheinlich.

Konnte ich mich also nicht froh und von einer Verantwortung befreit fühlen, die mir durch eine absurde Verkettung von Zufällen auferlegt worden war? Konnte ich mich jetzt nicht leichteren Herzens ins Auto des Religionslehrers setzen und einfach auf und davon

fahren, bis ich irgendwo über den Rand der Welt hin-
abstürzte? Commissario, das menschliche Herz ist
ein eigenartiges Organ! Meines jedenfalls fühlte sich
in diesem Augenblick nicht erleichtert, sondern tat
schlicht und einfach weh.

Außerdem fiel mir ein, daß Maria ja wahrscheinlich
gar nicht genug Geld bei sich hatte, um ein Ticket zu
lösen. Würde sie also versuchen, schwarz zu fahren?
Würde sie am Ende erwischt werden und wer weiß
welche Probleme bekommen? Schon fühlte ich die
Verantwortung wieder, von der ich mich gerade hatte
verabschieden wollen.

Ich hatte meine Schritte etwas gebremst, aber jetzt
war ich drauf und dran, sie wieder zu beschleunigen.
Vielleicht konnte ich ja den Bahnhof noch vor Abfahrt
des nächsten Zuges erreichen. Vielleicht konnte ich
Maria zumindest das Geld für die Fahrt geben. Und sie
zum Abschied wenigstens väterlich umarmen. Ich war
im Begriff, einen kleinen Marktplatz zu überqueren.
Es war Sonntag, wie gesagt, die Buden waren geschlossen. Aber um einen Container, der offenbar noch
Reste von Eßbarem enthielt, hatte sich ein Rudel Katzen gesammelt. Und inmitten dieser Katzen kniete sie.

Tatsächlich: Da kniete sie einfach und fütterte die
Miezen. Mit der Mortadella aus einem *panino*, den sie
wahrscheinlich in irgendeiner Bar gekauft hatte. Sie
fütterte die Tiere und redete offenbar zu ihnen. Ich
wollte sie nicht unterbrechen, außerdem hätte ich im
ersten Moment gar nicht sprechen können. Etwas in
meinem Hals fühlte sich problematisch an. Wie würde
ich dastehen, wenn ich einfach losheulte? Die Sonne
war jetzt schon etwas wärmer als vorher, sie tauchte
die Szene in ein sanftes Licht. Ich bemühte mich, das
Bild zu speichern, das ich mangels Kamera nicht auf-
nehmen konnte.

Nach ein paar Sekunden spürte Maria anscheinend meinen Blick. Jedenfalls hob sie die Augenlider und sah mich.

Hallo! sagte sie.

Hallo! Ich mußte mich räuspern.

Haben Sie alles erledigt?

Ja, nickte ich.

Dann war die Mortadella komplett verfüttert. Als die Katzen bemerkten, daß es nur mehr Brot gab, wurden sie skeptisch. Die eine oder die andere ließ sich noch ein wenig streicheln, aber nach und nach wandten sie sich ab.

Na schön, sagte Maria und erhob sich. Dann können wir ja weiterfahren.

20

So ging unsere gemeinsame Fahrt also vorläufig weiter. Mit dem Vaporetto fuhren wir zur *Piazzale Roma*, mit dem Aufzug in den siebenten Stock des Parkhauses. Das Auto des Religionslehrers war noch da. Ich nahm den Schlüssel aus der Sakkotasche und sperrte auf.

Einen Augenblick dachte ich daran, Maria einen Vorschlag zu machen. Übrigens, hätte ich etwa sagen können, weil wir gerade wieder ins Auto einsteigen … Was hältst du davon, die Plätze und Rollen zu tauschen? … Ich auf den Beifahrersitz, du hinters Steuer … Genaugenommen wäre das angebracht. Ich hoffe, du hast den Führerschein, von dem du gestern abend gesprochen hast, bei dir. Aber ich zögerte eine Sekunde zu lang. Und Maria tat das Ihre, mich vorläufig auf meine Rolle als Fahrer zu fixieren.

Sie öffnete nämlich die hintere Wagentür. Und legte

sich einfach wieder auf den Rücksitz. Sie fühle sich, sagte sie, doch ein bißchen erschöpft. Wenn ich nichts dagegen habe, werde sie noch ein wenig schlafen.

So war das, Commissario. Ich legte also den Sicherheitsgurt an und fuhr los. Während sie hinter mir wieder unter dem Mantel des Religionslehrers verschwand. Da fuhr ich und konnte nicht anders: Vielleicht war das so etwas wie Schicksal. Über den *Ponte della Libertà* fuhr ich aufs Festland.

Binnen kurzem war ich wieder auf der Autobahn. Und fuhr Richtung Süden. Kurz nach Padua standen die ersten Pinien. Der Himmel wie ausgekehrt: weiße, vom Wind zerfetzte Wolken. Darunter flogen Schwärme von Krähen und Möwen.

Im Radio fand ich zuerst wieder nichts als Werbung. Ein paar Millimeter daneben Songfragmente. Stimmen tauchten auf und gingen gleich wieder unter. Sie kamen mir vor wie die Stimmen von Ertrinkenden.

Dann sprach eine Stimme in einem Raum mit viel Echo. Sie redete vom Glauben. Sie redete von Spiritualität. *La fede aiuta*, sagte sie, der Glaube hilft. Offenbar handelte es sich um die Übertragung einer Messe.

Der Engel des Herrn brachte Maria die Botschaft. Und sie empfing. Vom Heiligen Geiste. Siehe, ich bin die Magd des Herrn usw.

Maria richtete sich kurz auf: Könnten Sie dieses Programm bitte abdrehen?

Entschuldigung, sagte ich. Ich habe gedacht, du schläfst.

Ich auch, sagte Maria und verkroch sich wieder.

Das war auf der Höhe der Euganeischen Hügel.

Auf der Strecke zwischen Etsch und Po fiel dann der Nebel ein.

Occhio ai segni, konnte ich gerade noch lesen: Haben Sie ein Auge auf die Zeichen. Im nächsten Moment flatterte ein Vogel vor der Windschutzscheibe. Ein kleiner Aufprall winzigen Lebens, und schon war es vorbei. Maria schlief nun wirklich fest oder war zumindest fest entschlossen, bis auf weiteres keine Störung mehr zu akzeptieren.

Die Verkehrskontrolle hatten wir kurz nach Ferrara. Ein Carabiniere auf einem Motorrad überholte und stoppte uns. In seiner schwarzen Lederkluft und mit seinem Helm wirkte er wie ein Ritter aus einem Fantasy-Film. Er klappte das Visier hoch und verlangte die Papiere.

Die *Auto*papiere. *Meine* Autopapiere. Einen Moment lang war ich geneigt, das Spiel aufzugeben. Dann begriff ich, daß es erst richtig begann. An Ihrer Stelle, sagte Maria, würde ich die aus dem Handschuhfach nehmen. Okay, wir spielten das Spiel mit einem gewissen Risiko. Wer nicht wagt, gewinnt nicht, dachte ich, und was habe ich schon zu verlieren. Ich griff also nach den Papieren des Religionslehrers. Ich reichte sie dem Carabiniere mit möglichst unbeteiligter Miene.

Er nahm sie entgegen und betrachtete sie. Auf diesem Foto ..., sagte er – schon hielt ich das Spiel wieder für verloren. Auf diesem Foto waren Sie aber noch jünger. Bei Gelegenheit sollten Sie ein neues anfertigen lassen.

21

Das war der erste Impuls für meine – wie soll ich es nennen – für meine psychische Annäherung an den Religionslehrer. Gewiß, Paßbilder, noch dazu Automatenfotos, vermitteln nicht viel vom Wesen eines Menschen. Doch daß uns der Polizist aufgrund einer gewissen Ähnlichkeit für ein und dieselbe Person gehalten hatte, in verschiedenen Lebensphasen, das wohl, aber letzten Endes, daran hatte er nicht gezweifelt, identisch, das gab mir zu denken. Meine diesbezüglichen Gedanken nahmen in dieser Phase noch keine konkrete Form an, sie bestanden eher aus einer Folge von Phantasievorstellungen, aber sie beinhalteten eine Fülle von Möglichkeiten.

Draußen der Nebel, aus dem nur ab und zu Signale und Hinweistafeln auftauchen. Ortsnamen wie Altedo, Bentivoglio, dann schon der Hinweis auf die Abfahrt zum Bologneser Flughafen. Kurz sah man die Kuppel auf dem Hügel über Bologna wie ein UFO. Doch dann, auf der Steigung zum Appenin, wurde die Sicht womöglich noch schlechter.

Hinter mir auf dem Rücksitz war Maria anscheinend wieder eingeschlafen. In meinem Kopf begann ein Film zu laufen, der in dem Augenblick startete, in dem der Religionslehrer aus dem Schultor trat. Der Parkplatz des Realgymnasiums, außen, Tag. Wolf, der mit raschen Schritten auf die Stelle zuging, an der er fünfeinhalb Stunden zuvor seinen VW geparkt hatte. Drei sehr rasch aufeinander geschnittene Einstellungen. Die Hand, wie sie in die Tasche griff / Die leere Stelle, an der kein Auto mehr stand / Barbachs ungläubiger Blick. Das war zum Lachen. Anderseits: Wenn man es durch seine Augen sah ... Er fand das sicherlich nicht halb so komisch.

Hatte er vielleicht ähnliche Ängste wie ich? Zweifelte auch er manchmal an seinem Erinnerungsvermögen? – Nein, dazu war er zu jung. Die Wahrscheinlichkeit einer Alzheimererkrankung war ungleich geringer. Auch wenn er sich manchmal vermutlich etwas erschöpft fühlte.

Nach langer, nächtlicher Arbeit am Computer. Nach häufig nicht mehr als drei bis vier Stunden Schlaf.

Wenn er da auf die Straße trat und in sein Auto stieg, wenn er da startete, den gewohnten Weg durch den stockenden Frühverkehr nahm und schließlich, gerade noch rechtzeitig angekommen, sein Auto vor der Schule parkte ... Das tat er, konnte ich mir denken, fast automatisch, ein bißchen traumwandlerisch, jedenfalls in einem nicht besonders bewußten Zustand.

Schon möglich also, daß er sich nun noch einmal auf dem Parkplatz umschaute. Vielleicht hatte er den Wagen doch woanders geparkt. Dann aber kein Zweifel mehr: Sein Auto war weg. Auch der Schlüssel fand sich weder in der rechten noch in der linken Sakkotasche. Hingegen der Zettel. Marias Schulmädchenschrift. Zum Mitlesen nah. Im radikalen Gegensatz dazu die nächste Einstellung aus der Vogelperspektive. Die Kamera in meinem Kopf sah den Religionslehrer von hoch oben. So klein, wie er dort unten auf dem Parkplatz aussah, tat er mir fast ein bißchen leid.

Obwohl er doch eigentlich ein Arschloch war. Oder nicht? Erzähl mir etwas mehr über deinen Wolf, sagte ich zu Maria. Das war in der Raststation bei Roncobilaccio. Der Nebel war so dicht geworden, daß ich es für angebracht hielt, eine Pause einzulegen. Maria war ausgeschlafen und wieder bei bestem Appetit. Die Tortellini schmeckten ihr, sie gab mir zu verstehen, daß sie eine zweite Portion vertragen würde. Daß es sich um Instant-Pasta handelte, schien sie nicht zu stören. Er ist nicht *mein* Wolf, sagte sie, damit das klar ist.

Was soll ich Ihnen von Wolf erzählen? fragte sie. Und wozu eigentlich? Wollen Sie einen Steckbrief von ihm? Haben Sie einen Bleistift oder einen Kugelschreiber?

Hier, sagte ich.

Sie begann ein Strichmännchen auf ihre Papierserviette zu zeichnen.

Er sei ungefähr so groß wie ich, die Statur sei nicht unähnlich. Allerdings sei er etwas schlanker als ich und lasse die Schultern weniger hängen. Einige spießchenhafte Striche auf dem Kopf signalisierten die Haare. Die seien ein bißchen dünkler und zweifellos dichter als meine.

Aber die Augen, sagte sie und setzte zwei Punkte in das Mondgesicht. Manche Menschen haben ausgesprochene Knopfaugen, hab ich nicht recht?

Ja, sagte ich und bemühte mich, ihrem Blick, der *meine* Augen inspizierte, standzuhalten.

Wolf nicht. Sie zeichnete Strahlenkränze um die Punkte.

Seine Augen hätten eine gewisse Tiefe. Sie bohrte mit dem Bleistift kleine Löcher in die Serviette. Darunter wurde der Stoff des Tischtuchs sichtbar. Vielleicht sei sie zuallererst auf seine Augen hereingefallen.

Die Hände zeichnete sie mit geringerem Duktus. Er habe, wie solle sie sagen, schüchterne Hände. Diese Hände seien eigentlich zu klein für einen Mann. Gegebenenfalls seien es allerdings zärtliche Hände.

Fehlt noch was? fragte sie. Ah ja! sagte sie und zeichnete dem Strichmännchen einen Schwanz. Sie sah mich an und wartete, was ich dazu sagte. Ich zog es vor, das nicht zu interpretieren. Nach einer Weile durchkreuzte sie das Männlichkeitssymbol mit zwei kräftigen Strichen.

zweiter

teil

I

Ich stellte mir Wolfgang Barbach, den Religionslehrer, unter der Dusche stehend vor. Etwa eine halbe Stunde, nachdem er entdeckt hatte, daß sein Auto weg war. Ich sah das Wasser an seinem Körper hinunterrinnen, ich sah das aus seiner Perspektive. Über seinen Bauch rann das Wasser in die Schamhaare, die dadurch ein häßlich triefendes Aussehen annahmen.

Woran dachte er? Welche Gedanken könnten in dieser kritischen Situation durch seinen Kopf gelaufen sein? Höchstwahrscheinlich dachte er an sein Auto, mindestens ebenso wahrscheinlich dachte er an Maria. Das Auto war weg, Maria, deren Mobiltelefonnummer er gleich nach der Auffindung des Zettels in seiner Sakkotasche und seither noch mehrere Male gewählt hatte, war nicht erreichbar. Ohne Frage brachte er das eine mit dem anderen in Zusammenhang.

Jetzt war es also soweit. Er hätte es nicht soweit kommen lassen dürfen. *Wie* weit, das wußte er vielleicht nicht so genau, aber ich ging davon aus, daß er es ahnte. War sein Ausweichen nicht ein Indiz dafür? Ja, er ahnte etwas, aber er wollte es nicht wissen, er konnte sich etwas denken, aber er wollte es nicht wahrhaben.

Mein Gott, Maria! Er hätte die Geschichte, in die er mit ihr geraten war, längst beenden sollen. Er drehte den Warmwasserhahn zurück, so weit es ging, und setzte sich dem kalten Wasser aus. Er hatte diese Geschichte, in die er nie hätte geraten dürfen, auch schon einige Male beenden *wollen*. Aber er hatte es nie übers Herz gebracht.

Diese Geschichte, in die nun auch ich geraten war. Oder waren Maria und er in *meine* Geschichte geraten? Maria, die nun wieder neben mir in seinem Auto saß (wir hatten die Steigung im Apennin hinter uns und fuhren bergab Richtung Florenz). Wolf, der zwar vorläufig nicht physisch anwesend war, aber auf andere Weise mitfuhr.

Beinahe war es ihm dann doch noch gelungen, aus dieser Geschichte auszusteigen. Wahrscheinlich hatte gerade Marias Verhalten in der letzten Woche dazu beigetragen. Ihre Stimme auf dem Anrufbeantworter hatte einen Unterton, zu dem ihm die lieblose Bezeichnung hysterisch einfiel. Ihre Versuche, ihm in der Schule im wahrsten Sinne des Wortes den Weg an ihr vorbei zu versperren, erschienen ihm geradezu fahrlässig distanzlos. Das hatte ihm eine Distanz ermöglicht, die er zuvor nicht zustandegebracht hatte. Monatelang war da nichts als Nähe gewesen. Eine bedenkliche Nähe, noch bevor sie einander wirklich nahe gekommen waren. Noch bevor er sie physisch berührt hatte, hatte er sich von ihr berührt gefühlt.

Sie hatte von verwandten *vibrations* gesprochen. Von einer Frequenz, auf der gesendet und empfangen wurde. Von einem Austausch seelischer Funksignale. Mag sein, daß er das ursprünglich etwas einseitiger sah.

Er unterrichtete gern am Gymnasium. Obwohl er den Lehrerjob als Kompromiß betrachtete. Oder als Übergangslösung. Nach all den Jahren am Priesterseminar. Was hätte er, so unvermittelt in die profane Welt hinausgestolpert, tun sollen? Etwas von seinem nach wie vor wachen Interesse an spirituellem Wissen habe er zu vermitteln versucht. Und etwas von seinem, trotz aller in seinem Kopf sitzenden Zweifel, manchmal geradezu leidenschaftlich aus dem Bauch aufsteigenden Glauben. Stimmt, er fand kein besseres Wort dafür. Von seinem Glauben, daß die unter der Vorherrschaft einer zur Eroberung des Globus entschlossenen Wirtschaft empörend profane Wirklichkeit einfach nicht wahr sein, daß man diese mit zum raschen Verbrauch bestimmten Konsumgütern überfüllte Leere, diese Gottverlassenheit der Welt nicht unwidersprochen lassen dürfe.

Ach ja, manchmal spürte er schon eine gewisse Kraft, die durch ihn wirkte. Wenn der Funke des Geistes, den er nach wie vor für etwas Heiliges hielt, von ihm auf den einen oder anderen Schüler, die eine oder andere Schülerin übersprang, dann war das ein beglückendes Gefühl. Das kam, dem Himmel sei Dank, immer wieder vor. In diesem Fall hatte es damit allerdings nicht sein Bewenden. Dieses Mädchen war halt besonders entflammbar. Er hätte in ihrer Nähe nicht mit offenem Feuer hantieren sollen. Er war aber eitel. Die Wirkung, die er auf sie hatte, gefiel ihm. Die Flämmchen, die er in ihr entfacht hatte, erwärmten seine Seele.

Er hätte ihrem Blick ausweichen sollen, dann wären sie vielleicht erloschen. Er hätte ihr ganz und gar ausweichen sollen, aber dazu war er nicht imstande. Es lag nicht nur bei ihm, das begriff er nun endlich, auch durch sie wirkte eine Kraft. Und was für eine! Diese Kraft hatte er unterschätzt.

War es so? So ungefähr könnte es jedenfalls gewesen sein. Als ich ihn kurz, aber intensiv kennenlernte, in der langen Nacht, in der uns Maria abhanden kam, fand ich einige meiner Vorstellungen von ihm bestätigt. So manches reimte ich mir natürlich aus dem zusammen, was Maria im Laufe unserer Reise erzählte. Darüber hinaus jedoch habe ich Szenen aus seinem Leben auf eine Weise empfangen, die ich mir nach wie vor nicht zureichend erklären kann.

Daß sie Maria hieß, hatte ihn von Anfang an frappiert. Schließlich hatte das Erlebnis, das er ehemals für seine Berufung gehalten hatte, mit Maria zu tun. Jener anderen natürlich. Der mädchenhaften Mutter Gottes. Er war damals sicher, daß er sie gesehen hatte.

Wie sie da schwebte, auf dem Lichtstrahl, der durch ein schmales, neugotisches Fenster fiel. Die Kirche, in der ihm die Erscheinung widerfahren war, stand in der Nähe des Bahnhofs, in einem Viertel, das ihn wegen ganz anderer Frauen anzog. Die sah er aus den Augenwinkeln, aber getraute sich nie, sie anzusprechen. Sprachen sie ihn an, so erschrak er und lief davon.

Ihr Lachen war hinter ihm her. Er floh dann blindlings.

Er war ein schüchterner Bub. Erst im Jahr davor war er mit seinen Eltern vom Land zugereist.

Die Stadt war noch fremd. Faszinierend, aber auch beängstigend.

Einmal geriet er bei seiner Flucht auf den Gleiskörper der Bahn.

Eines Tages jedoch geriet er in die Kirche.

Vielleicht doch nicht ganz zufällig. In seiner Heimatgemeinde war er Ministrant gewesen.

Er war außer Atem. Sein Herz klopfte heftig. Er faltete die Hände.

Und dann erschien sie. Maria. Sie lachte nicht, sondern lächelte.

Die leibhaftige Jungfrau. Ihr durch die unbefleckte Seele verklärter Leib.

Unter dem blauen, erstaunlich kurz geschnittenen Kleid ihre Beine mit den süßen Füßen.

Wie er, ihr vis-à-vis stehend, nein kniend, für einen Moment, also einen winzigen Teil der Ewigkeit, das Gefühl hatte, ebenfalls zu schweben.

Ja, ja, sagte später der Pater Schwarz, sein Beichtvater und Seelenführer im Priesterseminar, durch so einen strahlenden Anblick kann man sich schon erhoben fühlen.

Auf eine Auseinandersetzung mit gewissen Details, wie das kurze Kleid und das Kettchen, das die aparte Erscheinung um den linken Fußknöchel trug, wollte er sich lieber nicht einlassen. Hauptsache, der junge Mensch, dessen Phantasie zu solchen Flügen fähig war, war nun unter seinen Fittichen. Junge Männer, die Priester werden wollen, sind in Zeiten wie den unseren rar, man muß sie hegen und pflegen, man darf sie tunlichst nicht wieder davonlaufen lassen. Und die Neigung zur etwas überzogenen Marienverehrung, mein Gott, die hatte dieser vielversprechende Alumne schließlich mit dem Chef in Rom gemeinsam.

Maria also. Wie er sie eines Tages mit dem Auto mitgenommen hatte. Sie habe, sagte sie, ihren Bus versäumt. Ob das gestimmt hatte, dessen war er nicht sicher. Aber er konnte sie doch nicht einfach draußen stehen lassen. Im Regen. Ja, es könnte geregnet haben. Klassische Szene. Eine gewisse Durchnässung ihrer Textilien. Nein, das war eine typische Männerphantasie. Also kein Regen. Er konnte auch so nicht an ihr vorbeifahren. Steig ein, sagte er. Immerhin war niemand zu sehen, der es sah. Wahrscheinlich hätte ihn auch das nicht von seiner Hilfsbereitschaft abgehalten. Aber. Es gab halt gewisse Vorurteile. Vermutlich war er also erleichtert, daß außer ihr niemand zu sehen war.

Dann saß sie neben ihm auf dem Beifahrersitz. Ungefähr so, wie sie jetzt neben mir saß, nur etwas sommerlicher gekleidet. Zumindest frühlingshafter. Ihre Knie gerieten an den Rand seines Blickfelds. Seine rechte Hand streifte beim Schalten ihr linkes Bein.

Nein, das hatte noch nichts zu bedeuten, oder? Sowohl seine Augen als auch seine Hand zog er rasch zurück. Zugegeben, zwischen ihnen war ein gewisses Etwas. Aber an mehr wollte er zu diesem Zeitpunkt noch nicht denken.

Wo soll ich dich hinbringen? fragte er, um Sachlichkeit bemüht.

Zur S-Bahn, sagte sie, wenn Sie so freundlich sind.

Ihr Lächeln. Ihr Blick. Die Art, wie sie sich das Haar aus der Stirn blies.

Heiß, sagte sie, nicht?

Ja, sagte er. Man könnte ein Eis vertragen.

Was war das? Diese Feststellung paßte nicht ins sachliche Konzept. Sie war ihm über die Lippen gekommen, ohne die Zensur an der Großhirnrinde zu passieren. Es war keine bloße Feststellung, sondern eine halbe Einladung.

Maria faßte sie auch so auf: Ein Eis wär jetzt fein.

So lief das. Immer noch harmlos, fast lächerlich. Es war heiß, er lud sie auf ein Eis ein, was sollte daran falsch sein? Allerdings fuhr er lieber nicht in einen der Eissalons, in denen sie andere Schülerinnen oder Schüler treffen konnten. Es war doch besser, gewissen Gerüchten keinen Vorschub zu leisten.

Wie sie dann auf mit blauen Plastikschnüren bespannten Sesseln saßen und aus silbrigen Bechern Eis löffelten. Ein idyllische Szene, in die ich mich einblendete. Ein Eissalon an der Peripherie der Stadt. Ein Vorgarten mit weiß und rosa blühenden Kastanienbäumen. Vogelgezwitscher, dem Straßenverkehrslärm zum

Trotz. Der Duft von Eiswaffeln, vermischt mit dem Duft von Marias sonnenerwärmter Haut. Sie hatte die leichte Weste über die Sessellehne gehängt und saß nun im pastellfarbenen Top. Die für ihre zarten Arme zu weiten Ärmelausschnitte wollte Wolf nicht allzusehr beachten.

Worüber redeten sie? Ach ja, sie redeten über die Liebe. Aber nicht einfach so. Das hätte die Konstellation, in der sie sich vorerst zueinander befanden, nicht erlaubt. Sie redeten über die göttliche und die menschliche Liebe. Maria wollte wissen, wie sich diese zu jener verhalte. Das interessierte sie im Ernst. Obwohl sie darüber auch ein wenig ins Scherzen kamen. Sie war ein feinfühliges und kluges Mädchen. War da nicht doch ein bißchen Kalkül dabei? Nun, jedenfalls interessierte sie, wie er als Religionslehrer das sah.

Er räusperte sich. Er versuchte von ihren kleinen Brüsten abzusehen, die sich unter dem Leibchen abzeichneten. Die göttliche und die menschliche Liebe also. Man könne diese als Nachglanz jener betrachten. Oder aber als ihren schönen Vorschein.

So philosophisch formulierte er. Dann brachte er sie, wie ursprünglich geplant, zur S-Bahn. Das mit dem Vorschein schien sie allerdings als Perspektive für die Zukunft aufzufassen. Ein paar Tage später klingelte sie an seiner Tür.

Was nun? Hätte er sie nicht in seine Wohnung lassen sollen? Was hättest denn du an meiner Stelle getan? Das fragte er mich in jener langen Nacht. Maria war weg. Aber das hatten wir um diese Stunde noch nicht begriffen.

Wir tranken eine Flasche nach der anderen. Wir verbrüderten uns.

Hätte ich sie wegscheuchen sollen, fragte er, oder was?

Was weiß ich, sagte ich.

Oder hätte ich zwischen Tür und Angel mit ihr diskutieren sollen?

Es war doch besser, sie in die Wohnung zu lassen, bevor die Nachbarn aufmerksam wurden.

Sie wollte halt weiterreden, das war doch nichts Böses! Sie hatte auch etwas geschrieben, das sie ihm vorlesen wollte. Über die Liebe. Na klar. Das war halt das Thema. Eine Art Gedicht hatte sie geschrieben. Damit konnte er sie doch nicht abweisen.

Sie las vor. Er hörte zu. Sie saßen auf seiner Sitzgarnitur. Garconnieremöbel aus einem skandinavischen Einrichtungshaus, die eine gewisse Nüchternheit ausstrahlten. Das half auch ein wenig, die Sachlichkeit aufrechtzuerhalten. Nicht schlecht, sagte er. Es traf zu, daß sie auch ein gewisses poetisches Talent hatte. Das Gedicht war eine Collage oder Montage aus einander begegnenden, kreuzenden, überlagernden Stimmen. Allesamt Zitate, die Liebe betreffend. Manche stammten aus der Literatur, viele stammten anscheinend aus der Pop- und Rockmusik. Einige davon kannte er, die Herkunft anderer konnte er nur vermuten, aber er wollte sich keine Blöße geben.

Da saß dieses Mädchen nun, ein wenig außer Atem vom Lesen eines Textes, der es offenbar bewegte. Ihre Brust, die ihm heute entwickelter erschien als im Eissalon, bewegte sich auf und ab. Darf ich dir etwas zu trinken anbieten? fragte er höflich. Ein Glas Orangensaft? Der Rest, den er im Kühlschrank hatte, reichte nicht mehr für zwei Gläser, er widerstand der Versuchung, das seine mit dem Schnaps zu strecken, den er manchmal, wenn er bis spät in die Nacht arbeitete, zur Stärkung trank, und füllte es mit Leitungswasser auf.

Der anderen Versuchung widerstand er nicht auf die Dauer. Hatte er sich allen Ernstes eingebildet, das zu schaffen? Er hätte es besser wissen müssen: Occasio proxima, sagte er. Davor hatte man die Alumnen im Priesterseminar doch ausdrücklich gewarnt. Occasio remota, das war die entferntere Gelegenheit. Zur Sünde nämlich. Irgendeine vage Möglichkeit, sich zu verirren. Occasio proxima hingegen, das war die naheliegende Gelegenheit. Letzterer habe er buchstäblich die Tür geöffnet.

Erst die Autotür, dann die Wohnungstür.

Stimmt, Maria mußte ihn noch zweimal besuchen, bis es soweit war.

Aber es knisterte zunehmend zwischen ihnen.

Ein elektromagnetisches Phänomen. Sie spürten es prickeln, wenn sie ihre Finger- oder Nasenspitzen einander annäherten.

Das ist die Aura, sagte Maria ganz ernsthaft. *Deine* Aura, sagte sie, berührt *meine* Aura. Er widersprach ihr nicht. Vielleicht hatte sie ja recht. In einigen Büchern, in denen sie miteinander blätterten, sah man die Aura in Form von Heiligenscheinen.

Sie blätterten in Kunstbänden, sie blätterten in philosophischen und literarischen Werken. Sie war so eifrig, sagte Wolfgang. Das war wirklich eine Freude! Pädagogischer Eros. Ach ja, das kennt man. Sie lasen immer wieder in der Bibel, aber das nützte auch nichts.

Die berühmte Stelle aus dem Korintherbrief natürlich. Du weißt, was ich meine? Wenn ich mit Menschen- und Engelszungen redete ...

Ja, sagte ich.

Und hätte die Liebe nicht, sagte er.

Ist ja wahr, sagte ich.

Tönendes Erz, sagte er, klingende Schelle.

Nein, auch die Bibellektüre nützte nichts. Und schon gar nicht das Hohelied Salomons. *Du bist schön, meine Freundin, deine Wangen sind lieblich ...* Daß ihm das erotische Flair dieses Textes nicht bewußt war, konnte er mir nicht erzählen.

Wollte er auch gar nicht. Natürlich war ihm das bewußt. Aber er glaubte, subtil damit umgehen zu können. Seiner Schülerin und sich wollte er eine elegante Dressurleistung vorführen. Sublimation im Text und im eigenen Verhalten.

Du bist schön, meine Freundin, las er ihr also vor. *Deine Wangen sind lieblich* – ich kann es leider nicht wortwörtlich zitieren. Deine Augen, dein Haar, deine Zähne, deine Lippen usf. Alles ist schön an ihr und wird gepriesen. Und ihr Freund kommt hüpfend über die Hügel. *Steh auf, meine Freundin, komm, meine Schöne, komm her! Deine Brüste sind wie die Zwillinge junger Gazellen* – oder sind es Rehkitze? Wenn Sie mir eine Bibel in die Zelle bringen lassen, Commissario, kann ich die Stelle nachschlagen.

An dieser Stelle jedenfalls entlud sich die Spannung zwischen ihnen mit einem kleinen Knall. Der Magnetismus, mit dem sie geglaubt hatten, spielen und immer weiter spielen zu können, manifestierte sich als kleiner Kugelblitz. Sie erschraken, sprangen auf und umarmten einander heftig. Sprangen auf, um sich gleich wieder fallen zu lassen. Auf den Teppich? Nein. Der Religionslehrer hatte keinen. Also auf die Couch. Obwohl es nicht leicht war, bis dorthin zu kommen. Und obwohl darauf Bücher lagen, wenn ich mich recht an Marias Erzählung erinnerte. Aber die fegte er ebenso beiseite wie die letzten Vorbehalte.

So war das also. Und verdammt noch einmal, es war schön. Sagte der Religionslehrer. Es war so schön, daß wir es wiederholen wollten. Erst nach ein paar Minuten und dann einige Tage später. Und dann wieder, nicht allzu lang darauf, wir ließen die Intervalle nicht zu groß werden.

Er hätte es also ganz einfach genießen können. Ein hübsches Mädchen kam ihn mehrere Male pro Woche besuchen, sie erfreuten sich in jeder Hinsicht aneinander, wenn sie neben ihm lag, lag es nahe, sie als Geschenk des Himmels aufzufassen. Nur wenn sie weg war, erschrak er manchmal über sich selbst. Um Gottes willen! Auf was hatte er sich da eingelassen?

Das war ja nicht einfach irgendein Verhältnis! Verhältnisse, gut, davon hatte er einige gehabt. Nicht allzu viele, um ehrlich zu sein, die Jahre am Priesterseminar hatten ihre Nachwirkungen. Doch mit der Zeit waren schon einige zusammengekommen. Mit Kolleginnen von der Uni zum Beispiel. Ab und zu war er auch mit einer Lehrerin ins Bett gegangen. Ein katholischer Religionslehrer, wenn er kein Priester ist, hat bitteschön ein Recht auf ein Sexualleben! Auch wenn die Erzdiözese stillschweigend davon ausgeht, daß er es nicht an die große Glocke hängt.

Stimmt, vielleicht hätte er heiraten sollen, um die Lust, wie sich das die Kirche vorstellte, in geordnete Bahnen zu lenken. Eine größere Wohnung mieten, ein Doppelbett anschaffen und mit der Ehefrau *ein* domestiziertes Fleisch sein. Aber das Einkommen, das ihm der Staat, dem Konkordat entsprechend, zukommen ließ, war mager. Und außerdem wollte er seine Dissertation zu Ende schreiben.

Über die ersten und die letzten Dinge. Er hoffte, diese Arbeit, wenn er sie endlich fertig hatte, auch als Buch publizieren zu können. Seit sieben Jahren schrieb er daran, es kam darauf an, dranzubleiben, nicht aufzugeben. Aber der Unterricht und die Vorbereitung darauf kosteten ihn manchmal mehr Energie, als er geglaubt hatte.

Und jetzt das. Dieses Verhältnis kostete ihn natürlich auch Energie. Nicht so sehr sexuelle Energie – daß es ihm daran nicht mangelte, auf diese Feststellung legte er jedenfalls Wert. Ich zweifelte nicht daran, er war trotz des Altersunterschiedes zu seiner Geliebten ein beneidenswert junger Mann. Was ihn aber Substanz kostete, war die ständige Abwehr. Die Abwehr des Gedankens, daß als verboten galt, was er da tat. Und daß an diesem Verbot vielleicht doch etwas dran war. Zwar war er Gott sei Dank kein Priester geworden, sondern Lehrer. Aber auch in der profanen Gesellschaft, in der er nun lebte, hatte man für so etwas nicht allzuviel Verständnis. Die sexuelle Beziehung zu einer vor dem Gesetz Minderjährigen! Die noch dazu seine eigene Schülerin war! Wie hieß das juristisch? Verkehr mit einer abhängigen Person? Er mußte dieses Verhältnis beenden, bevor es aufflog.

So dachte er immer häufiger, wenn sie weg war. Doch wenn sie wiederkam, umarmte er sie, als wollte er sie für immer festhalten. Mit ihr Verbotenes zu tun, hatte natürlich auch etwas stets aufs neue Erregendes. Trotzdem atmete er auf, als sie ihm sagte, daß ihr achtzehnter Geburtstag unmittelbar bevorstand.

Wenigstens ein Delikt fiel jetzt weg, dachte er. Er hielt das diesbezügliche Gesetz zwar für fragwürdig, aber es war doch besser, nicht mehr mit ihm in Konflikt zu geraten. Zu diesem Geburtstag schenkte er ihr übrigens ein Fußkettchen. Sie schloß es über ihren linken Knöchel und legte es auch nicht ab, wenn sie alles andere auszog.

O Gott! dachte der Religionslehrer, den ich mir immer noch unter der Dusche stehend vorstellte. Mein Gott, Maria! Das durfte doch einfach nicht wahr sein! Absurd, nach allem, was nun geschehen war. Daß das kalte Wasser gegen gewisse Anwandlungen nichts nützte! Er mußte jetzt kühlen Kopf bewahren, jawohl. Er drehte das Wasser ab und griff nach dem Handtuch. Er trocknete sich ab. Er verpackte sich in der Unterwäsche. Er schlüpfte in seine Pantoffeln und schlurfte zum Telefon.

Nein, die Polizei konnte er nicht anrufen. Wahrscheinlich war es ja Maria, die mit seinem Auto davongefahren war. Ihre Nachrichten auf seiner Mobilbox, der Zettel in seiner Sakkotasche. Daß *sie* ihm den Autoschlüssel entwendet hatte, der Schluß lag nahe. Ja, so mußte es sein. Sie kurvte jetzt irgendwo da draußen herum. So was Verrücktes! Ein demonstrativer Akt! Eine radikale Form von Protest. Sie wollte ihm zeigen, wohin sein Verhalten führte.

Sie hatte ja recht: Es war ein beschissenes Verhalten. Sein Versuch, spät, aber doch den Rückzug anzutreten. Bevor etwas passierte. Bevor etwas Unwiderrufliches geschah. Wenn es nicht ohnehin schon geschehen war.

Herrgott, sie war ein hochsensibles Geschöpf! Natürlich hatte sie seine Rückzugstendenz gespürt. Halt mich fest, hatte sie gesagt, aber dabei hatte vor allem sie ihn festgehalten. Auf seine Absicht, sich aus ihrer Umarmung zu lösen, hatte sie immer häufiger mit einem Umklammerungsreflex reagiert.

Nein, hatte er gedacht, mit ihr gemeinsam gelang es nicht, vernünftig zu sein. Also mußte er es *gegen* sie versuchen. Glaubst du, das ist mir leicht gefallen? würde er sagen, wenn er sie erreichte. Aber er erreichte sie nicht. Ihr Mobiltelefon war nach wie vor abgestellt.

Er wählte auch ihre Festnetznummer, was er sonst nie tat. Sollte ihre Mutter abheben, müßte er irgendeinen Vorwand für seine Frage nach ihrer Tochter suchen. Der würde sich finden. Maria wollte ja in Religion maturieren. Aber so lang er das Telefon auch klingeln ließ, dort hob niemand ab.

Das hatte er nun davon. Jetzt ließ sie ihn dunsten. Was sollte er tun? Er konnte nur warten, bis *sie* sich meldete. Er ging im Zimmer hin und her, immer wieder schaute er aus dem Fenster hinunter auf die Straße. Schon zwischen vier und fünf wurde es draußen dunkel. Die frühe Dunkelheit verstärkte seine Unruhe. Herrgott noch einmal! Hoffentlich fuhr sie sein Auto nicht zu Schrott. Unsinn, das Auto war ihm nicht wirklich wichtig. Hoffentlich, dachte er, ist ihr nichts zugestoßen.

Er sah die Fernsehnachrichten um acht und um zehn. Zwischendurch hörte er die Nachrichten im Radio. Da gab es gottlob keine Meldungen über größere Unfälle. Doch über die kleineren wurde ja nie berichtet. Er ging in die Küche und nahm eine Gefrierpackung aus dem Kühlschrank. Er stellte eine Pfanne auf den Herd, ließ ein Stück Margarine darin zergehen und fügte den Eisblock hinzu. Dann saß er vor einem Teller mit irgendeinem Gemüse. Er führte zwei Bissen zum Mund und ließ es dann stehen.

Später lag er bekleidet auf der Couch, auf der er mit Maria so gern nackt gewesen war. Für den Fall, daß sie doch noch anrief, wollte er bereit sein. Er trank aus der Schnapsflasche. Er starrte zur Zimmerdecke. Nicht auszuschließen, daß er zwischendurch betete. Gegen Morgen schlief er dann trotzdem ein. Er wälzte sich ständig von einer Seite auf die andere. In seiner Lage war keine Seite die richtige. Gewiß träumte er von Maria. Aber was er träumte, war nicht recht faßbar.

Am Morgen dann sah ich ihn wieder am Telefon. Zerknitterten Gesichts. Offenbar gab es noch immer keine Verbindung. Später sah ich ihn noch einmal auf dem Schulparkplatz. Anscheinend war er auf die Idee gekommen, daß Maria sein Auto einfach dorthin zurückgebracht haben könnte.

Fehlanzeige. Um diese Zeit stand sein Auto auf dem Parkplatz in Udine. Oder waren wir schon unterwegs nach Venedig? Maria und ich. Von dem Wolf keine Ahnung hatte.

Was lachen Sie? fragte Maria.

Mir ist etwas Komisches eingefallen, sagte ich.

Was? fragte sie.

Darauf wollte ich lieber nicht antworten.

Wo sind wir eigentlich? fragte ich. Sind wir wirklich schon vor Florenz?

Sesto Fiorentino, las sie. *Firenze Nord ...*

Was meinst du, sagte ich. Sollen wir uns ein bißchen in Florenz herumtreiben?

Sie zuckte die Achseln. Wenn es Ihnen Freude macht ...

Ja, sagte ich. Ich glaube, es wird mir Freude machen.

Na dann, sagte sie. Ich habe nichts anderes vor.

Okay, sagte ich. Florence is waiting for you.

Ich nahm die nächste Abfahrt. Vielleicht etwas vorschnell. Binnen kurzem hatte ich mich verfahren. Links und rechts Lagerhallen, ein zum Teil stillgelegtes Industriegebiet. Peripherie. Ich hatte keine Ahnung, wo es ins Zentrum ging.

Graffiti: *Contro la globalizzazione del profitto.* Einiges von dieser Art. *Gegen die Macht der Konzerne.* In schreienden Farben auf graue Mauern geschrieben. *Es lebe die dritte Welt. Wir sind ein Teil von ihr.*

Dann aber, auf einer Stoptafel, folgende Botschaft: *Dio c'è.*

Was heißt das? fragte Maria.

Gott existiert. Schwarz auf weiß. Mit Filzstift geschrieben.

Wir mußten warten. Vor uns war ein Bahnübergang. Der Schranken war geschlossen.

2

Bis wir im Zentrum waren und das Auto in einem Parkhaus in der Nähe des Bahnhofs deponiert hatten, war es bereits dunkel. In dem kleinen Hotel, in dem wir uns einquartierten, ergab sich die Möglichkeit zu einem Test. Aufgefordert, zwecks Eintragung ins Meldebuch ein Dokument vorzulegen, zog ich Wolfs Führerschein, den ich nach der Kontrolle bei Ferrara zu mir gesteckt hatte, aus der Brusttasche. Grazie, Signore Barbach, sagte die etwas zu blonde Rezeptionistin, als sie ihn mir zurückgab – sie sprach den Namen für an die deutsche Aussprache gewohnte Ohren eigenartig aus, schien aber nicht daran zu zweifeln, daß es der meine war.

Signore Barbach und seine Begleiterin bezogen in dieser Pension übrigens wieder zwei Zimmer. Ihr Verhältnis zueinander wurde nicht thematisiert. Im Lift, einem Modell wie aus einem Film von 1940, standen sie einander sehr nahe, vermieden jedoch Berührungen. Auf dem nach Bodenwachs und Insektenvertilgungsmitteln riechenden Gang vor ihren Zimmern nickten sie einander zu und trennten sich fürs erste.

Wir würden uns frisch machen und nach einer halben Stunde wieder treffen. So war es vereinbart. Ich entledigte mich also meiner Wäsche und stellte mich unter die Dusche. Meine Ähnlichkeit mit dem echten Herrn Barbach ... Geschlecht: männlich. Von fragwürdiger Ästhetik.

3

Am David des Michelangelo, vor dem wir etwa eine Stunde später standen, sah das exemplarisch besser aus. Genaugenommen handelte es sich natürlich nur um die Kopie. Vor dem *Palazzo vecchio*. Standbein, Spielbein.

Na, wie gefällt er dir? fragte ich.

Geht so, sagte Maria.

Sie interessierte sich, hatte ich den Eindruck, eher für einen jungen Mann aus Fleisch und Blut. Der stand etwas weiter links, in der Nähe des Neptunbrunnens, und machte Anstalten, Feuer zu schlucken. Hatte sich, trotz des recht kühlen, etwas feuchten Wetters, seines Pullovers entledigt, präsentierte sich also in T-Shirt und Jeans, ein Mensch mit kräftigen Oberarmen und schmalen Hüften. Der vorerst noch schüttere Kranz junger Leute und Kinder, die ihn umringten, wurde rasch dichter, wir traten näher, bevor sie uns die Sicht verstellten.

Und schon nahm er einen Schluck Spiritus aus einer Flasche, die Patina angesetzt hatte, so als käme sie aus einem Keller mit sehr alten Weinen. Und schon flammte die Fackel, die er in der anderen Hand hielt, hell auf. Und dann schien das Feuer aus seinem Mund zu kommen. Zwischendurch redete er, scherzte, sowohl auf italienisch, als auch auf englisch, obgleich ihm letzteres weniger leicht über die Lippen kam.

An diesen Lippen hing Maria sofort. Das fand ich – wie soll ich sagen? – etwas bedenklich. Für die Attraktivität des jungen Menschen hatte auch ich ein Auge, seine Worte, soweit ich sie mitbekam, gefielen auch mir. Aber mußte sie ihn auf derart hingebungsvolle Weise ansehen?

Nach dem spektakulären Vorspiel mit dem Feuer,

das noch weiteres Publikum anlockte, zog der Typ ein paar Marionetten aus einer Kiste. Die ließ er an ihren Fäden gewundene Bewegungen ausführen. Dazu sprach er, wenn ich ihn recht verstand, von den multinationalen Konzernen und den von ihnen abhängigen Politikern. Dann legte er die Marionetten weg und redete davon, daß es Leute gab, die sich eine andere Welt vorstellen konnten als diese.

Diese Botschaft war mir zum einen sympathisch. Zum anderen verursachte sie mir ein gewisses Unbehagen. Daß diese Welt noch immer, schon wieder, vielleicht jetzt erst recht so war ... Zwar war es absurd, sich persönlich verantwortlich dafür zu fühlen, aber vage empfand ich es als Vorwurf.

My generation – hatte der junge Mann tatsächlich diese Parole verwendet? Er meinte natürlich seine Generation, aber er erinnerte mich an meine Generation. Gab es da nicht eine Rock-Nummer, von wem war die bloß gewesen, von *Pink Floyd*? – nein: von den *Who*! Ein paar Gitarrenriffs hatte ich noch im Ohr, aber an den Text konnte ich mich nicht mehr erinnern.

Dieses sozusagen generationsspezifische Unbehagen war vielleicht auch ein Grund, warum ich in diesem Moment von der *Piazza della Signoria* weg wollte. Daß ich aber Maria von dem jungen Mann abzulenken versuchte, der da agierte und agitierte, dafür gab es noch einen anderen und wahrscheinlich tiefer reichenden Grund. Unter Hinweis auf diverse andere Sehenswürdigkeiten, die ich ihr zeigen wollte, bemühte ich mich, sie von ihm wegzulotsen. Man könnte auch sagen, ich handelte aus Instinkt.

Instinktiv versuchte ich, jemanden, der soeben am Rand unserer Geschichte aufgetaucht war, aus dieser Geschichte draußen zu halten. Es war, so empfand ich das inzwischen, eine Dreiecksgeschichte. Eine Geschichte zwischen Maria, Wolf und mir, auch wenn die Definition meiner etwas heiklen Rolle in diesem Triangel noch ausstand. Die Lage war schon kompliziert genug, kam eine zusätzliche Person ins Spiel, so würde sie nicht einfacher werden.

Ich tat also mein Möglichstes, um Maria auf andere Ideen zu bringen. Aber weder durch Kunst und Kultur noch durch Konsum war sie an diesem immer kühler werdenden Abend noch besonders zu erwärmen. In der Trattoria in der Nähe des Marktplatzes von San Lorenzo, in der wir schließlich landeten, schenkte sie meiner liebevollen Zusammenstellung von Vor- und Hauptspeisen kaum Beachtung. Ich hatte den Verdacht, sie sei in Gedanken bei diesem wuschelhaarigen *ragazzo*, aber möglicherweise lag ich mit dieser Annahme falsch.

Ich bestellte noch ein *dolce*, das der Kellner besonders anpries, sie aber, blaß wie mir schien, sprang plötzlich auf und verschwand Richtung Toilette. Sie blieb geraume Zeit weg, ich saß vor den Tellern mit der süßen Nachspeise, der Kellner, ein Mann, der mich, trotz seiner spärlichen Haarpracht, eher an einen Friseur erinnerte, fühlte sich bemüßigt, mir inzwischen Gesellschaft zu leisten. In seinen ironisch tröstlichen Worten kam wiederholt das Wort *nonno* vor, mir wurde nicht klar, ob er selbst Großvater war oder mich für einen werdenden Großvater hielt. Erst als ich bezahlt hatte und meinerseits kurz die Toilette aufsuchte, bemerkte ich das Münztelefon im davorliegenden Korridor.

4

Ja, bestätigte der Religionslehrer später, als sie ihn zum ersten Mal angerufen habe, das sei Sonntag abend gewesen. Nachmittags habe er versucht, Pater Schwarz zu erreichen, seinen Seelenbetreuer aus dem Priesterseminar, aber auch dort sei sonntags nur ein Tonband gelaufen wie in irgendeinem Amt. Er habe um Rückruf ersucht, er brauche Rat und Hilfe, es war nicht leicht, die Dringlichkeit seines Anliegens auf diese Weise zu vermitteln. Außerdem war es gut möglich, daß der Pater, falls er überhaupt noch lebte, nach all den Jahren, in denen sein ehemaliger Schützling nichts von sich hatte hören lassen, schlicht und einfach beleidigt war.

Trotzdem habe er, so Wolf, als das Telefon gegen zehn Uhr abends klingelte, im ersten Moment angenommen, es sei Schwarz. Vielleicht sei der ja von einer sonntäglichen Exkursion in irgendein Stift oder Kloster zurückgekommen, habe nun, spät aber doch, von seinem Anruf erfahren und kraft einer seelsorgerischen Intuition gespürt, wie groß seine Not sei. Mit einem Gefühlsgemisch aus potentieller Erleichterung und aktueller Beklemmung, das er früher auf dem Weg zum Beichtstuhl empfunden hatte, habe er also den Hörer abgehoben.

Hallo?

Fürs erste habe sich niemand gemeldet.

Vielleicht war Maria, ans Mobiltelefon gewöhnt, mit dem Telefonautomaten nicht zurechtgekommen. Wahrscheinlich hatte sie einfach vergessen, den Zahlknopf zu drücken. Aber vielleicht war es auch Wolfs Priesterseminaristenstimme, die sie nicht erkannte. Die lag um einiges höher als die ihres Liebhabers.

Hallo? sagte sie schließlich.

Um Himmels willen, Maria, sagte er. Wo bist du?

In Italien, sagte sie.

Ich kann mir vorstellen, daß es ihm vorerst die Sprache verschlug.

In Italien? könnte er endlich gesagt haben. Ist das dein Ernst?

Ja, könnte sie geantwortet haben. Aber ich finde es, ehrlich gestanden, ganz lustig.

Nein, das ist unwahrscheinlich. Ihre Stimmung an diesem Abend war nicht danach.

Das Gespräch muß anders verlaufen sein.

Wo bist du?

Schweigen.

Maria, ich bitte dich, wo bist du?

Keine Panik, sagte sie. Ich bin in Sicherheit.

Das war die Basisinformation. Daß sie in Sicherheit sei. Ja. Trotz allem. Vielleicht sogar *ihm* zum Trotz. Dann schwieg sie wieder, blieb aber in der Leitung. Er hatte den Eindruck, daß sie ihm noch weitere Mitteilungen machen wollte.

Maria, sagte er. Bist du noch da? Bist du okay?

Aber ja, sagte sie. Es gehe ihr den Umständen entsprechend.

Legte sie eine besondere Betonung auf das Wort Umstände?

Auch um sein Auto brauche er sich keine Sorgen zu machen, augenblicklich stehe es in einer Garage.

Und so fort. Letzten Endes ließ sie ihn doch noch wissen, daß sie in Italien sei. Doch *wo* genau, sagte sie vorläufig nicht. Sie könne jetzt nicht so viel reden, ihr Vorrat an Telefonmünzen sei gleich aufgebraucht. Ungefähr so. Damit war das erste Gespräch beendet.

5

Zum zweiten Mal angerufen habe sie dann am Montagmorgen. So Wolf. Sie wollte ihn offenbar erreichen, bevor er zur Schule aufbrach. Also ein paar Minuten vor sieben Uhr. Das war eine Stunde, zu der ich in meinem Florenzer Hotelbett noch schlief. Einem durchhängenden Einzelbett, in dem ich mich lang gewälzt hatte. Hörte ich etwas aus dem Zimmer nebenan? Maria, wie sie aufstand? Wie sie leise die Tür öffnete und hinter sich schloß? Ich glaube nicht. Ich kann mich jedenfalls nicht daran erinnern.

Etwa so muß es aber gewesen sein. Vom Mobiltelefon dürfte sie Wolf nach wie vor nicht angerufen haben. Sie huschte also hinunter zur Rezeption. Vielleicht telefonierte sie auch vom nächsten Automaten draußen auf der Straße.

Maria! sagte er. Diesmal klang seine Stimme zu tief. Bevor er endlich eingeschlafen war, hatte er einigen Schnaps gebraucht. Magst du mir *jetzt* vielleicht sagen, wo du bist?

Vielleicht später, sagte sie. Zuerst hab ich eine Bitte an dich.

Was? fragte er.

Du mußt versuchen, mit meiner Mutter zu reden.

Himmelherrgott, dachte er im ersten Moment, was für eine verrückte Idee!

Wie stellst du dir das vor? Was soll ich ihr denn sagen?

Ach was, sagte sie. Du wirst dir schon etwas einfallen lassen.

Sie erklärte die Umstände. Mutters Lover in Hamburg. Daß sie morgens vom Flughafen gleich ins Büro fahre. Schon möglich, daß sie versuchte, Maria, die sie am Vormittag in der Schule vermuten würde, im Lauf des Nachmittags anzurufen. Aber völlig klar werden würde ihr die Abwesenheit ihrer Tochter erst am Abend.

Das sei der Zeitpunkt, zu dem Wolf aktiv werden müsse. Es gehe darum, die Mama fürs erste zu beruhigen. Vor allem solle sie keine Abgängigkeitsanzeige machen. Daß die Polizei nicht ins Spiel käme, sei ja auch in seinem Interesse.

So nüchtern ernüchternd war ihre Morgenbotschaft. Ich habe schon erwähnt, daß sie sehr realistisch sein konnte. Wolf blieb nichts übrig, als das zur Kenntnis zu nehmen.

Okay, seufzte er. Ich werde versuchen, ihr das beizubringen.

6

Wie er das machen sollte, diese Frage beschäftigte ihn dann zwei Drittel des Tages. Im Bus, mit dem er – ungewohnt genug – zur Schule fuhr, in den Klassen, in denen er dann unterrichten mußte. Im Bus sprach ihn übrigens ein Kollege an, ein Biologielehrer, der aus Überzeugung mit öffentlichen Verkehrsmitteln fuhr. Das freue ihn aber, daß sich Barbach nun offensichtlich auch eines besseren besonnen habe und sein Auto lieber stehen lasse, als im Stau zu stecken und durch Abgase zur Klimakatastrophe beizutragen.

In den Klassen war er natürlich kaum bei der Sache. Mitten im Satz verlor er ein paar Mal den Faden. In Marias Klasse hätte er an sich Montag keine Stunde gehabt, aber der Zufall oder Gottes Bosheit wollte es, daß er für einen erkrankten Philosophielehrer einspringen mußte. Als sein Blick Marias leeren Platz streifte, mußte er sich sehr zusammennehmen, um nicht völlig aus dem Konzept zu geraten.

Und die ganze Zeit über grübelte er. Genauer: Es grübelte in ihm, unter der Oberfläche, an der er versuchte, sich nichts anmerken zu lassen. Während er den Schülerinnen und Schülern etwas erzählte, das er selbst kaum mitbekam. Was sollte er bloß Marias Mutter erzählen?

War auch Maria mit diesem Problem beschäftigt? Dachte sie darüber nach, welchen Bären Wolf ihrer Mutter aufbinden würde? Ich bemerkte jedenfalls nichts davon. Mir schien sie im Vergleich zum Vorabend entspannt.

Wir nahmen das Frühstück in einer kleinen Bar in der Nähe der *Casa di Dante*. Im Hotel war es uns zu finster gewesen. Hier aber fielen die Sonnenstrahlen durchs Fenster. Einige davon trafen Marias dem Fenster zugewandte Wange.

Daß sie schon vor mir wach gewesen war, auf diese Idee wäre ich nie gekommen. Sie wirkte auch jetzt noch ein wenig wohlig schläfrig. Aber gut drauf, und wieder bei Appetit. Wenngleich dieser Appetit ein bißchen skurril war.

Zum Cappucino nahmen wir vorerst mit Vanillecreme gefüllte Krapfen. Dann aber sah sie die hübschen Sardellen in der Vitrine. Sie fand ihren Gusto ja selbst lustig, das Lachen stand ihr gut. Auch den süßsauer eingelegten Zwiebelchen konnte sie nicht widerstehen.

Danach ließ sie sich gutwillig durch Florenz führen. Als wir auf dem *Ponte Vecchio* in eine Reisegruppe gerieten, griff sie sogar nach meiner Hand. So gingen wir dann eine Weile, auch als wir längst aus dem Getümmel heraus waren. Erst als uns Francesco begegnete, ließ sie meine Hand wieder los.

Das ist doch der Feuerschlucker! sagte Maria. Der Feuerschlucker von gestern, der Puppenspieler!

Ja, wirklich, sagte ich. Das scheint er zu sein.

Er erkannte uns auch und nickte uns zu.

Natürlich wußten wir in diesem Moment noch nicht, daß er Francesco hieß. Aber wir sollten es kurz darauf erfahren. In der Osteria, in der wir zu Mittag einkehrten, trat er an unseren Tisch. *Posso?* fragte er. Darf ich? – Ich konnte ihn nicht hindern.

War er uns gefolgt oder wäre er auch ohne uns in dieses Lokal gegangen? Er behauptete jedenfalls, er sei oft dort. Soviel ist wahr: Es paßte ganz gut zu ihm. Die bunt bemalte Fassade, die Einrichtung, die, vielleicht wegen des Geruchs nach frischem Holz, ein wenig an eine Tischlerwerkstatt erinnerte, die Wandbemalung, die von der Manier lateinamerikanischer Künstler inspiriert schien, auch wenn sie Szenen aus dem italienischen Alltagsleben darstellte.

Der Wirt, ein schwerer Mann mit sehnigen Armen, kannte unseren ungebetenen Tischgenossen jedenfalls. *Ciao Francesco*, sagte er und schlug ihn auf die Schulter. *Amici?* fragte er, mit einer Kopfbewegung in unsere Richtung. Ohne Rücksprache erklärte uns Francesco zu Freunden.

Dieses Lokal sagte er, sei eine gute Wahl. Es sei ein Lokal, in dem sich Leute guten Willens fänden. *La gente di buona volontà.* The people of good will.

Maria strahlte ihn an. Ich war weniger von ihm angetan.

Mir schien er distanzlos und entschieden zu redselig. Obwohl er interessante Sachen erzählte. Auf italienisch mit englischen Brocken dazwischen. Wir sähen so aus, sagte er, als ob wir uns dafür interessierten.

Besonders die Signorina, betonte er ... Klar, was er zu sagen habe, gehe ja vor allem die jungen Leute an ...

Wie die Welt von morgen aussehe, darum müßten *sie* sich kümmern ... Aber mir als Vater sollte das eigentlich auch am Herzen liegen.

Ich bin nicht ihr Vater, wollte ich schon aufbrausen. Aber vielleicht war es besser, ihn in dem Glauben zu lassen. Auch Maria schien das für besser zu halten. Das heißt, falls sie seine Worte soweit verstand.

Die verstand ich ja selbst nur so ungefähr. Etwas von einem *incontro*, einem Treffen, das hier vor einiger Zeit stattgefunden hatte. *Ragazzi e ragazze*, sagte er, *di tutta l'Europa* ... Young people from all Europe, from all over the world.

È possibile un mondo diverso. Ja, sagte er, nun in gebrochenem Deutsch, eine andere Welt sei möglich. Unter dieser Parole hätten sich hier in Florenz Zehntausende versammelt. Ich nehme an, Sie werden davon gehört haben.

Doch, sagte ich, schon. Ich konnte mich dunkel daran erinnern. War das einen Monat her oder ein Jahr oder gar schon länger? Lag diese Unklarheit an meinem Gedächtnis, das dem beschleunigten Tempo der Geschichte, der auf uns einstürzenden Menge von Informationen nicht mehr nachkam, oder an unseren Medien? Für Francesco jedenfalls war dieses Treffen nach wie vor gegenwärtig und eröffnete eine Perspektive für die Zukunft.

Irgendwelche Meldungen von Chaoten hatte ich in Erinnerung, die Florenz bedrohten.

Natürlich, sagte Francesco. Auch ein Teil der italienischen Medien habe versucht, das Treffen so darzustellen. Der Ministerpräsident und sein Innenminister haben versucht, ein Verbot zu erwirken. Nicht mehr und nicht weniger als die Verwüstung des historischen Zentrums von Florenz haben sie beschworen.

Stimmt, lachte er, die McDonalds-Lokale haben lieber geschlossen gehalten. Und einige von den unverschämt teuren Mode- und Schmuckläden haben ihre Schaufenster verbarrikadiert. Doch tatsächlich sei alles friedlich verlaufen. Mit einer großen Demonstration gegen den bevorstehenden Krieg und einem Fest, bei dem Hunderttausende gesungen und getanzt hätten, habe das Treffen geendet.

Gegen *welchen* Krieg? dachte ich. Welcher Krieg stand damals bevor? War der damals bevorstehende Krieg ein inzwischen vergangener, dauerte er noch an, oder waren wir schon in einen permanenten Krieg verwickelt, ohne es recht begriffen zu haben? Wieso wußte ich das nicht, was war bloß mit mir los, was war bloß mit der Welt los? *È possibile un mondo diverso.* Dein Wort, junger Mann, in Gottes Ohr!

Verstehen Sie mich richtig, Commissario, der Typ ging mir auf die Nerven. Er erregte meine – ja, ich nenne das Gefühl beim Namen –, er erregte meine Eifersucht. Seine Haare, die noch wuchsen, seine Augen, die noch nicht müde waren, seine suggestive Wirkung auf Maria. Hätte das Wünschen (und Verwünschen) noch geholfen, so wäre er sofort von unserem Tisch verschwunden.

Anderseits hätte ich ihn umarmen mögen. Er erinnerte mich an etwas, das in meinem Leben schon sehr fern war. Als ich studiert hatte, war es noch nah gewesen, als ich im sogenannten Berufsleben gestanden war, war es mir nach und nach abhanden gekommen. Der Religionslehrer hätte vielleicht von Teilhabe am Heiligen Geist gesprochen.

Trotzdem (vielleicht gerade deswegen) atmete ich auf, als er sich endlich erhob. Vielleicht wirkte mein Wunsch ja doch, wenn auch mit einer gewissen Verzögerung. Er habe, entschuldigte er sich, noch eine

Verabredung. Aber er hoffe (oder er sei sicher?), daß sich unsere Wege noch kreuzen würden.

7

Es ist schön in Florenz! Mit diesen Worten habe Maria ihr drittes Telefongespräch mit Wolf eröffnet.

Du lieber Himmel! Was machte sie in Florenz?

Das war Montag nachmittag. Etwa drei Uhr, erinnerte sich Wolf.

Er saß über einem Strategiepapier, den Umgang mit Marias Mutter betreffend.

Drei Uhr, überlegte ich. Was hatten wir da getan? Von der Osteria waren wir ins Hotel zurückgekehrt. Marias Wunsch. Sie wolle ein wenig schlummern. Offenbar hatte sie nur darauf gewartet, bis *ich* eingeschlafen war. Dann hatte sie das Hotel wohl wieder verlassen. Natürlich! Ich habe die Telefonzelle, von der sie telefoniert haben wird, inzwischen deutlich vor Augen. Zwei Seitengassen mündeten in die Straße, die am Arno entlangführte, dadurch ergab sich ein kleiner, fast dreieckiger Platz. Die Telefonzelle stand im Winkel zwischen einem Zeitungskiosk mit dunkelgrünem, möglicherweise in einem kleinen Türmchen gipfelndem Dach und einem Lebensmittelgeschäft, in dessen Schaufenster imponierende Stücke Prosciutto hingen.

In dieser Telefonzelle also Maria. Ihr Kopf etwas schief geneigt mit dem Hörer am Ohr, sie lächelt. Im Gegenschnitt: Wolf in seinem Zimmer, ebenfalls mit einem Telefonhörer am Ohr. Sein Gesichtsausdruck wirkt im Gegensatz zu ihrem angespannt.

Er müsse jetzt, habe er gedacht, psychologisch geschickt vorgehen. Sie durfte seine Anspannung nicht bemerken. Sie sollte ein bißchen plaudern und dabei vielleicht Näheres über ihren Aufenthalt verraten. Vielleicht war sie dazu zu bringen, ihm eine Telefonnummer zu geben, unter der er sie zurückrufen konnte.

Das müßte doch auch in ihrem Interesse sein, dachte er, sie konnte nicht viel Geld bei sich haben. Wahrscheinlich würde es ihr ohnehin demnächst ausgehen. Er würde sie also zurückrufen und dann hoffentlich etwas mehr Zeit finden, beruhigend auf sie einzureden. In Ordnung, Maria, würde er sagen, du hast es mir also gezeigt, du hast diesen demonstrativen Akt originellerweise mit einem Wochenendausflug nach Florenz verbunden, aber jetzt sei vernünftig und hör zu, was ich dir vorschlage.

Während er sie reden ließ, legte er sich schon seine Formulierungen zurecht. Du bleibst jetzt, wo du bist, und ich setz mich noch heute abend, nachdem ich mit deiner Mutter geredet hab, in den Zug. Dann bin ich morgen früh bei dir, wir holen mein Auto und fahren nach Haus. Das ist einmal die Hauptsache. Für alle anderen Probleme finden wir dann schon irgendwelche Lösungen.

So dachte er sich das. Aber so weit kam es nicht. Irgendwann fiel ihm auf, daß sie in der Mehrzahl redete. *Wir* sind durch die Stadt gebummelt. *Wir* sind gut essen gewesen.

Wer *ihr*? fragte er.

Mein Reisebegleiter und ich.

Das war das erste Mal, daß sie mich erwähnte.

Dein Reisebegleiter?! Maria! Was soll denn das heißen?

Bleib cool, sagte sie. Er rührt mich nicht an oder nur ein bißchen. Er ist eine Spur verrückt, aber sonst ganz in Ordnung.

8

Gegen fünf wachte ich wieder auf, da war Maria längst zurück in ihrem Zimmer. Ich schlug vor, noch ein wenig durch die Stadt zu bummeln. In der Via Cavour kamen wir an der Buchhandlung Feltrinelli vorbei. Maria schlug vor, einen Italienischkurs zu kaufen. Ich erstand also ein Buch mit zwei beiliegenden CDs. Die können wir, sagte ich, dann im Auto hören. Was meinst du, brechen wir morgen früh wieder auf? Sie zuckte die Achseln und gab sonst keine Antwort.

Na schön, sagte ich, wir müssen das noch nicht jetzt beschließen, wir werden ja sehen. Jedenfalls kaufte ich auch eine Straßenkarte von Italien. Außerdem kaufte ich einen Diktionär. Und einen englischsprachigen Sammelband mit Romanen von Patricia Highsmith.

Dann gingen wir noch ein Stück Richtung *porta rossa*. Aber bevor wir noch dort waren, begann es zu regnen. Ein Regen, gemischt mit Hagelkörnern, die aufs Straßenpflaster prallten und von dort wieder ein paar Zentimeter in die Höhe sprangen. Wir flüchteten in ein Kino und sahen einen japanischen Film mit italienischen Untertiteln.

Der Film hatte bereits begonnen, als wir eintraten, wir versuchten zu begreifen, worum es ging. Zwei Männer schickten sich an, miteinander zu kämpfen, sie umkreisten einander mit rituell wirkenden Bewegungen. Ein anderer lagerte mit einer biegsamen jungen Frau in einem Gartenpavillon und begann sie zu liebkosen. Vielleicht aber war es auch einer der beiden Kämpfenden, vor oder nach dem Kampf, in dem der eine den anderen schließlich mit dem Schwert erledigen würde, sie fixierten einander unter gerunzelten Augenbrauen und sahen einander sehr ähnlich.

Während ich so im Kino saß, Maria ab und zu von der Seite betrachtend, den Widerschein des Geschehens auf der Leinwand auf ihrem Gesicht, muß Wolf seinen Besuch bei ihrer Mutter absolviert haben. Ja, sagte er später, er habe sich zusammengerissen und sei zu ihr hingegangen. Das kleine Reihenhaus, in dem sie mit ihrer Tochter wohnte, habe er gekannt, wenngleich aus einer gewissen Distanz. Manchmal, wenn sie sich wieder einmal länger geliebt hatten, als in ihrem Stundenplan vorgesehen, hatte er Maria mit dem Auto an die Ecke etwa hundert Meter davor gebracht. Nun fuhr er mit dem Bus und ging die paar Schritte bis zur Reihenhaussiedlung zu Fuß. Es begann auch dort zu regnen, erinnerte er sich, allerdings ohne Hagel. Es war trotzdem unangenehm, er hatte keinen Schirm bei sich, er spürte, wie das Wasser durch seine Haare und in den Kragen rann. Bevor er die Türglocke betätigte, unter der Marias Familienname stand, wischte er sich mit einem Taschentuch über Kopf, Nacken und Gesicht.

Als Marias Mutter öffnete, erschrak er, die Ähnlichkeit mit ihrer Tochter war größer, als er erwartet hatte. Er hatte die Frau einmal in der Schule gesehen, aber bloß von fern, auf dem Gang, sie war in die Sprechstunde zu irgendeinem Kollegen gegangen. Zu ihm war sie nicht gekommen, Lehrer meines Fachs, sagte er, haben ja nur selten Sprechstundenbesuche. Jetzt sah er sie aus der Nähe – hätte er nicht gewußt, daß sie Marias Mutter sein mußte, so hätte er sie für eine ältere Schwester gehalten.

Sie sah etwas genervt drein. Vielleicht hielt sie ihn für einen Vertreter.

Grüß Gott, sagte er, auf dem Fußabstreifer stehend. Er sei Marias Religionslehrer.

Ach so, sagte sie. Sie schien trotzdem nicht recht zu

wissen, was sie mit ihm anfangen sollte. Geht es um die Maturathemen? Meine Tochter ist noch nicht da. Und auch bin gerade erst nach Hause gekommen.

Na, kommen Sie herein, sagte sie. Sie konnte ihn nicht im Regen stehen lassen. Im Vorzimmer stand ein kleiner roter Koffer. Im Wohnzimmer gab es eine Sitzgarnitur, mit irgendwelchen Blumen gemustert, waren es Sonnenblumen, ja, sagte Wolf, woher weißt du das? Nehmen Sie Platz, sagte Marias Mutter; eine Strumpfhose, die vermutlich Maria hinterlassen hatte, fegte sie rasch beiseite.

Darf ich Ihnen was anbieten? fragte sie. Vielleicht einen Campari?

Wolf nickte. Er hatte einen trockenen Mund.

Marias Mutter nahm eine Flasche und zwei Gläser aus der Hausbar, schenkte aber vorläufig nur ihm ein. Trinken Sie nur, sagte sie. Ich bin gleich wieder da. Ich muß mich ein wenig frisch machen.

Unter Mitnahme der Strumpfhose verschwand sie im Badezimmer. Wolf saß und trank. Er sah die Regale, mit denen die Wände verbaut waren. Ich sah das durch seine Augen, ein paar Bücher, CDs, die Stereoanlage, den Fernseher, die Pflanzen, die Maria zu gießen vergessen hatte. Die Fotos im Wechselrahmen, darunter einige von dem Kind, das Maria bis vor kurzem gewesen war.

Ihre Mutter kam zurück. Sie hatte ein Hauskleid übergezogen, unter dem sich ihre Figur abzeichnete. Um die Hüften war sie doch etwas stärker als ihre Tochter. Sie schenkte sich ein. Maria hat mir gesagt, daß Sie ihre Maturavorbereitung sehr ernst nehmen. Kommt wohl nicht oft vor, daß jemand in Religion antritt?

Sie trank. Entschuldigung, sagte sie, verstehen Sie mich nicht falsch. Aber daß sich Maria auf einmal für solche Dinge interessiert, das hat mich, ehrlich gestanden, ein bißchen gewundert. Sie muß bald kommen. Ich habe versucht, sie über ihr Handy zu erreichen, aber das hat sie abgestellt. Vielleicht ist sie schwimmen – sie geht in letzter Zeit ziemlich oft ins Hallenbad.

Sie setzte sich in den freien Fauteuil und kreuzte die Beine. Herrgott, das Mädel! Als hätte sie in ihrem Alter schon Figurprobleme! Das Schwimmen tut ihr allerdings sichtlich gut. Wenn sie zurückkommt, hat sie immer so rote Wangen.

Wolf trank aus und hoffte, daß ihm nachgeschenkt werde. Er müsse etwas klarstellen, sagte er. Er sei nicht wegen der Maturathemen hier. Diesbezüglich mache er sich überhaupt keine Sorgen.

Bei dem Wort Sorgen sah die junge Frau, die ihm gegenübersaß, einen Moment lang viel älter aus.

Sie müssen nicht erschrecken, sagte Wolf. Es ist alles halb so schlimm.

Was? fragte sie. Was ist los mit Maria? Ist ihr was zugestoßen?

Nein, nein, sagte er, Gott sei Dank nicht, Ihre Tochter ist wohlauf. Sie wird allerdings heute abend nicht nach Hause kommen.

Er habe sich selbst gewundert, wie er diese Situation bewältigt habe. Erzählte Wolf später. Sie wissen schon. In jener Nacht. Wie er – so seine Formulierung – die heikle Kurve genommen habe. Und wie überzeugend er lügen konnte.

Der Religionslehrer, eine Vertrauensperson. Er habe, sagte er etwa, in den letzten Monaten Gelegenheit gehabt, Maria gut kennenzulernen. In intensiven Gesprächen über Gott und die Welt. Nach und nach auch in sehr persönlichen Gesprächen. Deswegen habe sie sich ihm ja auch anvertraut. Und ihn gebeten, mit

ihrer Mutter zu reden. Sehen Sie, sagte er, sie ist zweifellos in einer Krise. Aber wenn wir behutsam damit
umgehen, werden wir diese Krise bewältigen.

Dann erzählte er ihr etwas von gewissen Gefahren,
denen Jugendliche heutzutage ausgesetzt seien. Machte Andeutungen über Drogen, die vielleicht im Spiel
seien. Und über einen Scherz, den sich Maria, wie es
schien, erlaubt habe, offenbar gemeinsam mit irgendeinem Burschen. Also mit einem Wort, die beiden hätten ein Auto entführt und seien jetzt in Italien, in Florenz, von wo ihn Maria, der allmählich mulmig wurde,
heute nachmittag angerufen habe.

Kein Wort davon, daß es sich bei dem Auto um sein
eigenes handelte. Und natürlich kein Wort davon, daß
er mit Maria ein Verhältnis hatte. Er war der Religionslehrer. Zwar kein Priester, aber doch so etwas
Ähnliches. An ihn hatte sich seine Maturantin gewandt, in der Hoffnung, daß er ihr aus dem Schla-
massel, in den sie sich manövriert hatte, heraushelfe.

Und das werde er natürlich auch tun. Nach Italien
fahren, das Mädchen abholen, den Burschen nach
Haus schicken, last not least dafür sorgen, daß das
Auto ohne großes Aufsehen an seinen Besitzer zurück-
gegeben werde, den er zufällig kenne. Das alles womöglich, ohne die Polizei zu bemühen. Juristische
Konsequenzen wollte er ihr möglichst ersparen.

Die Frau, der er das erzählte, wirkte verunsichert.
Marias Mutter. War sie naiv? Vielleicht war sie's. Anderseits: Welche Mutter will schon, daß ihre Tochter
wegen eines dummen Streichs mit dem Gesetz in
Konflikt kommt? Wenn sich das vermeiden ließ, wenn
der Religionslehrer, offenbar ein guter Psychologe, das
verhindern konnte, mußte ihr das doch recht sein.

Außerdem hatte sie wohl ein schlechtes Gewissen.
Sie hatte sich in letzter Zeit nicht allzuviel um ihre Toch-

ter gekümmert. Das Mädel, fand sie, war doch so gut wie erwachsen! Und sie, die Mutter, wollte auch noch etwas von ihrem Leben haben! Sie hatte genug davon geopfert als alleinerziehende Mutter. Wie alt konnte sie sein? Wahrscheinlich erst Mitte Dreißig. Das ist heutzutage kein Alter, sie hatte doch noch ein Recht, sich jung zu fühlen! Sie wollte einiges nachholen. Und erst recht, wenn Maria endlich die Matura hatte.

Das durfte man nicht aufs Spiel setzen, da hatte der Religionslehrer recht. Ach ja, dieser Mann wirkte ziemlich vertrauenerweckend. Nicht auf den ersten Blick vielleicht, aber wenn er sprach. Unwillkürlich faßte sie nach seiner Hand und hielt sich ein paar Atemzüge lang daran fest.

Ihre Brüste unter dem Hauskleid: Keine Rehzwillinge mehr, aber hübsch ausgewachsen. Wolf räusperte sich. Er fahre noch heute abend. Die Adresse in Florenz habe er noch nicht, aber die werde er herauskriegen. Ich werde Ihre Tochter finden, das verspreche ich Ihnen, ich halte Sie auf dem laufenden.

Schon war er an der Tür. Ach ja, eines noch, sagte er. Sie solle in der Schule anrufen und Maria, die ja heute schon gefehlt habe, krank melden. Ein grippaler Infekt sei um diese Jahreszeit sehr glaubwürdig. Er selbst werde sich auch krank melden. Eine vertretbare Notlüge.

9

Etwa zwei Stunden später saß er im Zug. Kurze Zeit hatte er die Idee gehabt, einen Leihwagen zu nehmen, bis ihm eingefallen war, daß ja auch sein Führerschein entführt war. Er verfluchte die Angewohnheit, das Dokument im Handschuhfach liegen zu lassen. Das würde er nicht mehr tun. Aber zuerst mußte er sein Fahrzeug wiederhaben.

Der Zug fuhr los. Zu seiner Erleichterung war Wolf allein im Liegewagenabteil. Ende November, kein Feiertag – um diese Zeit war die Nachfrage nicht groß. Er legte sich nicht gleich hin, sondern klappte das Bord neben dem Fenster auf und versuchte, einen noch daheim begonnenen Brief an Pater Schwarz fortzusetzen. Ich habe den unabgeschickten Brief später in seiner Reisetasche gefunden, ich kann ihn fast auswendig.

Lieber, verehrter Pater Schwarz, und so fort. Ich hoffe, Sie sind nach wie vor bei guter Gesundheit. Daß ich mich all die Jahre nicht gerührt habe, hängt wohl mit einer Hemmung zusammen. Ihre Enttäuschung darüber, daß ich den schon gebuchten Flug im geistlichen Aeroplan im letzten Moment storniert habe, war nachhaltig spürbar.

Ich habe ganz einfach Angst abzustürzen, habe ich gesagt.

Vielleicht – an diese Antwort erinnere ich mich noch gut – hättest du mit Gottes Hilfe deine Flugangst überwinden können. Du verläßt uns also. Das ist deine Entscheidung ... Trotzdem, haben Sie gesagt, könne ich jederzeit zu Ihnen kommen, wenn mir etwas auf der Seele liege, für die Sie sich geraume Zeit zuständig gefühlt haben.

Nun ist es soweit. Ich wende mich wieder an Sie. Mein Beichtvater und Seelenführer, mein – darf ich das nach wie vor sagen? – mein väterlicher Freund! Nach meiner Mutter sind Sie wahrscheinlich der Mensch, der mich am besten gekannt hat. Die regelmäßigen Aussprachen mit Ihnen waren das Beste, das mir im Seminar zuteil geworden ist.

Warum kommt er nicht persönlich, werden Sie sich jetzt fragen. Getraut er sich nicht, mir unter die Augen zu treten? Nein, Pater, es ist nicht das, zumindest nicht *nur* das. Während ich meinem Bedürfnis, Ihnen mein Herz auszuschütten, wenigstens auf diese indirekte Weise nachgebe, sitze ich im Expreßzug und fahre nach Süden, nicht in außertourliche Ferien, sondern auf eine Reise, zu der ich mich durch gewisse Umstände gezwungen fühle ...

Vielleicht stimmt das eine oder das andere Wort nicht ganz, aber der Tonfall stimmt. Ich stelle mir vor, wie der im letzten Moment abgesprungene Priesterseminarist Wolfgang Barbach durch die Nacht fährt. Draußen ab und zu Lichter, aber meistens Dunkel. Wie sich sein Gesicht mit einer gewissen Unschärfe in der Fensterscheibe spiegelt. Dieses eigenartige Phänomen, daß die Konturen doppelt wirken. Möglicherweise liegt das an der Konsistenz des Fensterglases. Fährt der Zug in eine Station ein, so verschwindet das Spiegelbild. Wird der Hintergrund wieder schwarz, taucht es erneut auf.

10

In dieser Nacht kam Maria wieder zu mir. Es war gegen zwei Uhr, um diese Zeit stand Wolfs Zug an der Grenze. Zwei Stunden blockiert. Angeblich lag eine Bombe auf der Strecke. Maria klopfte an die Tür. Sie habe Angst, sagte sie. Ich solle fühlen, wie ihr Herz poche.

Ich fühlte sehr vorsichtig. Trotzdem spürte ich, daß sie die Wahrheit sagte. Sie schlüpfte links in mein Hängebett. Ich legte mich rechts daneben. Doch Abstand zu halten war infolge der Schwerkraftverhältnisse unmöglich. Wir rollten beide in die Mitte und ließen es schließlich dabei bewenden.

Hast du schlecht geträumt? fragte ich. Sie versuchte, sich zu erinnern. Da war was mit einem Hund, sagte sie. Wir sind durch den Nebel gefahren. Und dann war der Hund auf einmal vor uns auf der Straße ... Sie wollte nicht weitererzählen. Halten Sie mich bitte ganz fest, sagte sie.

II

Der Zug kam mit mehr als drei Stunden Verspätung in Florenz an, also Dienstag vormittag, gegen zehn. Da holten wir gerade das Auto aus der Garage. Wolf stieg aus, sah sich um und ging über die *Piazza della stazione*. Wir stiegen ein, fuhren zum Ausgang, warteten, bis sich der Schranken öffnete. Das Parkhaus lag dem Bahnhof schräg gegenüber. Am Rand seines Gesichtsfeldes muß Wolf es gesehen haben. Er beachtete es aber nicht weiter. Sein Blick suchte die Gasse, die seiner Erinnerung nach zum Dom führte. Er bildete sich ein, daß er Maria am ehesten im *centro storico* begegnen würde. Außen. Tag. Der Bahnhofsplatz von hoch oben. Wolf ein winziger Punkt, sein Auto, in dem wir davonfahren, auch nicht viel größer. Er sieht uns nicht. Wir beide sehen ihn auch nicht. Ich muß mich auf den Verkehr konzentrieren, und Maria studiert die Karte.

12

Aus Florenz fanden wir rascher hinaus, als wir hineingefunden hatten. Maria erwies sich als ausgezeichnete Lotsin. Das Wetter war wieder schön, wohl kalt, aber sonnig. Zwar wußte ich nicht, daß wir soeben unserem Verfolger entwischt waren, aber ich fühlte mich erleichtert. Vor der Kurve zur Autobahn stand allerdings ein Autostopper. Ich wollte vorbei, aber Maria blickte im letzten Moment auf. Aber das ist doch, rief sie, dieser Francesco! Was blieb mir übrig, als zu bremsen und ein Stück rückwärts zu fahren?

Wie sich herausstellte, war das noch immer nicht meine Stärke. Vielleicht lag die unerwartet wiederkehrende Unsicherheit aber auch an der Situation. Tatsächlich, da stand dieser haarige Kerl und lachte! Er fand es ganz selbstverständlich, daß wir vorbeikamen. Noch dazu hatte er einen großen Seesack. Oben ragten einige Fackeln heraus. Maria stieg aus, um ihm den Kofferraum zu öffnen. Danach, statt ihren Platz neben mir wieder einzunehmen, setzte sie sich mit ihm auf den Rücksitz.

Ciao, sagte er einfach zu mir. Ich fragte mich, seit wann wir per du waren. Ich hätte *ihn* fragen sollen, aber ich wußte nicht, wie ich das formulieren sollte. So brummelte ich nur etwas in mich hinein. Während er, ohne meine Verstimmung zu beachten oder auch nur zu bemerken, munter weiterplauderte.

Italienisch und Englisch wie gehabt. Im Englischen fiel die Unterscheidung zwischen Sie und du ohnehin weg. Das ärgerte mich erst recht. Obwohl ich es nicht als persönliche Distanzlosigkeit empfinden konnte. Was wollte ich also? Francesco konnte es mir nicht recht machen.

Wandte er sich an mich wie an einen Kumpel, so empfand ich das als respektlos. Kam er zwischendurch wieder auf die Idee, daß ich Marias Vater sei, so behagte mir das auch nicht. Obwohl ich doch immer aufs neue in die Vaterrolle geriet. Und diesem Part dann, das gebe ich zu, einiges abgewann.

Was sollte das überhaupt? Ich *war* doch ein Vater!

Allerdings nicht der Vater einer Tochter, leider. Tatsächlich, Commissario, fiel mir nun, zum ersten Mal seit vier Tagen, mein Sohn ein. Max. Er ging mir nicht ab. Und ich würde *ihm* nicht abgehen.

Die Sonne draußen wirkte nun wärmer, die Villen im Süden von Florenz und die Hügel des Chianti lagen in einem schönen Licht. Ich versuchte, mich aufs Fahren zu konzentrieren, ihm wieder das Vergnügen abzugewinnen, das es mir auf der Strecke bis Florenz gemacht hatte. Das gelang mir aber vorläufig nicht. Ich hatte das Gefühl, zum Chauffeur für die zwei degradiert zu sein, die da hinter mir saßen und sich trotz gewisser Sprachbarrieren einander annäherten.

Sie lachten viel. Maria hatte das Lehrbuch zum Italienischkurs aufgeschlagen. *Ecco la casa di Carlo, è piccola ma comoda.* Sie versuchte, gewisse Phrasen zu lesen, er korrigierte die Aussprache. Sie lasen auch mit verteilten Rollen – genau das hatte ich mit Maria zu tun vorgehabt, sobald wir irgendwo eine Pause machen würden.

Was mich betraf, so war ich im Gegensatz dazu sehr ernst und schweigsam. Demonstrativ. Doch es fiel den beiden gar nicht auf. Ich stellte mich darauf ein, einige hundert Kilometer so zu fahren. Es stellte sich aber heraus, daß Francesco gar nicht so weit wollte.

Seine Ankündigung, daß er demnächst aussteigen müsse, kam ebenso unvermittelt wie sein Aufbruch aus der Osteria am Vortag. Das war knapp vor der Ausfahrt Richtung Arezzo. Er wolle, sagte er, in seine Heimatgemeinde. Zwanzig Kilometer von der Autobahn entfernt: *Un piccolo paese.*

Ein kleiner Ort? fragte Maria.

Ja, sagte er, du lernst schnell.

Ist es dort schön? fragte Maria.

Es sei nicht häßlich, sagte er. Ein kleiner Fluß, ein nicht besonders hoher Hügel, oben das immer noch ummauerte Zentrum. Rundherum Felder und andere Hügel. Eigentlich nichts Besonderes.

Allerdings, sagte er, habe Monterchi eine große Sehenswürdigkeit. *Un affresco, molto, molto famoso.*

Sehr, sehr berühmt?

Yes. Very famous indeed. – Ein großes Fresko von Piero della Francesca.

La Madonna del Parto – wir hätten vielleicht davon gehört.

Hatten wir? Ich jedenfalls wußte fürs erste nichts mit der Bezeichnung anzufangen.

Del Parto? sagte Maria. Was soll das bedeuten?

E gràvida, sagte er. Within a few months she will have a baby ...

Oh, sagte Maria.

Ecco, sagte Francesco. *E si vede la sua gravidanza.* Man sieht das. Er lachte. Sie hat einen dicken Bauch. Ich sah im Rückspiegel, wie er gestikulierte.

Es sei aber, ganz im Ernst, ein bedeutendes Bild. Weil nämlich diese Madonna – wie sollte er das bloß sagen? She shows it, sagte er. Ihr Kleid ist vorn offen. You know what I mean? This woman is proud of her body.

Wir sollten vorbeikommen, um dieses Fresko zu sehen.

Danke für den Tip, sagte ich. Vielleicht ein anderes Mal.

Diese Worte kamen mir einfach über die Lippen. Worte, mit denen ich nicht nur über mich, sondern auch über Maria bestimmte.

Daß ich auf einmal den *autoritären* Vater hervorkehrte, überraschte mich selbst. Aber ich wollte mir nichts aufschwatzen lassen. Ein berühmtes Madonnenfresko – und wenn schon. Deswegen würde ich nicht vorschnell unsere Fahrtrichtung ändern.

Ich fuhr nur kurz von der Autobahn ab – keine hundert Meter nach der Zahlstelle fuhr ich an den Straßenrand.

Grazie, sagte Francesco trotzdem. *Arrivederci.* Wenn wir rechtzeitig nach Monterchi kämen, würden wir ihn vielleicht treffen. Wenn wir uns zu lang damit Zeit ließen, könnte es allerdings sein, daß er bereits in Südamerika sei.

In Südamerika? fragte Maria noch rasch.

Ja, sagte er, am Oberlauf des Amazonas. Ein Hilfsprojekt für die Indios, die dort noch leben. Man dürfe nicht immer nur reden, man müsse auch etwas tun.

Danach war Maria sehr in sich gekehrt. Vielleicht war sie von meiner rüden Art schockiert. Ach was, dachte ich, Francesco hatte ja gesagt, daß er aussteigen wolle. Hätte er gemeint, daß wir ihn bis vor die Haustür bringen sollten, dann hätte er das deutlicher artikulieren müssen.

13

Wieder auf der Autobahn fuhr ich dann mit hohem Tempo. Ich wollte noch möglichst weit kommen, wohin, wußte ich selbst nicht. Maria, noch immer auf dem Rücksitz, sagte eine Strecke lang nichts. Aber bei der nächsten Raststätte sagte sie, daß ihr schlecht sei.

Ich fuhr also zu und parkte. Sie verschwand auf die Toilette. Ich ging in die Bar und bestellte mir einen Espresso. Ich trank ihn in einem Zug und bestellte mir noch einen. Dann bestellte ich mir einen *caffè corretto.* Maria ließ auf sich warten.

Allmählich wurde ich unruhig. Womöglich war ihr

schwindlig geworden. Womöglich war sie gestürzt und hatte das Bewußtsein verloren. Sollte ich, mich über die Geschlechtertrennung auf Toiletten hinwegsetzend, nachsehen gehen? Ich war drauf und dran. Aber im letzten Moment tauchte sie an der Tür auf.

Ich war überrascht, wie gesund und heiter sie aussah.

Na, fragte ich, geht es wieder?

Ja, sagte sie, ist schon in Ordnung.

Sie bestellte sich ein Mineralwasser und trank es aus der Flasche.

Sollen wir weiterfahren?

Aber ja, sagte sie. Wieso nicht?

Im Auto setzte sie sich wieder auf den Beifahrersitz. Bevor sie sich anschnallte, streckte sie sich wie eine Katze. Sie lächelte. Hören Sie, sagte sie, es ist so schön hier. Könnten wir nicht ein Stück auf der Landstraße fahren?

Das taten wir dann. Die Gegend war wirklich sehr schön. Die Hügel, um jene Jahreszeit zwar kahl, aber die Erde in einer unglaublichen Vielfalt von Ocker- und Brauntönen. Später wurde die Landschaft karger, auf Serpentinenstraßen fuhren wir geraume Zeit auf einen seltsam abgeplatteten Bergkegel mit einem Burgturm zu, ohne ihm wirklich näher zu kommen. Es war ein Glück, daß es nicht schon dort passierte – die Panne, die unsere Fahrt bis auf weiteres unterbrach, hatten wir erst am Bolsenasee.

14

Schon als wir von *San Lorenzo Nuovo* bergab fuhren,
irritierte mich ein leichtes Ruckeln des Motors. Allerdings lenkte mich der Anblick des Sees ab, der da
langgestreckt vor uns lag, das eigenartige Licht des von
schwarzen Wolken nur halb bedeckten Himmels
reflektierend. *Che luce strana*, hätte Carlo, der Fotograf, gesagt, aber den sollten wir erst am nächsten Tag
kennenlernen. Der Motor ruckelte. Obwohl es bergab
ging, war da ein Widerstand.

Das zweite Mal spürte ich es, als wir das Städtchen
Bolsena hinter uns hatten und am Wegweiser zum
englischen Soldatenfriedhof vorbeikam.

British war cemetery – Maria fragte, um Soldaten
aus welchem Krieg es sich hier handelte.

Um Soldaten dem Zweiten Weltkrieg natürlich.

Wieso natürlich? fragte sie. Eine berechtigte Frage.

Ich wollte noch etwas zu diesem Thema sagen, doch
da war das Geräusch. Wie das Reiben einer alten Kaffeemühle.

Hörst du das? fragte ich.

Warten Sie ..., sagte Maria.

Aber in diesem Moment donnerten zwei Nato-Flugzeuge über den See.

Dann wurde der Wagen mit grausamer Konsequenz
langsamer. Die Nadel des Tachometers wies es zitternd nach. Achtzig Kilometer pro Stunde, siebzig,
bald nur mehr sechzig, vierzig, zwanzig.

Was machen Sie denn? fragte Maria.

Ich mache gar nichts, sagte ich.

An der Ortseinfahrt nach Montefiascone gab es den
ultimativen Ruck, und wir standen.

Das geschah mitten in einer Kurve, die Straße war
dort eng und überflutet von lärmendem Lokalverkehr.

Zwei Männer, die vor einer Fischhandlung gestanden waren, halfen mir, das Auto erst an den Rand und dann zu einer Tankstelle zu schieben, die Gott sei Dank keine hundert Meter entfernt war. In dieser Situation saß Maria zum ersten Mal am Steuer. Sie saß dabei sehr aufrecht, fast stolz, hatte ich den Eindruck, eine Haltung, die mir einerseits gefiel, mich aber andererseits irritierte.

In ihrem Tagebuch, in dem zu lesen ich später Gelegenheit und Zeit fand (in einer Situation, auf die ich – leider – noch ausführlicher zu sprechen kommen muß), in diesem Tagebuch ging sie davon aus, daß sie den Kollaps des Motors durch Geisteskraft bewirkt hätte. Ich will das nicht ausschließen, habe ich doch erlebt, wie sie Glühbirnen zum Platzen brachte, kann mir aber auch denken, daß der Schaden auf rein mechanische Weise entstanden war. Weiß Gott, wann Wolf das letzte Mal den Ölstand hatte kontrollieren lassen. Die Mechaniker der an die Tankstelle praktischer Weise angeschlossenen Werkstatt schüttelten die Köpfe.

15

Montefiascone – vielleicht sind Sie ja schon einmal dort gewesen, Commissario. Diese kleine Stadt am Südrand des *Lago di Bolsena*. Aus der Ferne beeindruckt die Kuppel des Doms, aus der Nähe wirkt sie wesentlich weniger imponierend. Das war der Ort, an dem wir nun vorläufig festsaßen. Wie lang? *Dipende*, sagten die Mechaniker, das käme darauf an. Worauf? Auf meine Entscheidung und auf gewisse Umstände. Entweder sie könnten Kolben und Zylinder reparieren, wozu sie, wenn ich recht verstand, Ersatzteile brauchten, die sie erst bestellen müßten. Oder sie könnten sich nach einem passenden Motor umsehen, den sie anstelle des von mir malträtierten einbauen würden.

Sie würden sich kundig machen, sagten sie. Sie würden in Orvieto und Rom anrufen, sie würden ein paar Freunde besuchen. Sie lächelten mich und besonders Maria an. Vielleicht könnten sie uns morgen schon mehr sagen und dann würde man weitersehen.

Das war's. *Pazienza.* Sie lachten. Nur keine Hast. Montefiascone sei doch ein schöner Ort. Und das nächste Albergo sei gleich um die Ecke. *Tre stelle*, sagten sie. Ein gutes Hotel.

Möglicherweise traf das im Sommer zu. Anfang Dezember jedoch war das gute Hotel offenbar nicht auf Fremdenverkehr eingestellt. Es dauerte eine Weile, bis der Padrone am Rezeptionspult erschien, an dem wir eine Messingklingel betätigt hatten. Er bewegte sich energiesparend – anscheinend war er schon im Zustand der Winterruhe.

Due camere? Er schien das für einen übertriebenen Aufwand zu halten. *Due camere.* Na schön, wir könnten so viele Zimmer mieten, wie wir wollten. Er seufzte. Er nahm zwei Schlüssel vom Schlüsselbrett. Bis die Heizung und das Warmwasser funktionierten, das würde allerdings ein Weilchen dauern.

Er ging in die Zimmer mit, um die Thermostaten einzustellen. Bei dieser Gelegenheit beseitigte er auch einige erstarrte Spinnen aus den Sanitärräumen. Wir öffneten die Läden. Die Fenster schauten auf einen Hinterhof. Maria wirkte trotzdem ziemlich zufrieden.

16

Wolf irrte inzwischen in Florenz herum. Die Illusion, daß ihm Maria an der nächsten oder spätestens an der übernächsten Ecke in die Arme laufen würde, war ihm im Lauf des Vormittags vergangen. Eine Illusion, die aus dem Glauben an eine Art von Magnetismus resultierte, der zwischen ihm und ihr wirken sollte. Eine gewissermaßen magische Wirkung des Abhängigkeitsverhältnisses, für das er möglichst nicht zur Verantwortung gezogen werden wollte, wäre ihm jetzt ganz recht gewesen.

Aber so funktionierte das offenbar nicht. Er war nicht der stärkere Magnet, auch wenn er seine ganze Geisteskraft sammelte. Eher, so philosophierte er später, war es umgekehrt. War es nicht *er*, der nun hinter ihr her war, der, von ihr gegängelt, zwar an diverse Plätze kam, an denen er ihr tatsächlich hätte begegnen können, aber immer ein wenig zu spät?

Was Florenz anlangt, so war die Tatsache, daß er an solche Plätze kam, natürlich kein Wunder. Die Trampelpfade vom Bahnhof zum Dom, von dort zur *Piazza della Signoria* und dann von den Uffizien zum *Ponte Vecchio* sind ja fast unvermeidlich. Er behauptete allerdings, auch an dem Lokal vorbeigekommen zu sein, in dem wir Francesco getroffen hatten. Und an dem Kino, in dem der japanische Film lief.

Hin und her durch die Stadt lief er, kreuz und quer. Zwischendurch betrat er die Lobbys einer nicht unerheblichen Zahl von Pensionen und Hotels. Nein, er wolle kein Zimmer mieten, aber er habe eine Frage. Es scheint, daß man ihm darauf nicht besonders bereitwillig antwortete. Über Gäste gab man nicht einfach Auskunft. Nicht einfach so. Nicht einfach so, ohne Trinkgeld. Der arme Wolf mußte einiges investieren.

Aber selbst, wenn man ihn endlich anhörte, hatte er das Problem, daß er zwar die Signorina beschreiben konnte, die er suchte, nicht aber den Signore, der sie angeblich begleitete.

Er vermutete einen gewissen Altersunterschied zwischen ihm und ihr, aber wie sollte er wissen, ob der Kerl fünfundzwanzig, dreißig, fünfunddreißig oder Gott behüte darüber war? War er groß oder klein, dick oder dünn, brünett oder blond, elegant oder alternativ? Falls es sich bei Mr. X nicht nur um eine Phantasie oder einen sadistischen Scherz Marias handelte. Mit einem Wort: Unter mir konnte er sich nichts vorstellen.

An dem Hotel, in dem wir logiert hatten, scheint er jedenfalls nicht vorbeigekommen zu sein. Hingegen habe er mehr als eine Stunde vor einem Albergo mit dem Namen *Inferno* gelauert, in dem, so der Portier, ein Paar wohnte, das nicht nur deutsch sprach, sondern auch durch nervöses Verhalten auffiel. Zu Wolfs Beschreibung der Signorina hatte der Mann zustimmend genickt, es schien ihm gut möglich, daß es sich um die gesuchte Person handelte. Aber als die beiden endlich die enge Treppe herunterkamen, ein rotgesichtiger Herr in den sogenannten besten Jahren und eine tatsächlich um einiges jüngere Dame, hatte diese nicht die entfernteste Ähnlichkeit mit Maria.

Verdrossen und erschöpft habe Wolf sich schließlich mit einem Toast gestärkt. In einer Bar in der Nähe der Casa di Dante. Das sei so etwa um eins, halb zwei gewesen. Da habe ihm sein Handy den Erhalt einer Kurzmitteilung signalisiert.

Es war ein SMS von Maria, tatsächlich! – Echt schön Florenz oder nicht? Genieß es 1 wenig. Sie selbst, so schrieb sie, sei schon ein bißchen weiter. Es folgte ein Smiley und die in nicht leicht dechiffrierbaren Abkürzungen komprimierte Ankündigung, daß sie sich bald wieder melden werde.

Damit wich sie von der Vorsichtsmaßnahme ab, nur über Telefonautomaten und nicht übers Handy mit ihm zu kommunizieren. Nachdem er ihre Mutter fürs erste beruhigt und sich auf unserer Spur in Bewegung gesetzt hatte, schien ihr das anscheinend nicht mehr nötig. Als hätte sie damit angefangen, unsere Flucht, unsere Reise in Ungewisse, als Spiel aufzufassen. Ein Spiel, auf das sich letztlich auch Wolf eingelassen hatte, und das hatte er nun davon, daß er der Dumme war in einer Art von Mensch ärgere dich nicht, in dem sie immer um einen Zug voraus war.

Dieses erste SMS muß sie von der Autobahnraststätte aus gesendet haben. Das nächste dürfte dann schon aus dem Zimmer in Montefiascone gekommen sein. Obwohl das Wasser noch nicht richtig warm und die Raumtemperatur noch eher kühl war, äußerte sie das Bedürfnis nach kurzer Körperpflege. Sie schickte mich also aus ihrem Zimmer, in dem ich mich noch kurz aufhielt, um gegebenenfalls Spinnenleichen einzusammeln, die der Padrone übersehen hatte.

Das gab ihr Gelegenheit, eine zweite Nachricht an Wolf zu schicken. Darin stand etwas von einem See, den man erreiche, wenn man von Florenz ein Stück nach Süden fahre. Noch am selben Nachmittag fuhr Wolf mit der Bahn nach Chiusi und von dort mit dem Bus an den Lago Trasimeno. Mit dem Absuchen der Orte rund um diesen See war er ein paar Tage beschäftigt.

17

Obwohl der Nachmittag schon fortgeschritten war, wollte Maria noch an den See. Dorthin zu kommen, war jedoch gar nicht so einfach. Montefiascone liegt ja auf einem Hügel. Hat man kein Auto, so zieht sich die *strada panoramica*, die in weiten Serpentinen ins Schwemmland und schließlich ans Ufer hinunterführt.

Allerdings öffnete sich, sobald wir die ersten, noch zwischen den Häusern angelegten Kurven hinter uns hatten, einen frappierender Blick. Quecksilberfarben lag der See unter dem Himmel. Es gab zwei Inseln – die entferntere lag noch im Licht, die nähere bereits weitgehend im Schatten, aber eine dichte Staffel von Pinien und Zypressen, die man darauf noch ausnahm, wirkte fast unwirklich nah wie ein Bühnenbild. Ist dort ein Haus? fragte Maria.

Nein, sagte ich. Ich glaube nicht.

Hätten wir die ganze Strecke zu Fuß gehen müssen, so wären wir kaum vor Einbruch der Dunkelheit am Ufer angelangt. Wir hatten aber Glück – als wir ungefähr auf halber Strecke waren, bremste neben uns ein Auto. Der Lenker beugte sich über den leeren Beifahrersitz, um die dem rechten Straßenrand zugewandte Tür zu öffnen, lächelte, zwinkerte und forderte uns auf einzusteigen. Es war einer der Mechaniker, denen wir Wolfs Auto anvertraut hatten.

Ich nahm den Rücksitz. Maria saß neben ihm.

Mi chiamo Gianpiero, sagte er. Und wie heiße die Signorina?

Maria! Wie schön! So heiße auch seine *mamma*.

Höflicherweise erkundigte er sich auch nach meinem Namen.

Josef? Giuseppe? Das schien ihn zu amüsieren.

Ob wir verheiratet seien.

Nein, sagte ich.

Also verlobt. – Wollte er mich necken oder hielt er das im Ernst für möglich?

Ich zog es vor, unser Verhältnis nicht weiter zu diskutieren.

Das schien ihn nicht wirklich zu stören. Er wandte sich wieder Maria zu. Ich betrachtete seinen geschorenen Kopf mit einer gewissen Skepsis. Er war ein noch junger Mann, nicht weit über dreißig. Allerdings dürfte sein Haarwuchs, nach den spärlichen Spuren auf seiner glänzenden Glatze zu schließen, schütter gewesen sein.

Daß er auf den Campingplatz fahre, der zwar um diese Jahreszeit geschlossen sei. Aber für ihn sei die Bar dort immer offen. Wenn wir Lust hätten, könnten wir beide mit ihm ...

Vielleicht später, sagte ich. Wir wollten noch einen Spaziergang machen.

Na dann, lachte er. *Buon divertimento.*

Er ging um den Wagen herum, öffnete Maria die Tür und reichte ihr die Hand.

Mir wollte er unter den Arm greifen beim Aussteigen.

Grazie, sagte ich abwehrend. Es geht schon.

Er stieg wieder ein, winkte und fuhr nach links davon. Ich neigte eher dazu, nach rechts zu gehen.

In dieser Richtung, sagte ich zu Maria, sieht es interessanter aus.

Finden Sie? – Sie wirkte ein bißchen verstimmt.

Demonstrativ blieb sie stehen und schaute aufs Wasser. Der Wind trieb die Wellen, ihre Kämme glitzerten kalt. Über den jenseitigen Hügelketten hing die Sonne schon sehr tief.

Schau, die Möwen! sagte ich.

Na und? sagte sie. Solche haben wir daheim auch.

Na komm, sagte ich, jetzt gehen wir noch ein paar Schritte! Ich bot ihr meinen Arm, aber sie ignorierte ihn. Eine Weile vermied sie es sogar, auf gleicher Höhe mit mir zu gehen. Entweder sie ging mir ein Stück voraus oder sie ging ein Stück hinter mir her.

Erst als wir den Fotografen sahen, ging sie wieder auf Tuchfühlung mit mir.

Das ist aber, raunte sie, ein komischer Vogel!

Tatsächlich. Das war er. Jedenfalls auf den ersten Blick. Im Gegenlicht wirkte er wie ein Scherenschnitt.

Ein schmaler, gebeugter Mann hinter einem Stativ. Das rechte Auge am Sucher seiner Kamera. Die Kamera – soviel ich aus der Entfernung, in der wir stehengeblieben waren, erkennen konnte, eine Leica – war auf die Sonne gerichtet, die inzwischen noch tiefer gesunken war. Es sah nun so aus, als sei sie drauf und dran, die Spitzen der Berge am Westufer zu berühren – gleich mußte es soweit sein. Jetzt! Die Hand des Mannes betätigte den Drahtauslöser. Sein dünnes, weißes Haar wurde von einem kalten Windstoß gebauscht. Maria fröstelte und drückte sich enger an mich. Unserer Heiterkeit unsicher geworden, waren wir froh, daß uns der Fotograf nicht bemerkt hatte, drehten rasch um und gingen in die Richtung, aus der wir gekommen waren, zurück.

18

Nicht weit von der Stelle, an der uns Gianpiero abgesetzt hatte, gab es ein kleines Lokal, eher eine Art Kiosk mit Zubau. Dort stand, daran erinnerten wir uns nun, etwas von Panini und Pizza. Vielleicht stand dort auch etwas von Gelati, aber danach war uns angesichts der Wetterlage weniger. Der Wind war jetzt eisig, Maria schlüpfte schutzsuchend unter meinen Mantel.

Na hoffentlich, sagte ich, haben die überhaupt offen. Im Näherkommen waren wir dessen nicht sicher. Vor dem Kioskfenster war der Rolladen heruntergelassen. Im Zubau aber, der etwas von einem Glashaus oder einem Terrarium hatte, brannte Licht.

Dann waren wir da und schauten zum Fenster hinein. Von den zwei Neonröhren, die an der Decke hingen, war nur eine eingeschaltet, aber immerhin. Die paar Sessel und Tische waren leer, doch im Hintergrund war eine gewisse Bewegung. Nein, es war eher ein Widerschein, ein Fluktuieren von Licht und Schatten – anscheinend lief dort ein Fernseher.

Wir versuchten die Tür zu öffnen, die klemmte; endlich erschien ein kleiner grauhaariger Mann. Er öffnete die Tür mit einem Ruck – was in seinem Gesicht sofort auffiel, waren die munteren Augen. *Entrate pure*, sagte er, kommen Sie nur herein! Diese Tür, sagte er, klemmt immer, wenn das Wetter wechselt.

Accomodatevi, sagte er, machen Sie sich's bequem. Er schaltete einen Gasstrahler ein, der zwischen allerlei präparierten und lackierten Seeungeheuern an der Wand montiert war. *Coraggio!* sagte er, es würde gleich warm werden. Was die Pizza beträfe, so sei der Ofen nicht heiß, aber eine *minestra* könne er uns gerne bereiten.

Una minestra speciale nach Art des Hauses. Er verschwand kurz und kam mit einem Suppenpäckchen wieder. *Cottura*, las er, *solo cinque minuti*. Schmunzelnd zog er sich in die Küche zurück.

Wir taten uns inzwischen ein wenig um. In einer Nische, die wir zuerst nicht bemerkt hatten, hing eine Serie von Bildern. In Passepartouts gerahmte Fotos –

auf den ersten Blick sah es fast aus, als handle es sich immer um das gleiche. Ein Sonnenuntergang neben dem anderen – erst bei genauerer Betrachtung sah man die Unterschiede.

Ach ja, lächelte der Wirt, als er die Getränke brachte, diese Fotos! Der sie gemacht habe, sei ein Signore aus Rom. *Il fotografo dei tramonti*, der Sonnenuntergangsfotograf. Der fotografiere nichts als Sonnenuntergänge. Abend für Abend. Er lasse keinen aus. Er wohne in einer Villa, da oben im Ölberg. *Vecchia famiglia*. Der Name klang adelig. *È ricco ma un po' pazzo*. Er sei reich, aber ein bißchen verrückt.

È pazzo anche lui, der ist auch verrückt, sagte der Wirt mit einer Kopfbewegung Richtung Fernseher. Auf dem Bildschirm hampelte ein Showmaster – oder war es ein Politiker? *Pazzo, ma in un modo piu pericoloso*. Auf gefährlichere Art. Er ging hin und drehte dem Typ den Ton ab.

Ivaldo, so hieß der Wirt, rief uns später ein Taxi. Es dauerte eine Weile, bis das die *strada panoramica* herunterkam. Es war allerdings nett, bei ihm zu sitzen, er spendierte noch Grappa und Lemoncello. Wir sollten wiederkommen, sagte er, *siete sempre benvenuti*.

Das Taxi kostete dann etwas mehr, als mir lieb war. Wenn ich recht verstand, ging der Fahrer davon aus, daß er Hin- und Rückweg verrechnen müsse. Ins Hotel zurückgekehrt, versuchte ich zusammenzufassen, was ich in den letzten Tagen ausgegeben hatte. Aber erstens erinnerte ich mich nur ungenau daran, und zweitens ließ es sich ohnehin nicht ändern.

19

Ich schlief lang nicht ein, wälzte mich, träumte schlecht. In den Morgenstunden hörte ich Taubengurren, Menschenstimmen, Kirchenglocken, hörte Rolläden, die geöffnet, Autotüren, die zugeschlagen wurden, wehrte mich aber geradezu wütend dagegen, den Tag zu beginnen. Irgendwann in der Nacht hatte ich die Läden fest geschlossen, als ich mich endlich aufraffte, war es in meinem Kopf mindestens ebenso dumpf wie im Zimmer. Auf meiner Uhr, die ich am Nachtkästchen ertastete, war es bereits halb elf.

Ich stand auf, öffnete das Fenster, ließ graue, feuchte Luft herein. Auf dem Weg von der Dusche zurück sah ich den Zettel auf dem Fußboden. Eine Notiz von Maria, unter dem Türspalt durchgeschoben. *Bin schon zur Autowerkstatt vorausgegangen.*

Obwohl es verständlich war, daß sie, vielleicht bereits seit Stunden wach, nicht ewig auf mich hatte warten wollen, fand ich das ärgerlich. Wahrscheinlich hatte sie ja geklopft, vielleicht aber war es ihr ganz recht gewesen, daß ich sie nicht gleich gehört hatte. Daß sie zur Werkstatt vorausgegangen war, empfand ich als Eigenmächtigkeit. Für die Reparatur des Autos fühlte ich mich zuständig!

Das war ein bißchen absurd, schließlich gehörte der Wagen definitiv nicht mir. Wenn überhaupt einer von uns beiden, dann hatte noch eher sie gewisse Ansprüche darauf. Handelte es sich doch immerhin um das Auto ihres Freundes, des Mannes, von dem sie womöglich ein Kind bekommen würde. Außerdem verstand sie wahrscheinlich mehr von Autos als ich.

Aber um all das ging es eigentlich gar nicht. Während ich mich hastig anzog, während ich die Treppe hinunter, und auf die Straße lief, wurde mir das einigermaßen bewußt. Widerwillig bewußt – vielleicht ärgerte ich mich nicht so sehr über Marias Eigenmächtigkeit als über diese Einsicht. Wenn ich mir schon Rechenschaft über fragwürdige Besitzansprüche ablegen wollte, dann waren das viel weniger die an dem Auto, das ich entführt hatte, als die an ihr.

Sie war doch, zum Teufel, weder meine Freundin noch meine Tochter! Ganz abgesehen davon, daß Besitzansprüche auch einer Freundin, auch einer Tochter gegenüber verfehlt gewesen wären. Aber die fragwürdigen Ansprüche resultierten aus fragwürdigen Gefühlen. Ach, Commissario, es ist schwer zu definieren, was ich für dieses Mädchen, das ich erst knappe fünf Tage kannte, empfand. Mit welchem Recht oder infolge welcher eingebildeten Verpflichtung. Aus welcher sentimentalen Neigung oder aus welchem nur schlecht kaschierten Begehren. Eifersucht spielte gewiß eine Rolle – durfte sie das? Verantwortungsgefühl war vielleicht nicht nur eine Rationalisierung.

Der Kopf ist eins, Commissario, aber der Bauch ist etwas anderes. Wie verhielt ich mich, als ich an der Werkstatt neben der Tankstelle ankam? Eher wie ein verrückter Liebender oder wie ein geplagter Vater? Wahrscheinlich verhielt ich mich einfach wie ein Idiot.

Szene: Die Werkstatt, ein Schuppen der üblichen Art. Das Dach aus Wellblech, die Wände mit Playmates tapeziert. Im Zentrum, auf einer Hebebühne, ein Auto (nicht unser VW), etwas seitlich, der offenen Front zugewandt, eine dunkel blitzende Gruppe von Motorrädern. Laute Musik (Hardrock), Geruch nach Gummi und Benzin.

Ich stürme hinein, atemlos, sehe mich um. Unter dem Auto im Zentrum werkt gemächlich ein Mechaniker. Haare von Zündholzlänge, blauer Overall, er hat etwas von einem Igel. Er scheint im Moment die einzige Person in der Werkstatt zu sein.

Hej! sage ich. Daß er mich bei normaler Lautstärke nicht hört, ist kein Wunder. Hej!! schreie ich. Er ist ganz vertieft in den Unterleib des Fahrzeugs. Hej!!! Ich fasse ihn an der Schulter. Die Bewegung, mit der er sich nach mir umdreht, wirkt unwillig. *Madonna di cane!* sagt er. *Cosa vuole?*

Ich frage ihn nach Maria.

Ma quale Maria?

Welche Maria?! Ich reagiere etwas heftig. Der Typ glaubt, er kann sich dumm stellen.

Ah die, sagt er. *La ragazza.*

Ma certo la ragazza!

È sua? grinst er verschmitzt. Gehört die Ihnen?

Die Formulierung, obwohl sie kaum so gemeint sein dürfte, bringt mich vollends in Rage.

Ich ringe nach Worten, die klarstellen sollen, daß ihn die Art unserer Beziehung einen Scheißdreck angeht. Zum Glück ist mein Italienisch zu diesem Zeitpunkt noch nicht gut genug, um das in aller Schärfe zu sagen. Aber daß ich die *ragazza* suche, ganz egal, in welchem Verhältnis sie zu mir steht, und daß ich mir offenbar Sorgen um sie mache, wird dem Igel denn doch deutlich.

Piano, piano, sagt er. Es ist alles halb so wild. Das Mädel fährt eine Runde mit Gianpiero.

Was? – Ich hoffe, ich habe nicht richtig gehört.

Doch, sagt er. *Un piccolo giro di motocicletta.*

Eine kleine Runde auf der Suzuki.

Auf dem Rücksitz?!

Già, sagt er. Das mache der Signorina offenbar Spaß. Zuvor seien die zwei schon auf der Kawasaki und auf der Honda gefahren. Beruhigen Sie sich, sagt er, sie werden gleich wieder da sein.

Wie Sie sich denken können, beruhigt mich das nicht. Im Gegenteil steigert es meine hysterische Aufregung. Vor meinem inneren Auge sehe ich die zwei in einen Abgrund rasen. Oder – die Maschine haben sie an einen Baum gelehnt – auf einer blühenden Wiese liegen. Letzteres, sage ich mir, ist natürlich Unsinn. Wir haben Anfang Dezember. Aber was soll's – es muß keine Wiese sein. Platz ist in der kleinsten Hütte, wie es heißt – was soll ich tun gegen meine fatale Phantasie?

Es ist peinlich, Commissario, wenn ich mir mich selbst in dieser Situation vorstelle. Ich stehe dort, ein seltsamer Fremdkörper in dieser Mechanikerwerkstatt, und kaue an meinen Nägeln. Ich komme mir betrogen und hintergangen vor, auch was Wolfs Golf betrifft, den sie so weit beiseite geschoben haben, daß er aufs erste nicht einmal mir aufgefallen ist. Nein, das macht nicht den Eindruck, als wäre seine Reparatur den Mechanikern ein dringendes Anliegen. Und vielleicht, denke ich, ist das alles ja ein abgekartetes Spiel. Vielleicht haben die Typen ja ein Interesse daran, uns, das heißt Maria, möglichst lang hier festzuhalten. Und vielleicht – dieser Gedanke ist der gemeinste – steckt Maria mit ihnen unter einer Decke. Zumindest mit diesem Gianpiero, mit dem sie jetzt durch Wind und Wetter fährt oder – das schlechte Wetter wäre eine gute Ausrede – einen Unterschlupf gefunden hat; dem Kerl habe ich von Anfang an mißtraut, er wird die Situation bestimmt ausnutzen.

Und wieder die Bilder! Kader eines pornographischen Comicstrips. Unterbrochen von bösen Unfallfotos. Marias Körper, in skurril obszöner Pose auf dem Bett in irgendeiner Absteige liegend. Oder erschreckend entstellt auf der nassen Straße.

Die paar Minuten, die bis zur Rückunft der beiden

vergehen, scheinen mir jedenfalls unerträglich lang. Der Igel, dem mein Nägelbeißen offenbar auf die Nerven geht, bietet mir eine Zigarette an. Ich habe mir das Rauchen vor Jahren abgewöhnt, aber jetzt werde ich rückfällig. Es ist mir auch egal, daß das Rauchen in der Werkstatt gefährlich ist – meinetwegen soll alles in die Luft fliegen.

Endlich nähert sich ein Motorengeräusch. Die Potenzprotzerstimme der schweren Maschine. Ich werfe die Zigarette weg und trete sie aus. Statt daß ich froh bin, die beiden heil zurückkommen zu sehen, regt mich ihre Rückkunft erst recht auf. Wie Gianpiero den Motor noch zwei, drei Mal aufbrummen läßt! Und wie Maria ihre Arme noch einen zu langen Moment um seine Mitte geschlossen hält. Wie sie den Helm abnimmt und die Haare schüttelt. Wie sie zuerst Gianpiero und dann mir zulächelt.

Da sitzt sie. Noch immer vibrierend, auf dem Rücksitz.

Bist du verrückt geworden?! schreie ich sie an.

Wie bitte? fragt sie. Ihre Pupillen werden ganz klein.

Ob du verrückt geworden bist? Herrgott noch einmal, du bist schwanger!

Und nun? Was passiert? Was löse ich damit aus? – Nichts Gutes, Commissario, das hätte ich mir denken können. Für einen Augenblick beklemmende Stille. Dann steigt Maria von der Suzuki, einem übrigens schamlos rot lackierten Feuerroß, macht eine kurze, unwillige, vielleicht auch ungläubige Kopfbewegung und läuft davon.

Was folgt, ist bis heute Material mich quälender Träume. Wie sie über die Straße läuft – ein ebenso gewandter wie riskanter Slalom zwischen den Autos. Wie ich ihr nachrenne, so rasch ich kann, von allen möglichen und unmöglichen Vehikeln angehupt, beinahe angefahren von einem Lastwagen. Und wie ich Maria dann noch eine Weile vor mir sehe – aber mein Rückstand auf sie wird größer und größer. Und dann bin ich unversehens in einen Ortsteil, der etwas unter dem Niveau des mir bis dahin bekannten zu liegen scheint. Ein System verwinkelter Gassen mit immer weiter abwärts führenden Treppen. Da glaube ich manchmal noch ihre Schritte zu hören. Aber dann ist es still, und ich stehe auf einem runden Platz im Regen und drehe mich um mich selbst.

Im Traum komme ich nicht weiter. In der Realität habe ich Maria nach etwa einer Stunde gefunden. Und zwar in einer kleinen romanischen Kirche. Dort war eine Krippe mit fast lebensgroßen Figuren aufgebaut. Die Hirten, die Tiere, die Weisen aus dem Morgenland, die Engel. Die Madonna, ein junges Mädchen, wirkte versunken in den Anblick ihres Kindes. Josef, ein älterer Mann, stand dezent abseits. Maria saß davor, im Schneidersitz, auf den ersten Blick schien sie dazuzugehören. Hallo du, sagte ich leise. Du solltest dich nicht erkälten.

Sie drehte sich um. Ihr Blick war jetzt nicht mehr feindselig. Okay, okay, sagte sie, vielleicht haben Sie ja recht. Bevor wir die Kirche verließen, schlug sie ein Kreuz. Wissen Sie was? sagte sie übergangslos. Ich hab Hunger!

20

Sehr originell, dachte ich. Andererseits war ich natürlich froh über diese Rückkehr zur Normalität. Wir folgten dem Hinweisschild auf ein Lokal, sympathisch dezent kreuzten sich darauf Messer und Gabel. Und schon waren wir dort, es sah schlicht, aber durchaus nicht billig aus, die Patina, die auf den Räumlichkeiten lag, ließ man sich gewiß gut bezahlen. Aber was soll's, dachte ich, wir würden essen und trinken, solang es noch ging.

Danach die Sintflut, dachte ich. Vielleicht fing sie ja gerade an. Der Regen hatte sich inzwischen zu einem wahren Wolkenbruch entwickelt. Wir konnten froh sein, daß wir im Trockenen waren. *Un aperitivo?* fragte der Kellner. Na, selbstverständlich, sagte ich.

Wir aßen und genossen Gang für Gang, wir ließen keinen aus. Das *Antipasto di Mare* regte den Gaumen an, während wir uns an den handgemachten Nudeln mit dem ortsspezifischen, mit durchzogenem Schinken zubereiteten Sugo erfreuten, wurde uns der Fisch gezeigt und fand unsere Zustimmung. Es war ein Fisch, wie man ihn aufgezeichnet hätte, ein Beispiel seiner Gattung, ein Fisch im goldenen Schnitt sozusagen. Als dann serviert und filetiert wurde, nahm ein paar Tische weiter ein Gast Platz, den wir, beschäftigt mit dem Essen und Preisen der ebenso einfachen wie überzeugenden Zubereitung (etwas Rosmarin, wenig Knoblauch, ein paar Tropfen Zitrone) vorerst nicht weiter beachteten. Erst in der Pause zwischen dem Fisch und dem Käse mit Honig, den wir als Brücke zum Tiramisu bestellt hatten, blickten wir auf. Draußen war es inzwischen wieder heller, jenseits der Milchglasscheiben ließ sich sogar etwas Sonne ahnen. Wir sahen ihn also wieder im Gegenlicht. Aber das ist doch, flüsterte Maria, der komische Vogel von gestern abend.

Tatsächlich, das war er. Wir sahen ihn vorerst wieder im Profil. Wieder wirkte er gebeugt, diesmal nicht über die Kamera, sondern über das Essen. Nach einer Weile schien er zu bemerken, daß wir ihn ansahen. Jedenfalls wandte er kurz den Kopf in unsere Rich-

tung und nickte, aber vielleicht war das auch nur eine
beiläufige Bewegung.

Daß er sich plötzlich erhob, an unseren Tisch trat
und uns ansprach, kam überraschend. Er wirkte scheu
oder verschlossen – vielleicht war er beides. Wahrscheinlich war er das eine infolge des anderen. Jedenfalls machte er nicht den Eindruck eines Menschen,
der leichtfertig Beziehungen knüpft.

Es schien auch so, als koste ihn dieser ungewohnte
Akt eine gewisse Überwindung. Überwindung der
Schwerkraft (er wog kaum mehr als sechzig Kilo-
gramm, aber sein Rückenleiden behinderte ihn besonders beim Aufstehen), Überwindung der Distanz,
auch wenn es sich physisch nur um ein paar Schritte
handelte. Aber, sagte er später, ich konnte nicht anders. Maria habe etwas in ihm aktiviert, das stärker gewesen sei als seine seit Jahren geübte Zurückhaltung.

Nichts Sexuelles, um dieses Mißverständnis von
vornherein auszuschließen. Etwas Erotisches, das
wohl, aber auch, wenn die Menschen in unserer Zeit
verlernt hätten, das zu unterscheiden, sei das nicht
das gleiche. Sagte Carlo. Ein Mann, dessen sexuelle
Interessen sich nicht auf Frauen bezogen. Sofern er
solche Interessen überhaupt noch wahrnahm.

Das ließ er, dezent wie er war, erst nach und nach
durchblicken. Aber anscheinend bekam ich es mit,
bevor er es artikulierte. Nein, Commissario, er be-
nahm sich überhaupt nicht dem gängigen Klischee
entsprechend. Doch Tatsache ist, daß ich auf ihn anders reagierte als auf Francesco oder Gianpiero.

Maria betreffend. Wenn Sie verstehen, was ich
meine. Ich hatte nie das Gefühl, sie gegen ihn verteidi-
gen zu müssen. Obwohl er ja eindeutig etwas von ihr
wollte. Sie fotografieren. Wir hätten das auch ganz anders auffassen können.

Ich sage *wir*. Aber tatsächlich sprach er uns ja gemeinsam an. Genaugenommen sprach er natürlich *sie* an. Bloß auf dem Umweg über mich. Er würde sich freuen, wenn er die junge Dame fotografieren dürfte. Anfangs hielt er mich anscheinend auch für ihren Vater.

Sie stellte recht rasch klar, daß die Entscheidung einzig und allein bei ihr lag.

Sie fotografieren wolle er also. So. Und warum?

Es liege, sagte er, an ihrer Erscheinung.

Sie lachte. Fürs erste klang die Formulierung einfach übertrieben.

Erst später sollten wir einigermaßen begreifen, was er damit meinte. Das Deutsch, das er überraschenderweise sprach, war zwar fast perfekt, aber weit entfernt vom üblichen Jargon.

Da stand er also, der Sonnenuntergangsfotograf. Gnädiges Fräulein, sagte er, in Ihnen sehe ich etwas aufgehen.

Durch diese Worte wirkte sie nun doch etwas irritiert.

Sieht man es schon? flüsterte sie.

Unsinn, flüsterte ich.

In diesem Stadium *konnte* man noch nichts sehen.

Aber Carlo hatte einen besonderen Blick.

Da stand er vor uns, so aufrecht er konnte. Es sah aus, als ob es ihn anstrengte.

Es war nicht möglich, ihn einfach so stehen zu lassen.

Um was für Fotos, sagte Maria schließlich, würde es sich handeln?

Ich glaube, er war ihr jetzt erst recht ein bißchen unheimlich, aber vielleicht regte sich doch etwas wie weibliche Eitelkeit, und jedenfalls war sie neugierig.

Sie müssen, sagte er, keine Bedenken haben. *Niente di male. Niente di brutto. Niente di sporco.* Was mir vorschwebt, ist eine Serie von Profilfotos ... Aber vielleicht darf ich Ihnen das in meinem bescheidenen Haus erklären.

Wie wär's heute abend? Wenn Sie mir die Ehre erweisen wollen ... Auf ein schlichtes Nachtmahl und ein Glas Wein ...

Er verbeugte sich kurz, was ihm sichtlich nicht leicht fiel.

Ich werde Ihnen jemand ins Hotel schicken, der Sie zu mir bringt.

21

Einige Minuten nach halb acht wurden wir tatsächlich abgeholt. Und zwar von einem geländegängigen Fahrzeug. Das war auch angebracht. Wir blieben nur kurz auf der *strada panoramica*. Bald wurde ein Gatter geöffnet, und wir fuhren auf einer abenteuerlichen Sandstraße. Wir spürten und hörten das eher, als wir es sahen. Der Mond wurde immer wieder von Wolken verdeckt. Weinstöcke, Olivenbäume erschienen im Scheinwerferlicht und verschwanden wieder im Dunkel. Ein großer Vogel flog auf, ein gedrungenes Tier huschte über den Weg.

Unversehens fuhren wir durch eine beleuchtete Allee. Edel gepflanzt, aus hohen Zypressen und breiten Pinien. Im Fluchtpunkt dieser Allee erwartete uns die Villa. *Ecco*, sagte der Fahrer – Konversation war nicht seine Stärke.

Grazie, Rino, sagte Carlo, aus dem Schatten tretend.

Der Fahrer verschwand. Carlo kam uns ein paar Schritte entgegen.

Er versuchte, Maria die Hand zu küssen, was mißlang. Sie zog die Hand einfach weg, sodaß er in die
Luft küßte.

War nicht bös gemeint, sagte sie später, ich hab's
nur nicht kapiert. Oder es war mir peinlich, was weiß
denn ich. Ich mein, ich träum, hab ich gedacht, in welchem Film bin ich?

Carlo überspielte den Fauxpas. *Faccio strada*, sagte
er und ging uns voraus.

Das Haus wirkte von innen bedeutend größer als
von außen. Allerdings *sahen* wir das wieder weniger,
als wir es fühlten. In den Fluchten, die wir vorerst
durchschritten, brannte kein Licht. Kaum waren wir
eingetreten, hatte Carlo nach einer Karbidlampe gegriffen, mit der er uns leuchtete.

Ich war schon geneigt, das für eine romantische In-
szenierung zu halten. Aber er lieferte eine nüchterne
Erklärung. Seit Jahren liege er mit der Elektrizitäts-
gesellschaft im Clinch. Bei der Umstellung von Gleich-
strom auf Wechselstrom habe man einen Trakt des
Gebäudes einfach vergessen.

Der Effekt war nichtsdestoweniger beeindruckend.
Carlos filigrane Figur im weißen Anzug. Unsere Schatten an den hohen Wänden. Ungeahnte Räume. Aus
offenen Türen kalter Hauch.

In dem Zimmer jedoch, in das uns Carlo lotste,
strahlte nicht nur ein Kronleuchter, da flackerte auch
Feuer im Kamin. Da warteten hohe, gotische Stühle
auf uns. Maria saß darauf ziemlich steif und, wie mir
schien, eher unbehaglich. Carlo interpretierte das
anders: Die junge Frau thront zwischen uns wie eine
Königin.

Das war etwas stark. Ich glaube, sie errötete ein
wenig. Vielleicht kam die Farbe aber auch vom Widerschein des Feuers. Oder vom ersten Schluck Wein, mit

dem wir anstießen. Carlo lächelte. Die Holzscheite knisterten.

Er fragte, woher wir kämen, wir antworteten darauf, ohne genauer ins Detail zu gehen.

Er seinerseits, sagte er, habe einige Jahre in Deutschland gelebt. Zuerst habe er dort studiert, sagte er, dann habe er dort fotografiert. Aber das war in einem anderen Leben.

Über dieses Leben erzählte er erst nach und nach. In den nächsten Tagen, in den nächsten Wochen. Jeden Morgen erschien er auf der Insel, um das tägliche Foto von Maria zu machen. Manchmal blieb er danach eine Weile, aber nie blieb er zu lang – er war der diskreteste Mensch, den man sich vorstellen kann.

Sehen Sie, sagte er, diese Insel hat früher meiner Familie gehört. Inzwischen ist sie im Besitz einer *agenzia*, aber das Anwesen darauf habe ich ebenso geerbt wie diese Villa. Das Haus und ein paar Hektar Land rundherum. Wenn Sie wollen, können Sie dort wohnen.

Schauen Sie es sich an, sagte er. Sie werden sehen, es ist schön. Und das Klima dort ist sehr angenehm. Ein Phänomen, sagte er – es ist um einige Grad wärmer als hier an Land. Wenn es Ihnen recht ist, lasse ich Sie morgen dorthin bringen.

Vielleicht besser übermorgen, sagten wir – an diesem Abend waren wir noch nicht sicher. Das Angebot kam so plötzlich, wir mußten es überschlafen. Wollte er wirklich nichts anderes dafür, als daß ihm Maria Modell stand? Und zu welcher Art von Fotos? Hatte er nicht doch etwas Fragwürdiges im Sinn?

Aber ich bitte Sie! sagte er. Er wolle nichts anderes fotografieren als Maria im Profil. Im Ganzkörperprofil allerdings. Nicht mehr als zwei Aufnahmen pro Tag. Eine, auf der sie nach links, und eine, auf der sie nach rechts blicke.

Wenn er mich auch von vorn fotografiert, sagte Maria, hat er den kompletten Satz für ein Fahndungsposter.

Das sagte sie aber erst am nächsten Tag. An diesem Abend war ihre Schlagfertigkeit etwas gebremst. Sie wirkte nachdenklich. Vielleicht sogar eingeschüchtert. Die eigenartigen Komplimente, die ihr Carlo machte, die Anspielungen auf weiß Gott welche Bedeutungszusammenhänge taten doch ihre Wirkung.

Und Carlo behielt genau diese Tonart bei. Nach dem einleitenden Gespräch am Kamin führte er uns in die Dunkelkammer. Man müsse sich bewußt machen, sagte er, daß es sich bei der Fotografie um Verwandlungskunst handle. In gewisser Hinsicht habe die Fotografie das Erbe der Alchimie angetreten. Wir sollten bedenken, was für einen Prozeß man als Fotograf in Gang setze. Daß man zuerst Licht in Schatten verwandle und dann wieder Schatten in Licht. Daß man mit dem fotografischen Bild etwas festhalte, das sich vor der Erfindung der Brüder Lumière nicht habe festhalten lassen. – Die viel zu vielen, die heute so gut wie überall umherwimmeln, ihre dummen, summenden oder piepsenden Apparate in die Gegend halten und die Bildchen, die so entstehen, dann irgendeiner Supermarktkette zum Ausarbeiten geben, haben davon keine Ahnung.

Was ihn betreffe, so arbeite er mit der alten Leica M 6. Es gebe nichts Einfacheres und nichts Besseres. Ein kleiner, dunkler Kasten mit einer Öffnung, die Licht einlasse. Mehr brauche es nicht, alles andere lenke vom Wesentlichen ab. Es gehe um Licht, das von der Sonne komme. Das Licht, das die Welt erst zur Erscheinung bringe. Es werde Licht! So war das am Anfang. Erinnern Sie sich? – Bewußt fotografieren heiße dem Geheimnis der Schöpfung auf der Spur zu sein.

In der Bibliothek, durch die wir dann kamen, fuhr er in diesem Tonfall fort. Literatur sei zwar nicht etwas, das er schreibend betreibe, aber etwas, womit er sich seit seinen Studienjahren lesend beschäftige. Mit der italienischen Literatur naturgemäß, aber auch mit der deutschsprachigen. Die deutschsprachige Literatur, sagte er, sei für ihn so etwas wie eine große, unglückliche Liebe. Oder sagte er, die deutschsprachige Literatur *hänge mit einer großen, unglücklichen Liebe zusammen*? In den Kontext dessen, was er später erzählte, paßt beides. An diesem Abend zog er nur ein paar schöne alte Bände aus den Regalen und schlug sie auf. Sehen Sie: Goethe. Sehen Sie: Hölderlin. Sehen Sie: Novalis.

Das alles tatsächlich auf deutsch. Die Göttliche Komödie hingegen selbstverständlich auf italienisch. Die Bibel aber auf lateinisch und griechisch. Was ihn immer interessiert habe, seien die Kreuz- und Querverbindungen. Zum Beispiel die zwischen Goethes Gretchen und Dantes Beatrice. Auch die zwischen Novalis' früh verstorbener Sophie und Petrarcas Laura. Hinter jeder diese Figuren steht ja eigentlich eine andere. An dieser Stelle, daran erinnere ich mich, schüttelte Maria heftig den Kopf. Und zwar, kam mir vor, weniger, als ob sie etwas verneinen, sondern eher, als ob sie etwas abschütteln wollte.

Schließlich und endlich das ominöse Zimmer. Die Bezeichnung *camera* war eine Untertreibung, es handelte sich um einen Saal. Ein fast quadratischer Raum, etwa 10 × 12 Meter. Und alle vier Wände tapeziert mit Sonnenuntergängen. Immer die gleiche Einstellung, wie auf den Bildern, die wir am Vorabend bei Ivaldo gesehen hatten. Nur viel, viel öfter. Die Arbeit von mehreren Jahren. Ein unwiderruflich vergangener Tag nach dem anderen. Trat man näher, so konnte man die Daten auf den Passepartoutrahmen lesen.

Carlos Schrift: erst links- und dann rechtsgeneigt. Als hätte er sich noch geraume Zeit gegen die Richtung gesträubt, in der die Entwicklung lief, aber sich nach und nach mit ihrer Unvermeidlichkeit abgefunden.

Wir sollten nähertreten. Das sei sein Projekt. Alle Sonnenuntergänge zu fotografieren bis zum letzten.

Fast ohne Zwischenräume hingen die Fotos. Nur an der von uns entfernteren Schmalseite war noch eine Ecke frei.

Und was machen Sie, fragte Maria, wenn Sie auch dieses Stück bedeckt haben?

Daß es soweit kommt, sagte Carlo, darauf war ich ehrlich gestanden nicht vorbereitet.

Er habe geglaubt, daß das Ereignis, mit dem er rechne, früher eintrete. Gewissen Prognosen zufolge hätte es längst stattfinden müssen. Wenn schon nicht der große Untergang, so zumindest der kleine. Die Tatsache, daß er immer noch lebe, sei ebenso erstaunlich wie die, daß die Welt noch stehe.

Die Krankheit, von der er sprach, hielt Maria für zweifelhaft. Morbus *Wie war das?* So ein Gruselfilmname. Das war später, im Hotel, da saßen wir in ihrem Zimmer und tranken Cola aus dem Automaten draußen auf dem Gang. Bis zum frühen Morgen versuchten wir die Eindrücke des Abends zu verarbeiten.

Eine seltene Erkrankung des Rückgrats, eine fortschreitende Verknöcherung. Carlo stellte das ebenso drastisch wie sarkastisch dar. Man verknöchere, sagte er, Wirbel für Wirbel. Es beginne am Steiß und ende im Nacken.

Man sterbe also in 33 Etappen. Am Ende werde der

Druck, den die Knochen auf die Nerven ausübten, zu groß. Ein Spezialist, den Carlo nach seiner Rückkehr aus Deutschland aufgesucht habe, habe ihm sieben Jahre gegeben. Ich will Ihnen nichts vormachen, habe dieser *Professore* gesagt, wenn ein Wunder geschieht, werden es zehn.

Hätte diese Prognose gestimmt, so wäre Carlo seit 1999 tot gewesen.

Eben, sagte Maria. Wer weiß, ob es diese Krankheit überhaupt gibt.

Wie sie auf dem Bett saß, im Pyjama, im Schneidersitz, die Colaflasche in der Hand. Hätte *ich* eine Kamera dabei gehabt, ich hätte sie *so* fotografiert.

22

Am nächsten Tag schliefen wir lang bis in den Vormittag hinein. Dann wanderten wir die Panoramastraße hinunter. Es war etwas neblig, aber die Insel war zu sehen. Zu Mittag landeten wir wieder am Seeufer bei Ivaldo.

Salve ragazzi, sagte er familiär. Daß er mich, gemeinsam mit Maria, sozusagen als Jugendlichen begrüßte, hob meine Laune. Natürlich war mir die Ironie dieser Anrede bewußt. Aber diese Ironie schloß nicht aus, daß er uns als Paar akzeptierte.

Er hatte auch eine Frau, die uns milde zunickte. Um diese Zeit erwies sich die Pizza als machbar. Maria entschloß sich für eine mit Sardellen und Oliven. Danach fragte sie hemmungslos nach etwas Süßem.

Ich trank lieber Grappa.

Bleiben Sie länger in der Gegend? fragte Ivaldo.

Das kommt darauf an, sagte ich. Unser Auto sei in der Werkstätte.

Unser Auto? sagte Maria schnippisch.

Halt den Mund, sagte ich. – Ich kann doch nicht unsere ganze Geschichte erzählen.

Unsere Geschichte? fragte Maria.

Jetzt hör auf, sagte ich.

Come? sagte Ivaldo. *Di che storia si tratta?*

Non si sa, sagte ich. Es sei eine Geschichte mit offenem Ausgang.

Ich versuchte das zu übersetzen, aber es gelang nicht.

Una storia d' amore? fragte Ivaldo. *O un giallo?* – Anscheinend verstand er mehr Deutsch, als uns lieb sein konnte.

Was ist ein *giallo*? fragte Maria.

Ein Krimi, sagte ich.

È un scrittore, lei?

Nein, sagte ich. Das ist ein Mißverständnis.

Ich stand auf und wandte mich der Nische mit Carlos Fotos zu. Uns sei, sagte ich, gestern etwas Eigenartiges passiert. Wir hätten den Fotografen kennengelernt. Er habe uns eingeladen, ein paar Tage auf der Insel zu wohnen.

Bravo, sagte Ivaldo. Dann bleiben Sie also länger.

Sollen wir? fragte ich. Kann man diese Einladung annehmen?

Ma certo, sagte Ivaldo. Die Insel ist schön. Und Carlo ist zwar verrückt, aber ein *Signore*.

Sein Vater allerdings sei ein Signore von ganz anderem Format gewesen. Der Herr der Insel. Ein *conte* vom alten Schlag. Auch rund um den See begütert: Wein und Oliven. Ganz abgesehen von den Palazzi in Rom und Viterbo. Das sei dem Sohn alles entglitten. Das sei schon ein Jammer. Er habe auch wenig Interesse daran gehabt. Gewiß, die Zeiten änderten sich – wer könne solche Besitzungen erhalten? Aber so aus der Hand geben hätte man dieses Erbe nicht dürfen.

È un peccato, sagte Ivaldos Frau. Es sei nicht nur schade, es sei geradezu eine Sünde. Zur Bekräftigung dieser Feststellung bekreuzigte sie sich.

Già, sagte Ivaldo. Reden wir von etwas anderem.

Ob uns Carlo über die Geschichte der Insel informiert habe. Nein? Also die Insel heiße *Isola Martana*. Nach dem auf der gegenüberliegenden Landzunge gelegenen Ort Marta. Aber im Volksmund heiße sie Amalasuntha.

Er sah uns an, als ob uns das etwas sagen müßte.

Und wissen Sie, wer diese Amalasuntha war?

Maria zuckte die Achseln. Ich wußte es auch nicht.

Eine Prinzessin, sagte er. Für kurze Zeit sogar eine Königin.

Amalasuntha, die Königin der Ostgoten. Die hier am Bolsenasee gestrandet seien. Durch halb Europa seien sie vorerst gestürmt. Aber hier am Lago seien sie hängengeblieben.

Das war nach dem Tod des großen Teodorico.

Ach so, sagte ich – Theoderich.

D'appunto, sagte Ivaldo.

Mittelalter, sagte ich zu Maria. Völkerwanderungszeit.

Okay, okay, sagte sie. Ich bin schwer beeindruckt.

Amalasuntha also war Theoderichs Tochter. Und Theoderich hatte keinen Sohn ...

Nein, sagte Ivaldos Frau, der Sohn war noch klein.

Ich glaube, du irrst dich, sagte Ivaldo. Der *bambino* war der Enkel.

So oder so habe Amalasuntha die Nachfolge ihres Vaters angetreten. Angeblich war sie schön.

Vor allem war sie klug, sagte seine Frau.

Aber die Goten, so Ivaldo, waren alte Krieger.

Das heißt, so wieder seine Frau, sie waren alte Idioten.

Jedenfalls hatten diese Goten ganz Oberitalien überrannt, und nun sollten sie auf einmal stillhalten. Es wäre hübsch gewesen, Rom zu plündern, aber dieses mannhafte Vergnügen wollte man ihnen nicht gönnen. Schon Theoderich hatte sich unverständlich lang in Ravenna aufgehalten. Doch jetzt war er tot, und unter seiner Tochter ging erst recht nichts weiter. Das hätte man sich denken können – die Frau an der Spitze ging den Veteranen gegen den Strich. Eine Königin – das gehörte sich nicht. Darüber hinaus ließ sie sich mit der römischen Intelligenz ein, intimer, als ihr Vater das je getan hatte. Das mußte ein Ende haben – also internierte man sie vorerst auf der Insel und ließ sie etwas später, damit sie dem wahren Gotentum auch wirklich keinen Schaden mehr zufügen konnte, ersäufen.

Mit oder ohne ihren Geliebten? Darüber waren sich Ivaldo und seine Frau nicht einig. Ebensowenig wie darüber, ob der *amante* ein Advokat gewesen war oder ein Notar. Und ob die Königin in der Badewanne umgebracht worden sei oder einfach am Strand. Vielleicht war sie auch nicht ersäuft worden, sondern erdolcht oder erdrosselt.

dritter

teil

1

Der Fischer Paolo, der uns am nächsten Vormittag auf die Insel brachte, erzählte die Geschichte etwas anders. Wenn es nach ihm ging, so war der Geliebte der Königin ein Fischer. Und zwar ein etruskischer Fischer. Die *etrusci* seien schon lang vor den Römern da gewesen. Die hätten ganz einfach gewußt, was schön und gut sei. Und wüßten es bis heute. Sehen Sie *mich* an, sagte er. Er sei ein Jahr in Brasilien gewesen, aber hierher zurückgekehrt. Was brauche er mehr als diesen See, habe er gedacht. Die Fische – *corregone* und *anguilla* – gebe es hier nach wie vor reichhaltig, und das Wasser könne man trinken.

Zur Demonstration beugte er sich über den Bootsrand, schöpfte einen Schluck Wasser und schlürfte. Die Provinzverwaltung wolle um viel Geld eine Kläranlage bauen, aber da ginge es nur um Geschäfte. Er schöpfte noch einen Schluck und hielt Maria seine große Hand hin. Wollen Sie kosten? Maria wich aus. Paolo lachte.

Er hatte große Hände und große Füße. Schuhgröße 44 oder 45. Bevor wir auf der Insel landeten, zog er die Gummistiefel aus. Das mache er immer, sagte er, er betrete dieses Stück Erde mit bloßen Füßen.

Es war Anfang Dezember, aber auf der Insel war es tatsächlich wärmer als an Land. Der Nebel, der auf dem Wasser gelegen war, hatte sich gehoben, das Licht, das durch die breiten Kronen der Zedern fiel, sah aus wie im März. Das ist ein Paradies, sagte Paolo, oder zumindestens war es das einmal. Er sei auf der Insel aufgewachsen, bis zu seinem sechsten Lebensjahr habe er keinen Fuß aufs Festland gesetzt.

Verstanden wir recht, so war sein Vater so etwas wie ein Gutsaufseher für Carlos Vater gewesen. Der Signore verbrachte die Wochenenden auf der Insel, er brachte zwei edle Hunde mit, um zu jagen. Wir hatten auch einen Hund, sagte Paolo, der war groß und zottig, beinah ein Bär. Wenn die schlanken Herrschaftshunde da waren, mußten wir ihn an die Kette legen.

Die Familie des Signore kam nur in den Ferien. Die Signora galt als *bella donna*, aber man bekam nicht viel von ihr zu sehen. Lange Kleider. Große Hüte. Vor dem Gesicht netzartige Schleier. Der junge Herr hatte blonde Haare, Paolos Mutter fand, er sehe aus wie ein Engel.

Ach was, sagte Paolos Vater, blaß sieht er aus. Sein eigener Vater sei auch nicht glücklich mit ihm. In Rom ging er in ein feines Konvikt, das gehörte sich so. Aber wenn man ihn auf die Jagd mitnahm, schoß er daneben.

2

Von der schmalen Bucht aus, in der wir gelandet waren – eher einer Art Kanal, an dem Fischreusen ausgelegt waren –, hatte man vorerst nur die Gesindehäuser gesehen. Am Rand eines Feldes mit vertrockneten Maiskolben. Das Haus der Signori hingegen verbarg und entbarg sich in einem Hain von erstaunlicher Flora. Nicht nur Zypressen und Pinien wuchsen hier, sondern auch Zedern und sogar Palmen. Links und rechts stand im Wind wogender Oleander. Wenn der

Frühling kam, mußte das eine Pracht sein. Sanft südlich einerseits, auf abenteuerliche Weise exotisch anderseits. Am Hang im Hintergrund nicht nur unglaublich hoch gewachsene Agaven, sondern geradezu üppig wuchernde Kakteen.

Und die Olivenbäume und die auf Pergolen gezogenen Weinranken. Die mit Gewebe aus irischem oder spanischem Moos verhängten, aber sich aus gewissen Perspektiven unversehens öffnenden Durchblicke. Die Steinbänke und Vasen, die Säulen und Statuen. Manche derart im Dickicht aus Disteln und Dornengestrüpp versteckt, daß wir sie erst Tage nach unserer Ankunft entdeckten.

Und natürlich das Haus, die Villa, ein ehemals ansehnlicher Herrensitz. Bis unters Dach reichende Pilaster, die Freitreppe zwischen zwei halben Hyperbel-Ästen aus Travertin. Wohl der Verputz abgeblättert, wohl die Türen und Fenster klemmend und quietschend, wohl die Läden morsch. Aber der Ausblick auf den See, das Wasser, das sich kräuselt, die Hügel am gegenüberliegenden Ufer, die Möwen, der Himmel.

Was Paolo betraf, so hatte er die Villa ehemals kaum betreten. Allenfalls den Vorraum. Aber in die Zimmer der Herrschaften war er nie gekommen. Auch jetzt schien er noch eine gewisse Scheu davor zu haben. Der Signore hatte ihm den Auftrag gegeben, uns herzubringen, aber im Haus wollte er sich nicht über Gebühr lang aufhalten. Er gab mir den Bund Schlüssel, mit denen er Außen- und Innentüren aufgesperrt hatte. Er wünschte uns Glück und kündigte an, demnächst wieder aufzutauchen. *Solo per un salto*, sagte er, er wolle nicht stören. Der Signore würde wie vereinbart morgen früh erscheinen.

Und schon war er auf dem Weg zurück zu seinem

Boot. Drehte sich noch einmal um, winkte, ließ den Motor an und tuckerte davon. Da standen wir nun. Einen Moment lang wurde mir bewußt, daß wir ohne fremde Hilfe nicht von der Insel weg konnten. Doch schob ich diesen Gedanken recht bald beiseite. Das rasche Verschwinden dieses Menschen, sagte ich mir, hat ja auch sein Gutes. Schon wahr, ich hatte damit gerechnet, daß er uns bei der Adaption des Hauses helfen würde, zumindest beim Gröbsten, was sich nun als Illusion erwies. Aber der Blick, mit dem er Maria manchmal angesehen hatte ... Es ist vielleicht besser so, sagte ich mir. Wir schaffen das schon zu zweit.

3

Und tatsächlich: Wir machten uns gleich ans Werk. Erfaßt von einem herzerfrischenden Eifer. Vor uns lag eine kleine, gemeinsame Zukunft. Wir waren entschlossen, uns möglichst angenehm dafür einzurichten.

Zwei Zimmer schienen einigermaßen bewohnbar. Maria nahm selbstverständlich das größere, mir blieb das kleinere.

Wie Maria mit dem Hexenbesen auskehrte, während ich die wackligen Fensterläden befestigte.

Wie wir gemeinsam den altehrwürdigen Herd in Schwung brachten.

Husten- und Lachanfälle, verrußte Gesichter.

Wie wir uns miteinander im Badezimmerspiegel betrachteten.

Wir sehen aus wie zwei Rauchfangkehrer, sagte Maria.

Ja, sagte ich, vielleicht bringen wir einander Glück.

Wie wir über dem Spiegel ein Tier sitzen sahen.

Ist das ein Skorpion? fragte Maria.

Sieht so aus, sagte ich.

Ist der gefährlich? fragte sie.

Nein, sagte ich, ich glaube nicht. Die richtig gefährlichen Skorpione seien die schwarzen – die honigfarbenen gälten eher als harmlos.

Der da, sagte Maria, ist dunkelbraun.

Da hatte sie recht. Vielleicht war das doch etwas zu dunkel.

Hol bitte ein Glas aus der Küche, sagte ich.

Sie huschte davon. Ich behielt das Tier inzwischen im Auge.

Es bewegte sich träge. Wahrscheinlich hatten wir es aus einer Art Winterruhe geweckt.

Maria schien doch ein bißchen nervös zu sein, ein offenbar zu Boden gefallenes Glas klirrte.

Beeil dich! rief ich. Der Skorpion bewegte sich langsam, aber sicher auf eine Mauerritze zu.

Endlich kam sie mit einem Glas. Der Skorpion ließ sich überraschend leicht fangen.

Nun brauchten wir nur noch etwas, um es zwischen das Glas und die Wand zu schieben. Maria suchte und fand eine alte Postkarte. Darauf war Mussolini zu sehen, vergilbt. Aber die Kartonstärke war gerade richtig.

Da wir tierliebend waren, trugen wir den Skorpion ins Freie. Damit er nicht zurückkam, mußten wir ihn allerdings ein Stück weit weg tragen. Wir setzten ihn auf verfallenes Mauerwerk. Als wir zurück zum Haus gingen, nahm mich Maria um die Hüfte und legte ihren Kopf an meine Schulter.

Dann saßen wir in der Küche und verzehrten unser erstes Abendessen im gemeinsamen Haushalt. Sardinen aus der Dose. Grissini. Eine Flasche Weißwein. Vorräte, die wir vorgefunden hatten. Am nächsten

Tag, hatte Carlo gesagt, lasse er uns frische Lebensmittel bringen.

Dieser Abend jedoch. Dieser karge Abend.

Wie soll ich das beschreiben, Commissario. Dieses Gefühl der Zweisamkeit.

Natürlich hatten wir das schon vorher gehabt. Aber an diesem Abend gab es einen qualitativen Sprung.

Gewiß, wir waren schon die ganze Zeit über zu zweit gewesen. Seit dem Tag unserer Grenzüberschreitung war etwa eine Woche vergangen. Zu zweit im Auto, zu zweit in der Landschaft und in den Städten, durch die wir bis dahin gekommen waren, zu zweit in Lokalen und Zimmern. Aber zu zweit auf einer Insel: Also das war ein ganz besonderes Gefühl.

All' isola. Auf der Insel. Zu zweit isoliert. Die Vorstellung klingt idyllisch, aber sie kann auch bang machen. Man läßt sich auf etwas ein. Man setzt sich einander aus. Unsere Scheu, Carlos Angebot gleich anzunehmen, hatte vielleicht auch damit zu tun gehabt.

Aber wir *hatten* es letztlich angenommen. Das heißt, Maria hatte es angenommen. Nach dem Besuch bei Ivaldo und seiner Frau. Sie haben es ja gehört, hatte sie gesagt, der Typ spinnt zwar, aber er ist nicht bösartig.

Soll er mich halt in Gottes Namen ablichten. – Daß ausgerechnet sie ihm als alternatives Motiv erschien, nachdem er jahrelang nichts als Sonnenuntergänge fotografiert habe, kam ihr zwar etwas schräg vor. Aber vielleicht sei er ja damit schon auf dem Weg zur Genesung. Wenn ihre Erscheinung, wie er es nannte, sein fotografisches Interesse am Leben und Überleben wieder in Schwung bringe, solle es ihr recht sein.

Wir werden ihm also zusagen, hatte sie gesagt. Auch, sagte sie, aus ökonomischen Gründen. Glauben

Sie, ich merke nicht, daß Ihnen das Geld ausgeht? Na also. Na bitte. Also geben Sie mir schon die Telefonnummer.

Und hatte angerufen. Gleich vom Automaten vor Ivaldos Lokal. Okay, hatte sie gesagt. Das mit der Insel würden wir gern probieren. Da saßen wir nun, einander vis-à-vis. Buchstäblich, unsere Blicke konnten einander nur ausweichen, wenn wir die Lider senkten, aber das war auch dumm, es wirkte wie ein Eingeständnis.

Der gelbgrüne Wein schmeckte erdig, nach Blättern und Wurzeln.

Weißt du was, sagte ich. Wir könnten Bruderschaft trinken.

Wieso Bruderschaft? fragte Maria. Wenn schon, dann Bruder- und Schwesterschaft!

Also schön, sagte ich. Trinken wir Geschwisterschaft.

Sehr viel älterer Bruder, sehr junge Schwester. Konnten wir unser Verhältnis wirklich so auffassen? Es war ein Versuch. Wir kreuzten die Arme mit den Weingläsern und küßten uns. Marias Lippen schmeckten nicht nur nach dem Wein, sondern auch nach den Sardinen, meine wohl auch.

Schmeckt gut, sagte ich scherzhaft.

Na ja, sagte sie. Ein bißchen ölig.

Wir tranken einen Schluck Wein nach.

Du darfst jetzt du zu mir sagen.

Das sagte nicht ich, sondern sie. Wir mußten beide lachen. Tatsächlich hatte ich ja schon die ganze Zeit über du zu ihr gesagt.

Unautorisiert, sagte sie. In Voraussetzung einer selbstverständlichen Autorität. Der fragwürdigen Autorität eines sogenannten Erwachsenen einem Schulmädchen gegenüber. Aber sie habe das nicht ernst genommen. Jetzt, sagte sie, bist du wirklich berechtigt, mich zu duzen.

4

Dann, in der Nacht, die vielen fremden Geräusche. Mäuse oder Marder unter dem Dach. Eulen oder Uhus darüber. Hundegeheul von fern, vermutlich vom Festland. Wir versuchten, die Geräusche rational zu deuten, aber bei manchen war das nicht möglich.

Diese Geräusche also. In der ersten Nacht waren sie natürlich besonders fremd. Ich saß an Marias Bett und gab mir Mühe, keine Angst aufkommen zu lassen. Weder bei ihr noch bei mir. Bevor sie einschlief, hielt ich ihre Hand. Im Schein der Nachttischlampe, die ich auf ihren ausdrücklichen Wunsch nicht ausknipsen sollte, beobachtete ich noch eine Weile ihren Schlaf.

5

Am nächsten Morgen landete Carlo mit seiner kleinen weißen Yacht. Er hatte den schweigsamen Rino dabei, der uns Kisten mit Lebensmitteln ins Haus schleppte. Carlo baute sein Stativ in einem der Zimmer auf, die uns unbewohnbar erschienen waren. Da lag Schutt auf dem Boden, aber eins der Fenster sah offenbar genau nach Osten, denn frühe Sonnenstrahlen fielen fein gefiltert durch den Vorhang.

Si, nickte Carlo im Selbstgespräch, *proprio qui. E assolutamente in questa luce.* Genau hier, wandte er sich dann an uns, und genau in diesem Licht. So habe er Maria vor seinem geistigen Auge gesehen.

Proprio all'alba. Es sei ihm bewußt, daß er uns

damit zumute, vielleicht etwas früher als sonst aufzustehen. Aber um diese Jahreszeit gehe die Sonne ohnehin spät auf. Und nach und nach, sagte er, würden wir uns schon daran gewöhnen.

Sie *sei* das gewöhnt, sagte Maria. Bis vor kurzem sei sie täglich um halb sieben aufgestanden.

Umso besser, sagte Carlo. Darf ich Sie jetzt bitten, sich umzuziehen?

Ich hatte mich schon vorher gefragt, was er in dem Paket hatte, das er neben Kamera und Stativ bei sich trug. Jetzt schnürte er es auf. Hinter seinem gebeugten Rücken trafen sich unsere Blicke. Hatte er am Ende doch irgendeine Art von Reizwäsche mitgebracht?

Es handelte sich aber, wie sich herausstellte, um ein Kleid. Aus fein gewebtem Stoff, lang fallend, mit ebenso einfachen wie überzeugend schönen Ornamenten über dem Ausschnitt. Carlo entfaltete es mit behutsamer Zärtlichkeit. Tun Sie mir den Gefallen, sagte er. Schlüpfen Sie hinein.

Marias Blick: eine Frage. Ich zuckte die Achseln.

Na schön, sagte sie. Aber nicht hier. Ich komme gleich.

Sie nahm das Kleid und ging damit in einen anderen Raum.

Wird es ihr passen?

Ja, sagte Carlo. Er sei dessen sicher.

Ich überlegte, wie ich mich diskret erkundigen könnte, was das eigentlich für ein Kleid sei. Doch während ich noch nach Worten suchte, kam Maria zurück. Begleitet von einem leise wehenden Geräusch, das ihre Bewegung im Stoff des Kleides verursachte. Da verschlug es mir fürs erste die Sprache.

Sie trat ans Fenster, und da stand sie nun im morgendlichen Gegenlicht.

Sehen Sie! sagte Carlo. Er forderte mich auf, einen Blick durch sein Objektiv zu tun.

Wie sich die Konturen ihres Körpers sanft unter dem Stoff abzeichneten.

So kam – jetzt konnte ich ihm folgen – tatsächlich etwas in ihr zur Erscheinung.

Etwas weit jenseits ihrer subjektiven Existenz, der einer aus fragwürdigen Gründen und Zufällen aus ihrem Schul- und Freizeitalltag gerissenen Schülerin. Die, wäre alles seinen vorgesehenen Weg gegangen, demnächst die sogenannte Reifeprüfung gemacht hätte. Etwas in Worten kaum Sagbares, das sich nicht nur mit der aparten Wölbung ihres Bauchs erklären ließ, die ich jetzt auch schon zu sehen glaubte. Epiphanie, was ist das eigentlich genauer? fragte sie mich später.

Carlo hatte das Wort ein paarmal gebraucht. Nach dem Fototermin blieb er noch eine Weile. Er hatte eine Flasche Sekt mitgebracht und öffnete sie. Er wolle der Freude Ausdruck geben, das noch erleben zu dürfen.

Was? fragte Maria.

Aber das wissen Sie doch, sagte er.

Was weiß ich? fragte Maria. Wieder schüttelte sie den Kopf.

Doch diesmal nicht auf die heftige Art, als ob sie etwas abschütteln wollte. Sondern mit dem Anflug eines Lächelns, auf leicht amüsierte Weise nachdenklich.

6

Gewisse Tagesabläufe spielten sich ein. Sobald Carlo weg war, machten wir einen Spaziergang. Gleich hinter der Villa ging es hinauf auf den Hügel. Die von

Gras und Disteln überwachsene Treppe, links und rechts die Kakteen. Maria meistens vor mir, sie war gut in Form. Bis vor kurzem hatte sie zweimal pro Woche Turnunterricht gehabt. Vergleichbares ging mir ab. Bis Mitte dreißig war ich einigermaßen sportlich gewesen. Aber mit den Jahren hatte ich mich vernachlässigt. Zumindest hatte das meine Frau gefunden. Du solltest was für dich tun, hatte sie gesagt, oder wenigstens für mich. Warum joggst du nicht, warum gehst du nicht in ein Fitneß-Center? Weil mir, hatte ich geantwortet, schon Wörter wie Jogging und Fitneß-Center auf den Geist gehen.

Nun kam ich heftig ins Schwitzen, das war der Effekt. Maria mochte schwanger sein, aber ihr Körper wirkte dadurch noch nicht beschwert. Ihre Jeans waren zwar eng, doch sie behinderten sie vorläufig nicht. Jedenfalls war sie darin beweglich genug, um jeweils zwei Stufen auf einmal zu nehmen.

So sah ich sie also vor mir. Mit männlichem Blick. Den habe ich nun einmal, warum soll ich ihn verleugnen? Auf den Stufen und auf dem steilen Weg durch die Macchia war mein Vergnügen daran ohnehin nur kurz. Bald war mir Maria so weit voraus, daß ich sie *nicht* mehr sah.

Das beunruhigte mich manchmal. Man konnte auf diesem Pfad auch abrutschen. Es war nicht allzu wahrscheinlich, aber denkbar. Sie jedoch liebte es, sich im Dickicht zu verstecken. Und dann, wenn ich an ihr vorbeigestapft war, schweißglänzend und atemlos, hinter mich zu huschen wie eine zünftige Nymphe und mir die blöden, menschlichen Augen zuzuhalten.

Auf dem höchsten Punkt der Insel gab es Reste einer Burg. Genaugenommen handelte es sich nur mehr um einen Turm und ein Stück Mauer. Von den Mördern Amalasunthas erbaut oder von ihren Nachkommen.

Location einer in meinem Erinnerungs-Film immer wieder abgespielten Einstellung. Die Spiegelfläche des Sees – drüben die Orte Marta und Capodimonte. Ein Boot auf dem Wasser – vielleicht Paolo, vielleicht ein anderer Fischer. Marias Haare, die flattern, Möwen, die schreien. Und Maria sagt etwas, lachend, aber der Wind verbläst ihre Worte.

7

Waren wir heimgekehrt, ging es ans Dornenausziehen. Genaugenommen handelte es sich um das Ausziehen von Stacheln. Die der Kakteen nämlich. Winzige Biester. Die bohrten sich nicht nur durch den Stoff der Socken, sondern auch durch den der Jeans. Ließ man sie unbeachtet, so drangen sie vielleicht tiefer. Womöglich würden die Stellen eitrig werden. Man kam also nicht umhin, sich mit ihnen zu beschäftigen. Dabei legte Maria nicht nur einen Teil ihrer Kleider ab, sondern auch gewisse Hemmungen.

Beim Umkleiden für die Fotos verschwand sie immer wieder ins Nebenzimmer. In einer sich allmorgendlich wiederholenden Anwandlung von Scheu oder Schamgefühl. Daran änderte sich all die Tage, die wir auf der Insel verbrachten, nichts. In diesem profanen Zusammenhang jedoch verhielt sie sich ganz anders.

Ihr komisches Talent. Die Parodie einer Striptease-Nummer. Wie sie die Jeans von den Hüften und über die Knie streifte. Wie sie erst das linke Bein von der Hülle befreite und dann, das rechte heftig schüttelnd, auf einem Fuß im Kreis tanzte. Bis es ihr endlich gelang, die Hose, deren Innenseite inzwischen völlig nach außen gekehrt war, in einem fast idealtypisch wurfparabolischen Bogen in eine Ecke zu befördern.

Da stand sie dann, mit entblößten Unterschenkeln, Knien, Oberschenkeln. Da stand sie im Slip und im Leibchen und schnitt ein Gesicht wie eine Comicstrip-Figur. Hob die Schultern, breitete die Arme aus, ließ sie wieder fallen. So sei es nun einmal, oder so sei *sie* nun einmal – etwa so verstand ich diese Geste.

Diese Freilegung gewisser Körper- und Seelenpartien hatte aber auch ihren praktischen Sinn. Sie besann sich und forderte mich auf, ihr beim Loswerden der spitzen Quälgeister zu helfen.

Schau hier, sagte sie. Und hier. Das ist ein ganz kleiner, spürst du?

Ich bemühte mich, meine Finger ebenso im Zaum zu halten wie meine Augen.

Mit sozusagen medizinischer Sachlichkeit. Schließlich waren es kleine Operationen, deren Durchführung sie mir anvertraute. Im ganzen Haus war keine Pinzette zu finden. Wenn die Stacheln sehr tief saßen, mußte ich eine ausgebrannte Nadel zu Hilfe nehmen.

Hatten wir diesen Akt hinter uns, huschte sie unter die Dusche. Was mich betraf, so zog ich mir meine Stacheln lieber selbst aus der Haut. Manchmal stach ich mich dabei, weil Maria plötzlich schrill aufschrie. Das lag an den hydraulischen Verhältnissen – nicht selten blieb das Wasser weg, dann wieder kam es sehr plötzlich, die Temperatur war kaum zu regulieren.

8

Das Mittagessen bereitete im großen und ganzen ich. Seit meinem Auszug aus dem ehelichen Haushalt hatte ich mir nolens volens eine gewisse Kochpraxis erworben. Eine Zeitlang hatte mir das Kochen sogar richtig Spaß gemacht. Drauf zu kommen, daß ich auch konnte, was ich bis dahin meiner Frau überlassen hatte, sei es aus männlicher Bequemlichkeit, sei es aus Respekt vor ihrer weiblichen Kompetenz (an die sie, bei aller Neigung zum Sturm auf obsolet gewordene Rollenbilder, im Grunde ihres Herzens selbst glaubte), das war ein Erfolgserlebnis gewesen.

Nur war es mir auf die Dauer langweilig geworden, für mich allein zu kochen. Ab und zu hatte ich Kolleginnen aus dem Funkhaus eingeladen, aber die hatten sich, aus welchen Motiven immer, meist lieber für einen Abend im Restaurant entschieden. So war mir die Kochlust nach und nach wieder vergangen. Nun aber hatte ich Gelegenheit, sie auszuleben.

Nicht nur meine Kochlust begann ich auszuleben, sondern auch meinen Pflegetrieb. Dachte ich beim Kochen an Maria, so war das ein Akt zärtlicher Zuwendung. Sie war ja nur selten dabei, obwohl es schon vorkam, daß sie mir half. Doch meistens zog sie sich in ihr Zimmer zurück.

Die Tür zwischen uns war zu, ich war ihr aber sehr nahe. Ich dachte an sie, beflügelt von einem sozusagen gastronomischen Eros. Rino brachte uns Pasta, Fleisch und Gemüse, Paolo brachte uns Fisch. Ich hatte gute Basismaterialien zur Verfügung, ich bemühte mich, etwas sowohl Schmackhaftes als auch Zuträgliches daraus zu machen.

Ich arrangierte das Essen mit Liebe, es sollte auf den ersten Blick verlockend wirken, wenn sie aus ihrem Zimmer kam. Ich weiß nicht, was sie dort tat, manchmal schrieb sie wohl in ihrem Tagebuch. Oder schrieb sie Briefe? Ich wollte nicht indiskret sein und fragen. Jedenfalls gab es auf der Insel keinen Postkasten.

Sobald die Suppe oder die Vorspeise auf dem Tisch stand, rief ich sie. Manchmal dauerte es eine Weile, bis sie kam. Dann aber aß sie, wie schon in den Pizzerien und Restaurants, mit viel Appetit. Wenn ihr schlecht wurde, machte sie keine große Szene daraus, sondern verschwand nur kurz, kehrte wieder und sagte, sie sei ganz in Ordnung.

Nach dem Essen wurde sie allerdings müde. Das sei ganz normal, sagte ich. Mir, der ich nicht in ihrem Zustand sei, gehe es auch so. Wir hielten also Siesta, das tat uns beiden gut. Ich weiß nicht, ob man das auch mir ansah – was sie betraf, so wirkte sie nachher, wenn sie wieder auftauchte, blühend: noch ein bißchen Schlaf in den Augen, aber mit warm durchbluteten Wangen.

9

Dann, am Nachmittag, noch ein zweiter Spaziergang. Etwas gemächlicher als am Vormittag. Durch die Maisfelder hinter den Gesindehäusern zum Beispiel. Fast unmerklich gingen sie in einen Schilfgürtel über.

Ein sichelförmiger Streifen flaches Schwemmland. Weicher, aber tragsamer Boden, darüber viel Himmel. Die Stimmen der Rohrvögel, das Plätschern des Wassers. Ein guter Weg, um vor sich hin zu gehen und zu erzählen, was einem gerade in den Sinn kommt.

Glaubst du, daß man sich an frühere Leben erinnern kann? fragte Maria etwa. Oder wenigstens an das Vorleben im Mutterleib? Sie habe, sagte sie, manchmal so komische Träume. Eine Bewegung durch innere oder äußere Landschaften. – Hügel. Täler. Höhlen. Unterirdische Flußläufe. Manchmal laufe sie, manchmal habe sie den Eindruck zu schwimmen. Oder zu fliegen. Eigentlich seien diese Träume schön. Trotzdem sei sie meist froh, daraus aufzuwachen.

Und was, fragte ich, ist deine erste Erinnerung aus *diesem* Leben?

Ich bin noch sehr klein, sagte sie, und stehe auf einem kamelhaarfarbenen Spannteppich. Mit meinen kleinen Händen halte ich mich an den Fingern meiner Mutter fest. Aber dann lasse ich los und laufe ein paar Schritte auf einen Mann zu, der mit ausgebreiteten Armen auf mich wartet.

10

In einer Bucht fanden wir ein Boot – eine Jolle mit zwei Rudern. Es wirkte etwas verwittert, aber nicht leck. Zwar stand ein wenig Wasser drin, aber das war wahrscheinlich vom Regen. Mit einer Dose, die wir im Röhricht fanden, schöpften wir das Boot aus. Es war mit einem Knoten an einen Pflock festgebunden. Nicht ganz leicht, den Knoten zu lösen, aber Maria schaffte es. Ich ruderte uns ein Stück am Ufer entlang. Wildenten flatterten auf. Einmal sprang ein großer Fisch.

An Land zu rudern, fragte Maria, wie lang würde man dazu wohl brauchen?

Schätzungsweise, sagte ich, zwei bis drei Stunden. Aber man müsse den Wind und die Strömung bedenken. Auf so einem großen See seien die nicht zu unterschätzen.

Ich würde das, sagte ich, lieber nicht versuchen. Ich hoffe, du erwartest das nicht von mir.

Ach was, sagte Maria, du mußt nicht alles auf dich beziehen. Das war, sagte sie, eine rein sachliche Frage.

II

Die Nachmittagsspaziergänge hatten ihren eigenen Reiz. Dieses Dahintreiben, Reden, Sinnieren zu zweit. Es empfahl sich allerdings, sie nicht zu lang auszudehnen. Es schien uns doch besser, vor Einbruch der Dunkelheit zurück zum Haus zu kommen.

Die Helligkeit währte nur kurz, wir hatten Advent. Auch wenn wir das auf der Insel manchmal vergaßen. Gegen vier schon fiel die Dämmerung ein. So hatten wir lange Abende, die fließend in die Nacht übergingen.

Was wir an diesen langen Abenden taten? Nun, zum ersten lernten wir Italienisch. Da war ja der Kurs, den ich in Florenz gekauft hatte. Zwar konnten wir die dazugehörige CD nicht hören, aber das Buch konnte man ja auch ohne sie benutzen.

Esercizio. Completate le seguenti frasi! Rispondete secondo il modello! Jeden Tag absolvierten wir zwei oder drei Lektionen. Für mich war das meiste nicht neu, ich reaktivierte, was ich schon einigermaßen beherrschte. Aber es machte mir Freude, ein bißchen den Lehrer zu spielen und zu beobachten, wie flott die Schülerin vorankam.

Sie war mit heiterer Konzentration dabei. Durch die ersten Lektionen zog sich übrigens die Geschichte eines deutschsprachigen Paars, das nach Italien fährt. Die Signori Schulz kommen nach Venedig und dann nach Florenz, von wo sie einen Autostopper mitnehmen. Mir kam die Geschichte ein bißchen blöd vor, aber Maria schien sie lustig zu finden.

Danach spielten wir Schach, auf einem Brett, das wir in einer Schublade entdeckt hatten. Nach den Figuren hatten wir etwas länger suchen müssen, sie steckten in einem etwas abgenutzten Lederbeutel, dem ein

Geruch nach Pfeifentabak anhaftete. Schöne Figuren, auch wenn manchen die Köpfe fehlten. Maria spielte nicht schlecht. Sie tat unerwartete Züge.

Sie habe das Spiel, sagte sie, von einem Versicherungsagenten gelernt. Einem reiferen Herrn, der ihre Mutter beraten habe. Diese Beratung habe schon nach dem Tod ihres Vaters begonnen. Aber das war eine Zeit, an die sie sich nur sehr dunkel erinnern konnte.

Der graumelierte Herr Eberbaum war allerdings ein beharrlicher Mensch. Er erschien Jahre hindurch mit einer gewissen Regelmäßigkeit. Maria ging in den Kindergarten, dann schon in die Volksschule. Sie nannte ihn Onkel. Ihre Mutter nannte ihn Eber*bauch*.

Stimmt, sagte Maria, er war ein bißchen korpulent. Aber er hat nicht schlecht ausgesehen – heitere Augen zwischen den Krähenfüßen, dezentes Bärtchen an der Oberlippe –, ein wenig der Typ des Charmeurs aus den alten Filmen, die sie manchmal, wenn ihr langweilig gewesen war, im Nachmittagsprogramm des Fernsehens gesehen hatte. Ob ihre Mutter im Ernst etwas mit diesem Verehrer gehabt habe? Vielleicht zwischendurch. Doch für gewöhnlich habe sie ihn eher benutzt.

Als Babysitter zum Beispiel, als das Töchterlein noch klein war. – Gut, daß du da bist. Ich muß gerade kurz weg. Und ein paar Jahre später, als die Tochter schon ein Teenager war, als Nachhilfelehrer. – Ich bin auf dem Sprung, aber daß du hereinschneist, trifft sich: Maria hat nächste Woche Mathe-Schularbeit.

Er brachte Blumen, für die mußte er dann selbst eine Vase suchen. An diese Szene erinnerte sich Maria als an eine durch all die Jahre wiederholte. Anfangs stellte er mit ihr Bauklötze auf, sie bauten große Städte und spielten dann Bombenangriff oder Erdbeben.

Nach und nach spielten sie Mensch, ärgere dich nicht, Schaf und Wolf, Halma, Backgammon, Dame; endlich Schach.

Sonst nichts? fragte ich.

Nein, sagte sie. Sonst nichts. Er hat mich gern auf den Schoß genommen, aber begrapscht hat er mich nie. Falls du in dieser Richtung phantasierst. Übrigens matt. Siehst du, das kommt davon, daß du immer etwas anderes im Kopf hast.

12

Musik hatten wir erst ab dem dritten oder vierten Abend.

Schau einmal, rief Maria, was ich gefunden hab!

Sie rief aus dem Bereich der unadaptierten Zimmer. Einem Bereich, in den sie nach und nach kleine Vorstöße unternahm.

Zwar hatte ihr ursprünglich ein bißchen davor gegraut. Vielleicht gab es hinter den Türen, die wir wohlweislich geschlossen hielten, ungeahnte Insekten und Nagetiere. Doch ihre Neugier erwies sich recht bald als stärker. Schon am zweiten Tag fand sie verstaubte Papierblumen, invalide Porzellanpuppen und einen rostigen Vogelkäfig.

Was sie nun hervorgekramt hatte, wirkte kompakter. Eine große Schachtel, deren Deckel mit einer dicken Staubschicht bedeckt war. Aber was drin war, sah gut erhalten aus. Eine Basis mit Plattenteller, ein Trichter wie auf den Etiketten von *His Masters Voice*, eine Schatulle mit Nadeln für den Tonabnehmer.

In einer zweiten Schachtel waren die dazugehörigen Schellacks. Das war nun wirklich ein Fund, darüber waren wir uns einig.

Glaubst du, fragte sie, daß das Ding noch funktioniert?

Es wird am besten sein, sagte ich, wenn wir es probieren.

Und tatsächlich, das Gerät funktionierte. Zwar klang die Musik, als spielte man sie auf einem Wagen, der auf einer kiesbestreuten Straße fuhr, aber sie klang. Daß auf den Platten so gut wie ausschließlich Opernmusik festgehalten war, schien Maria im ersten Moment zu enttäuschen. Aber nach und nach, sagte sie, könne sie dem Gejammer etwas abgewinnen.

Das lag nicht zuletzt daran, daß ich ihr die Handlungen der Opern erzählte. Ich war beileibe kein Opernfan, aber gegen die Mitte unseres Ehelebens hatte sich meine Frau auf einmal für Opern interessiert. Vielleicht nicht für Opern, sondern für die *Oper*, das heißt für den Opern*besuch*. Es ging uns doch jetzt besser, wir hatten Kontakte mit Leuten, die bürgerliche Unterhaltungsformen pflegten, befreundete Paare hatten Abonnements. Wozu bist du beim Rundfunk, hatte meine Frau gesagt, da kannst du uns doch ein günstiges Abo verschaffen. Warum, hatte sie rhetorisch gefragt, warum denkst du nie an so was? Ich hatte wirklich nicht an so was gedacht. Aber daß sie daran gedacht hatte, kam mir nun zugute.

Die Handlung von Opern wie *Der Barbier von Sevilla*, *Rigoletto* und *Der Bajazzo* konnte ich ohne besondere Schwierigkeiten wiedergeben. Mit *Lucia di Lammermoor*, dem *Troubadour* und *Cavalleria rusticana* tat ich mir etwas schwerer. Worum es in *Le Comte Ory* oder *Don Pasquale* ging, wollte mir einfach nicht einfallen. Aber ich überbrückte die Erinnerungs- oder Bildungslücken, vor denen ich da unversehens stand, durch Improvisation.

Maria saß und lauschte. Daß wir die Stimmen von

Enrico Caruso, Geraldine Farrar und anderen Berühmtheiten hörten, die da aus einer versunkenen Zeit an unsere Oberfläche drangen, beeindruckte sie zwar weniger. Doch die Geschichten gingen ihr unter die Haut. Besonders meine Nacherzählungen von Puccini-Opern kamen bei ihr an.

Das ist ja urspannend, sagte sie etwa zu *Tosca*. *La Bohème* fand sie zwar megakitschig, aber die Story trieb ihr Tränen in die Augen. Nach einer Weile begann sie damit, ihre innere Bewegung in eine Art Ausdruckstanz umzusetzen. Der hatte zwar auch eine parodistische Note, aber als sie, in der Rolle der Cho-Cho-San aus *Madame Butterfly*, Harakiri beging, die Hände mit dem imaginären Dolch an den Bauch gepreßt, bekam ich Angst um sie.

Hör bitte auf, sagte ich.

Sie reagierte nicht gleich.

Sie mußte erst aus Puccinis Japan zurückkommen.

Um den Reiseweg abzukürzen, drehte ich das Grammophon ab.

He, sagte sie, was fällt dir ein? Du bist ein altes Ekel!

13

Nach dem Abendessen gingen wir meist noch ein paar Schritte durch den Garten. Die Sterne waren sehr klar, der Mond nahm von Tag zu Tag zu. Ein bläuliches Licht lag auf den Zypressen und Zedern. Einmal sahen wir einen unglaublich strahlenden Stern, aber der erwies sich als Satellit.

14

Eines Morgens war der Skorpion wieder da. Zumindest hielten wir ihn vorerst für den, den wir schon kannten. Ungefähr zehn Zentimeter lang von der Scheren bis zum Schwanz, maronenbraun. Diesmal saß er nicht über dem Spiegel im Badezimmer, sondern über dem Abwaschbecken in der Küche.

Vielleicht war es ihm über Nacht draußen zu kühl, meinte Maria.

Kann sein, sagte ich. Aber daran wird er sich gewöhnen müssen.

Wieder brachten wir das Glas und die Mussolinipostkarte zur Anwendung. Aber als wir von dem Mäuerchen, an dem wir das Tier neuerlich deponierten, zurückkamen, sahen wir einen zweiten.

Na ja, scherzte ich. Das ist wahrscheinlich seine Frau.

Sie (falls es tatsächlich eine Sie war) erwies sich als weniger träge als ihr Mann. Dem Glas, das ich über sie stülpen wollte, wich sie mit einer gewissen Wendigkeit aus. Aber schließlich gelang es mir doch, sie zu fangen.

Einfühlsam, wie wir waren, trugen wir sie ihrem Gatten nach.

Doch anscheinend war die Familie etwas größer.

An diesem Tag fing ich noch drei weitere Skorpione.

Und am nächsten Tag, nach unserer Vormittagsexkursion, saß einer in der Duschnische.

Der Schrei, den Maria austieß, war schriller als üblich.

Um Gottes willen! rief ich. Hat er dich gestochen?

Nein, sagte sie, aber ... Vielleicht ist es besser, wenn du ihn fängst, bevor er mich sticht! ... Was schaust du denn so? Hast du noch nie ein nacktes Mädchen gesehen?

Was sollte ich darauf antworten? Daß es jedenfalls schon eine Weile her sei, daß mir ein solcher Anblick vergönnt gewesen war? Ich sagte lieber nichts und wandte meinen Blick von ihr ab. Ich mußte mich ohnehin auf das Tier konzentrieren. Aber ich bewahrte das Bild in meinem Herzen.

15

Gegen die Skorpione mußte Grundsätzlicheres getan werden. Maria, deren Kopf noch bis vor wenigen Wochen mit Mathematik vollgestopft worden war, behauptete, die Zunahme ihres Auftretens entspreche einer geometrischen Reihe. Wir heizten und kochten. Das Haus erwärmte sich merkbar. Anscheinend hatten diese immer munterer wirkenden Mitbewohner das Gefühl, es sei Sommer.

Wir wandten uns also an Paolo. Das fiel uns nicht ganz leicht. Wir ahnten, daß seine Intervention nicht mit unserer Tierliebe vereinbar sein würde. *Ma così è la vita*, sagte Paolo. So habe Gott die Welt nun einmal eingerichtet.

Er fand eine feuchte Stelle unter dem Spülstein. *Ecco*, sagte er. *Dietro sarà il nido.* Dahinter würde das Nest sein. Er hatte recht. Als er mit dem Besenstiel den Verputz abklopfte, purzelten einige Dutzend der unerwünschten Hausgenossen ans Licht.

Alle Farbstufen von sehr Hell bis recht Dunkel. Alle Größen von ziemlich Groß bis ganz Klein. Die Winzlinge hatten etwas Rührendes, wie sie in ihrem zarten Alter schon die Stachel aufstellten. Aber das half ihnen auch nichts. Sie wurden zertreten.

Das wollten wir nicht mit ansehen. Wir flohen ins Freie. Als wir zurückkamen, lag ein strenger Geruch in der Luft. Die ganz Großen, erklärte Paolo, habe er auf die traditionelle Weise erledigt. Das könnten wir uns merken: Auf dem Steinboden müsse man nur einen Ring Öl um sie gießen und den anzünden.

Bitte nicht, sagte Maria. Sie wollte das nicht so genau wissen.

Ma, sagte Paolo, *e molto interessante.* Skorpione, sagte er, seien noch *nobili* vom alten Schlag. Begreifen sie die Aussichtslosigkeit ihrer Lage, so stechen sie sich selbst tot.

16

Nach und nach erzählte Carlo von seinen Jahren in Deutschland. Einerseits sei er der Literatur wegen dorthin geraten. Anderseits aber um einer realen Person willen. Seine ebenso gepflegte wie im modernen Umgangsdeutsch, Commissario, kaum mehr übliche Verwendung des Genitivs.

Una persona, sagte Carlo, auch italienisch. Eine Person, deren Geschlecht er vorerst in Schwebe ließ. Eine verrückte Liebe, *un amore pazzo.* Um ihretwillen oder um seinetwillen sei er vorerst nach Frankfurt.

Ein Mensch jedenfalls, der sein Leben verändert habe. Die Passion für die deutsche Sprache und Kultur sei zuerst dagewesen, aber nun gesellte sich zu dieser bis dahin bloß akademischen Leidenschaft der Reiz eines physisch begehrten Objekts. Wenn Sie verstehen, was ich meine, sagte Carlo. Die Sympathie für die deutsche Klassik und Romantik sei im übrigen durch seine Mutter beeinflußt gewesen, die als Backfisch, wie das früher hieß, ein paar Monate in Salzburg verbracht habe.

In Salzburg oder in der Nähe von Salzburg. Das war

damals Österreich, wenn auch nicht mehr sehr lang. Das Österreichische im Vergleich zum Deutschen: *più dolce. Ma tuttavia tedesco.* Oder etwa nicht?

Die Frau Mama hatte sich jedenfalls nicht für das Politische interessiert, sondern für das Musische. Als Carlo noch klein war, hatte sie ihm manchmal deutsche Gedichte vorgesagt. *Wanderers Nachtlied* zum Beispiel. Und: *Ein Gleiches.* Schöne, exotische Töne, die nachhaltig nachklangen.

Daß er Germanistik studiert hatte, vorerst in Rom und Siena, hatte gewiß damit zu tun. Und nun hatte er auch seine Liebe dadurch kennengelernt. *Lei* oder *lui* studierte zwei Semester an einer italienischen Uni. Danach ging der Liebende einfach mit ihr oder ihm.

Der Magnetismus, der zwischen Menschen wirkt. Mein Gott, sagte Carlo, wer kann sich dem schon entziehen! Diese Person war schön oder jedenfalls anmutig. Carlo untermalte das deutsche Wort mit einer italienischen Geste, die etwas Tänzerisches andeutete.

Über Anmut und Würde – haben Sie das gelesen? Anmut, steht dort, ist eine bewegliche Schönheit. Deswegen laufen wir hinter ihr her – so steht das dort nicht. Aber es ist so. Jemand wie Sie muß das doch wissen.

Ich wich seinem Blick und seinem Lächeln rasch aus.

Comunque, sagte er. *Qualche volta la vita è strana.* Die Helden der Bücher, die er las, zog ihre Anima meistens nach Süden. Bei ihm war die Himmelsrichtung umgekehrt.

17

Frankfurt, Tübingen und schließlich Berlin. Die Person, der er folgte, war recht mobil. Seine Familie war reich. Die Finanzierung des Deutschlandaufenthalts war also vorerst kein Problem. Aber allmählich wurden Vater und Mutter ungeduldig.

Auch mißtrauisch. Solang er in Rom gelebt hatte, hatten sie eine gewisse Neigung an ihm nicht wahrnehmen wollen. Allmählich dämmerte ihnen, daß er sie womöglich in Berlin auslebte. Auch politische Neigungen, die sie beunruhigten. In Italien hatte der junge Mann an manchen Entwicklungen vorbeigeträumt, aber dort oben im Norden war er vielleicht aufgewacht.

Das mußte geklärt werden. Der Vater kam seinen Sohn in Berlin besuchen. Kreuzberg. Die kleine Kneipe in Sichtweite der Mauer. *Wurstel con crauti.* Kalter Hering mit warmen Kartoffeln. Bier oder saurer Wein. Du tust mir leid, sagte der Marchese.

Da steckte er seinem Sohn immerhin noch Geld zu. Als ihn der jedoch in sein Quartier führte, in konsequenter Fortsetzung einer nun einmal begonnenen Selbstdarstellung, schien er sogar diese Zuwendung zu bereuen. Die Matratzen auf dem nackten Boden, die Posters und Fotos auf den Wänden.

Hast du die gemacht?

Ja, sagte Carlo. Damit war immerhin etwas geklärt.

Er sei nicht bereit, sagte der Vater, diese Art von Leben weiter zu finanzieren.

Das sei auch nicht notwendig, sagte der Sohn, er habe einen Job bei einem Fotografen. Er könne sein Studium auch selbst bezahlen.

Dann tu das, sagte der Vater und flog zurück nach Italien.

So ungefähr Carlo. Manchmal ging sein Mitteilungsbedürfnis mit ihm durch. Dann wieder nahm er sich zurück, als habe er zuviel von sich preisgegeben. Entschuldigung, sagte er dann, ich wollte Sie nicht mit meinen persönlichen Geschichten belästigen. Es gebe ja, sagte er, weit interessantere Geschichten.

Zum Beispiel, sagte er, die der Amalasuntha. Wie ich gehört habe, interessieren Sie sich dafür. Sein Vater, sagte er, habe ein Buch über diese alte Dame gehabt. Ein recht altes Buch. Er nehme an, es sei auf dem Dachboden.

Dort oben, sagte er, lagere noch einiges, das von seinem Vater übriggeblieben sei. *Un sacco di roba*, sagte er. Eine Menge altes Zeug. In Kisten verpackt. Wenn Sie keine Stauballergie haben, können Sie diese Kisten öffnen. *Non importa*. Es liegt nichts daran. Es hat keine Bedeutung.

18

Wir hatten den Dachboden bis dahin nicht beachtet. Die Treppe, die dorthin führte, hatten wir einfach übersehen. Sie war versteckt in eine Nische gebaut. Eine metallene Wendeltreppe mit schmiedeeisernem Geländer.

Kam man oben an, so war man vorerst in einem kleinen, runden Turm. Durch eine schmale Tür trat man direkt unter den First. In den Sonnenstrahlen, die durch eine Oberlichte aus grünlichem Glas einfielen, tanzte Staub. Tauben gurrten und entflatterten durch ein Fenster mit zerbrochenen Scheiben.

An dem Tag, an dem uns Carlo diese Perspektive eröffnet hatte, verdunkelte sich der Himmel. Kaum hatten wir den Dachboden betreten, begann Regen zu prasseln. Aus dem gewohnten Spaziergang wäre also ohnehin nichts geworden. Das Öffnen und Durchstöbern der Kisten erschien uns als gute Alternative.

Die ersten drei Kisten enthielten vor allem Zeitungen. Die ältesten stammten aus der Zeit um 1930. Nachrichten aus einer untergegangenen Welt. Voll von Wörtern wie *la virtù, la volontà, la patria, il popolo, la fede.*

Artikel über die Kampagne zur Steigerung der Produktion und die gemeinsame Anstrengung zur Einbringung der Ernte. Und über die Trockenlegung der pontinischen Sümpfe. Ein Foto des Duce, wie er selbst Hand anlegte in Hemdsärmeln. Ein grausiger Typ, sagte Maria, dieser Nacken mit Speckfalte!

Ja, sagte ich, aber der Typ scheint beliebt gewesen zu sein. Der Duce mit einer Gruppe auf schwere Hämmer gestützte Straßenbauarbeiter. Der Duce mit einer unglaublich kinderreichen Landarbeiterfamilie. Mindestens drei Generationen blickten hoffnungsvoll in eine große Zukunft.

Der Duce und eine Gruppe ihm huldigender Industrieller. Kleine und große Leute, die begriffen, worauf es ankam. Dabei zu sein und zu siegen – so einfach war das. Der Duce mit den italienischen Olympiasiegern im Radsport, im Fechten und im Turnen.

Der Duce mit der Schauspielerin Eleonora Duse. Der Duce mit einem Trupp futuristischer Bildhauer. Der Duce mit dem Grafen Ciano, der wußte, wo sein Platz war. Immer raumfüllender der Duce, König und Papst an den Bildrand drängend.

Wieder und wieder der Duce auf dem Balkon. Unten die Menge, die Köpfe verschwommen, aber die Arme zum römischen Gruß gereckt. *La storia, la memoria, l'onore, l'orgoglio, la gloria.* Dieses erhobene Kinn, sagte Maria, hat man das wirklich ernstgenommen?

Es scheint so, sagte ich. Der Duce mit dem österreichischen Bundeskanzler Dollfuß, der neben ihm wirkte wie ein peinliches Kind. Und der Duce mit Hitler, der auf diesem Foto auch noch nicht ganz ausgewachsen aussah. Dann der Duce vor den Truppen, die nach Äthiopien geschickt wurden. Und der Duce vor der italienischen Fußballnationalmannschaft, die 1938 zum zweiten Mal Weltmeister geworden war.

Dann aber fehlten offenbar einige Jahrgänge. Die Zeitungen in der nächsten Lage berichteten etwa über die Verteilung von Lebensmittelkarten. Über die Räumung von Bombenschutt in Rom. Und über die Auflösung der alliierten Kontrollkommission. Schließlich über die Volksabstimmung, die Italien zur Republik gemacht hatte. Ein Foto des Königs Umberto, der ins Exil ging. Er sah drein, als ob er das alles nicht mitbekommen hätte. Jemand (wahrscheinlich Carlos Vater) hatte da und dort Kommentare an den Rand der Artikel gekritzelt.

Ein Bericht über die Landreform hatte ihn offenbar besonders aufgebracht. Mit Rotstift hatte er darin herumgewütet. Unterwellungen, Striche, Frage- und Rufzeichen. Unter ein Foto, auf dem ein Handschlag zwischen De Gasperi und Togliatti zu sehen war, hatte er das Wort *vergogna* geschrieben.

Was heißt das? fragte Maria.

Vergogna, sagte ich, heißt Schande.

Und wer sind die? fragte sie.

Die Namen werden dir nichts sagen.

Auf einem anderen Foto sah man die Schauspieler Fernandel und Gino Cervi.

Die kenn ich, sagte Maria. Das sind Don Camillo und Peppone.

19

Bis wir uns zu den Büchern durchgearbeitet hatten, waren schon Stunden vergangen. Aber da es draußen immer noch regnete, taten wir einfach weiter. Kiste um Kiste öffneten wir, Schicht um Schicht trugen wir ab. Wir husteten und niesten, aber wir ließen uns durch nichts abschrecken. Eine Geschichte des Papsttums in vierundzwanzig Bänden trugen wir ebenso ab wie sämtliche Werke von Gabriele D'Annunzio. Marias Magen knurrte vernehmlich, aber sie meinte, wir sollten dranbleiben. Das Mittagessen wurde heroisch verschoben. Erst gegen vier fanden wir, was wir suchten.

Was Carlo ein recht altes Buch nannte, war eine Ausgabe von 1549. *De Vitae et Mortem Reginae Amalasuntae.* Ein hübsches, handliches Büchlein, ein kleiner Schatz.

Kannst du Latein? fragte Maria.

Ich hab es gelernt, sagte ich. Aber ich hab manches vergessen.

Soviel bekam ich immerhin mit, daß Amalasuntha genaugenommen nicht Königin, sondern Regentin für ihren minderjährigen Sohn gewesen war. Wie das Leben so spielt, war der just in dem Alter gestorben, in dem er bald regierungsfähig geworden wäre. Danach hatte seine Mutter einen Cousin geheiratet, um ihre Regentschaft zu erhalten. Womöglich war dieser nette Mensch dann der Auftraggeber ihrer Ermordung.

So ein Schuft, sagte Maria. Und was war mit dem Fischer?

Davon steht hier nichts, sagte ich. Nur von einem römischen Senator namens Cassiodor.

Auf einem Kupferstich auf der zweiten Innenseite

des Buchs war Amalasuntha zu sehen. Sie stand am Gestade und blickte melancholisch übers Wasser.

20

Das tat Maria dann auch. Am späteren Nachmittag ließ der Regen nach. Da stapften wir noch ein wenig am Ufer entlang. Der Boden war tief, die Schuhe sanken im Schlamm ein. Um die Tropfen, die nun spärlich, aber doch in den See fielen, bildeten sich konzentrische Kreise.

Sie hatte sich in den Kopf gesetzt, die Stelle zu finden, an der Amalasuntha gestanden war. Zumindest gestanden sein *könnte*. Der Illustration im Buch entsprechend.

Was meinst du, fragte sie – hier? Oder eher hier?

Sie warf sich in Pose und versuchte, dem Bild ähnlich zu sehen.

21

Was glaubst du eigentlich, sagte sie, ist nach dem Tod? Sind wir einfach weg, oder bleibt etwas von uns übrig? Ich meine: Wie ist das mit der Energie, die nicht verlorengehen kann? Verteilt sie sich einfach im All, wird sie irgendwo gesammelt oder materialisiert sie sich wieder?

Ich versuchte zu scherzen: Ist diese Frage nun eher vom Religionsunterricht inspiriert oder vom Physikunterricht?

Darauf reagierte sie heftig: Du nimmst mich nicht ernst!

Entschuldigung, sagte ich. War nicht bös gemeint.

Ich bin nur ebenso hilflos gegenüber solchen Fragen wie alle anderen.

Wie alle? fragte sie.

Na ja, sagte ich. Wie die meisten. Oder? Was hat denn dein Wolf dazu gesagt?

Von dem war seit Tagen nicht mehr die Rede gewesen. Kaum hatte ich seinen Namen genannt, hatte ich das Gefühl, einen entscheidenden Fehler begangen zu haben.

Ich Idiot! dachte ich. Jetzt habe ich Wolf wieder ins Spiel gebracht.

Damit aber überschätzte ich meinen Einfluß. Wie ich später begriffen habe, kam es auf mich gar nicht an. Wolf war ja die ganze Zeit über im Spiel, auch wenn ihn Maria ein wenig auf Distanz hielt.

22

Nachts stand Maria plötzlich in meinem Zimmer.

Was ist los? fragte ich und knipste das Lämpchen an.

Da draußen vor dem Fenster, sagte sie, da draußen im Garten ... Da sei eine Frau vorbeigegangen und habe gesungen.

So, sagte ich.

Ja, sagte Maria. Das ist echt wahr! Dieser Gesang von draußen habe sie geweckt. Ein Gesang in einer eigenartig schwebenden Tonlage ...

Über dem Nabel war ihr Pyjama nicht zugeknöpft.

Ich stand auf, nahm meine Jacke, die über dem Stuhl hing, und legte sie ihr um die Schultern.

Sie strahlte Kälte aus, kleine Wassertropfen hingen in ihrem Haar.

He, sagte ich. Du bist doch nicht draußen gewesen?

Sie zuckte die Achseln. Die Jacke, die sie wärmen sollte, geriet ins Gleiten.

Ich war nicht sicher, ob sie wirklich ganz wach war. Ihre Augen waren weit offen, aber ich hatte den Eindruck, daß sie durch mich durch schauten.

Sie ging zwei Schritte und ließ sich dann einfach sinken. Da lag nun die Jacke auf dem Boden und sie in meinem Bett.

Was sollte ich tun? Ich legte mich vorsichtig neben sie. Das war nicht einfach. Sie lag mit angewinkelten Beinen. Gewisse Berührungen verbot ich mir. Doch ich erlaubte mir, ihr Haar zu streicheln.

23

Als es hell wurde, setzte sie sich abrupt auf, wodurch auch ich erwachte, und sah mich groß an. Erhob sich vollends, zog die Pyjamahose hoch, die ein wenig zu tief gerutscht war. Ging ein paar Schritte Richtung Tür, warf mir noch einen Blick über die Schulter zu. War dieser Blick unsicher, war er mißtrauisch, war er empört ? – bevor ich mir darüber klar werden konnte, war sie zur Tür draußen und schloß sie mit Nachdruck.

24

Ob die besondere Klimaveränderung, die in den nächsten Tagen zwischen uns zu spüren war, ursächlich damit zusammenhing, weiß ich nicht. Meiner Erinnerung nach trat sie jedenfalls gleichzeitig mit der allgemeinen Klimaveränderung ein. Über Nacht war es deutlich kühler geworden. Auf dem Gras, das ums Haus wuchs, lag Reif – so war das von da an jeden Morgen.

Von der Sonne sahen wir nicht mehr viel, für das tägliche Foto brauchte Carlo größere Blenden und längere Belichtungszeiten als zuvor. Hingegen wurde die Zeit, in der sich Maria als Modell zur Verfügung stellte, kürzer. In dem dünnen Kleid, dessen Transparenz nun weniger zur Geltung kam, fröstelte sie. Kaum hatte sie das Geräusch des Auslösers gehört, zog sie sich zurück, um wieder in Jeans und Pullover zu schlüpfen.

Carlo erzählte seine Geschichte weiter, aber ich war abgelenkt. Wo bleibt Maria, dachte ich, während er erzählte. Wie sein Studium auf der Strecke geblieben sei, wie er als Fotograf in Deutschland Karriere gemacht habe. Maria war sich umziehen gegangen und zog es vor, nicht mehr zu erscheinen.

Wie die Jahre vergangen seien. Wie er für große Illustrierte und Magazine fotografiert habe. Möglicherweise handelte es sich um den *Stern*, oder war es der *Spiegel*? Ereignisse und Personen von angeblich großer Bedeutung habe er fotografiert. Aus der Entfernung, die wir inzwischen zurückgelegt hatten, wirkten die meisten schon wieder recht klein.

Er fotografierte auch angeblich schöne Menschen. Ab und zu hatte er Verhältnisse, aber es war nichts Bleibendes. Sein Freund war abhanden gekommen – als er ihm bei einer Vernissage zufällig über den Weg lief, erkannte er ihn kaum wieder. Der Gürtel der Venus, ein vorübergehender Reiz, eine Leihgabe.

Eine Zeitlang lebte er anscheinend in Hamburg, dann in München. Dort fotografierte er, wenn ich es recht mitbekommen habe, eher für Modezeitschriften. Er hatte ein Atelier, durch dessen Panoramafenster er die Gipfel der Alpen sah. Aber über die Alpen nach Süden fuhr er nie.

Nur einmal fuhr er nach Salzburg, um seine Mutter zu treffen. Sie wollte zu den Festspielen, das wäre eine Gelegenheit gewesen. Im Café *Tomaselli* – oder war es das Café *Bazar*? – habe er zweieinhalb Stunden gewartet. Doch seine Mutter, so Carlo, sei nicht erschienen.

Sie hatten den Treffpunkt telefonisch vereinbart. Möglicherweise hatte die Mutter die Cafés verwechselt. Vielleicht war es aber auch Carlo, der die Cafés verwechselt hatte. Obwohl ich mir Mühe gab, ihm zu folgen, bekam ich das nicht recht mit.

Marias Ausbleiben irritierte mich. Nicht nur, daß ich ihr Verhalten Carlo gegenüber unhöflich fand – ihre Abwesenheit versetzte mich in Unruhe. Sie konnte uns doch nicht einfach so sitzen lassen!

Entschuldigung, sagte ich, aber ich muß doch einmal sehen, wo sie ist.

25

Sie saß am Herd in der Küche und starrte ins Feuer. Als ich eintrat, drehte sie sich zuerst gar nicht nach mir um.

Maria! sagte ich.

Sie reagierte nicht.

Was ist los? fragte ich.

Sie gab keine Antwort.

Ich setzte mich neben sie. Hör einmal, sagte ich, das kannst du doch nicht machen! Dich einfach verdrükken ... Schließlich ist Carlo unser Gastgeber ... Außerdem hält er große Stücke auf dich.

Ach was, sagte sie kalt. Er verwechselt mich mit jemand.

Diese Maskerade! sagte sie. Dieses Theater! – Was glaubt ihr zwei eigentlich, wie lang ich da noch mitspiele?

Wieso denn wir zwei? fragte ich.

Darauf ging sie nicht ein.

Und dann soll ich mir noch seine ganze Lebensgeschichte anhören!

Abrupt stand sie auf und fing an, hin- und herzugehen. Von einer Wand zur anderen und wieder zurück.

Was soll denn der Quatsch? – Verdammt noch einmal, ich will raus aus euren Hirngespinsten!

Und draußen war sie. Nicht aus den Hirngespinsten, aber aus dem Raum.

26

Der falsche Frühling zwischen uns war vorbei. Diese ein wenig verzauberten Tage, in denen es mir vergönnt gewesen war, mich schlicht an Marias Nähe zu freuen, mich einfach an ihrer Ausstrahlung zu wärmen. Jetzt zeigte sie mir recht deutlich die kalte Schulter. Was hatte ich getan, womit hatte ich das verdient?

Okay, ich träumte von ihr, ich gebe es zu. Vielleicht hatte ich schon von ihr geträumt, bevor ich sie gekannt hatte. Aber sehr vage. Jetzt träumte ich recht bestimmt. Wiederholt sah ich im Traum die Szene mit dem Skorpion in der Dusche.

Der Skorpion blieb dabei aber im Hintergrund. Er war ja nur der Anlaß, warum Maria mich rief. Ich beachtete ihn weit weniger, als ich ihn in Wirklichkeit beachtet hatte. Um den sollte Paolo sich kümmern. Aber später.

Ich sah die Szene gewissermaßen in Zeitlupe. Meine innere Kamera filmte von oben nach unten. Ihr Hals, ihre Brüste, ihre Brustwarzen, ihr Nabel, ihre Schamhaare. Alles sehr hell, vielleicht etwas überbelichtet.

Aber was wußte Maria von meinen Träumen? Hatte ich sie etwa damit belästigt? Nein. Ich behielt meine Träume diskret für mich. Warum behandelte sie mich so? Das war nicht gerecht.

27

Sie müssen Geduld mit ihr haben, sagte Carlo. Sie müssen immer bedenken, worum es geht.

Ach ja? sagte ich – etwas von Marias gereizter Stimmung ihm gegenüber hatte sich doch schon auf mich übertragen. Und worum geht es, wenn ich fragen darf?

Vielleicht nicht nur um Sie und Maria, sagte er, sondern um die Welt.

Himmelherrgott!

Sie sollten nicht fluchen, lächelte Carlo. In manchen Zusammenhängen geht es immer um alles.

Trotz oder auch wegen des Pathos, mit dem er manchmal sprach, war nie ganz klar, ob er alles ernst meinte.

28

Sie fragen sich, sagte Carlo, ich sehe Ihnen an, wie Sie sich fragen ... was Sie von meinem Gerede halten sollen ... Er verstehe mich ja, sagte er, er habe früher auch nichts für Esoterik übrig gehabt. Das habe sich erst geändert, nachdem er nach Italien zurückgekommen sei.

Nach etwas mehr als zwanzig Jahren in Deutschland. In einem Land, in das er vielleicht durch ein Mißverständnis geraten war, und statt dieses Mißverständnis zu korrigieren, hatte er es als Schicksal akzeptiert. In Berlin, Hamburg, München, zuletzt noch in Leipzig oder Dresden. Wo er anscheinend auch noch einige Zeit zugebracht hatte.

Und zwar vor der Wende. Eigenartig genug. Die näheren Umstände sind mir nicht ganz klar geworden. Anscheinend sollte er für die Wochenendbeilage oder das Magazin einer Zeitung – war es die *Süddeutsche*, war es die *Zeit*? – eine Reportage über die atmosphärischen Veränderungen in der DDR zusammenstellen. Blieb er dann wirklich dort? Oder fuhr er nur des öfteren hinüber?

Nach Italien zurückgekommen sei er jedenfalls erst mit Mitte Vierzig. Und zwar am Tage nach dem Tod seines Vaters. Den hatte auf der Fasanjagd der Schlag getroffen. Wiederholt hatte er versprochen, seinen Sohn zu enterben, aber jetzt war es zu spät.

Wie Carlo also nach Rom geflogen sei. Der Chauffeur, der ihn in der Halle des Flughafens erwartete, wünschte ihm als erster Beileid. Mit einer dezenten Verneigung, den schwarzen Handschuh an den Schirm seiner Kappe führend. Danke, habe Carlo gesagt, aber er habe kein Leid gespürt.

Die Mutter saß im Fond des Autos, das draußen wartete. Tief verschleiert. Carlo hatte sie seit zwanzig Jahren nicht gesehen. Sie hatte kleine, schmale Hände, aber so klein hatte er sie nicht in Erinnerung. Bei der ersten Berührung hatte er das Gefühl, sie müsse geschrumpft sein.

Sie war einmal eine Schönheit gewesen, *la mamma*.

Die kühle, nach Parfum duftende Glätte ihrer Haut, wenn er ihre Wange hatte küssen dürfen. Damals, als Kind – als Erwachsener hatte er oft davon geträumt. Nun waren die Falten dieser Wange mit einer dicken Schicht Puder überdeckt.

Nach dem Abendessen, das sie fast schweigend zu sich genommen hatten, habe sie ihm noch einmal Goethes Gedicht vorgesagt. *Ein Gleiches*, Sie wissen schon, sagte Carlo. *Über allen Wipfeln ist Ruh ...* Ihre Stimme war einmal voll gewesen, nun war sie dürr, ihr italienischer Akzent beim Aussprechen der deutschen Worte war ihm früher nie aufgefallen: *Warte nur, balde.* Das klang wie eine Prophezeiung. Oder wie eine Drohung.

29

Sie hat ihren Mann nur um wenige Wochen überlebt, sagte Carlo. So war das. Gleich nach seiner Heimkehr zwei Begräbnisse. Erst der Vater, dann die Mutter. Er war der einzige Sohn. Über Nacht stand er mit zwei Palazzi, einigen zehntausend Hektar Grundbesitz und ein paar verstreuten Immobilien da.

Noch bevor er überlegen konnte, was er damit anfangen sollte, suchte er einen Arzt auf.

Schon in Deutschland hatten ihn Rückenschmerzen geplagt, aber im Trubel der Ereignisse hatte er sie nicht beachtet. Er hatte versucht, Haltung zu bewahren, den Kopf oben zu behalten, auch wenn es weh tat. Seit Monaten hatte er schmerzstillende Tabletten genommen.

Der Doktor, den er aufsuchte, schickte ihn zu einem Spezialisten. Der Spezialist schickte ihn in eine Privatklinik im Tessin. Dort unterzog er sich einer Reihe von

Untersuchungen. Der Leiter der Klinik galt als Kapazität.

Ein sorgfältiger Mann, sagte Carlo. Er vertiefte sich in alle Testergebnisse. Er hatte eine dicke Brille, hinter der seine Augen sehr klein wirkten. Dann nahm er die Brille ab, da waren seine Augen groß und blau. Und dann stellte er die Prognose, die wir bereits kannten – sieben Jahre noch, mit unwahrscheinlicher Zähigkeit vielleicht zehn, aber 1999 war das ultimative Ablaufdatum.

Auf diese Perspektive stellte Carlo sich ein. 1999 war ein schönes Datum. Ein suggestives Datum, sagte er, nicht wahr? Man finde es in vielen obskuren Büchern. Ein Weltuntergangsdatum, ja – die Zahl habe etwas Faszinierendes. *Im Jahr 1999, im siebenten Monat ...* Was immer da am Himmel erscheinen sollte ... Daß sein persönlicher Untergang mit ein wenig Glück oder Durchhaltevermögen mit dem allgemeinen zusammenfallen würde, mit dieser Aussicht habe er sich nach und nach geradezu angefreundet.

Carlo lächelte. Vielleicht halten Sie mich jetzt für einen Zyniker. Aber sehen Sie, in gewisser Hinsicht hat das etwas Tröstliches. Das Bewußtsein, daß es ohne einen selbst ohnehin nicht weiterginge. Finden Sie nicht? Nun ja, man kann das vielleicht auch umgekehrt interpretieren. *Meno male* oder *più grave*, das ist die Frage. Jedenfalls hat man ein Bedürfnis nach Interpretation. Die Philosophen haben die Welt erklärt, es kommt darauf an, sie zu verändern. Aber wenn man den Tod nicht abschaffen kann, hat das alles keinen Sinn. Oder? Es gibt ein Leben vor dem Tod, ja gewiß. Aber was, wenn man das Bewußtsein nicht mehr los wird, daß es davonläuft? Mit beschleunigtem Tempo. Wie jenes ganze Jahrhundert. In dem das Projekt der Weltveränderung so jämmerlich gescheitert ist.

Verschlüsselte Botschaften, religiöse Geheimlehren. Das meiste, was er bis dahin davon mitbekommen habe, habe er nicht ernst genommen. Das wurde jetzt anders. Infolge seiner spezifischen Situation. Er vertiefte sich in Bücher, die er früher nie gelesen hätte. *Va bene*, dachte er. Wenn es nun einmal so sei ... Wenn es sich bei der Zeit, in der er noch lebte, nicht nur um seine persönliche Endzeit handle ... dann wolle er sie wenigstens bewußt erleben. Und dokumentieren. So kam ihm die Idee mit den Sonnenuntergängen.

Er verkaufte die Palazzi in Rom und die Ländereien in der *Campagna*. Und zog sich zurück an den *Lago di Bolsena*. Der schien ihm der beste Ort für dieses Projekt. Ein See mit sehr beeindruckenden *tramonti*.

Im Vordergrund Wasser, im Hintergrund die *Monti Volsinii*. Der Hintergrund sei wichtig. Am Meer fehle diese Begrenzung. Eine Hügelkette, nicht zu hoch, nicht zu flach. Der schwarze Rand, hinter dem die Sonne verschwinde.

Das habe er all die Jahre fotografiert. Seiner künstlerischen und chronistischen Verpflichtung nachkommend. – Ausharren bis ans Ende. An seinem Platz sein. Das habe er sich vorgenommen und das habe er auch durchgehalten.

Er habe, sagte Carlo, sein Plansoll erfüllt. Sogar übererfüllt. Wenn man bedenke, daß der Weltuntergangsfahrplan offenbar nicht eingehalten wurde. Was allerdings vielleicht bloß auf einen Rechenfehler zurückzuführen sei. Nach neueren Forschungen sei ja Christus, von dessen Geburt an unsere Kalenderjahre gezählt würden, fünf bis sechs Jahre vor Beginn unserer Zeitrechnung geboren.

Ecco, so Carlo. Das würde die Verzögerung erklären. Aber vielleicht handle es sich auch um einen Akt der Gnade. Unser Erscheinen: Vielleicht ein Zeichen des Himmels. Wenn wir verstünden, lächelte er, was er meine.

30

Nein, sagte Maria. Das verstehe ich nicht.

Warum bist du so rüde zu ihm? fragte ich.

Weil ich ihn nicht mehr aushalte, sagte sie.

Sie wolle sich mit diesem Unsinn, den er in sie projiziere, nicht mehr beschäftigen.

Am Anfang, sagte ich, warst du viel toleranter.

Am Anfang, sagte sie, war alles ganz anders. Verdammt noch einmal, ich bin nicht mehr in der Lage ...

Na komm, sagte ich.

Ach, laß mich doch in Ruh, sagte sie

31

Diese Rückzugstendenz! Diese Kommunikationsverweigerung! Diese Mißachtung binnen kurzem liebgewordener Gewohnheiten! Zum Beispiel gingen wir kaum mehr gemeinsam spazieren. Obwohl uns Rino einen Schirm gebracht hatte, der ganz eindeutig für zwei paßte.

Maria stapfte ganz einfach alleine los. Den Schirm ignorierte sie. Oder sie überließ ihn mir.

Falls ich Lust hätte, auch ein paar Schritte zu tun. Sie ging ihres Weges, ich könnte ja meines Weges gehen.

Das tat ich natürlich nicht. Ich wartete auf sie.

Oft kam sie mit völlig durchnäßten Haaren zurück.

Du wirst dich verkühlen, sagte ich.

Ja, sagte sie. Aber das ist meine Sache.

Laß dich frottieren, sagte ich.

Rühr mich nicht an, sagte sie.

Hatte sie geduscht, so zeigte sie sich nachher nur mehr von oben bis unten verhüllt. Als Dornenauszieher war ich nicht mehr gefragt.

Hatte ich etwas gekocht, so mußte ich es meistens allein essen.

Ich hab jetzt keinen Appetit, sagte sie. Ich kann mir ja später was nehmen.

Hatte sie sich früher vor allem in ihr Zimmer zurückgezogen, so bevorzugte sie nun den Dachboden. Ich hörte ihre Schritte, wie sie die Treppe hinaufstieg, dann hörte ich lang nichts mehr. Anfangs war ich ihr einmal nachgegangen, weil die Stille mich beunruhigte. Maria! rief ich. Sie gab keinen Mucks von sich.

Der Dachboden war weitläufig. Ich mußte eine Weile nach ihr suchen. Endlich entdeckte ich sie im hintersten Winkel. Sie saß auf einem Feldbett, das dort vor sich hin rostete, über ein Buch gebeugt. Ich setzte mich neben sie. Sie rückte demonstrativ beiseite.

Das Buch über Amalasuntha, dachte ich im ersten Moment. Doch dann bemerkte ich, daß es sich um ein anderes Buch handelte.

Hast du noch etwas Interessantes gefunden?

Sie klappte das Büchlein zu und hielt es mir unter die Nase.

Sieh an! sagte ich. Die *Fioretti* des heiligen Franziskus. *In primo, è da considerare, che il glorioso messere santo Francesco ...* Soll ich dir übersetzen helfen?

Sie schüttelte den Kopf. Ich schaff das schon, sagte sie, mit dem Diktionär.

Bist du sicher? fragte ich.

Absolut sicher.

Ich würde dir trotzdem gern helfen, sagte ich. Wenn ich dir helfe, geht es vielleicht etwas schneller.

Verdammt, du nervst, sagte sie. Merkst du nicht, wie du nervst?

32

Dieses Gefühl, daß etwas im Schwange war. Dieses Gefühl, daß sie etwas im Schilde führte. Dieses Gefühl, daß sie mich womöglich für dumm hielt. Dieses Gefühl, daß etwas hinter meinem Rücken geschah.

Ich sah sie zum Beispiel, wie sie mit Paolo sprach. Während ich am Herd stand und wieder einmal vergeblich kochte. Ich sah das durchs Fenster. Die beiden draußen im Garten. Wie sie gestikulierend auf ihn einredete.

In ihrem Italienisch, das Fortschritte machte. Ohne mein Zutun. Was mich zugegebenermaßen kränkte. So nett wäre es gewesen, unsere Lektionen fortzusetzen. Aber sie ließ mich spüren, daß sie mich nicht brauchte.

Sie konnte sich schon ganz gut verständlich machen. Redete auf Paolo ein, ihr ganzer Körper sprach. Das gefiel dem natürlich. Er lachte und nickte. Dann steckte sie ihm etwas zu. Und er entfernte sich Richtung Landungssteg.

Natürlich wäre es weise gewesen zu schweigen. Aber sollte ich alles in mich hineinfressen? Es stieß mir bitter auf. Das konnte nicht gesund sein. Als Maria durch die Küche kam und gleich wieder in ihr Zimmer wollte, stellte ich sie zur Rede.

Worüber sie mit Paolo gesprochen habe?

Da stand sie vor mir, einen Arm in die Hüfte gestützt, einen Mundwinkel etwas heruntergezogen.

Du wirst es nicht glauben, sagte sie, aber es war über das Wetter. Es wird wieder besser, sagt er, der Wind hat gedreht.

Und was sie ihm zugesteckt habe, wollte ich wissen.

Zugesteckt? sagte sie. Keine Ahnung, was du meinst!

Ich half ihrer Erinnerung nach. Es hat ausgesehen wie ein Kuvert. Womöglich war es auch ein kleines Paket ...

Ah so ist das! sagte sie. Die Packung Papiertaschentücher! Klar, sagte sie. Ich habe ihm ein Päckchen Papiertaschentücher zugesteckt. *Oh, it's a Feh!* Das war eine gute Tat. Er hat einen argen Schnupfen, die arme Rotznase!

Im übrigen könne sie reden, mit wem sie wolle. Nur, daß das klar sei. Sie sei eine freie, großjährige Person. Ich solle das gefälligst zur Kenntnis nehmen.

Sprach's und knallte die Tür hinter sich zu.

33

Am folgenden Abend platzten die ersten zwei Glühbirnen. Buchstäblich, Commissario. Sie gingen nicht nur aus, sondern sie explodierten. Die erste platzte in der Küche, die zweite in meinem Zimmer. Das Licht verlosch beide Male im ganzen Haus, ich mußte die Sicherungen wechseln.

Eine Prozedur, bei der mir Maria eine Kerze hielt. Die wir, samt Streichhölzern, in einer Küchenlade ertastet hatten. Ihre Augen, von der Flamme beleuchtet, glitzerten, als ob sie lächelte. Ich war froh, daß sie sich nicht fürchtete oder ärgerte, sondern überraschenderweise bei guter Laune war.

Erst nach und nach habe ich begriffen, daß sie das Platzen der Glühbirnen als Erfolg sah.

Gründliche Arbeit. Von den Birnen waren nur die Gewinde und die Glühfäden übrig. Das Glas war in zahllose winzige Splitter zersprungen. Damit war zuerst der Küchentisch übersät und dann mein Bett.

An den nächsten Abenden wiederholte und potenzierte sich das Phänomen. Pling! ging es, und schon wieder saßen wir im Dunkeln. Zwar hatte uns Rino eine Schachtel mit Ersatzglühbirnen gebracht. Aber es erwies sich, daß er die Spannungen, die in der Luft lagen, unterschätzt hatte.

Gott sei Dank fanden wir genug Kerzen, um der Finsternis etwas entgegenzusetzen. Maria stellte sie auf Untertassen und verteilte sie im ganzen Haus. Ich hatte zwar, ehrlich gestanden, ein bißchen Angst vor der Feuergefahr. Maria aber blühte in diesem Licht auf – sehr aufrecht und stolz ging sie durch die kulissenhaft wirkenden Räume.

34

Erfreulich war, daß sie wieder zu Appetit kam. Ein paar Tage hatte ich mir schon richtig Sorgen gemacht. Sie war blaß geworden, ihre Backenknochen traten hervor. Sie hatte bestimmt ein wenig abgenommen.

Jetzt jedoch aß sie wieder – ich hatte das Gefühl, sie tat es vorsätzlich. Mit einer gewissen, trotzigen Entschlossenheit. Allerdings blieb sie auch bei den Mahlzeiten wortkarg. Sie konzentrierte sich auf die Nahrungsaufnahme.

Natürlich unternahm ich Versuche, eine gewisse Geselligkeit wiederherzustellen. Aber die waren bestenfalls halb erfolgreich. Zwar brachte ich sie dazu, wieder mit mir spazierenzugehen. Doch lief sie nun noch rascher voraus als früher, nicht nur, wenn es bergauf ging, sondern auch unten, im Schwemmland, wo wir früher so angeregt geplaudert und philoso-phiert hatten.

Übten wir italienische Konversation, so kritisierte sie meine Fehler. Meine Neigung, für jegliche Form von Vergangenheit einfach das Perfekt zu verwenden, sei ausgesprochen unitalienisch. Beim Schach spielte sie mit ebenso nüchterner wie mich ernüchternder Zielstrebigkeit. Einmal schlug sie mich gnadenlos in drei Zügen.

35

So gingen die letzten Tage auf der Insel hin. Wir wuß-ten noch nicht, daß es die letzten waren, jedenfalls *ich* wußte es noch nicht. Klar war, daß es nicht ewig so weitergehen konnte. Aber wie es anders weitergehen konnte, jenseits dieser in mehrfacher Hinsicht iso-lierten Existenz, wieder an Land, wo Wolfs Auto in der Werkstatt wartete, inzwischen wahrscheinlich mit einem Ersatzmotor versehen, der seinen Preis hatte, ganz abgesehen von der Arbeitszeit, die mir diese Schlitzohren von Mechanikern mindestens doppelt verrechnen würden – wovon ich diese Reparatur be-rappen und wohin wir uns dann wenden sollten: all das war gänzlich unklar.

Es stellte sich aber heraus, daß unsere Geschichte einfach weiterging. Radikal über meinen Kopf hinweg. Die Ereignisse nahmen ihren Lauf. Ich wurde nicht gefragt, ob mir ihre plötzlich wieder beschleunigte Dynamik gefiel oder nicht.

Fast zeitlos hatten wir auf der Insel gelebt. Doch weiß ich das Datum, an dem Carlo uns mitteilte, daß er an den nächsten paar Tagen nicht zum Fototermin erscheinen würde. Er müsse nach Rom, sagte er, um sich einer Untersuchung zu unterziehen. Aber er denke, wir würden ganz gut ohne ihn auskommen. Wir sollten uns jedenfalls auch in seiner Abwesenheit als seine Gäste fühlen. Rino und Paolo würden uns wie bisher versorgen. Heute haben wir, sagte er, den 12. Dezember. Wenn alles gutgehe, werde er bis zum 15. zurück sein.

Diese Untersuchung, sagte er, sollte er eigentlich jedes Jahr über sich ergehen lassen. Doch habe er sie in den letzten Jahren geschwänzt. Und zwar um der Kontinuität der Sonnenuntergangsfotos willen. Daß nun die Kontinuität der Sonnen*aufgangs*fotos gestört werde, bedaure er noch mehr.

Er lächelte. *Già. È così.* Er habe gehofft, daß Gott noch einmal Gnade vor Recht ergehen lasse. Und wolle die Hoffnung auch nicht vorschnell aufgeben. Passen Sie gut auf sich auf, sagte er zu Maria. Und Sie, sagte er zu mir, stehen Sie ihr so gut Sie können zur Seite.

So war das, Commissario. Das war die Rolle, in der auch er mich sah. Ich weiß nicht, wie er dazu kam. Und vor allem weiß ich nicht, wie *ich* dazu kam. Ich hätte mir diese Rolle nicht ausgesucht. Alles in allem ist es eine undankbare Rolle.

Doch das nur am Rande. Zurück zu Carlo und seinem Abschied. Er hatte Maria noch einmal fotografiert. Und nun packte er die Leica und das Stativ ein. Behutsam wie immer. Vielleicht noch etwas behutsamer. Wir standen und schauten ihm nach, wie er zum Landungssteg hinunterhinkte. Und wie Rino ihm half, an Bord zu gelangen. Es war im übrigen ein sonniger Tag. Der Himmel und der See wirkten kalt, aber sehr blau, die Yacht zog eine weiße Spur.

36

Drei Tage vergingen. Carlo kam nicht zurück. Von Rino, der täglich vorbeikam, war nichts Konkretes zu erfahren. *Si deve aspettare*, sagte er, wahrscheinlich hätten wir wirklich warten sollen. Aber am Tag darauf war Maria verschwunden.

Da setzte auch meine Neigung zur Pietät aus. An Carlo dachte ich erst später wieder. Mein Kopf, meine Seele – blockiert durch die Angst um Maria. Deren Pietätlosigkeit übrigens noch größer war, aber davon später.

Ihr Verschwinden in Venedig, ihr Verschwinden in Montefiascone und nun dieses. Verschärfte Version meines wiederkehrenden Alptraums. Das war es doch, was ich die ganze Zeit über befürchtete! Daß mir dieses Mädchen, diese junge Frau, die mir durch eine skurrile Verkettung von Zufällen oder durch höheren Humor anvertraut worden war, abhanden kommen könnte.

An diesem Tag erwachte ich erst gegen zehn. Seit Carlo am Morgen nicht mehr kam, konnten wir ja länger schlafen. Zehn Uhr war allerdings deutlich später als an den vorangegangenen zwei Tagen. Aber ohne den Fototermin hatten wir ja keine Verpflichtungen. Es schien also alles ganz in Ordnung zu sein. Allerdings spürte ich einen Druck auf der Stirn. Vielleicht hatte ich am Vortag etwas zuviel getrunken. Maria, gesellig wie schon lang nicht, hatte mir nach dem Abendessen einige Male nachgeschenkt.

Aus einer Flasche Cognac, die uns Carlo hinterlassen hatte. Und die wir auf seine Gesundheit trinken sollten. Unmittelbar nach seinem Abschied hatten wir keine Lust dazu gehabt. Aber wenn Carlo es so gewollt habe, hatte Maria gestern abend gemeint, dann hätte es vielleicht doch was für sich, seinen Willen zu respektieren und das gute Getränk nicht verkommen zu lassen.

Na schön, wir hatten die Flasche also geöffnet. Und tatsächlich hatte der Tropfen gemundet. Sie selbst hatte allerdings nur wenig davon genippt. Das war auch vernünftig in ihrem Zustand, außerdem vertrug sie natürlich weniger als ich.

So dachte ich jedenfalls. Und das schien sich nun auch zu bewahrheiten. Denn an diesem Vormittag hatte sie offenbar einen besonders guten Schlaf. Ich ließ den Morgenkaffee duften, ich klapperte dezent mit dem Frühstücksgeschirr. Aber Maria ließ sich weder hören noch blicken.

Ich trank eine erste Tasse Kaffee ohne sie. Dann klopfte ich, vorerst sanft, an die Tür ihres Zimmers. Sie rührte sich nicht. Ich klopfte ein bißchen fester. Maria! rief ich. Wach auf! Sie gab keine Antwort. Ich klopfte schon heftiger. Weiterhin ohne Erfolg. Maria, rief ich, na komm schon! Maria, was ist denn? Konnte ihr Schlaf denn wirklich so tief und so fest sein? Ich drückte die Schnalle hinunter und trat in ihr Zimmer.

Ich hoffte, sie würde nicht empört reagieren. Achte gefälligst, hatte sie erst unlängst gesagt, meine Intimsphäre. Aber ich mußte doch nachsehen, was mit ihr los war! Vielleicht war ihr nicht gut, vielleicht hatte sie zu abrupt aufzustehen versucht und einen Kreislaufkollaps erlitten, so etwas sollte vorkommen.

Erinnerungen an einen Erste-Hilfe-Kurs huschten durch mein Hirn. Als ich ihn absolviert hatte, war ich ungefähr in Marias Alter gewesen. Erinnerungen an eine Mitschülerin, der geholfen werden sollte. Ein die Bewußtlose mimendes Mädchen, das im Trainingsanzug vor mir lag – schalkhaft hatte sie unter nicht ganz fest geschlossenen Wimpern hervorgeblinzelt.

Ein letztes Fünkchen Hoffnung. Vielleicht trieb auch Maria ihren Scherz mit mir. Die Decke lag aufgebauscht. War sie darunter versteckt? Ich zog sie vorsichtig weg. Auf die Gefahr hin, daß sie mich mißverstand. Aber darunter war nichts als der Polster und das Leintuch. Darauf vielleicht die Nuance eines Abdrucks von ihr. Hier war ihr Kopf gelegen und da ihr Körper. Die Schulter, die Hüfte, die angewinkelten Beine. Aber das mußte schon einige Stunden her sein, ihre Wärme war nicht mehr zu spüren.

37

Versuchen Sie sich in meine Lage zu versetzen, Commissario. Wie ich im ganzen Haus umherrenne und nach ihr suche. Auf dem Dachboden natürlich, in der Flucht der Gerümpelzimmer. Im Weg stehende Gegenstände umstoßend, bis dahin noch unentdeckte Tiere aufscheuchend. Wie ich in den Garten hinausstürme, wie ich besonders den verwachsenen Teil durchstöbere. Ungeachtet der Kratzwunden, die ich mir zuziehe. Wie ich sie wieder und wieder zu sehen glaube (Maria, du Luder, da bist du ja!). Aber es ist immer nur eine Fata Morgana, projiziert aus meinem Kopf, ein Irrbild, das sich im nächsten Moment in Luft auflöst.

Natürlich hetze ich hinauf auf den Hügel. In den Verschnaufpausen, die ich einlegen muß, rufe ich ihren Namen, doch meine Stimme ist schwach. Der Wind tut ein übriges, weht mir das Wort von den Lippen. Und die Möwen, die zynischen Viecher, finden das zum Lachen.

Dann unten im Schwemmland, das süffisante Flüstern des Schilfs. Und meine Ahnung, ach Gott, meine böse Ahnung! Je näher ich der kleinen Bucht komme, desto mehr nähert sich diese Ahnung der Gewißheit. Bleibt bloß die visuelle Bestätigung der Befürchtung: Das Boot ist wirklich weg.

38

Bis heute kann ich kaum glauben, daß Maria ohne Hilfe über den See gerudert sein soll. Stimmt, sie war ziemlich fit, aber ihre Oberarme waren doch recht zart. Anderseits – wer soll ihr geholfen haben? Rino? Paolo? – Beide hätten doch wohl kaum das Ruderboot genommen.

Und wenn sie es genommen hätten: Wo hatten sie die Boote gelassen, mit denen sie gekommen waren? Und wie sollte es zugegangen sein, daß ich ihr Kommen nicht bemerkt hatte? Kein Motorengeräusch an diesem Morgen. Natürlich war es denkbar, daß Marias Fluchthelfer rechtzeitig vor seiner Landung den Motor abgestellt hatte – aber, verdammt noch einmal, was dann?

Hatte er Maria, die schon auf ihn wartete, ins Schlepptau genommen? Und zwar ohne den Motor wieder anzuwerfen? Seinerseits rudernd, bis sie außer Hörweite waren? Ein derart kompliziertes Manöver schien mir doch sehr unwahrscheinlich.

Wer also sollte Maria gerudert haben? Ein Inselbewohner, dessen Existenz mir entgangen war? Der Mann, der vom Himmel fiel, sei es ein Alien, sei es ein Engel? Oder ein Typ, der aus dem Wasser kam, ein unglaublich abgehärteter Schwimmer, ein Phantom im Taucheranzug?

Verwerfe ich solche Phantasmen, so muß ich annehmen, daß sie es allein geschafft hat. Mit erstaunlichem Mut und erstaunlicher Energie. Ich stelle mir vor, wie sie sich in die Riemen legt, die Insel, die sie hinter sich gelassen hat, entfernt sich rasch, das Land, auf das sie zurudert, nähert sich nur langsam. Oben ist der Himmel, unten ist das Wasser, oben der Kopf unten der Bauch.

39

Wie ich selbst an Land gekommen bin, daran habe ich keine konkrete Erinnerung. Die Bildfolgen von der Insel reichen bloß bis an die Stelle, an der ich das Boot nicht mehr vorfinde. Danach eine Strecke schwarzer Kader im Film. Erkennbare Sequenzen setzen erst in Montefiascone wieder ein.

Wie mir Rino auf den Landungssteg hilft, wie er mich dann auf den ersten paar Schritten am Ufer am Ellbogen stützt. Anscheinend bin ich noch ein wenig unsicher auf den Beinen. *Tutto a posto?* fragt er. Ja, sage ich, es geht schon. Aber einen Fuß vor den anderen zu setzen erfordert eine gewisse Konzentration.

Rino wird, wie üblich, gekommen sein, um uns mit Lebensmitteln zu versorgen. Aber kaum vor halb zwölf – seit die Fototermine ausfielen, hatte sich der Tagesablauf auch für ihn etwas verschoben. Anscheinend hat er mich in einem desolaten Zustand vorgefunden. Sonst hätte er nicht die Idee gehabt, mich ins Spital zu bringen.

Es scheint eine Weile gedauert zu haben, bis mir das klar wurde. Da ist eine Szene, in der ich neben ihm im Landrover sitze. Wir fahren die *strada panoramica* bergauf, ich frage, wohin. Und er sagt zuerst nichts und dann murmelt er etwas von *pronto soccorso*.

Er dürfte die Zentralverriegelung betätigt haben,

also ist es mir nicht möglich, während der Fahrt auszusteigen. Nach einigen Versuchen gebe ich mich lethargisch. Doch dann, auf dem Parkplatz vor dem
Krankenhaus, als er, mich neuerlich stützend wie einen
Tattergreis, offenbar die Absicht hat, sich mit mir auf
die Tür zur Ambulanzabteilung einzupendeln ... Da
reiße ich mich los und renne, ohne mich noch einmal
nach ihm umzudrehen.

Renne an einer grauen Mauer entlang. Habe den
Eindruck, um die halbe Altstadt herum zu rennen.
Und die Geräusche sind unerträglich laut. Als hätte
man mir Boxen ins Hirn eingepflanzt, die mich glauben machen, daß der Straßenverkehr da drinnen
stattfindet. – *Fünf Punkt eins. Was kann die neue
Mehrkanaltechnik?* Ich erinnere mich der Einladung
zu einem Featureseminar, an dem ich nicht mehr teil-
genommen habe. Totales *surrounding* durch Töne, hat
Jäger gesagt. Das müßt ihr euch anhören! Jetzt kann
ich mir das ungefähr vorstellen.

Das läßt erst allmählich nach. Auch in der Werkstatt finde ich die Geräusche noch schwer übertrieben.
Was ich mir eigentlich vorstellte, als ich, noch immer
reichlich verwirrt, dort ankam, kann ich nicht sagen.
Soviel steht fest, daß ich die Reparatur nicht hätte bezahlen können. Aber das war überhaupt nicht mehr
das Problem.

40

Salve, sagte Gianpiero, haben Sie die *ragazza* nicht
getroffen?

Er hatte irgend etwas geschweißt, nun schob er die
schwarze Schutzbrille über die Augenbrauen hinauf.
Mit den zwei dunklen Wülsten an der hohen Stirn sah

er ein wenig aus wie ein Außerirdischer. Ein Insekten-gesicht, im Prinzip undurchsichtig, wenngleich viel-leicht eine Spur amüsiert über die Probleme der Erd-linge.

Ma che, sagte ich. Wann und wo hätte ich sie tref-fen sollen?

Fuori, sagte er. Auf dem Weg hierher. Sie sei ja gerade erst aufgebrochen.

Tutto okay, sagte er. Der Motor sei eingebaut. *Una vera occasione.*

Er und sie hätten noch eine Probefahrt unternom-men, dann habe sie bezahlt und sei losgefahren.

Bezahlt? – Womit? Und losgefahren? – Wohin?

Es ist nicht zu fassen. Ich fasse Gianpiero an den Trägern seines Overalls.

Aber da ist kein Halt. *Non toccare,* sagt er.

Und wieder stürze ich in ein schwarzes Loch.

vierter
teil

I

Mein waches Bewußtsein kehrt erst wieder, als ich am
Rand der Straße nach Bolsena stehe. Es muß um einige Kilometer weiter im Norden sein, ungefähr auf
der Höhe des englischen Soldatenfriedhofs. Falls mich
jemand per Anhalter mitgenommen hat, muß er in
eins der kleinen Güter am See abgebogen sein. Eher
bin ich zu Fuß bis hierher gekommen, meine Hosen-
stulpen sind naß, denn es regnet natürlich, und da
stehe ich also, unter einem undurchsichtigen Himmel,
und über den Wolken donnern die Düsenjäger.

Schon wieder. Noch immer. Was ist das für eine
Welt? *Dio c'è.* Diese Parole gehört selbstverständlich
auch ins Bild. An einen Baum geschrieben. *Gott existiert.* Na bestens. Da wird er sich ja etwas zu alldem
gedacht haben.

Und siehe, da kommt das Auto, das ich ungefähr
zwei Wochen vorher von einem Schulparkplatz entführt habe. Ich traue meinen Augen nicht, aber es
scheint keine Halluzination zu sein. Ein grüner VW
Golf, mit dem Kennzeichen, das ich inzwischen auswendig weiß. Am Volant sitzt Maria, kein Zweifel, das
ist sie, aber sie scheint vorerst nicht daran zu denken,
um meinetwillen anzuhalten.

Erst als sie etwa fünfzig Meter weiter ist, verlang-
samt sie ihre Fahrt, sozusagen nachdenklich. Für ein
paar Sekunden läßt sie den Wagen still stehen, dann
fährt sie, sich über die Schulter schauend, im Rück-

wärtsgang, einer Fortbewegungsart, die sie, im Unterschied zu mir, perfekt zu beherrschen scheint. Wieder auf meiner Höhe öffnet sie die Beifahrertür. Na steig schon ein, sagt sie, laß es nicht überflüssig hereinregnen.

2

Ein paar Minuten fuhren wir schweigend, ich sah sie von der Seite an, ihr Profil vor dem Hintergrund des Sees, der nun links von uns lag. Sie schob ein Tonband in den Kassettenrecorder. Eine Gruppe, die ich nicht kannte, suggestiv trashiger Sound, der Sänger rapte als süffisanter Poseur, dann wieder als zynischer Einflüsterer; die Texte deutsch, wie ich erst nach und nach begriff. Ich habe alle meine Träume, hieß es da ungefähr, auf DVD gespeichert, und dann, etwas später, ich hab mein ganzes Leben auf Video, aber vielleicht war es auch umgekehrt.

Kennst du diesen Film, sagte Maria, in dem die Menschen irgend so ein Haarnetz aufsetzen, und dann sehen sie die Träume anderer? Oder nein, es sind keine Träume, es sind Wirklichkeiten. Aber die Wirklichkeiten sind wie Träume, der Film spielt in der Zukunft. Visionen von Sex und Gewalt, Verfolgungsjagden am Straßenrand. Überall lodern Feuer, Feuer aus Teertonnen, Feuer aus Benzinflaschen. Kaputte Typen auf Trips durch eine total abgefuckte Stadt. Die einen wollen sich nur wärmen, die anderen wollen vielleicht die Welt in Brand setzen. Die Kamera fährt an den Szenen vorbei, aber in manche fährt sie mitten hinein.

Wildes Wogen von Menschen, Parties in Hochhäusern, die aussehen wie Tiefgaragen. Menschenmassen auf Plätzen, Transparente, Videowände. Die Massen warten auf etwas, ich glaube, es ist das neue Jahrtausend. Genau, sagte Maria. Das war es. Inzwischen ist diese Zukunft schon wieder Vergangenheit.

Das Haarnetz haben die Freaks übrigens unter der Perücke getragen. Obenauf haben sie jede Menge Haare gehabt, aber darunter waren sie kahl. Also der Held dieses Films war ein Dealer, der hat solche Traumprogramme verkauft. Und natürlich bringt ihn das in irre Schwierigkeiten, aber seine Freundin, so eine drahtige Schwarze, ist eine starke Frau.

Nein, sagte ich, diesen Film kenne ich nicht ... Oder doch? ... Eine vage Erinnerung habe ich schon ... Ich weiß nicht ... Vielleicht an einen ähnlichen Film ... Herrgott, Maria, was soll denn das alles? Wo warst du?

Darauf reagierte Maria sehr offensiv:

Ich bin dir keine Rechenschaft schuldig, *capito*? Falls du mit mir weiterfahren willst, solltest du dir das merken. Ich kann dir allerdings aus freien Stücken sagen, wo ich war.

Okay, sagte ich, sag es.

Heute vormittag war ich in Viterbo.

In Viterbo? sagte ich. So. Und was hast du dort gemacht?

Ein Geschäft, sagte sie. Ein Geschäft in einem Antiquariat.

Aber du hast doch nicht etwa ...

Doch, sagte sie. Ich hab dort ein Buch verscherbelt.

Was für ein Buch?

Jetzt hör aber auf, sagte sie, den Naiven zu spielen ... Natürlich den Schmöker über Amalasuntha.

Maria, sagte ich, das ist ...

Ja, sagte sie, ich weiß. Aber Carlo wird es kaum mehr vermissen.

Pause. Das Rauschen des Regens, die Bewegung der Scheibenwischer.

Und wieviel, fragte ich schließlich, hast du dafür gekriegt?

Also zuerst einmal, sagte sie, hat es dafür gereicht, den Motor zu bezahlen. Mit dem Rest können wir vielleicht noch zwei, drei Tage auskommen, aber dann müssen wir uns etwas anderes einfallen lassen.

Über die Dimensionen dieses letzten Satzes dachte ich vorerst nicht nach. Da waren noch einige Fragen, die mir im Kopf herumgingen. Zum Beispiel die, ob Maria allein in Viterbo gewesen war. Hatte sie dazu nicht jemanden gebraucht, der sich auskannte?

Natürlich! Gianpiero! Wahrscheinlich hatte ihr der überhaupt den Tip gegeben. Woher hätte sie denn wissen sollen, wo sie so rasch ein geeignetes Antiquariat fand? Gianpiero, der vife Berater beim Buchverkauf. Wahrscheinlich war das die Probefahrt gewesen, von der er gesprochen hatte.

Vermutlich hatte er seine Prozente kassiert. Doch hatte es damit sein Bewenden gehabt? Hatte er sich für seine Gefälligkeit nicht etwas mehr erhofft? Meine Phantasie produzierte schon wieder eine Reihe obszöner Bilder.

Wo, fragte ich mich schließlich, war Maria eigentlich geblieben, nachdem sie mit dem Auto aus der Werkstatt abgefahren war? Wäre sie sofort Richtung Bolsena gefahren, so wäre sie zu dem Zeitpunkt, als ich auf halbem Weg dorthin am Straßenrand stand, schon längst an dieser Stelle vorbei gewesen.

Vielleicht hätte ich diese Fragen nicht bei mir behalten, sondern artikulieren sollen. Aber womöglich hätte Maria dann angehalten und mich aufgefordert auszusteigen.

3

Das wollte ich nicht. Ich wollte an ihrer Seite bleiben. Wohin sie auch fuhr. Wahrscheinlich war das verrückt. Sie fuhr, nebenbei bemerkt, um einiges schnittiger als ich. Oberhalb von Bolsena, in den Kurven, die am Kastell und den etruskischen Ausgrabungsstätten vorbei auf die Hochebene führen, wurde mir recht flau im Magen.

Oben, wo die Straße wieder einigermaßen gerade verlief, rasten uns dann die Bäume auf beunruhigende Art entgegen.

Hör einmal, sagte ich, du solltest vielleicht etwas weniger rasant fahren ... Deinem Kind zuliebe ...

Der Blick, den ich mir durch diese Bemerkung zuzog, gab mir zu denken.

Und dir selbst zuliebe, fügte ich rasch hinzu. Eventuell auch mir zuliebe.

Aus einer Nebenstraße kam ein Leichenwagen. Vielleicht war meine Reaktion absurd, aber ich war dankbar für sein Erscheinen. Zwar setzte Maria ein paar Mal an, die schwarze Limousine zu überholen. Doch die Sicht nach vorn reichte nie aus, und so fuhren wir von da an deutlich langsamer.

Das Fahrzeug bog erst kurz vor Orvieto ab. Da ging es zum Friedhof. Endlich! sagte Maria. Vor uns lag die Stadt auf dem Tuffsteinblock, imposant. Graue Wolken hingen über ihr, aber die hatten durchsonnte Ränder.

4

Orvieto also. Maria schlug vor, eine Pause einzulegen. Ich atmete auf, hatte ich doch die Übelkeit, die in den Kurven über Bolsena aus meinem Magen aufsteigen wollte, nur schlecht und recht zurückgestaut. Nun mußte ich allerdings noch die Kurven ertragen, die zur Altstadt hinaufführten. Und dann noch das Gerumpel durch die engen Gassen bis zur *Piazza del Duomo.*

Zum Glück gab es gleich auf dem Parkplatz eine Toilette. Die zwei Schritte bis dorthin schaffte ich gerade noch. Gottlob mußte man an der Tür keine Münze einwerfen. Als ich wieder herauskam, stand Maria in einiger Entfernung, schon jenseits des Parkplatzschrankens.

Sie stand halb von mir abgewandt, aber soviel konnte ich sehen, daß sie mit ihrem Handy beschäftigt war. Sie drückte die kleinen Tasten mit dem Geschick, das ihre Generation bei dieser ältere Menschen wie mich immer noch befremdenden Tätigkeit an den Tag legt, und wirkte dabei so versunken, daß sie meine Annäherung nicht bemerkte. Als ich allerdings nah genug war, daß ich die Piepstöne hörte, diese in der schönen, neuen Welt unerläßliche Begleitmusik so gut wie jeder Verrichtung, blickte sie auf. Für den Bruchteil einer Sekunde schien sie mir irritiert, dann lächelte sie mit einer Unverfrorenheit, die mich verletzte, und schaltete das Gerät ab.

Sie habe sich, sagte sie, die Zeit mit einem Spiel vertrieben.

Ah ja? sagte ich. Ich hatte sie nicht danach gefragt.

Wie hatte ich mir bloß einbilden können, daß sie das Mobiltelefon die ganze Zeit über nicht benutzt hätte? Spätestens jetzt war das jedenfalls anders geworden.

Mit wem sie Kontakt aufgenommen hatte, darüber war ich mir zu diesem Zeitpunkt noch im unklaren. Über so manches hatte ich falsche Vorstellungen. Etwa wußte ich nicht, daß Wolf in Italien war. Aber daß da irgend etwas hinter meinem Rücken lief, ein fragwürdiger Umgang der von mir eifersüchtig bewachten jungen Frau mit anderen Personen, dieser Verdacht wurde nun fast Gewißheit.

Die Piazza überquerten wir schweigend, für die Schönheit der berühmten Domfassade hatten wir in dieser Situation keinen Blick. Dann saßen wir in einer Bar und aßen Tramezzini. Maria kaute mit Hingabe, mir genügten zwei Bissen. Hör einmal, sagte ich, du mußt mich nicht für einen Trottel halten.

Tu ich das? fragte sie.

Das solltest du dir selber überlegen, sagte ich. – Du solltest dir überhaupt einiges überlegen.

Ja? Zum Beispiel?

Was du eigentlich willst, sagte ich. – Vielleicht solltest du zuerst einmal entscheiden, *wohin* du willst.

Ach was, sagte sie, du weißt doch selbst nicht, wohin du willst!

Bei mir ist das etwas anderes, sagte ich. – Ich, sagte ich, bin am Ende, du bist am Anfang.

Wieso bist du am Ende?

Rien ne va plus, sagte ich.

Blödsinn, sagte sie.

Aber das ist doch wahr, sagte ich. Wärst du nicht im Auto gesessen oder wärst du von der Bahnstation, an der ich dich loswerden wollte, nach Haus gefahren ...

Ja, sagte sie. Ich weiß. Dann hättest du es vielleicht auf einen Crash ankommen lassen. Genau das war einer der Gründe, warum ich wieder zu dir eingestiegen bin.

Zu mir? fragte ich.

Na ja, sagte sie. In Wolfs Wagen.

Ich mußte mich räuspern. Etwas verlegte mir die Kehle.

Na schön, sagte ich dann. Zumindest hast du Wolf damit einen Totalschaden erspart.

Sie tätschelte meine Hand. Zumindest vorläufig, sagte sie.

5

Dann saßen wir wieder im Auto. Die Positionen waren die gleichen wie zuvor. Sie auf dem Fahrersitz, ich auf dem Beifahrersitz. Ich sah sie wieder von der Seite an, Maria, die, falls sie die Wahrheit sprach, mein Leben womöglich verlängert hatte. Und fühlte mich mit einem Mal durchströmt von einer Welle von Selbstlosigkeit und Verantwortungsgefühl.

Wir fuhren durch Orvieto Scalo, da war ein Hinweisschild Richtung Autobahn. Siehst du, sagte ich, bis zur Autostrada sind es noch zwei Kilometer. Dort kannst du nach Norden oder nach Süden fahren. Entweder – oder. Das ist die Chance zur Entscheidung.

Ich tat mein Bestes, Commissario, um diese Entscheidung zu beeinflussen. Um Maria noch zur Vernunft zu bringen. Was man so nennt. Ich tat es spät, aber doch. Du wirst sehen, sagte ich, wenn du nach Haus fährst, kommt alles wieder in Ordnung.

Ihrer Mutter würde ein Stein vom Herzen fallen, und in der Schule müßte es auch keine größeren Probleme geben. Mein Gott, sie würde halt vierzehn Tage gefehlt haben! Eine Erklärung würde sich finden, den versäumten Stoff würde sie nachlernen. Und im Mai würde sie wie vorgesehen zur Reifeprüfung antreten.

Ja, warum nicht? Das alles sei jetzt noch möglich. Fahr nach Norden, sagte ich, sei gescheit! Deinem Wolf bringst du das Auto zurück, sogar mit einem neuen Motor. Und was das Baby betrifft ...

Ach, halt doch den Mund, sagte sie.

Um mich, sagte ich, mußt du dir keine Sorgen machen. Ich stell nichts mehr an. Die Tage mit dir haben mir gut getan. Ich weiß zwar nicht, was ich tu, aber ich werd mir schon etwas finden. Vielleicht gibt es hier irgendwo ein nettes Kloster, das mich als Laienbruder aufnimmt.

Natürlich, sagte ich, kannst du auch nach Süden fahren. Das seien, behauptete ich, die zwei Möglichkeiten.

Wie sich herausstellen sollte, war ich im Irrtum.

Als wir zur Autobahn kamen, die dort auf Stelzen verläuft, fuhr Maria einfach unten durch.

6

Fürs erste nach Osten also, Richtung Terni. An einem Stausee entlang – heißt er *Lago di Corbara*? Dann hinein in ein Tal mit dunklem Gestein. Unten, tief in den Fels eingeschnitten, fließt der Tiber. Wir drehten wieder einmal das Radio auf. Für eine Folge von Kurven hörten wir einen Walzer. Maria fuhr nun eher beschwingt als riskant. Aber wäre es nach mir gegangen, so hätte mein Leben in diesem Augenblick enden mögen.

Eine knappe Stunde später waren wir in Todi. Wir fuhren den Hügel hinauf und parkten auf der *Piazza Garibaldi*. Es wurde Abend, über der Landschaft, die man von der Terrasse aus nur mehr ahnen konnte, lag Nebel. Als wir uns der Stadt mit ihren engen Gassen zuwandten, strahlte die aus zahllosen kleinen, bunten Lämpchen bestehende Adventbeleuchtung auf.

Das war zweifellos ein hübscher Empfang. Und Maria war besonders hübsch in dieser Beleuchtung. Ich erinnere mich daran, daß wir vor einem Schaufenster mit Marionetten standen. Wie ihre Augen glänzten! Es war einfach eine Freude, sie anzusehen.

Stimmt, ich war naiv, Commissario, ich verstand es nicht, die einfachsten Zeichen zu deuten. Es war wohl auch so, daß ich manches zwar sah, doch nicht deuten wollte. Es war einfach schön, an ihrer Seite zu sein. Was auch immer Marias Strahlen verursachte, ein Reflex davon traf auch mich.

Und waren wir nicht, trotz allem, ein gutes Gespann? Auch wenn sie das Zusammensein mit mir nur als Provisorium aufgefaßt haben mag, als Zwischenlösung? Der Bettler, der trotz des kühlen Wetters am Portal zur Kathedrale kauerte, fand uns als Paar sogar schön. *Che coppia bella*, sagte er, das war die zwei Euro wert, die ich noch im zerrissenen Futter meiner Manteltasche fand, allerdings war der Mann, falls er sich nicht verstellte, blind.

Dann saßen wir im Gran Café und tranken heiße Limonade. Durchs hohe, links und rechts mit Samtvorhängen drapierte Fenster schauten wir auf den Platz, der vor uns lag wie eine Bühne. Links die Kathedrale, *Santa Maria Annunciata*, wenn ich mich recht erinnere, rechts drei Palazzi, alles von menschenwürdigen Ausmaßen. Dazwischen ein paar Boutiquen und, sage und schreibe, vier Banken.

Diese *Piazza del Popolo* dort in Todi. Bei ihrem Anblick konnte man schon auf Ideen kommen. Theater-Ideen, Performance-Ideen, Film-Ideen. Ja, sagte die Kellnerin. Hier seien zum Beispiel Szenen zu *Cleopatra* gedreht worden.

Liz Taylor, die imposante Freitreppe vom *Palazzo del Popolo* herunterwallend. Ideal für einen Cinemascopefilm. Rom, vierzig Jahre vor Christus, da durfte man die gotische Fassade und den Campanile im Hintergrund nicht sehen. Aber Richard Burton mit seinen geblähten Nüstern im Vordergrund.

Der Film, den wir uns hier vorstellten, war kein Historienfilm. Eher ein Gangsterfilm. Ein Bankräuberfilm. Ein bißchen wie *Bonnie & Clyde*, aber weniger blutig. Bei dem Überangebot an Banken, die wir sozusagen mit *einer* Kameraeinstellung im Blick hatten, waren solche Assoziationen nicht abwegig.

Josef & Maria. Das wäre ein hübscher Titel. Gibt es schon irgendwo, sagte ich. Aber das macht nichts. Oder hat es *Maria & Josef* geheißen? Maria, die Tochter eines Tankstellenpächters, Josef ein Taxifahrer. Gab es da nicht einen Bankraub? Nein, das war in *Prénom Carmen. Je vous salue, Godard.* Unser Film wäre etwas anders gelaufen. Wie die beiden eine der zur Auswahl stehenden Banken betraten. Wie sie eine zuvor am Kiosk gekaufte Spielzeugpistole zogen.

Wer zieht die Pistole, fragte Maria, du oder ich?

Du, sagte ich. So gut, wie du momentan drauf bist.

Aber du bist der Mann, sagte sie.

Das war ein etwas überraschender Einwand.

Na gut, sagte ich. Dann nehmen wir *zwei* Pistolen.

Ich würde den Bankbeamten bedrohen, *sie* sollte inzwischen die Kunden in Schach halten.

Vielleicht doch lieber umgekehrt.

Meinetwegen auch umgekehrt.

Okay, sagte sie. Was heißt: Das ist ein Überfall?

Wart einen Augenblick, sagte ich. Das schlagen wir im Diktionär nach.

Überdruß, Überfahrt, Überfall – da hatten wir es: *Assalto.*

È un assalto, sagst du. Aber mit Nachdruck.

So einfach war das. Zumindest als Phantasiespiel. Wie der Kassier oder die Kassierin das Geld in eine Plastiktasche stopfte, wie die paar im Augenblick der Tat anwesenden Bankkunden, gelähmt vor Schreck, einfach danebenstanden und nicht eingriffen.

Gewiß war es besser, wenn die Protagonisten vermummt auftraten. Die Überwachungskameras würden die Szene ja unweigerlich mitdrehen. Aber das war kein Problem. Wir brauchten nur unsere Schals übers Gesicht zu ziehen. Die jahreszeitlichen Bedingungen wären dem Projekt zweifellos entgegengekommen.

Der Nebel hatte inzwischen die Piazza erreicht. Perfekt. Wenn das Räuberpaar entwich, konnte es schon nach wenigen Metern buchstäblich untertauchen. Dann nichts wie die Treppe hinauf und in die Kirche hinein. Und drinnen am besten gleich in je einen Beichtstuhl.

Sie sehen, dieses Gedankenspiel war nicht ernst. Als Treatment für eine Komödie wäre es vielleicht durchgegangen. Aber doch nicht als realisierbarer Plan! Nein, Commissario, davon kann wirklich nicht die Rede sein!

Auch unsere Überlegungen bezüglich der Bankomaten ergaben sich vorerst im Scherz. Wenn wir schon keine Bank ausraubten, so sollten wir es wenigstens mit einem Bankomaten versuchen. Wie ging man da vor? In Pionierzeiten hatte man es angeblich noch mit Staubsaugern geschafft. Doch die Modelle von heute waren bestimmt besser gesichert. Die Profis kamen inzwischen mit Jeeps oder Landrovern. Die ketteten die Apparate an und rissen sie aus der Wand. Nein, mit Wolfs VW war das nicht zu machen. Ganz abgesehen davon, daß uns so brutale Methoden nicht lagen.

Wir mußten uns etwas Subtileres einfallen lassen. Etwas, meinte Maria, das unseren Neigungen und Fähigkeiten entsprach.

So, sagte ich. Und die wären?

Wir sind schlau, sagte Maria. – Wir warten auf einen User und tricksen ihn aus.

Klingt gut, sagte ich, aber wie tricksen wir?

Auf raffinierte Weise, sagte Maria.

Nicht schlecht, sagte ich. Dafür könnte ich mich erwärmen. Wenngleich da noch die Details geklärt werden müßten.

Am besten, sagte Maria, wir gehen zu einem der Bankomaten. Dann kann ich dir vorspielen, wie wir agieren sollten.

Okay, sagte ich. Ich rief die Kellnerin, um zu bezahlen. Die Limonade war teuer. Maria mußte mir aushelfen.

9

Zu einem der Bankomaten zu gehen, war mir ganz recht. Ich hatte nämlich noch eine winzige Hoffnung. Zwar hatte mir der Bankomat in Montefiascone, wo ich das letzte Mal mein Glück versucht hatte, signalisiert, daß über mein Konto nichts mehr verfügbar sei. Aber vielleicht war mir noch ein kleiner Betrag angewiesen worden, während wir auf der Insel gewesen waren. Das konnte doch sein. Am Ende hatte man eine meiner früheren Radiosendungen wiederholt. Hatte ich nicht vor Jahren Zitate aus alternativen Weihnachtsgeschichten zusammengestellt? Was damals alternativ war. Das wirkte vielleicht heute nur mehr komisch. Aber womöglich hatte man es gerade aus diesem Grund ausgegraben.

Wir gingen also über den nebligen Platz. Vier Banken standen, wie gesagt, zur Auswahl. Wir wählten, wenn ich mich recht erinnere, den der *Banca di Umbria*. Neben der Bank war ein Benetton-Laden, diese Nachbarschaft hielt Maria, deren Phantasie entfesselt war, für strategisch günstig.

Also paß auf, sagte sie. Ich warte hier vor dem Schaufenster. Als ob ich die schicken Pullover betrachten würde. Du hingegen stehst dort unter den Arkaden. Der Mann im Dunkeln. Der im gegebenen Moment eingreift.

Ah ja? sagte ich. Ich war nicht ganz bei ihrer Sache. Ich wollte mein Glück noch einmal auf konventionelle Weise versuchen. *Inserire la carta*, las ich, insert your card. *Digitare il codice segreto*, Geheimcode eingeben.

Also schön, sagte Maria, du spielst jetzt den Kunden. Du setzt den Prozeß in Gang. Und ich trete von hinten an dich heran. Signore! Können Sie mir einen

Augenblick beistehen? Ich fürchte, mir wird gleich übel ... Was heißt das auf italienisch?

Mi sento male, sagte ich etwas zerstreut.

Anullare o eseguire, las ich. *Stop or go on.*

Genau, sagte Maria. Jetzt gibt der Typ den Betrag ein, den er abheben will. Und dann, eine Sekunde, bevor der Apparat das Geld ausspuckt, drohe ich zu Boden zu sinken.

Er dreht sich um und fängt mich auf. Na komm, sagte sie, tu schon! Er ist zwar möglicherweise ein Arschloch, aber er hat doch einen Rest von Ritterlichkeit im Leib. Also er fängt mich auf, er läßt mich nicht fallen. Das ist nun der Augenblick, in dem du aktiv werden mußt.

Timing ist alles, sagte sie. Du kommst unter den Arkaden hervorgehuscht. Grapschst das Geld, das inzwischen zutage getreten ist, und rennst. Während ich so tue, als hätte der Typ die Gelegenheit benutzt. Mich zu begrapschen nämlich. Eine nicht unrealistische Annahme.

Ich rege mich also auf, ich spiele die sexuell Belästigte. Was fällt Ihnen ein? Nehmen Sie Ihre Pfoten von mir weg! *Vaffanculo, stronzo!* Du aber kümmer dich nicht um mich. Ich komme schon von ihm los, zur Not ramme ich ihm mein Knie in die Hoden – pardon, hab ich dir weh getan?

Noch nicht, sagte ich. Aber vielleicht solltest du deine weibliche Wehrhaftigkeit nicht zu drastisch demonstrieren.

Na ja, in Wirklichkeit, sagte Maria, bist du ja nicht der, sondern der andere. Der, der davonrennt. *Just take the money and run.* Du rennst rechts, ich renn links, oder umgekehrt, wir treffen uns dann beim Auto.

10

So stellte sie sich das vor. Ich nahm es nicht ernst. Nein, Commissario, ich kam nicht auf die Idee, daß es ernst hätte werden können. Obwohl ..., wer weiß ..., wenn uns zwei oder drei Tage später tatsächlich das Geld ausgegangen wäre ... Was soll's. Bevor es soweit kam, geschah das Wunder.

Wie ging das vor sich? – Ich will versuchen, den Ablauf zu rekonstruieren. Nach der kleinen Szene, mit der mich Maria von der seriösen Operation abgelenkt hatte, wandte ich mich wieder dem Bankomaten zu. Welche Taste sollte ich drücken? Vielleicht reagierte der Apparat freundlich, wenn ich mich mit einem relativ kleinen Betrag begnügte? Ich wollte es einmal mit 100 Euro probieren.

Aber da griff mir Maria einfach dazwischen. Keine falsche Bescheidenheit, sagte sie und drückte auf 250. Es war nur ein Augenblick, in dem ihre Hand die Taste berührte. Und dann, nach ein, zwei Sekunden, in denen er sich sozusagen besann, begann der Apparat zu arbeiten. Aber wie, Commissario, aber wie! Er förderte einen Schein nach dem anderen zutage. Daß er die 250 Euro wirklich hergab, zwei Hunderter und einen Fünfziger, war ja schon überraschend genug. Aber damit hatte es noch keineswegs sein Bewenden – der Bankomat, offenbar durch Marias Berührung bezaubert, erwies sich als weit freigiebiger.

Er tat einfach noch eine nette Weile weiter. Und was taten *wir*? Wir standen und sahen ihm zu. Aber so schön dieser Augenblick war, auch in ihm ließ sich der Lauf der Welt für uns nicht stoppen. *Take the money and run* – nach einer Verblüffungssekunde, einem Blickwechsel, in dem sich Staunen und Amüsement mischten, taten wir genau das.

So gut es in der gebotenen Eile ging, sammelten wir die Scheine ein, die zu Boden gefallen waren. Gottlob war es windstill, sie flogen nicht weit davon. Eher hafteten sie auf dem feuchten Pflaster. Einige mußten wir leider zurücklassen, aber der unverhoffte Geldsegen war groß genug.

Schwer faßbar, buchstäblich – im immer rascheren Laufen verloren wir noch einiges. Maria hatte den größeren Teil der Beute unter die Jacke gestopft, sie sah jetzt zum ersten Mal richtig schwanger aus. Als wäre sie nicht im zweiten oder dritten, sondern im sechsten oder siebenten Monat. Für eine so fortgeschritten schwangere Person lief sie allerdings ziemlich flott – ich hatte Mühe, mit ihr Schritt zu halten.

Die Palazzi im rechten Winkel des Platzes. *Palazzo del Capitano*, *Palazzo del Popolo*, Palazzo weiß der Teufel was. Irgendein Wappen hing an der Wand – oder war es ein Adler? Nichts wie daran vorbei, zwar war es schon Abend, und die Ämter hatten vermutlich längst geschlossen, aber womöglich gab es in diesem Bereich auch eine Polizeistation.

Noch ein kurzer Endspurt, und wir waren auf der *Piazza Garibaldi*. Da stand das Denkmal des Befreiers, hoffentlich stand auch das Auto noch da. Wirklich, da war es. Obgleich außer Atem, atmete ich auf. Beim Aufsperren und Einsteigen verloren wir wieder einige Scheine, aber um die konnten wir uns nicht mehr kümmern.

Nun saß wieder ich am Steuer. Das ergab sich. Na, fahr schon! raunte Maria. Der neue Motor sprang klaglos an. Und schon fuhr ich. Zwar lotsten uns die Richtungspfeile erst recht wieder über die *Piazza del Popolo*, wo wir somit eine Ehrenrunde drehten. Aber dann wurden wir in eine enge, abschüssige Gasse geleitet, ratterten durchs Mittelalter der nicht für den modernen Verkehr gebauten Stadt, offenbar waren wir ins Zunftgebiet der Tischler und Holzschnitzer geraten, links und rechts standen trotz des feuchten Wetters Möbel und Skulpturen vor den Läden – ich weiß bis heute nicht, wie ich es geschafft habe, nirgends anzufahren.

Aber wir lachen. Was für eine verrückte Situation!

Maria fängt damit an. Ihr Lachen ist ansteckend.

Wie hast du das gemacht? frage ich. Ich lache Tränen.

Ich weiß nicht, sagt sie. Sie lacht und betrachtet ihre Hände.

Endlich ein Ausfahrtspfeil. *Tutte le direzioni.*

Genau. Das war gerade richtig für uns. In *alle* Richtungen.

Da lachten wir erst recht. Wie schafft man es, in *einer* Richtung in *alle* Richtungen zu fahren?

Es war wie ein Trip, Commissario. Wir konnten kaum aufhören zu lachen.

II

Wir gerieten auf eine Schnellstraße, eine Weile wußten wir tatsächlich nicht, in welche Richtung wir fuhren. Ging es nun nach Perugia, also nach Norden, oder nach Terni, also nach Süden? Die Rücklichter der Autos vor uns, die Scheinwerfer der entgegenkommenden Fahrzeuge. Der leicht schwindelerregende Eindruck, zwischen diesen Lichtern zu schweben.

Die Tachometernadel zitterte im Bereich zwischen 140 und 150. Ich drehte das Radio an. Da lief Orgelmusik. Irgendeine Fuge von Bach – oder war sie von Händel? Echt stark, wie das fährt, sagte Maria. Spürst du die *vibrations*?

So fuhren wir einige Kilometer dahin. Ich weiß nicht, wie viele oder wie wenige, ich weiß nicht, wie kurz oder wie lang. Unsere Bewegung relativ zu jener der anderen Autos, beide Bewegungen relativ zur täglichen Umdrehung der Erde. Das alles relativ zur Fahrt des Planeten im Zusammenhang des Sonnensystems.

Diese Anwandlung kosmischer Gefühle wurde jäh unterbrochen. Und zwar durch die gräßliche Tonfolge einer Sirene. Es dauerte allerdings eine Weile, bis wir die wahrnahmen. Umso brutaler dann ihre gleichzeitig wimmernde und peitschende Präsenz.

Dazu der Reflex aus dem Rückspiegel – beinahe hätte ich das Lenkrad verrissen.

Jetzt ist es soweit, dachte ich. In der nächsten Sekunde würde das Einsatzfahrzeug uns schneiden und an den Straßenrand zwingen.

Aber da war der Spuk auch schon an uns vorbei. Noch ein paar Sekunden blinkte das hysterisch rotierende Blaulicht vor uns, dann wurde es von der Nacht verschluckt.

Die Uniformierten – Carabinieri, Polizisten oder Leute von der Guardia Finanza – hatten uns gar nicht beachtet.

Die haben ganz andere Sorgen, sagte Maria. Vielleicht sind sie hinter einem Mafiaboß her oder hinter einem Trupp Al-Kaida-Terroristen.

Wahrscheinlich ist es trotzdem besser, sagte ich, wenn wir bei nächster Gelegenheit abbiegen.

Mit einem Zipfel ihres Halstuchs tupfte Maria den Schweiß von meiner Stirn.

Beruhig dich, sagte sie. Was könnten uns die Bullen denn überhaupt vorwerfen? Ist es etwa unsere Schuld, wenn ein Bankomat verrückt spielt? Ist das Einsammeln von Geld, das sonst in alle Windrichtungen davongeflogen wäre, ein Delikt?

Wie sie lächelte! Eine verschmitzte Sphinx.

Und daß ich mit einem gestohlenen Auto fahre, sagte ich, hast du vergessen.

Ach was, sagte sie. Wolf hat keine Anzeige erstattet. Wie ich ihn kenne, fügte sie rasch hinzu.

Hier lag mir eine Frage auf der Zunge, aber gerade in diesem Moment näherten wir uns einer Ausfahrt.

Da, sagte Maria. Nach 500 Metern geht es Richtung Spoleto. Du wolltest doch abbiegen, oder? Was schaust du so lang? Komm schon, versäum nicht, dich richtig einzuordnen.

Die Strecke, die wir dann fuhren, erwies sich als abenteuerlich. Kurvenreich ging es hinauf und wieder hinunter. Kein Mond, keine Sterne, nur Verkehrszeichen, die manchmal aus dem Dunkel aufstrahlten. Desolate Straße, Fahrbahnverengung, Schleudergefahr, Steinschlag, Wildwechsel. Diese Strecke zu bewältigen erforderte all meine Konzentration. Da blieb keine Zeit für die Frage, die ich vor der Abzweigung beinahe gestellt hätte. Keine Zeit und keine Energie – ich starrte nach vorn auf die Straße. Manchmal konnte ich kaum ausnehmen, wo der Fahrbahnbelag aufhörte und der Wald oder der Abgrund anfing.

12

Die letzte Serie von Kurven nahm ich wie in Trance, aber ich schaffte es.

Du hast ja ungeahnte Fähigkeiten, sagte Maria nachher.

Und du erst! sagte ich.

Das war bereits im Hotel in Spoleto.

Da konnten wir nicht umhin, einander zu umarmen.

In einem sehr kleinen Zimmer mit einem sehr großen Schlüsselanhänger. Es war das einzige Zimmer,
das noch frei war. Das Hotel hieß Aurora, es war dem
Parkplatz, den wir schwer genug gefunden hatten, am
nächsten. Nach der anstrengenden Fahrt und dem
schwierigen Einparkmanöver hatten wir keine Lust,
weiterzusuchen.

So viele Gäste, sagte ich, jetzt, im Winter?

Ja, sagte die recht sommerlich dekolletierte Signora
an der Rezeption, eine Stunde vor uns sei eine Gruppe
polnischer Geistlicher angekommen. Die kämen, sagte
sie, immer um diese Zeit. Und zwar wegen der Reliquie, die zu den Feiertagen im Dom gezeigt werde.

Wir verstanden nicht, um welche Art von Reliquie
es sich handelte. Aber was interessierten uns irgendwelche alten Knochen? Uns interessierte das Zimmer.
Es sei nicht sehr groß, sagte die Dame. Aber sie sei
sicher, es werde uns gefallen.

Tatsächlich hatte das Zimmer seinen spezifischen
Charme. Alles im Nanoformat: der Kleiderschrank,
das Nachtkästchen, das Tischchen unter dem Spiegel.
Es hatte etwas von einem Puppenhaus. Man konnte
sich nicht darin umdrehen, ohne aneinander anzu-
streifen.

Die Umarmung, in der wir uns auf einmal fanden,
war gewiß auch eine Konsequenz dieser Unausweich-
lichkeit. Allerdings waren wir schon vorweg in einem
Zustand, für den mir keine bessere Bezeichnung ein-
fällt als freudige Erregung. Wir hatten das Geld, das
wir in einer unauffälligen Plastiktasche ins Zimmer
gebracht hatten, aufs Bett geleert. Und da lag es nun
vor uns, nicht ganz soviel, wie wir in der ersten Euphorie gedacht hatten (der von Maria irritierte Bankomat
hatte mehr kleine als große Scheine ausgespuckt),
aber insgesamt ein erfreulicher Anblick.

Die Umarmung war innig und tendierte dazu, gewisse Grenzen, über die wir uns bisher nicht hinausgewagt hatten, zu überschreiten. Unsere freudige Erregung wurde körperlich spürbar. Ich schreibe *unsere*, Commissario. Ich glaube nicht, daß ich mich geirrt habe. Und trotzdem war da ein Rest Unsicherheit, der mich hemmte.

Verbunden mit Vorbehalten, die ich nicht los wurde. Maria konnte doch nicht ... Oder doch? ... Wir durften doch nicht ... Diese extreme Nähe. Ich hätte sie dankbar akzeptieren sollen. Statt dessen versuchte ich noch eine kleine Distanz zwischen uns herzustellen.

Ich küßte sie auf die Stirn, auf die Wangen, dann wieder auf die Stirn. Trachtete in eine Position zu kommen, in der ich ihr in die Augen schauen konnte. Nein, Commissario, nicht aus sentimentalen Gründen. Ich wollte ganz einfach sehen, ob das wirklich ihr Ernst war.

Mein Gott, was war ich doch für ein Idiot! Wir waren drauf und dran, auf die schönste Art umzufallen, aber ich hielt uns aufrecht. Wir wären aufs Bett gefallen, die Geldscheine, die noch immer darauf lagen, hätten uns nicht gehindert. Nutz mich, flüsterte der Augenblick sehr vernehmlich, aber ich ließ ihn vorbeigehen.

13

Maria erinnerte sich wieder anderer Bedürfnisse. Glaubst du, sagte sie, daß wir hier noch etwas zu essen bekommen? Bezeichnend, daß wir in dem Schwebezustand, in dem wir bis vor vor kurzem gewesen waren, gar nicht daran gedacht hatten. Nun waren wir wieder auf dem Boden gelandet.

Es war schon spät, einiges über elf, und wir hatten Dezember. Wahrscheinlich hatte es also keinen Sinn mehr, ein offenes Lokal zu suchen. Vielleicht, sagte ich, bekommen wir unten an der Bar noch irgendwelche Antipasti. Okay, sagte sie, geh du hinunter und bring was mit, mir reichen ein paar Crostini.

Wie sich zeigte, war auch das nicht so einfach. Die Crostini in der Vitrine waren vom Morgen, also nicht mehr die jüngsten. Man erklärte sich allerdings bereit, mir einige frisch aufzubacken. Das würde ein Weilchen dauern, aber ich konnte ja inzwischen etwas trinken.

Das freute den geistlichen Herrn, der sich bis dahin einsam gefühlt hatte. Ich müsse, meinte er, ein Glas Wodka mit ihm trinken. Seine Kollegen seien erschöpft von der Reise. Er aber sei ein Mensch, der lange durchhalte.

Vierundzwanzig Stunden im Bus, na und wenn schon. Er sprach nicht nur Englisch, sondern auch einigermaßen Deutsch. Nein, nicht aus Polen seien sie gekommen, sondern aus Litauen. Eine lange Fahrt, das wohl, aber das Ziel lohne die Mühe.

Er prostete mir zu. Sind Sie auch wegen der Heiligen Binde hier?

Wie bitte? fragte ich.

The holy napkin, sagte er … Die verehrungswürdige Reliquie im Dom. Na, wie heißt das doch gleich. Die Heilige Winde?

Winde? Winde? … Am Ende meinte er Windel.

Ja, sagte er strahlend. Windel. Das Tuch, in dem unser Erlöser …

Mein Gott, sagte ich.

Ja, sagte er. Mit Gottes Gnade.

Sie ruhe in einem silbernen Schrein, der nur einmal im Jahr geöffnet werde.

Zu Weihnachten?

Exakt, sagte er. Zur Mitternachtsmette.

Und darauf warten Sie?

Ja, sagte er. Darauf warten wir.

In den paar Tagen bis dahin würden er und seine Landsleute noch einige Klöster der Umgebung besichtigen, aber dann ...

Der große Augenblick.

Ja, sagte er. Die Klimax, Höhepunkt.

Ich stellte mir vor, wie der Priester zuerst die Monstranz hob und dann die Windel. Oder umgekehrt? Zeigte er den Gläubigen erst die Windel und dann die Monstranz? Im Lift, in dem ich kurz darauf mit meinem Teller Crostini und einer Flasche Montefalco in den dritten Stock hinauf fuhr, überlegte ich, ob ich Maria von der Windel erzählen sollte. Aber abgesehen davon, daß die Geschichte nicht recht zum Essen paßte, war ich nicht sicher, ob sie in der richtigen Stimmung dafür war.

14

Sie war für nichts mehr in der Stimmung – sie war inzwischen eingeschlafen. Lag auf dem Bett wie Schneewittchen, die Geldscheine hatte sie einfach in die Plastiktasche zurückgestopft. Das Bett war ein Doppelbett, aber es paßte zu den anderen Zwergenmöbeln. Ganz gegen ihre sonstige Gewohnheit lag Maria lang ausgestreckt, die Beine über das Südende des Bettes hinausragend, die Arme nach Westen und Osten ausgebreitet.

Die Dame an der Rezeption hatte etwas von einem Klappbett gesagt, das wir bei Bedarf im Schrank finden würden. Da war es auch. Doch ich fand keinen

Platz, an dem ich es hätte aufklappen können. Allerdings stand ein Lehnsessel in der Ecke. Auch er anscheinend eine Spezialanfertigung für kleinwüchsige Personen, aber ich mußte mich wohl oder übel mit ihm anfreunden.

Da saß ich dann, lauschte Marias entspannten Atemzügen und trank Wein aus der Flasche. Auf die Crostini hatte ich keine Lust mehr. Über dem Bett hing ein Bild, das eine kubistisch verfremdete Stadt am Meer zeigte, von dem man allerdings nur ein sehr kleines Eckchen Blau sah. Noch lang nachdem ich das Licht ausgelöscht hatte, blieb ein Nachbild davon vor meinen geschlossenen Augen, die Stadt, dachte ich schon halb im Traum, ist wohl irgendwo in Nordafrika, vielleicht sollten wir uns rechtzeitig dorthin absetzen.

15

Am Morgen war ich einigermaßen zerschlagen. Ich hatte nicht wirklich tief geschlafen, aber jetzt fiel es mir schwer, vollends aufzuwachen. Noch im Halbschlaf hörte ich eine Folge ärgerlicher Piepstöne, die mich Schlimmes ahnen ließen. Aber sobald ich die Augen offen hatte, schienen sie mir aus dem Fernseher zu kommen, vor dem Maria saß.

Sie saß auf dem Boden, die Bettdecke über den Schultern – obwohl ihre Haarfarbe nicht zu dieser Assoziation paßte, kam sie mir in diesem Augenblick irgendwie indianisch vor. Im Fernsehen lief ein Kinderprogramm, man sah das putzige Familienleben einer Pinguinfamilie. Die erwachsenen Pinguine hatten quakende, die Kleinen piepsende Stimmen. Es gab auch einen Babypinguin, der plärrte, wenn er nicht mit dem Fläschchen gefüttert wurde, aber das wollte Maria nicht länger sehen und schaltete ab.

He, du, sagte sie, als hätte sie mich wirklich erst jetzt wahrgenommen.

He, du, antwortete ich. Wünsche, gut geruht zu haben.

Danke, sagte sie. Mit der Decke über den Schultern ging sie zum Bett zurück. Während sie die Decke abstreifte, schob sie etwas unter den Polster.

Und? sagte ich. Was machen wir mit dem vielversprechenden Tag?

Tatsächlich fielen ein paar Sonnenstrahlen durchs Fenster.

Was hältst du davon, sagte ich, wenn wir hinaus ans Meer und dann möglichst weit nach Süden fahren? In Apulien soll es um diese Zeit recht schön sein.

Echt? sagte sie.

Ja, sagte ich. Warm. Und wenn es uns nicht schön und warm genug ist, dann fahren wir halt weiter nach Sizilien. Na, was meinst du? Ein bißchen Geld haben wir ja jetzt ...

Na ja, sagte sie. Zuerst einmal geh ich unter die Dusche.

Das war's, Commissario. Damit ergab sich die Gelegenheit. Zwar ließ Maria die Tür des Badezimmers einen Spaltbreit offen (den Ausmaßen des Zimmers entsprechend war dieser Appendix winzig). Aber ich wollte mir endlich Klarheit verschaffen. Kaum hörte ich sie plätschern, tat ich den Griff unter das Kissen.

Und wie ich vermutet hatte, lag da ihr Handy. Ein lilafarbenes Ding mit grünen und roten Knöpfen. Fast zu klein für meine Hand. Ich versuchte mich auf der Tastatur zurechtzufinden. Ich habe wenig Talent für so etwas, aber in diesem Fall lenkten mich anscheinend Instinkte. Erstaunlich rasch begriff ich gewisse Funktionen. Wie man gesendete Botschaften auf dem Display erscheinen ließ, wie empfangene. Das jeden Schritt begleitende Piepsen konnte ich zwar nicht verhindern. Aber solange sie duschte, würde Maria das kaum hören.

Es gab eine Reihe von Kurzmitteilungen, die sie nicht gelöscht hatte. Wahrscheinlich ganz einfach, weil sie nicht daran gedacht hatte. Vielleicht aber auch, weil sie ihr lieb und wert waren. Oder weil sie mich für zu blöd hielt, sie abzurufen.

Ungefähr folgendes las ich:

– hi francesco. hope the number is right. not easy 2 read it. really sorry 4 the sudden good bye. i'd like to see you again. w. b. maria.

– ciao bella. sono contento 2 hear of you. guess the man who drives did not like me so much. your father, your uncle, your teacher or just santa claus? where are you going? tell me. bacio francesco.

– no father, no uncle, not even the owner of the car. too complicated to x-plain it this way. were we a going? wait until i can tell you. let's keep in touch to each other. kisses mary.

Zwischendurch erschien eine Nachricht von Wolf:

– hallo maria. schreib endlich konkret, wo du bist! fahre hinter dir her wie 1 idiot. super! so witzig ist das auch wieder nicht.

Doch dann kam wieder Francesco:

– ciao principessa! hope the man with the beard is not your lover. (gulp). no, scusi. sorry for the bad joke. if he is santa claus, he should better drive a reindeer-sleigh.

So las sich das etwa. Es hat sich mir eingeprägt. Ich versuche es wiederzugeben. Vielleicht halten Sie mich jetzt für einen Masochisten. Schon gut, Commissario, vielleicht haben Sie sogar recht damit. Aber ich möchte, daß Sie meine Gefühlslage verstehen.

Da saß ich, hin und her klickend zwischen gesendeten und empfangenen Shortmails. Und spürte deutlich, wie mir das Blut zu Kopf stieg. Dabei kam ich im ersten Anlauf noch gar nicht sehr weit. Just an der Stelle, an der mir Francesco empfahl, lieber mit dem Rentierschlitten als mit dem Auto zu fahren, kam Maria aus dem Badezimmer. Nur nachlässig in ein zu kleines Handtuch gewickelt. Ein Anblick, der mich sonst verläßlich erfreut hätte. Jetzt waren die Gefühle, die er auslöste, ambivalent. Buchstäblich im letzten Moment, bevor sie mich ansah, schob ich das Handy unter den Polster zurück.

Na, sagte sie. Du siehst ja aus, als wärst *du* unter der Dusche gewesen.

Ja, sagte ich, der Dunst. Rasch stand ich auf und öffnete das Fenster.

He, sagte Maria, ich bin noch nicht angezogen!

Entschuldige, sagte ich. Aber ich brauch ein bißchen Luft.

16

Die nächsten Tage, Commissario, rücken in meiner Erinnerung eng zusammen. Wie viele waren es überhaupt? Ich kann es nicht genau sagen. Womöglich waren es nicht mehr als drei oder vier. Aber es waren Tage, an denen wir viele Kilometer zurücklegten.

Leere Kilometer. Sie sind für mich kaum von Inhalten erfüllt. Einen großen Teil meiner Erinnerungen nimmt der Tunnel ein, in den wir kurz nach Spoleto tauchten. Realistisch geschätzt kann man durch ihn kaum länger brauchen als fünfzehn Minuten. Aber je öfter ich mir die Fahrt durch diese Betonröhre vergegenwärtige, desto länger kommt sie mir vor.

Ich versuche mich zu erinnern, wie wir auf der einen Seite ein- und auf der anderen Seite wieder auftauchen. Theoretisch muß man ja irgendwo in der Valnerina herauskommen. Im Tal der Nera. Soll eine idyllische Gegend sein. Aber in meinem inneren Laptop ist so gut wie nichts davon gespeichert.

Nur an Namen, die ich wahrscheinlich auf irgendwelchen Hinweisschildern gelesen habe, kann ich mich vage erinnern. Sant'Anatolia, Monti Sibillini, Madonna delle Neve. Hier vielleicht ein Blick auf karge, schneebedeckte Berge. Aber dann scheint es mir, als ob der Tunnel weiterginge.

Wir müssen an Ascoli vorbeigefahren und bald ans Meer gekommen sein. Das lag dann immer links von uns – zwischen der Autobahn und der im großen und ganzen flachen Küste war meist wenig Platz. Davon ist nichts abrufbar als das kaum variable Bild eines abwechselnd mit Industrieanlagen und Hotelklötzen verstellten Landstreifens. Alles grau in grau, wir fahren umhüllt von Nebel oder Regen, im Grunde reicht der Tunnel, in den wir kurz nach Spoleto getaucht sind, bis Foggia.

Wenn man bedenkt, wie wenig Draußen ich wahrnehme. Trüb vergrübelt bin ich in mich versunken. Sitze neben Maria, einmal auf dem Fahrersitz, einmal auf dem Beifahrersitz. Bin ihr physisch sehr nahe, aber psychisch empfinde ich eine Distanz, die mir nachhaltig weh tut.

Vielleicht ist es einfach mein Mißtrauen, das diese Distanz stiftet. War ich vorher naiv, so bin ich nun geneigt, jede Äußerung, jede Aktivität Marias als Indiz dafür zu sehen, daß sie mich hintergeht, betrügt. Das sind natürlich große Worte, die Frage ist, ob sie mir überhaupt zustehen. Ob sie dem Wesen unserer Beziehung entsprechen. Wer *bin* ich denn, wer *war* ich denn für sie?

Aber die Interpretation eines Gefühls ist etwas anderes als das Gefühl selbst. Das Gefühl war einfach da, es ließ sich nicht wegrationalisieren. Das Gefühl, von einem Menschen verarscht zu werden, den man wider alle Vernunft gern hat. Heiß und bitter stieg es mir auf aus Bauch und Galle.

Zum Beispiel an der Raststätte, an der wir nicht nur volltankten, sondern auch Proviant besorgten. Das war irgendwo bei Pescara, vielleicht schon auf der Höhe von Francavilla. Übrigens war es Maria, die tankte, die einkaufte. Sie stieg aus, scherzte mit dem Tankwart, forderte ihn auf, auch den Ölstand und den Reifendruck zu kontrollieren, bezahlte, gab Trinkgeld und war schon auf dem Weg zum der Tankstelle angeschlossenen *minimercato*, während ich, der offenbar gar nicht gebraucht wurde, immer noch lethargisch auf dem Beifahrersitz klebte.

Die Zeit, die sie ausblieb, schien mir entschieden zu lang. Schon wollte ich mich aufraffen, um zu sehen, wo sie sei, als ich bemerkte, daß sie offenbar den Autoschlüssel mitgenommen hatte. So stieg ich zwar aus, riskierte aber nicht, mich mehr als ein paar Schritte vom Wagen zu entfernen. Zwar hatte ich ihn selbst entwendet, aber die Vorstellung, daß er uns hier, mitten auf der Strecke, abhanden kommen könnte, war doch sehr unangenehm.

Angestrengt spähte ich zum Einkaufsladen hinüber, einer Art Container aus Aluminium und Plexiglas. Dort drin herrschte überhaupt kein besonderer Andrang. Natürlich sah ich nicht zwischen alle Regale, nicht in jeden Winkel. Aber ich konnte mich des Gefühls nicht erwehren, daß Maria sich gar nicht mehr in diesem Raum aufhielt.

Ihre Unverschämtheit beschämte mich. Anscheinend trieb sie nicht einmal einen besonderen Aufwand, um mich auszutricksen – sie tat es ganz einfach, wenn sich die Gelegenheit dazu ergab. Wie eben jetzt. Der alte Idiot, so etwa hatte sie wahrscheinlich gedacht, sitzt im Auto und dämmert vor sich hin. Da konnte sie in aller Ruhe ihre Botschaften versenden.

An Wolf oder an Francesco? Wahrscheinlich zuerst an den einen und dann an den anderen. Ja, heiß und bitter stieg es mir auf, wenn ich mir das vorstellte. Wie sie wahrscheinlich im Gang zur Toilette stand, in der Hand das piepsende Gerät, das ich zu Recht haßte. Wie sie dabei womöglich noch mit dem Tankwart flirtete, dem auch nicht zu trauen war (unmittelbar nach ihr war er aus meinem Gesichtsfeld verschwunden).

Kam diese Vorstellung der Wirklichkeit nahe? Als Maria wieder auftauchte (woher, weiß ich nicht, da ich ausgerechnet in diesem Moment in die falsche Richtung spähte), wirkte sie jedenfalls vergnügt. Das war dazu angetan, meinen Verdacht zu bestärken. Sie offerierte allerdings ungefragt eine andere Erklärung für ihr Ausbleiben.

Sie habe, sagte sie, nicht nur etwas zum Essen gekauft.

So, sagte ich. Sondern?

Sondern auch etwas zum Hören.

Hier, sagte sie und stellte eine Tragtasche aus Papier auf die Kühlerhaube. Was ist denn? Was schaust du mich so an? Schau lieber, was drin ist!

Die Tasche enthielt eine Anzahl Tonbandkassetten. Durchwegs Gruppen und Interpreten, die ich nicht kannte.

Für so einen Laden, sagte Maria mit einer nachlässigen Kopfbewegung Richtung Minimarkt, sei das CD- und Kassettenangebot erstaunlich. Aber natürlich brauche man eine Weile, um das Interessanteste zu finden.

Na? sagte sie. Was sagst du? Ist doch super! Oder etwa nicht? Genau das Richtige für längere Fahrten.

Soll nicht *ich* wieder fahren? fragte ich.

Nein, laß nur, sagte sie. Und schon saß sie wieder hinter dem Volant.

Biß ein Stück von ihrem Panino ab, nahm einen Schluck aus der Coladose. Schob ein Tonband in den Recorder, fuhr los, als ginge es darum, eine Rallye zu gewinnen. Musik setzte ein, irgendeine Hip-Hop-Nummer mit einem von hämmernder Percussion getragenen Refrain. Maria drehte lauter, sah mich an, lächelte, sagte etwas, ich verstand nichts.

Wie bitte?

Wir sollten sehen ... Der zweite Teil des Satzes wurde wieder vom Lärm verschluckt.

Was?

... daß wir heute noch möglichst weit kommen, rief sie.

Von meiner Idee, zügig nach Süden zu fahren, hatte sie anfangs gar nicht besonders begeistert gewirkt. Nun aber tat sie, als wäre es ihre gewesen.

Sie fuhr, ich saß daneben. Und genauso fühlte ich mich auch. Daneben. Der Rhythmus, für meine Begriffe enervierend undifferenziert, war eindeutig nicht meiner. Den Worten, die im Rap darüber oder darunter lagen, konnte ich nicht folgen. Die Codes der Refrains, die bis zum Überdruß wiederholt wurden, erschlossen sich mir kaum oder gar nicht.

Maria saß beim Fahren sehr aufrecht, ich hatte das Gefühl, nach und nach in mich zusammenzusinken. Manchmal spürte ich, wie mein Kopf nach vorn kippte. Trotz des Lärms schlief ich ein, träumte dumpf, irgend etwas von Wolf, der uns in einem roten Cabrio folgte, und von Francesco, der zwar nur auf einem Roller fuhr, uns aber auf rätselhafte Weise voraus war. Zwischendurch wachte ich immer wieder auf und wischte mir rasch mit dem Handrücken über die Lippen, weil ich das Gefühl hatte, daß mir Speichel aus dem Mund floß.

17

Von Foggia, wo ich aufwachte, ging es noch relativ rasch bis Manfredonia. Dann zuckelten wir immer langsamer die Küste entlang, die nun eigenartigerweise rechts von uns lag. Ich kannte mich nicht mehr aus – meiner Ansicht nach fuhren wir in die falsche Richtung. Außerdem beunruhigten mich die vielen Kurven und die Ahnung von Klippen, über die wir ins Meer stürzen konnten.

Maria aber behauptete zu wissen, wo es lang ging. Immer an der Küste des Gargano, sagte sie, bis zur äußersten Landspitze. Sie habe auf einem Rastplatz die Karte studiert. Sie lachte. Ich hätte geschlafen wie ein Sack.

Ich war skeptisch, was das Quartier betraf. Einige Orte, durch die wir kamen, wirkten völlig verlassen. Kein Mensch auf der Straße, kein offenes Lokal. Finster. Ich hatte den Eindruck, es sei Mitternacht.

Schließlich fanden wir aber doch ein Hotel. *Il Faro* hieß es, und tatsächlich hatte es einen leuchtturmartigen Aufbau. Oder sollte das Türmchen ein Minarett sein? Insgesamt hatte der Komplex etwas Pseudoorientalisches.

Dort begriff ich, daß es erst kurz nach sieben Uhr war. Maria nämlich wollte vor dem Abendessen noch schwimmen. Daß es einen Inside-Pool gab, versetzte sie in geradezu kindliche Aufregung. Den Einwand, daß wir keine Badeanzüge dabei hatten, wollte sie nicht gelten lassen.

Und wenn schon, sagte sie. Sie werde halt Slip und BH anbehalten. Ohnehin seien hier außer uns keine Gäste.

Noch bis zum Morgen dieses Tages wäre mir die Aussicht, Maria in durch Feuchtigkeit transparent gewordener Wäsche zu sehen, recht verlockend erschienen. Nun aber schien mir der Reiz gar nicht mehr so groß, ganz abgesehen davon, daß ich mir meinen eigenen Auftritt in Unterhosen eher peinlich vorstellte.

Geh du nur, sagte ich. Ich muß ja nicht unbedingt dabei sein. Mir ist eher danach, mich inzwischen ein bißchen auf dem Bett auszustrecken.

Zitterte meine Stimme, als ich das sagte? Falls Maria das überhaupt bemerkte, dürfte sie es eher auf senile Erschöpfung als auf Erregung zurückgeführt haben.

Es war jedoch wirklich Erregung, die ich verspürte. Eine perverse Erregung allerdings, denn die Perspektive, die sich mir auftat, versprach, wenn überhaupt, nur selbstquälerischen Lustgewinn. Ging Maria schwimmen, so würde sie voraussichtlich eine halbe Stunde nicht in ihrem Zimmer sein. Diese Gelegenheit wollte ich nützen, um noch einmal an ihre Shortmails zu kommen.

Etwa fünf Minuten, nachdem sie in den Lift gestiegen und ins Souterrain gefahren war, trat ich auf den Balkon, den unsere nebeneinander liegenden Zimmer gemeinsam hatten. Das Gitter zu überwinden, das meinen Bereich von ihrem trennte, war eine sportliche Prüfung, die ich immerhin bestand. Auch daß Maria ihre Tür zum Balkon offen gelassen hatte, war im Zusammenhang mit meinen Absichten erfreulich. Wenngleich es natürlich sträflicher Leichtsinn war – schließlich war sie es, die die Plastiktasche mit dem Geld verwahrte, das der Bankomat in Todi ausgespuckt hatte.

Diese Plastiktasche hatte sie einfach unters Bett gestellt. Doch darum ging es jetzt nicht – im Grund meines Herzens war mir das Geld egal. Ich suchte das Handy. Vorerst vergebens. Hatte sie es etwa an den Swimmingpool mitgenommen? Schon sah es so aus, als müßte ich mich mit der Enttäuschung abfinden, als ich abschließend noch einen Blick ins Badezimmer warf, und da erblickte ich es doch noch, das fatale Verratsinstrument, dessen Farbe (anzüglich zwischen Lila und Pink changierend) mir inzwischen geradezu provokant vorkam.

Sie hatte es an einen Akkumulator angeschlossen, den sie hinter meinem Rücken gekauft haben mußte. Dieser Akku aber steckte in der zum Anschließen von Elektrorasierern gedachten Buchse des dreiteiligen Spiegelschränkchens. Ich trat näher, die beiden Flügel des Altärchens waren halb geöffnet. In den Spiegeln sah ich meinen grauen Kopf aus drei Blickwinkeln.

Die zu hohe Stirn überraschte mich nicht. Die Haare am Hinterhaupt waren allerdings noch schütterer, als ich sie in Erinnerung hatte. Was mich aber erschreckte, waren die Augen. An der Oberfläche des Blicks war so etwas wie gefrorene Selbstironie, aber was da so trübe hindurchschimmerte, war Resignation.

So sah ich also aus: Wie einer, der sich mit seiner Niederlage längst abgefunden hat. Aber die Niederlage gegen wen oder was? Gegen die Zeit? Gegen den mit der Zeit verbündeten Tod? Gegen Gott? – Vielleicht war das im Endeffekt alles eins.

Ich gab mir einen Ruck, zog den Akku mit dem

Handy aus der Steckdose und klappte die Seitenflügel des Schränkchens zu. Es reichte, wenn ich mich nur einfach gespiegelt sah. Am besten, ich wandte mich überhaupt von mir ab. Ich setzte mich auf den Rand der Badewanne und vertiefte mich in Marias Korrespondenz.

Oder wie nennt man das? – SM-Verkehr? – Spuren ihres Mobilfunk-Umgangs mit zwei Männern, die ich, jeden auf seine Weise, als Nebenbuhler betrachtete. Was natürlich absurd war, dessen war ich mir durchaus bewußt. Aber das änderte nichts daran, daß ich so empfand.

Manche der Kurzmitteilungen waren schon wegen ihrer Form dazu angetan, mich zu verärgern. Diese Kommunikation jenseits der Grammatik, die Menschen meines Alters seit ihrem Schulbesuch für verbindlich gehalten haben! Dazu eine Reihe von Szenewörtern und Kürzeln, deren Bedeutung ich nicht immer erriet. Aber natürlich waren es die Inhalte, die mich wirklich trafen.

Und ungefähr folgendes bekam ich mit:

Daß Maria mit Wolf bereits aus Florenz, mit Francesco spätestens aus Montefiascone diese Art von Kontakt aufgenommen hatte. Einen Kontakt, der durch unseren Aufenthalt auf der Insel anscheinend unterbrochen gewesen war. Sei es, weil es dort keinen Empfang gab, sei es, weil die gespeicherte Energie des Mobiltelefons nicht länger gereicht hatte.

Zurück auf dem Festland hatte sich Maria sehr bald wieder bei beiden gemeldet. Zuerst bei Wolf. Keinen Augenblick zu früh, wie es schien. Nachdem er den Trasimenersee zweimal umrundet hatte, und zwar, wie er später erzählte, mit einem in Castiglione del Lago entliehenen Fahrrad, so gut wie alle um diese Jahreszeit offenen Hotels, Pensionen und Lokale ab-

klappernd, immer wieder nach einer sehr jungen, wei-
zenblonden Frau und ihrem Begleiter fragend, den er
nicht recht beschreiben konnte, dürfte er in einer be-
denklichen Stimmung gewesen sein. Einer Stimmung,
die durchaus dazu hätte führen können, daß unsere
Geschichte ein früheres und recht anderes Ende genommen hätte.

Jedenfalls ein besseres Ende für ihn. Wäre Maria
nur eine Stunde später von der Insel geflohen, so wäre
alles anders gekommen. – maria! schrieb er. ich mach
mir jetzt ernsthafte sorgen! wenn du dich weiterhin
nicht rührst, bleibt mir nichts übrig, als doch noch die
polizei einzuschalten.

Er dürfte drauf und dran gewesen sein anzurufen.
Von einer öffentlichen Telephonzelle, stelle ich mir
vor. Aber da piepste sein Mobiltelefon. Und er hängte
den Telefonhörer ein und las Marias schon nicht mehr
erwartete Botschaft.

Eine Kurzmitteilung, die mich einerseits amüsierte,
anderseits – ja, so ist es – empörte. Zumindest, wenn
ich mich in die Rolle Wolfs versetzte. Was mir – ich
weiß nicht warum – schon wieder passierte. – hi wolfi,
wo bleibst du? ich hätte dich für findiger gehalten.

In einer weiteren, noch am selben Tag gesandten
SMS deutete sie an, daß es sich bei dem See, an dem
wir uns aufhielten, nicht um den *Lago Trasimeno* handelte, sondern um den *Lago di Bolsena*. Da waren wir
aber soeben dabei, uns von dort zu entfernen. Am ehesten kam diese Botschaft vom Parkplatz in Orvieto. Es
war schon ein grausames Spiel, das sie mit Wolfgang
trieb.

Mit Francesco ging sie ganz anders um.

Auch er hatte sich über das Ausbleiben ihrer Antworten gewundert, aber natürlich ohne vergleichbare
Panik.

– hey principessa! what's the matter with you? would be un po triste not 2 hear anything from you anymore.

– caro amico, hatte sie ihm geantwortet. so sorry i had to leave you without message. strange things were happening. did not know if i should laugh or cry. anyway i'm alive + would like 2 hold contact. w.b.

w.b. – write back: dieser Aufforderung war er dann sehr ambitioniert nachgekommen. Eine ganze Serie seiner Messages hatte Marias Handy inzwischen gespeichert. Ob sie, die Prinzessin, nicht doch von einem Zauberer verhext worden sei, wollte er etwa wissen, und nun von einem Drachen bewacht werde. Und ob er, in urgenten Fällen ein Ritter, ein Roß satteln solle, und sei es die Vespa, die er sich von einem Freund borgen könne, um loszureiten und sie aus den Klauen des Ungeheuers zu befreien.

18

Nach dieser Lektüre, Commissario, hätte es mich nicht überrascht, wäre uns an einem der nächsten Tage Francesco über den Weg gelaufen. Ja, ich erwartete das förmlich, stellte mich seelisch darauf ein. Früher oder später würde Maria seinem romantisch ironischen Charme erliegen und ihm den Ort angeben, an dem wir uns gerade befanden. Und er würde kommen, sei es tatsächlich mit der Vespa, sei es mit irgendeinem anderen Verkehrsmittel, um sie zu holen, das war nur eine Frage der Zeit.

Ich stellte mich seelisch darauf ein – heißt das, daß ich mich auch damit abfand? Ich weiß nicht, Commissario, ich war in einer eigenartigen Stimmung. Tatsächlich malte ich mir manchmal, vor dem Einschlafen oder nach dem Aufwachen in einem der Hotelbetten oder im Dämmern auf dem Beifahrersitz im Auto, eine sozusagen ordnungsgemäße Übergabe aus. Ein Gespräch in einem Café zum Beispiel, bei dem ich meiner Einsicht Ausdruck verlieh, daß es so wahrscheinlich besser sei – Jugend gehört zu Jugend, also liebt euch Kinder, meinen Segen habt ihr, aber wehe dir, Francesco, wenn du dir der Verantwortung, die du übernimmst, nicht bewußt bist.

So ein Treffen stellte ich mir ganz schön vor. Auch wenn es ein Abschied sein würde und sicher weh tat. Es war vereinbar mit meinem Selbstwertgefühl. Die beiden sollten sehen, daß ich nicht das Ungeheuer war, als das mich Francesco, wenn auch nur scherzhaft, bezeichnet hatte, sie sollten mich – ja – in guter Erinnerung behalten.

Damit hätte ich leben, damit hätte ich weiterleben können. Hingegen hätte ich es schwer ertragen, übertölpelt zu werden. Auch das malte ich mir natürlich manchmal aus – eine wahrscheinlich nächtliche Aktion, in der Francesco Maria ganz einfach entführte. Aber das würde ich mir nicht gefallen lassen, das würde ich mit allen mir verbliebenen Kräften zu verhindern wissen – manchmal war ich trotz meiner Müdigkeit bis zur Schlaflosigkeit aufmerksam.

Außerdem versuchte ich, den Zeitpunkt, zu dem ich mich von Maria trennen mußte, hinauszuzögern. Und eigenartigerweise spielte sie dieses Spiel mit. Ja, Commissario, das ist schwer zu verstehen. Aber es war so. Vorerst fuhren wir noch einige hundert Kilometer weiter nach Süden.

Das hing vordergründig mit dem Wetter zusammen. Jeden Morgen, an dem wir noch miteinander beim Frühstück saßen, lag draußen vor den jeweiligen Fenstern dichter Nebel. Warten wir ab, sagte ich dann, bis mittag wird die Sonne durchbrechen. Aber wenn das Grau des Nebels zerriß, kam dahinter nichts anderes zum Vorschein als ein schwarzer Himmel.

Wir gingen dann in den jeweiligen Ort und kauften uns eine Tageszeitung. Darin blätterten wir nach der Seite mit der Wettervorhersage. Da fanden wir verläßlich die schematische Abbildung des italienischen Stiefels. Und fast ebenso verläßlich die dunklen Wolken und die kleinen Regenschirme, die entlang der Küste aufgezeichnet waren.

Nur unten im Süden gab es immer noch ein paar kleine, freundlich lächelnde Sonnen. Fahren wir weiter? sagte ich dann. Okay, sagte Maria. Und dann fuhren und fuhren wir bis zum Abend. Und bis zum nächsten Morgen war das gute Wetter schon wieder ein Stück weitergezogen.

Das war im äußersten Süden Apuliens so, im Sporn des Stiefels, und das blieb so, als wir bei Blitz und Donner von Kalabrien nach Sizilien übergesetzt waren. Regen in Catania, Hagel in Siracusa, ein unglaubliches Unwetter unten, am Kap unserer letzten Hoffnung, bei Portopalo. *Un vero dilluvio*, sagte der einsame Mann in der einzigen offenen Bar in der Gegend. Maria blätterte im Diktionär. Heißt das jetzt Eiszeit, fragte sie, oder Sintflut?

Welche Kurzmitteilungen Maria während dieser Tage versandt oder empfangen hat, weiß ich nicht. Zwei oder drei Mal kam ich noch an ihr Handy, aber da war absolut nichts abrufbar. Anscheinend hatte sie doch Verdacht geschöpft, als sie an jenem Abend im Hotel Faro vom Swimmingpool zurückgekommen war. Leider etwas früher, als von mir erwartet – wahrscheinlich war es mir in der Hast nicht gelungen, das Mobiltelefon wieder genau in die Position zu bringen, in der ich es vorgefunden hatte.

Daß sie während dieser Zeit überhaupt keinen Shortmailverkehr gehabt habe, nein, das bildete ich mir nicht ein. Sie war, davon ging ich aus, nur vorsichtiger geworden. Vielleicht, auf diesen Gedanken kam ich manchmal, reduzierte sie allerdings die Anzahl der Botschaften an Francesco. Möglicherweise betrachtete sie unsere Fahrt in den immer dunkleren Süden als eine Chance, sich zu besinnen, als eine Art Bedenkfrist.

Schließlich kannte sie diesen Typ ja kaum. Physisch war sie ihm bis dahin nicht länger als anderthalb, maximal zwei Stunden nahe gewesen. Wenn man alles zusammenrechnete: vom ersten Blickkontakt auf der Piazza über das doch eher einseitig, nämlich von ihm geführte Gespräch in der Osteria, bis zum kurzen, etwas abrupt abgebrochenen Flirt auf dem Rücksitz. Hingegen war Wolf immerhin der Erzeuger ihres Kindes, das sie, klassisch poetisch umschrieben, unter dem Herzen trug.

So war es doch, oder? Diese Tatsache war in den letzten Tagen beinahe in Vergessenheit geraten. Wie es schien, hatte sich ihr Körper auf die Schwangerschaft eingestellt wie auf einen Normalzustand. Gewiß war das gut so. Sie ließ sich kaum etwas anmerken. Aber wenn da ein Kind heranwuchs, war es nicht schlecht, einen Vater dafür zu haben.

Ich wußte nicht, ob Wolf für diese Rolle ernstlich in Frage kam. Ob er tatsächlich bereit gewesen wäre, entsprechende Konsequenzen zu ziehen. Aber ganz auszuschließen war das ja nicht. Auch wenn sie ihn im Affekt einen Arsch genannt hatte, war er doch der Mann, mit dem sie bis vor nicht allzulanger Zeit regelmäßig geschlafen hatte. – Und das nicht von ungefähr. Hatte sie nicht für ihn geschwärmt? War nicht ein Funke zwischen ihnen gesprungen? Hatte da nicht ein ganz hübsches Feuerchen gelodert? Sollte das wirklich total erloschen sein?

Vielleicht, dachte ich, war Wolf doch noch nicht ganz aus dem Spiel. Auch wenn Francesco gewisse Vorteile hatte. Vielleicht hatte ihn Maria lang genug nach uns suchen lassen und war schließlich gerührt durch seine Beharrlichkeit. Trotzdem – die entscheidende Kurzmitteilung, diejenige, die dazu führte, daß wir gegen meine Erwartung ihn und nicht Francesco trafen, galt eigentlich gar nicht ihm.

21

Natürlich hatte er sich gefragt, wieso sie ihm plötzlich auf englisch schrieb. Anderseits atmete er auf – wie es schien, hatte sie nun doch noch Vernunft angenommen. Er atmete nicht nur auf, sondern freute sich richtig. Der Text war von einer Zärtlichkeit, mit der er nach den boshaften Botschaften von letzthin kaum mehr gerechnet hatte.

My love. Schon die Anrede. Er war ja direkt gerührt. So schlicht, so ergreifend. So hatte sie ihn noch nie genannt. Auch früher nicht, auch nicht auf deutsch, nein, er konnte sich nicht erinnern. Vielleicht brauchte sie ja die Fremdsprache, um eine gewisse Schwelle zu überwinden.

Daß sie ihrer Gefühle jetzt sicher sei, schrieb sie. Und daß sie ihn, ihren Liebling, treffen wolle. Nicht nur die Zärtlichkeit des Textes war erfreulich, sondern auch seine Bestimmtheit. Keine vagen Andeutungen wie bisher, sondern sehr konkrete Angaben, die Zeit und den Ort des von ihr vorgeschlagenen Rendezvous betreffend.

22

Sie muß die Nummern ganz einfach verwechselt haben. Ich weiß sogar, wann und wo das passiert sein könnte. Wir waren inzwischen aus Sizilien, wo es weitergeregnet und -gestürmt hatte, auf die Halbinsel zurückgekehrt. An der tyrrhenischen Küste entlang fuhren wir in mehreren Etappen wieder nach Norden.

Ein verrückter Giro d'Italia, wahrhaftig, aber das Wetter wurde allmählich besser. Oberhalb von Neapel wurde es sogar richtig schön. Die Sonne war nicht nur in der Zeitung zu sehen, sondern stand real am Himmel. Und der Himmel war blau, es war unglaublich, wir hatten den 20. Dezember.

Ein Ort am Meer, ein kleiner Hafen mit Mauer und Mole. Eine Kirche mit Campanile, ein steiler Hügel mit den Resten einer Festung, irgendwo in der Nähe Grotten, in denen im Altertum angeblich Sibyllen gehaust hatten. Das einzige Hotel im Ort hatte nur einen Stern, aber es hieß Stella Marina. Das gefällt mir, sagte Maria, das sieht gemütlich aus, hier könnten wir ein paar Tage bleiben.

Der *padrone*, ein gebeugter Mann, wirkte etwas erstaunt über unser Ansinnen, aber es war ihm recht. Er lächelte strahlend, ungeachtet der Tatsache, daß er nur mehr zwei Zähne hatte. Er führte uns die Treppe hinauf und zeigte uns die Zimmer. Sie waren so klein, daß man sich kaum darin umdrehen konnte, aber wenn es uns beliebte, könnten wir uns jederzeit in der *sala da pranzo* aufhalten.

Dort also. Genauer: in jenem winzigen Raum dahinter. Etwa zwanzig Minuten nach unserer Ankunft. Nachdem ich mich am Waschbecken etwas frisch gemacht hatte, nahm ich den in Florenz gekauften Band mit Patricia Highsmiths Ripley-Romanen (in Atem gehalten durch die realen Ereignisse, die uns seither widerfahren waren, war ich bisher kaum dazu gekommen, darin zu schmökern) und ging die Treppe hinunter. Oben im Zimmer gab es nur eine flackernde Beleuchtung, vielleicht eignete sich das Licht im Speisesaal besser zum Lesen.

Es sah so aus. Über dem mittleren Tisch hing eine halbwegs helle Lampe. Ich setzte mich also hin und las eine Weile. Aber ich konnte mich nicht recht konzentrieren. Von irgendwoher hörte ich ein verdächtiges Piepsen.

Abgesehen von der Tür, durch die ich gekommen war, hatte die *sala da pranzo* noch zwei Türen. Die eine führte zu den Toiletten – noch echte *ritirati* aus der guten alten Zeit, wie ich feststellte, nichts weiter als das klassische Loch im Boden. Die andere Tür aber führte in ein Hinterzimmer. Ein Zimmer, in dem man Kartenspieler bei einer Partie Black Jack vermuten hätte können oder Verschwörer bei einer Lagebesprechung.

Eben. Dieser Raum hatte eine sozusagen konspirative Atmosphäre. Hierher mochte man kommen, um etwas zu tun, das denen draußen besser verborgen bleiben sollte. Und genau das dürfte Maria gefühlt haben. Instinktiv hatte sie sich mit dem Mobiltelefon, das ich seit Tagen nicht zu Gesicht bekommen hatte, dorthin zurückgezogen.

Daß ich eintrat, obwohl ich mir denken konnte, womit sie beschäftigt war, gewiß, das war überflüssig. Was sollte das bringen – ich hätte mir diese Indiskretion durchaus sparen können. Aber als ich das überlegte, war es bereits geschehen. Ich hatte die Tür geöffnet, und da stand sie, wie erwartet, an ihrem Gerät herumfingernd.

Ich zog mich sofort wieder zurück, die Situation war mir wahrscheinlich peinlicher als ihr. Trotzdem fühlte sie sich ertappt, das war ihr anzusehen. In dieser kleinen, dummen Schrecksekunde muß sie die Botschaft, die sie gerade geschrieben hatte, beendet und gesendet haben. Nur eben fatalerweise an den falschen Adressaten.

23

Maria hatte das Treffen für den übernächsten Tag vorgeschlagen, aber Wolf war schon am nächsten Tag da. Die Nachricht hatte ihn am Bolsenasee erreicht, dort waren seine Recherchen endlich erfolgreich gewesen. Zwar hatte er zuerst wieder die falschen Orte erwischt, in Bolsena, Gradoli, Capodimonte und Marta hatte ihm niemand über uns Auskunft geben können. Aber in Montefiascone war er endlich auf konkrete Spuren gestoßen, ja, kein Zweifel, dort waren wir zwei gewesen, das Mädchen, das er den Leuten beschrieb, und ein Mann, von dem er sich nach Gesprächen mit Gianpiero, Ivaldo und dessen Frau, Paolo und vielleicht sogar Rino, allmählich ein Bild machen konnte, aber wohin wir uns gewandt hätten, nachdem die *ragazza* das Auto von der Reparatur geholt hatte, nach Norden, Süden, Osten oder Westen, das vermochte ihm niemand zu sagen.

Doch dann kam – mit Gottes Hilfe – Marias Nachricht. Da machte er sich natürlich sofort auf den Weg. Vielleicht überschätzte er auch die Entfernung oder die Kompliziertheit der Verkehrsverbindung. Aber wahrscheinlich war es ganz einfach so, daß er jetzt keine Zeit mehr verlieren wollte, nachdem er drei Wochen vergebens hinter uns her gewesen war, wollte er die Geschichte möglichst rasch und ohne überflüssiges Risiko zu Ende bringen.

Er war also, wie gesagt, schon am nächsten Tag da. Maria erwartete Francesco, dem die Nachricht gegolten hatte, erst einen Tag später. Sie hatte noch keinen Grund, sich von mir abzusetzen, was sie zum Zeitpunkt des Rendezvous wahrscheinlich getan hätte. Entspannt spazierte sie an meiner Seite, als uns auf einmal Wolf entgegenkam.

Es war am Hafen, nicht weit von der Stelle, an der wir sein Auto geparkt hatten. Ich erkannte ihn übrigens gleich, er sah seinem Foto im Führerschein noch recht ähnlich. Maria zuckte kurz zusammen, reagierte dann aber mit erstaunlicher Souveränität. Vielleicht fiel ihr allerdings auch nichts Besseres ein: Josef, sagte sie, das ist Wolf. Und: Wolf, das ist Josef.

24

Wir gingen in unser Hotel. Sonst hatte nichts offen. Wir setzten uns in die *sala da pranzo*, obwohl Mittag schon vorbei war. Ein Tisch, drei Stühle. Wolf und ich saßen einander gegenüber. Maria saß zwischen uns, aus meiner Perspektive auf der linken, aus der Wolfs auf der rechten Seite.

Natürlich dauerte es eine Weile, bis unser Gespräch in Schwung kam. Wir räusperten uns. Wir tranken. Wolf und ich musterten einander,

So sehen Sie also aus, sagte er endlich, dabei mußte er kurz und bellend lachen.

Ich weiß nicht, ob dieses Lachen mit seiner Unsicherheit in dieser doch recht eigenartigen Situation zusammenhing oder ob unsere Ähnlichkeit auch ihm auffiel.

Für mich war die Ähnlichkeit jedenfalls evident. Wir hätten Brüder sein können, wohl durch eine ungewöhnliche Distanz von Jahren getrennt, aber eine gewisse Verwandtschaft war unverkennbar.

Maria, die uns jetzt beide gemeinsam vor Augen hatte, schien das nun ebenfalls zu bemerken.

So seht ihr also aus, sagte sie. Sie seufzte und blies sich die Haare aus der Stirn.

Also folgendes, sagte Wolf, ich will kein großes Aufsehen machen. Mir ist es vor allem wichtig, Maria gut nach Hause zu bringen. Dafür fühle ich mich verantwortlich. Das habe ich ihrer Mutter versprochen. Alles andere interessiert mich im Augenblick weniger.

So, sagte Maria.

Natürlich freu ich mich, daß du dich besonnen hast, sagte er. Und daß wir uns hoffentlich wieder gut vertragen.

Dieser Ton, Commissario! Es war der Ton, mit dem er die Chance, die er vielleicht doch gehabt hätte, verspielte. Er sprach, verdammt noch einmal, nicht wie ihr Geliebter, sondern wie ihr Lehrer.

Hätte er sie ganz einfach umarmt, so hätte sie wahrscheinlich anders reagiert. Ich habe mir das inzwischen oft überlegt. My love, hatte sie geschrieben. Diese Botschaft hatte zwar nicht ihm gegolten, aber das wußte er ja nicht. Auf der Basis dieses Mißverständnisses hätte er doch ganz anders auftreten können.

Einfach umarmen und küssen hätte er sie müssen. Mein Gott, Maria, bin ich froh, daß ich dich wiederhab! Ein Strom von Wärme wäre von ihm auf sie übergegangen. So aber fröstelte sie. Sie ginge in ihr Zimmer, sagte sie, um ihre Jacke zu holen.

Wahrscheinlich war er einfach durch mich blockiert. Auch jetzt – statt ihr nachzugehen, blieb er bei mir sitzen.

Ich weiß ja nicht, sagte er, wie nahe Sie Maria gekommen sind ...

Nein, dachte ich. Das wußte er wirklich nicht.

Er wußte auch sonst einiges nicht: Zum Beispiel, daß ich es war, der sein Auto entwendet hatte. Er schien davon auszugehen, daß es Maria war. Wo und wie sie sich mich zugezogen hatte – keine Ahnung, wie er sich das vorstellte. Ich hatte vorerst kein Interesse daran, seinen diesbezüglichen Informationsstand zu verbessern.

Es dauerte noch eine Weile, bis er kapierte, daß Maria einfach wegblieb.

Er müsse doch, sagte er endlich, nach ihr sehen: Wie war ihre Zimmernummer?

Ich sagte es ihm. Ein paar Minuten später ging auch ich auf mein Zimmer.

Durch die dünne Wand hörte ich die beiden miteinander reden und schweigen, ohne wirklich mitzubekommen, was gesagt wurde und vorging.

25

Draußen vor dem Fenster wurde es finster. Ich ging im Zimmer hin und her, ich legte mich aufs Bett. Einfach schlafen, dachte ich, doch das ging nicht. Ohropax, dachte ich, doch das hatte ich nicht dabei.

Dann pochte es an die Tür, und Wolf stand draußen. Seine Miene war überraschend heiter. Hören Sie, sagte er, Maria hat mir einiges über Sie erzählt. Vielleicht halten Sie mich für verrückt, aber ich würde Sie gern zum Abendessen einladen.

Konnte ich nein sagen? Ich war froh, Maria noch sehen zu dürfen. Noch die Gelegenheit zu haben, mir ihre Züge einzuprägen. Ihre hohe Stirn, ihre hellen Augenbrauen, ihre Augen mit den etwas zu langen Lidern. Ihre Wangen mit den hohen Backenknochen, ihre im Ansatz schmale, aber um die Flügel weiche Nase, ihr Mund mit den vollen Lippen und den leicht nach unten gezogenen Mundwinkeln.

Ein bißchen verächtlich. Dieser Ausdruck war mir früher gar nicht aufgefallen. Oder ich hätte ihn früher nicht so gedeutet. Wenn sie redete, wirkte ihr Mund munterer. Aber an diesem Abend redete sie nicht viel.

Dafür sprach Wolf umso mehr. Geradezu manisch. Daß ihm ein Stein vom Herzen gefallen sei (ich fragte mich, warum). Daß er mir dankbar sei (ich fragte mich, wofür). Und daß er meine Haltung zu schätzen wisse (ich fragte mich, welche). Daß Maria und er natürlich die Heimfahrt anzutreten beabsichtigten. Daß er aber ihren Wunsch respektiere, erst morgen früh zu fahren. Daß er sich also für heute nacht auch noch ein Zimmer in diesem Hotel gemietet habe. Und daß wir nun auf das gute Ende anstoßen sollten, zu dem alles zum Glück doch noch komme.

Das gute Ende. Die beiden würden also über die Grenze zurückfahren, die Maria und ich vor knapp drei Wochen hinter uns gelassen hatten.

Ja, apropos, sagte Wolf. Ich muß Sie noch um den Autoschlüssel bitten.

Tatsächlich. Den hatte ich. Als wir in diesem Ort angekommen waren, war *ich* am Steuer gesessen.

Ich legte ihn auf den Tisch. Die Szene hatte etwas von einer Kapitulation.

Wolf steckte den Schlüssel in die Jackentasche. Es war vermutlich jene, aus der ihn Maria entwendet hatte. Er lächelte zufrieden. So kam alles an seinen Platz. Ab morgen würde wieder er sein Auto chauffieren.

Und Sie? fragte er. Was werden Sie jetzt machen?

Ich weiß nicht, sagte ich. Vielleicht fahre ich nach Rom.

Ich sagte das einfach so. Wir waren ja nicht weit von Rom entfernt.

Ah ja, sagte er. Wie schön! Da können wir Sie morgen vielleicht noch ein Stück mitnehmen.

Er strahlte. Er freute sich über seine eigene Gutartigkeit.

Ich gehe davon aus, sagte er, daß Maria nichts dagegen hat.

Maria hob und senkte die rechte Schulter.

Ich bin müde, sagte sie. Ich werd mich dann hinlegen.

Na hör einmal, sagte Wolf. Du wirst doch nicht das gute Essen stehenlassen! Die Muscheln sind um diese Jahreszeit ganz unbedenklich.

Dann laß sie dir schmecken, sagte Maria. Ich überlaß dir meine Portion. Ich geh jetzt. Sie berührte mich noch kurz an der Schulter. *Ciao.*

Na ja, sagte Wolf. Sie scheint doch etwas mitgenommen zu sein ... Hat sie letzthin immer so wenig gegessen?

Nein, sagte ich. Das hab ich wirklich nicht feststellen können ... Normalerweise ißt sie eher für zwei.

So, sagte Wolf. Er nahm einen großen Schluck Wein. Sie sieht ja auch nicht schlecht aus, sagte er, Gott sei Dank ... Es war halt alles ein bißchen viel für sie ... Aber sie ist schon ein verrücktes Huhn, hab ich recht?

Huhn? sagte ich. Der Vergleich schien mir einfach nicht zu passen.

Ich meine, sagte er, das war doch alles ein bißchen hysterisch. Er griff nach der Flasche und schenkte mir und sich nach.

Ich weiß ja nicht, sagte er, was sie Ihnen von ihr und mir erzählt hat.

Er prostete mir zu. Der Wein hier ist ganz gut, finden Sie nicht?

Ja, sagte ich.

Ehrlich, sagte er.

Hoffentlich, sagte ich.

Ich glaube schon, sagte er. Ich vertraue ihm. Ihnen vertraue ich übrigens auch. Ich vertraue darauf, daß das stimmt, was Maria von Ihnen sagt.

Was sagt sie denn? fragte ich.

Daß Sie ein Gentleman sind.

Was soll das heißen? fragte ich. Einer, der genießt und schweigt?

Nein, sagte er. So habe ich es nicht verstanden. Sie haben die Situation nicht ausgenutzt, sondern in selbstloser Weise auf sie aufgepaßt.

Das war ja beinahe die Wahrheit. Aber es widerstrebte mir, sie eigens zu bestätigen. Er schwieg und sah mich an. Na schön, ich senkte die Augen nicht. Wissen Sie, sagte ich, erstens ist es nicht meine Art,

Schulmädchen zu verführen. Und zweitens hat sie mich ja sehr bald über ihren Zustand informiert.

26

Diese meine forschen Worte schienen ihn zu treffen. Er war nun auf einmal in der Defensive. Da war nichts mehr übrig von der am Beginn dieses Abendessens hervorgekehrten Selbstzufriedenheit. Da besann ich mich wieder meiner brüderlichen Gefühle.

Sie brauchen nicht zu glauben, sagte ich, daß ich mir das nicht vorstellen kann.

Was? fragte er.

Na, die Versuchung, sagte ich. Man ist ja nicht aus Stein. Ich bin ja froh, sagte ich, daß ich kein Lehrer geworden bin. Tatsächlich habe ich mein Studium an der Uni vorerst in dieser Richtung betrieben.

Welche Fächer? fragte Wolf.

Deutsch und Geschichte, sagte ich. Ein Semester hab ich schon probeweise unterrichtet. Doch dann hat sich eine Chance beim Rundfunk ergeben ... Na ja, jedenfalls kann ich mich ganz gut in Ihre Rolle versetzen.

Wirklich?

Ja, sagte ich, sogar in die des Religionslehrers. In der Unterstufe des Gymnasiums, da hab ich so eine religiöse Phase gehabt ... Wissen Sie, als mir Maria von Ihnen erzählt hat ... Da hat mich einiges an mich selbst erinnert.

Hat sie viel von mir erzählt? fragte er.

Schon, sagte ich. Einiges.

Wir sind alle nur Menschen, sagte Wolf.

Ja, sagte ich. Vorläufig.

Richtig, sagte er. Sie sprechen mir aus der Seele.

Aber wir Menschen, sagte ich, sind Raupen von Engeln.

Das haben Sie schön gesagt, sagte Wolf.

Das habe nicht ich gesagt, sagte ich.

Sondern wer? fragte er.

Das habe ich vergessen, sagte ich.

Schade, sagte er. Hören Sie, mit Ihnen ist wirklich gut reden. So von Mensch zu Mensch. So von Mann zu Mann. Sag Wolf zu mir.

27

Hallo, Wolf, sagte ich also und prostete ihm zu. Tatsächlich kam es mir ja so vor, als kennte ich ihn schon lange. Die Vertrautheit, die das Du-Wort signalisierte, war folglich nicht falsch. Außerdem war es praktischer, du zu ihm zu sagen.

Du Idiot, hätte ich jetzt zum Beispiel sagen können. Das sagte sich zweifellos leichter als *Sie* Idiot. Oder, noch etwas familiärer: Du Depp! Du Depp, warum hast du nicht wenigstens ein Präservativ verwendet?

Ich sagte das aber nicht. Vielleicht hatte ja Maria die Pille genommen. Und nur einmal – eben im entscheidenden Augenblick – darauf vergessen. Vielleicht war das alles in einer höheren Etage geplant. Wir sind alle Werkzeuge. Ich war nicht sicher, ob ich diesen Gedanken tröstlich finden sollte oder empörend.

Wolf, der mich jetzt duzte, hatte inzwischen eine weitere Flasche bestellt. Nunmehr vom Roten. Und der Wein löste ihm die Zunge. Einmal warf er sein Glas um, da rann der Wein über den Tisch und auf meine Hose. Aber es ging ihm darum, sein Herz auszuschütten.

Und schon war er dabei, mir ganze Kapitel seiner Lebensgeschichte zu erzählen. Angefangen von seiner Herkunft vom Land und seinen Marienerscheinungen nach dem Umzug in die Stadt. Wie er dann auf die Idee gekommen sei, vielleicht berufen zu sein. Wie sich aber herausgestellt habe, daß er wahrscheinlich nicht auserwählt war.

Just in Rom, sagte er, sei ihm dieser Verdacht zum ersten Mal gekommen. Das war auf einer Exkursion mit den Kollegen vom Priesterseminar. Zwanzig spät pubertierende Alumnen, aber natürlich streng beaufsichtigt. In einem Kloster am linken Tiberufer hätten sie gewohnt.

Sehr spartanisch. Aus den Duschen war nur kaltes Wasser gekommen. Gegessen hatten sie von Plastikgeschirr, das sie selbst reinigen mußten – das schmierige Öl ließ sich kaum entfernen. Ihre Wäsche hatten sie in einem unverputzten Raum unter dem Dach gewaschen und auf der Terrasse aufgehängt. Aber von dort hatte man einen prächtigen Blick auf den Vatikan.

Die Kuppel des Petersdoms – das war schon ein erhebendes Gefühl. Wer weiß – vielleicht eröffnete dieser Blick auch eine Zukunftsperspektive. Pater Schwarz hatte wiederholt Wolfs theologisches Talent hervorgehoben. Allerdings, hatte er hinzugefügt, müsse er sich in Demut üben und gewissen Anfechtungen widerstehen.

Wenn sie durch die Stadt fuhren, von einer der Patriarchalkirchen, deren Besuch in einer bestimmten systematischen Abfolge die Vergebung der Sünden garantieren sollte, zur anderen, dann konnte sein talentierter Schüler, das habe er wohl bemerkt, seine Augen nicht recht im Zaum halten. Es war Frühling, erzählte Wolf, die jungen Mädchen und Frauen, Rö-

merinnen und Touristinnen, gingen in leichten Kleidern. Auf den Treppen, die aus den U-Bahn-Schächten
nach oben führten, sah ich sie von unten, in den
Bussen, wenn sie kaum mehr als einen halben Meter
von mir entfernt saßen, während ich mich stehend an
einem der Haltegriffe festhielt, sah ich sie von oben.
Manche sah er auch auf Augenhöhe, eine, über deren
Oberlippe kleine Schweißtröpfchen glänzten, lächelte
ausgesprochen süß, aber da blickte der Pater sehr
sauer.

28

Bis er den Mut gefunden habe, sich, seinen Eltern und
vor allem Pater Schwarz einzugestehen, daß er doch
kein Priester werden wolle, das habe dann noch einige
Zeit gedauert. Bis er es in aller Ausführlichkeit erzählt
hatte, das dauerte auch eine Weile. Er legte Wert darauf, mir zu vermitteln, daß er dann einige Verhältnisse
mit im Vergleich zu ihm älteren Frauen gehabt hatte.
Aber das war so etwas wie eine Schule der Liebe gewesen, und mit Maria war das was anderes.

Die war halt seine Schülerin. Mein Gott, ich weiß,
sagte er, das hätte nicht passieren dürfen. Ist aber
passiert, sagte er. Und war schön. Zum Teufel, es war
super! So ein junges Geschöpf, so ein kluger und
phantasievoller Kopf, so ein von oben bis unten lieber
Körper ...

Ja, sagte ich.

Was sagst du? fragte er.

Nichts, sagte ich. Ich wollte nur andeuten, daß ich
mir das gut vorstellen kann.

So, sagte er. Trank. Sah mich an. War anscheinend
doch etwas irritiert. Ging eine Weile, so kam es mir

vor, auf Distanz. Auch sprachlich. Dieses Verhältnis, sagte er, hatte etwas total Entgrenzendes. Aber es konnte, es durfte nicht so weitergehen.

Nicht nur, weil er bei aller Lust daran immer Angst hatte. Angst vor Entdeckung, Angst vor möglichen Folgen. Alles, sagte er, muß seine Grenzen haben. Wo kämen wir denn sonst hin? sagte er. Na, eben. Jetzt sind wir bis hierher gekommen!

Wie heißt dieser Ort eigentlich? fragte er. Und wie weit haben wir nach Rom? Mein Gott, Rom, sagte er, wieder in die Erinnerung von zuvor zurückfallend, da habe sein Emanzipationsprozeß angefangen. Wär eigentlich hübsch, sagte er, wenn Maria und ich noch ein paar Tage dort bleiben könnten. Wenn wir dich morgen dort absetzen. Aber es ist ohnehin schon höchste Zeit ...

Wofür? fragte ich.

Na, endlich nach Haus zurückzukehren, sagte er. Und dort alles wieder in Ordnung zu bringen.

Wie meinst du das? fragte ich.

Ach was, sagte er. Du hast doch gesagt, du kannst dich so gut in meine Situation versetzen. Na also! Da steht einiges auf dem Spiel, das muß dir doch klar sein!

Einiges?

Also Maria müsse natürlich zurück auf die Schulbank. Sie dürfe nicht jetzt, im letzten Moment, alles hinschmeißen. Es würde nicht leicht sein, ihre lange Abwesenheit zu begründen. Aber immerhin habe ihre Mutter irgendwelche Entschuldigungen geschrieben. Was ihn betreffe, so habe er sich vor drei Wochen telefonisch krank gemeldet. Als sich herausgestellt habe, daß seine Suche nach Maria doch etwas länger dauern würde, habe er einen Freund angerufen. Der sei Internist. Den habe er gebeten, eine ärztliche Bestätigung an die Schule zu schicken. Ob das geklappt habe, sei allerdings die Frage.

Himmelherrgott, sagte er, ich weiß nicht, ob die das gefressen haben! Ganz abgesehen davon, daß es leicht möglich wäre, daß Marias Mutter ...

Was? fragte ich.

Na, daß sie inzwischen doch Verdacht geschöpft hat.

Beim letzten Telefongespräch, das er mit ihr geführt habe, sei ihm ihre Stimme schon recht mißtrauisch vorgekommen.

Und dann sei da noch etwas, sagte er, das er fürchte. Er rückte mir nahe. Er hatte schon eine ganz schöne Fahne.

Na, sag schon! sagte ich. Was fürchtest du noch?

Das Gespür der Schüler, raunte er. Oder genauer, das der Schülerinnen.

Die seien ja, sagte er, Luder. Die seien hochgradig empfänglich. Er meine, die hätten so was wie Antennen fürs Erotische. Auch seien sie eifersüchtig aufeinander. Also er würde sich wundern, wenn die nicht längst was kapiert hätten. Von dem, was da lief, zwischen ihrer Kollegin und ihm. Und jetzt – wenn sie beide gleichzeitig abwesend wären ... Also er würde sich ehrlich gestanden wundern ... Verstehst du? sagte er. Vielleicht sei ohnehin schon alles verloren.

Sein Job als Lehrer, na ja, damit habe er früher oder später ohnehin aufhören wollen. Aber seine akademische Karriere als Theologe ... Stell dir das vor, sagte er. So was spricht sich doch herum ... Vielleicht könnte er in die Philosophie ausweichen, aber Philosophen gebe es ohnehin viel zu viele.

Er wankte aufs Klo. Bis dahin war er mir gegenüber gesessen. Als er zurückkam, ließ er sich auf den Sessel neben mir plumpsen. Du bist doch mein Freund, sagte er und legte einen schweren Arm um meine

Schulter. Du kannst dich doch, sagst du, in meine Lage hineinfühlen.

Das schon, sagte ich.

Na also, sagte er, na bitte ... Dann tu das gefälligst und sag, daß ich es nicht leicht hab!

Nein, sagte ich. Du hast es wirklich nicht leicht.

Siehst du, sagte er, das gefällt mir an dir. Deine Einfühlungsgabe.

Er tastete nach seinem Glas und prostete mir noch einmal zu.

Es ist einfach so, sagte er, daß dieses Verhältnis ...

Ja? sagte ich. Was?

Er suchte nach dem Ende des Satzes.

Das ist ja, sagte er endlich, inzwischen alles unverhältnismäßig.

Wie meinst du das? fragte ich. Ich war ja auch schon etwas betrunken. Aber dieses Statement wollte ich möglichst nüchtern begreifen.

Ich meine, sagte er, das ist doch alles schwer übertrieben ... Erst wird mir das Mädel schwanger. Und dann klaut sie mir noch das Auto.

Irrtum, sagte ich. Das war nicht sie, sondern ich.

Das brachte ihn noch stärker ins Wanken als die Überdosis Alkohol.

Aber wieso? sagte er. Du kennst mich doch gar nicht − ich meine, du hast mich doch gar nicht gekannt ...

Eben, sagte ich. Ich bin einfach eingestiegen.

Er schüttelte den Kopf. Aber du bist doch erst später eingestiegen. Das hat mir Maria erzählt. Also wie war das doch gleich ... Du, an der Tankstelle vor Florenz oder war das schon vor Bologna? Dein Auto mit einem schweren Getriebeschaden ...

Hör zu, sagte ich. Ich hab überhaupt kein Auto. Ich hab ja nicht einmal einen Führerschein.

Jetzt versteh ich überhaupt nichts mehr, sagte er. Das mußt du mir erklären.

Okay, sagte ich. Nun hatte ich einiges zu erzählen.

29

Darüber leerten wir eine weitere Flasche.

Du bist mir einer! sagte Wolf. Er schüttelte den Kopf und grinste. So ein verfluchter Kerl! Weißt du, ich sollte dich ja vielleicht anzeigen. Aber ich muß zugeben, daß mir etwas an dir imponiert.

Was? fragte ich.

Deine radikale Konsequenz, sagte er. Daß du einfach aus deinem früheren Leben ausgestiegen bist, indem du in mein Auto eingestiegen bist. Das ist doch eine Entscheidung! Alle Achtung!

Das war keine Entscheidung, sagte ich, das ist mir einfach so passiert.

Na ja, trotzdem, lallte er. Du hast ja eingewilligt. Du hast zu etwas nein gesagt und zu etwas anderem ja gesagt. Weißt du was? sagte er. Das ist etwas, worum ich dich beneide! Was das betrifft, so würd ich ganz gern in deiner Haut stecken.

Sag das nicht! sagte ich.

Doch, sagte er, ich sag es. Schon wahr, es ist eine alte Haut im Vergleich zu meiner. Aber es ist, kommt mir vor, eine gute Haut. Eine letzten Endes ehrliche Haut, ja! Das ist es, was ich meine.

Hingegen ich, sagte er. Herrgott, ich weiß nicht! Vielleicht bin ich noch nicht soweit. Ich bin halt ein inkonsequenter, armer Hund! Verstehst du mich? sagte er. Du bist doch mein Freund, fragte er, oder? Hör zu! sagte er. Es ist mir wirklich wichtig, daß du mich verstehst!

Damit war er wieder zurück in seiner Geschichte. Wenn er schon nicht seine ganze Lebensgeschichte schaffte, seine Liebesgeschichte mit Maria schaffte er. Manchmal wurde er stutzig, weil ich gewisse Details schon kannte. Aber er tat weiter. Wes das Herz voll ist, des geht der Mund über.

Irgendwann kam der Wirt und gab uns zu verstehen, daß er jetzt schlafen gehen wolle. Er stellte uns allerdings noch eine Flasche Grappa auf den Tisch. Sie war fast voll. Als wir uns vom Tisch erhoben, war sie fast leer. Da schlug die Glocke am Campanile. Es war sechs Uhr früh.

Oder schon sieben? Wir waren nicht sicher, ob wir richtig gezählt hatten. Es war bereits Früh, aber draußen war es noch Nacht. Die Treppe hinauf stützten wir uns gegenseitig, auf dem Gang, an dem unsere Zimmer lagen, umarmten wir einander. Als ich mein Zimmer betrat, wäre ich beinahe auf die Geldscheine getreten, die Maria unter dem Türspalt durchgeschoben hatte.

30

Zwar hatte sie den weit größeren Teil des Geldes behalten, das von unserem Coup übriggeblieben war. Aber daß sie in der Hast des Aufbruchs überhaupt noch an mich gedacht und mich nicht mittellos meinem Schicksal überlassen hatte, war ein netter Zug an ihr. Wolf hatte sie kein Geld unter dem Türspalt durchgeschoben, sondern einen Brief. Den sollte ich gleich darauf zu lesen bekommen – kaum hatte ich die Scheine eingesteckt, klopfte er heftig an meiner Tür.

Da stand er und hielt mir schweigend den Zettel hin.

Lieber Wolf, stand darauf, sorry, aber ich halt Dich nicht mehr aus. Das mit uns zwei war leider ein Mißverständnis. Aber vielleicht ist es gut, daß Du jetzt Josef kennengelernt hast. Ihr zwei versteht euch ja offenbar ausgezeichnet. Bis ihr zu Ende getrunken habt, bin ich hoffentlich schon über ein paar Berge. Macht euch keine Sorgen um mich, ich find schon meinen Weg. Fröhliche Weihnachten und prosit Neujahr.

Verstehst du das? murmelte Wolf. Wohin will sie denn? Nach Hause zur Mama? Da hätte ich sie doch sowieso hingebracht.

Nein, sagte ich. Daß sie nach Hause will, glaube ich nicht. Aber ich hab so eine Idee, wohin sie unterwegs sein könnte.

31

Diese Information brachte Wolf wieder in Bewegung. Gehen wir, sagte er, brechen wir unsere Zelte hier ab. Er schwankte nicht schlecht, aber er war wild entschlossen. Packen wir unser Zeug zusammen und fahren wir.

Sicherheitshalber warfen wir noch einen Blick in Marias Zimmer. Es war unversperrt und leer, nur neben dem Bett stand noch eine Tragtasche aus Leinen. Obenauf ein Heft mit Comics, die wir noch in Montefiascone gekauft hatten, darunter ein paar getragene Wäschestücke. Ich nahm diese Tasche an mich. Das Tagebuch auf ihrem Grund bemerkte ich erst später.

Den Padrone wollten wir nicht mehr wecken. Das Geld für die Nächtigungen legten wir ihm mit den Zimmerschlüsseln auf den Rezeptionstisch. Ich schrieb eine Nachricht auf den Block, den er dort liegen hatte. Daß wir aus familiären Gründen, so formulierte ich das, unerwartet früh hätten abfahren müssen.

Inzwischen hatte es zu dämmern begonnen. Vom Hotel gingen wir zum Hafen, wo Maria und ich Wolfs Auto geparkt hatten. Der Himmel war grau, die Hafenmauer war grau, das Meer war grau. Nur wenige, heisere Möwen, kein Mensch auf der Straße, bloß eine schwarze Katze lief uns über den Weg.

32

In meinem Kopf, der mir sonst seltsam leer vorkam, klang nach, was Wolf zuvor gesagt hatte. Vielleicht war es ja vernünftig, aber ich fand es trotzdem empörend. Hatte ich seine Andeutung richtig verstanden? Hatte er den vorangegangenen Nachmittag, jene Stunden der Zweisamkeit mit Maria, die mich verrückterweise eifersüchtig gemacht hatten, krank vor Eifersucht, mit Herzrasen und Schweißausbruch in der Einsamkeit meines Zimmers, hatte er jene Stunden vor allem für den Versuch genutzt, ihr nicht nur die Rückkehr mit ihm, sondern, für einen der Tage danach, besser früher als später, auch den Besuch einer Klinik einzureden, eine diskret und hygienisch eingerichtete Praxis, in der man einen kleinen Eingriff vornehmen würde, effizient und routiniert – heutzutage sei so etwas kein Problem mehr?

Gewiß hatte er gute Argumente dafür, die hätte ich an seiner Stelle auch gehabt ... Kind, du bist jung, das halbe Leben liegt noch vor dir, du wirst dir doch nicht deine Möglichkeiten verbauen. ... Und natürlich sollte sie auch *ihm* nicht seine Möglichkeiten verbauen, davon hatte er ja auch mir gegenüber gesprochen. Was zwischen ihnen gewesen war, das war schön gewesen, das wollte er gar nicht verleugnen, auch wenn es in den Augen der Welt etwas heikel aussehen mochte, vom Auge Gottes, das alles sieht, einmal abgesehen, aber was darüber hinaus passiert war, wie man so sagt, davon sagte man besser, es war nichts, *noch* nichts, das ließ sich noch in Ordnung bringen.

Natürlich würde er die Kosten des kleinen Eingriffs tragen, darüber brauchten sie gar nicht weiter zu reden. Gottlob sei ja so etwas heute nicht mehr so teuer wie früher. Und gewiß würde er Maria an jenem Tag begleiten, nein, nicht gerade ins Wartezimmer, auch nicht ans Tor, aber so weit das zu machen sei, in die Nähe. Irgendwo in der Nähe würde es wohl ein Kaffeehaus geben, in dem er auf sie warten könne, die paar Schritte von dort weg und dorthin zurück könne sie schon allein gehen, tapferes Mädchen, starke kleine Frau, aber danach würde er dasein und ihre Hand halten.

Noch eine Weile, gewiß, das war er ihr schuldig. Das hatte er kaum gesagt, doch wahrscheinlich gedacht. Noch eine Weile würde er sie treffen, noch ein wenig ihre Hand halten, aber im Grund genommen war dies das Ende der Affäre. So hätte er sich letzten Endes doch aus der Affäre gezogen, in die er mit ihr geraten war, aus einer mehr als fragwürdigen Position, das wohl, aber Gott, falls es ihn doch gab, hätte sein allgegenwärtiges Auge vielleicht zugedrückt.

Es war schon fatal, wie gut ich mich in seine Lage versetzen konnte. Wie ich jetzt neben ihm her ging, an jenem grauen Morgen, in jenem öden Ort am Meer, unwillkürlich im gleichen Schritt. Fatal, wie ich mich in seine Rolle hineindenken, hineinfühlen konnte. Aber gerade weil ich das konnte, stieg ein Groll in mir hoch, der sich nur schwer unterdrücken ließ, aus meinem Bauch stieg er in die Brust.

Dort verwandelte sich der Groll in eine veritable Wut. Und stieg weiter hinauf in den Kopf, der mir sonst seltsam leer vorkam, wie gesagt, da war also viel Platz dafür. Und wurde zum Zorn, vielleicht sogar zu so etwas wie heiligem Zorn. Dieser Zorn war grell und irrlichterte in meinem Kopf herum.

Ich war zweifellos betrunken, Commissario, aber ich war nicht so betrunken wie Wolf.

Du glaubst also, lallte er, mich um die Schulter fassend, sie ist zu diesem Francesco gefahren? Er faßte mich an der Brust. Er stank aus dem Mund. Wo, sagst du, wohnt dieser Schwanz, dieser Franz? In Assisi?

Nein, sagte ich, in Monterchi.

Aha, sagte er. Wo ist das?

In der Nähe von Arezzo, sagte ich.

So, sagte er. Und wie weit ist das von hier?

Schätzungsweise dreihundert Kilometer.

Okay, sagte er. In längstens vier Stunden sind wir dort. Ist das dort drüben mein Auto?

Ja, sagte ich. Wir waren inzwischen am Hafen angelangt. Der Wagen stand auf dem schmalen Streifen zwischen Straße und Kaimauer. Dahinter schwankten die Boote und Schiffe im Wasser. Wolf zog den Schlüssel aus der Sakkotasche und versuchte sich auf die Autotür einzupendeln.

Er schaffte es nicht, mit dem Schlüssel ins Schloß zu treffen. Hilf mir, sagte er. Ich schaffte es beim zweiten oder dritten Versuch. Beim Einsteigen strauchelte er und hielt sich an meiner Jacke fest. Ich half ihm, seine Reisetasche auf den Rücksitz zu stellen, und manövrierte ihn auf den Fahrersitz.

Links und rechts standen andere Autos, der Raum, den er zum Ausparken hatte, war eng. Er ließ den

Motor an und versuchte das Lenkrad entsprechend einzuschlagen. Ich blieb draußen stehen und versuchte ihm Zeichen zu geben. Aber die nützten nichts, er kam den benachbarten Autos, dem Kleinbus einer Fischhandlung und dem Reinigungsfahrzeug der Müllabfuhr zu nahe.

Schließlich fuhr er den Kleinbus der Fischhandlung an.

Der Schaden, den er verursachte, war nicht groß, nur ein paar Kratzer etwas unterhalb der drei Fische, die stilisiert dargestellt waren, wie in einem Bilderbuch für sehr kleine Kinder oder an den Wänden frühchristlicher Katakomben, aber Wolf wollte nicht mehr.

Versuch's du, sagte er.

Wieso ich? sagte ich. Ich hab keinen Führerschein!

Verdammt noch einmal, sagte er, du hat mein Auto gestohlen und bist ein paar Wochen damit gefahren – jetzt wirst du doch noch ausparken können!

Das war nicht logisch – er, dem das Auto laut Zulassungsschein gehörte, er, der seit Jahren damit fuhr, konnte es doch auch nicht. Aber bitte. Ich würde mein Bestes versuchen. Ich ließ ihn also aussteigen, reichte ihm sogar die Hand, damit er nicht abermals strauchelte. Ich stieg also ein und setzte mich hinters Lenkrad.

An seiner Stelle. Wieder an seiner Stelle. Diesmal *ergab* sich das nicht, diesmal war es eine Entscheidung. Und zwar *seine* Entscheidung. Er hatte es so gewollt. Der Motor lief noch. Ich brauchte nur zu schalten und sanft Gas zu geben.

Wolf sah ich im Rückspiegel. Er stand an der Kaimauer und signalisierte mir, wieviel Platz ich noch hatte. Er schwankte, Commissario. Ich bin nicht sicher, ob ich ihn wirklich berührt habe. Vielleicht brauchte es meinen Anstoß gar nicht, verstehen Sie mich richtig. Dieser Mann war gewiß nicht im Gleichgewicht. Vielleicht war die Rückwärtsbewegung, in die ich das Auto versetzte, nur ein Impuls. Ich gebe zu: Sie geriet mir etwas abrupt. Vielleicht war sein letzter Schritt eine reflexhafte Reaktion. Sollte ich ihn wirklich angefahren haben, so war der Aufprall nur ganz leicht.

Ich habe jedenfalls nichts davon gespürt. Ich meine: so gut wie keine Erschütterung. Wolf war auf einmal weg, aus dem Rückspiegel verschwunden. Auch durch die Heckscheibe war nichts mehr von ihm zu sehen. So war das. Ich stellte den Motor ab und stieg aus. Wolf? sagte ich. Ich schaute links und rechts. Ich schaute nach vorne und nach hinten. Da war kein Wolf. Außer mir war da anscheinend auch sonst niemand. Es war sehr still. Nur ein Hund heulte in der Ferne.

Ich beugte mich über die Kaimauer. Etwa zwei Meter weiter unten schwappte das Wasser. Darin schien, soweit das im Dämmerlicht erkennbar war, Verschiedenes zu schwimmen. Was halt in einem Hafenbecken so schwimmt. Vielleicht gab es auch Luftblasen. Aber die können durch alles mögliche entstanden sein.

Ich stieg wieder ein und reversierte problemlos. Das ging jetzt ganz leicht, da Wolf mir nicht mehr im Weg stand. War das ich, der nun Gas gab? Die Tachometernadel bewegte sich von links nach rechts. Die Straße war immer noch leer. Erstaunlich rasch wurde es nun hell.

fünfter

teil

I

Ich fuhr nach Norden. Rechts lagen Hügel, links lag das Meer. Die Pinien und Zypressen am Straßenrand kamen mir vor wie eine Notenschrift, die ich zu flüchtig las, um die Melodie zu begreifen. Auf jeden Fall rhythmisierten sie meine Fahrt. Ich hatte den Eindruck, daß die rasche Abfolge, in der sie vorbeiflogen, nicht nur einen Wechsel der Licht- und Schattenverhältnisse verursachte, sondern auch einen Wechsel des Drucks, den ich in den Ohren spürte. Über dem Wasser waren die Möwen jetzt schon aktiver. Weiter draußen, am Horizont, sah ich ab und zu ein Schiff. Einmal tauchte sogar eine Insel auf. Ich fragte mich, ob sie wieder untertauchte, wenn ich an ihr vorbei war.

Allmählich gab es mehr Gegenverkehr, einige Fahrer blinkten mich warnend an. Das war nett von ihnen – noch bevor ich an der Polizeistreife vorbeikam, die hinter einer scharfen Kurve lauerte, verminderte ich den Druck aufs Gaspedal. Die Carabinieri sahen mich, schätzten mich, so schien es mir, kurz ein und hielten es nicht für der Mühe wert, mich zu stoppen. Ich atmete auf. Hätten sie mich gefragt, woher ich kam, ich hätte es nicht sagen können.

Dieser Gedanke beschäftigte mich schon einige Kilometer lang. Wie hieß der Ort, aus dem ich heute morgen abgefahren war? Der Name war wie gestrichen, er fiel mir nicht ein. Aber warum hätten mich die Carabinieri danach fragen sollen?

Eher hätten sie sich für die Autopapiere interessiert.

Bei der nächsten Ausweichstelle blieb ich stehen und griff nach der Reisetasche auf dem Rücksitz. Die Papiere steckten im Außenfach. Das beruhigte mich. Familienname: Barbach. Vorname: Wolfgang. Gegebenenfalls konnte ich mich ausweisen.

2

Als ich in Monterchi ankam, war es schon nach Mittag. Ich hatte die Entfernung bis dahin unterschätzt. Über dem Hügel, auf dem der Ort lag, hingen dunkle Wolken. Ich fuhr die Straße neben der Stadtmauer hinauf und parkte an einer Stelle, an der es nicht weiterging.

Sobald ich die Tür öffnen wollte, spürte ich, wie stark der Wind blies. Es war um einiges kälter dort oben als am Meer. Ich griff nach dem Mantel auf dem Rücksitz und zog ihn an. Die Ärmel waren vielleicht ein bißchen zu lang, aber sonst paßte er.

Ich erinnere mich an eine erst mäßig, dann steil ansteigende Gasse, an resistente Pflanzen, die, zwischen den Steinen der Mauer wachsend, anscheinend jeder Witterung standhielten. Ich erinnere mich an Katzenkopfpflaster und gefrorenen Taubendreck. Ich erinnere mich an einen Torbogen, durch den ich trat, an Laternen, die auf Sockeln aus je drei metallenen, in fast obszöner Stellung hockenden Tierbeinen standen, während das Blech und das Glas ihrer Häupter im Wind schepperten. Und an einen schmalen, dunklen, rutschigen Durchgang, in dem sich der Wind, gegen den ich mich die ganze Zeit stemmte, noch mit dem Zugwind vereinte. Meine Verfassung war seltsam, solang ich gefahren war, hatte ich weniger davon bemerkt. Die Art, wie ich meinen Kopf zwischen den Schultern spürte, kam mir befremdlich vor. Schließlich gelangte ich auf einen rechteckigen, mit kahlen Platanen gesäumten Platz, der nach irgendeinem Umberto benannt war. Auf der einen Längsseite gab es die Post, die Polizei sowie noch ein Amt, dessen genaue Bezeichnung mir entfallen ist, auf der anderen eine Osteria, eine Vinothek und eine öffentliche Toilette – alles hatte geschlossen.

Nicht einmal die Kirche (*San Simeone*) war offen. An der Tür hing allerdings ein fotokopierter Zettel, auf dem etwas von der *Madonna del parto* zu lesen stand. Anscheinend handelte es sich um das Fresko, von dem Francesco gesprochen hatte. Vor diesem Zettel verbrachte ich eine gewisse Zeit, bekam soviel mit, daß sich das Fresko offenbar nicht mehr an dem Ort befand, an dem es sich ursprünglich befunden hatte, irgendeiner Kapelle, aus der man es zu Restaurationszwecken entfernt hatte, wogegen der Pfarrer opponierte, aber das Bild, auf dem die schwangere Jungfrau zu sehen sein sollte, war kaum zu erkennen, und auf den Text konnte ich mich nicht wirklich konzentrieren.

Ich ging wieder abwärts, darauf bedacht, auf dem mit einer dünnen Eisschicht glasierten Pflaster nicht auszurutschen. An der Mauerkrone gab es einen Aussichtsplatz, von dem man über die Dächer und weit in die Gegend sah. Gruppen von Krähen und Tauben flatterten auf, zogen kurze Runden und setzten sich wieder. Am Horizont verlief eine schneebedeckte Bergkette.

Ich fror trotz des Mantels. Ich mußte irgendwo einkehren. Gab es in diesem verwunschenen Ort tatsächlich kein offenes Lokal? Ich hoffte, jemanden zu treffen, den ich danach fragen konnte. Aber außer ein paar schwarz gekleideten, alten Frauen, die sich, sobald sie mich bemerkten, sofort hinter ihre Haustüren zurückzogen, sah ich niemand.

3

Endlich fand ich eine Art Gemischtwarenhandlung (*Alimentari & Bar* stand über dem Eingang), die zwar, so schien es, im Prinzip auch geschlossen war, deren Besitzer oder Pächter mich aber von innen durch seine Auslagenscheibe bemerkte. Ein älterer Mann, der in der Tiefe seines Geschäfts irgendwelche Kartons schlichtete. Die Bonbonnieren und Porzellanfiguren im Schaufenster sahen aus, als lägen und stünden sie da seit Jahrzehnten. Über alldem hing ein verblaßter Farbdruck mit dem Porträt des wundertätigen Padre Pio.

Der Mann sperrte die Tür auf und forderte mich mit einer knappen Geste auf, einzutreten. In den Vitrinen auf der einen Seite gab es Käse, in denen auf der anderen Seite Seifen. Olivenöl und Lakritzen gab es, Katzenfutter und Waschpulver. An der Theke gab es Pfeifentabak, Zigaretten und Zeitungen.

Auf den Zigarettenschachteln standen die Warnungen vor der Gesundheitsschädlichkeit des Nikotins noch ganz klein. Solche Schachteln hatten schon Seltenheitswert – ich verlangte eine Stange. Außerdem fragte ich, ob ich einen Kaffee haben könne. *Come no?* Der Mann spülte eine Tasse aus und stellte sie unter die Espressomaschine.

Wenn möglich, sagte ich, hätte ich gern ein Gläschen Grappa dazu.

Alles ist möglich, sagte er, stellte sich auf die Zehenspitzen und nahm eine Flasche aus dem obersten Regal.

Aber Sie werden doch nicht, sagte ich, eigens eine Flasche öffnen!

Wieso nicht? fragte er. Irgendwann muß sie ja geöffnet werden.

Er schenkte mir ein. *Da dove viene? Inghilterra?*

No, sagte ich. Aber vielleicht war es besser, ihm nicht die Wahrheit zu sagen. Für den Fall, daß sie hinter mir her waren, war es vielleicht besser, die Wahrheit ein kleines Stück zu verrücken. *Sono Svizzero*, sagte ich. *Vengo da Zurigo.*

Ach so, sagte er. Die meisten, die hierher zu uns kommen, sind Engländer! Halb so schlimm. Er meine, die seien ihm lieber als die Amerikaner. Jetzt im Winter kämen allerdings kaum welche. Ich sei also Schweizer. *Bene. Gli svizzeri sono furbi.*

Ja? sagte ich. Und wieso halte er die Schweizer für schlau?

Weil sie sich nicht in jeden Krieg zerren lassen ... So wie die Engländer gerade jetzt wieder. Er zeigte auf die Schlagzeile einer der Zeitungen. *È scoppiata la Terza Guerra mondiale?*

Scoppiata? Was hieß *scoppiare?* Doch hoffentlich nicht ausbrechen? ... Ist der Dritte Weltkrieg ausgebrochen? Doch, das sollte diese Schlagzeile wohl heißen ... Hatte ich etwas versäumt? War es nun tatsächlich soweit? ... Hinter der Schlagzeile stand allerdings ein Fragezeichen.

Noch war also nichts entschieden. Noch gab es keine endgültigen Antworten ... Noch gab es somit eine Chance, daß alles anders kam ... Ich dachte an Carlo. Vielleicht hatte er ja recht gehabt ... Ich mußte Maria finden. Vielleicht würde sich noch alles zum Guten wenden.

Hören Sie, sagte ich. Kennen Sie einen gewissen Francesco?

Che Francesco? fragte er. Er kenne deren mehrere.

Einen jungen Mann, sagte ich. So einen Typ mit langen Haaren.

Er zuckte die Achseln. Von dieser Sorte liefen auch mehrere herum.

Der, den ich meine, wollte ich sagen, ist eine Art von Jahrmarktsgaukler. Aber mir fiel das entsprechende Wort nicht ein. Jongleur und Feuerschlucker – wie hieß das? Ich wußte es nicht. Dem zuvor so freundlichen Mann schien meine Fragerei allmählich auf die Nerven zu gehen.

Fa l'artigiano artistico? fragte er, ist er ein Kunsthandwerker? Oder tritt er als *attore* auf, als Schauspieler?

Weder noch, sagte ich. Was er treibt, ist etwas dazwischen ... Außerdem neigt er zur politischen Agitation.

Tut mir leid, sagte der Mann. Darunter kann ich mir nichts vorstellen.

Das klang fast verärgert. Hatte ich etwas Falsches gesagt?

Obwohl noch ein Rest Kaffee in der Tasse war, nahm er sie mir weg und spülte sie aus.

Immerhin nannte er mir ein Gasthaus, das offen hatte.

4

Ich machte mich also auf den Weg. Er ließ hinter mir den Rollbalken herunter. Es ging gegen halb drei. Kaffee und Grappa hatten mir nicht wirklich gut getan. Seit dem Aufbruch am frühen Morgen hatte ich sonst nichts im Magen. Ich fühlte mich schwindlig und hatte den Eindruck, nicht ganz gerade zu gehen.

Gottlob fand ich das Lokal. Es war unmittelbar außerhalb der Stadtmauer. Es hatte eine Terrasse, auf der man im Sommer wahrscheinlich recht angenehm saß. Jetzt waren dort Kisten voll leerer Flaschen gestapelt. Es fiel mir nicht leicht, zwischen diesen Kisten durchzukommen.

Die paar Tische in der kleinen Osteria waren leer, es sah auch nicht so aus, als ob zuvor jemand hier gegessen hätte. *Buon giorno*, sagte ich. Der Wirt saß auf einem in die Mitte des Gewölbes gestellten Sessel vor dem Fernseher. Nur kurz drehte er sich nach mir um, dann wandte er sich gleich wieder dem Bildschirm zu. Er hatte einen grauen Hinterkopf und eine dunkle Falte im Nacken.

Im Fernsehen lief eine Show. Als rosige Häschen verkleidete Mädchen schwangen ihre langen Beine. Ein geschminkter Moderator bleckte die falschen Zähne. Irgendwas wurde verlost. Eine Trommel mit Zahlen rotierte. Dann spielte die Musik einen Tusch, und ein Schwarm blauer Luftballons wurde ins Studio geblasen.

Auf einem anderen Kanal flog eine Staffel Kampfflugzeuge. Die interessierten den Wirt allem Anschein nach weniger. *Sempre lo stesso*, sagte der. Immer das gleiche. Finden Sie nicht auch? Was darf ich Ihnen zu trinken bringen?

Eigentlich, sagte ich, würde ich gern etwas essen.

Er sah auf die Uhr. Wir schließen in einer Viertelstunde.

Due spaghetti, sagte ich.

Er seufzte und verschwand hinter einem Holzperlenvorhang.

Okay, sagte er zurückkehrend. *Al ragù* oder *al pomodoro*?

Während ich wartete, betrachtete ich das Bild, das

an der gegenüberliegenden Wand hing. Es zeigte ein Stilleben mit Fischen, die auf einem Teller lagen. Sehr realistisch gemalt. Ich esse gern Fisch, Commissario. Aber nun konnte ich nicht einmal den Anblick gemalter Fische ertragen. Vielleicht lag es auch an der Zigarette, die ich vor Hunger zu rauchen begonnen hatte. *Dov'è il bagno?* konnte ich den Wirt gerade noch fragen. Ich hatte nicht viel zu kotzen, aber es dauerte. Als ich zurückkam, dampften die Nudeln auf dem Tisch.

Ich konnte nicht viel davon essen.

Stimmt etwas nicht? fragte der Wirt.

Die Spaghetti sind schon in Ordnung, sagte ich. Vielleicht ist das Ragout ein bißchen scharf.

Was heißt scharf? sagte er. Meine Frau macht es immer so.

In diesem Augenblick fiel mir ein, was Feuerschlucker hieß.

Mangiafuoco. In meinem Kopf formulierte ich eine Frage. Kennen Sie einen jungen Mann, der sich als Feuerschlucker betätigt? Ich hatte den Satz schon beinahe perfekt beisammen. Aber bevor ich ihn aussprechen konnte, verließ der Wirt das Lokal.

Entledigte sich der Schürze und war schon draußen.

Seine Frau, die kurz darauf erschien, würdigte mich keines Wortes, sondern legte mir nur die Rechnung auf den Tisch.

Ihr brauchte ich sicher keine Fragen zu stellen.

Was blieb mir übrig, als das Geld auf die Rechnung zu legen und zu gehen.

5

Aber wohin? Mir fiel vorerst nichts Besseres ein, als zum Auto zurückzukehren. Sein Anblick erfüllte mich mit Melancholie. Das Manöver im Morgengrauen hatte doch ein paar Spuren hinterlassen. Erst jetzt bemerkte ich, daß die Glasverschalung des linken Rückscheinwerfers eingeschlagen war.

Ich war zum Umfallen müde. Ich setzte mich auf den Fahrersitz und schloß die Augen. Nur ein paar Minuten, dachte ich, aber ich schlief zwei oder drei Stunden. Als ich erwachte, war es jedenfalls dunkel. Obwohl ich den Mantel anbehalten hatte, zitterte ich vor äußerer und innerer Kälte.

Ich ließ den Motor an und schaltete die Heizung ein. Wo war ich überhaupt? Im Traum war ich mit Maria auf der Insel gewesen. Sie hatte wieder das feine Kleid getragen, unter dem sich ihr Bauch nun ganz unzweifelhaft abzeichnete, die Sonne, die hinter ihr aufging, hatte viel wärmer gewirkt als zuletzt. Wie schön, hatte ich gedacht oder gesagt, wir haben den Winter überstanden.

6

Hier aber fiel jetzt sogar ein bißchen Schnee. Der Ort hieß Monterchi, ich erinnerte mich. Ein Nachbild in meinem Kopf: der auf einem Hügel gelegene, alte Ortsteil, durch den ich vor ein paar Stunden geirrt war ... Ich löste die Handbremse und ließ das Auto die an der Mauer entlangführende Straße hinunterrollen.

Kam an eine Brücke. Der Fluß darunter war halb zugefroren. Jenseits der neuere Ortsteil, den ich bei meiner Ankunft zu Mittag kaum beachtet hatte. Da

war auch nicht viel zu sehen: nur eine öde Streusied-
lung links und rechts der Straße. Auch wenn man so
langsam fuhr, wie ich es nun tat, war man in fünf Minuten durch.

Dann war man wieder an der größeren Straße. In
der einen Richtung ging es nach Arezzo, in der anderen nach San Sepolcro. Weder da noch dort hatte ich
etwas zu suchen. Ich drehte also um. Ich mußte einen
gewissen Francesco finden.

Heute mittag war ich in einem eigenartigen Zustand
gewesen, aus Gründen, mit denen ich mich bis auf
weiteres nicht mehr auseinandersetzen wollte, nicht
ganz auf der Höhe. Nun dachte ich klarer, nun würde
ich die Suche systematisch in Angriff nehmen. Ich
fuhr zur Brücke zurück, wo es einen kleinen Parkplatz
gab. Schräg gegenüber war eine Cartoleria.

Das Geschäft hatte gerade noch offen. Ich fragte, ob
ich ein simples Schulheft bekommen könnte.

Vediamo un po', sagte der Mann hinter dem Laden-
tisch. Er war groß, auf etwas displastische Art dick,
anscheinend ein wenig behindert. Er faßte einen abenteuerlich aufgetürmten Stoß mit Mappen, Couverts
und Kalendern ins Auge.

Obwohl er soeben hatte zusperren wollen, suchte er
sehr bedächtig. Wahrscheinlich wollte er nicht, daß
der Stoß, in dem er die Hefte vermutete, umfiel. Ich
betrachtete inzwischen die Ansichtskarten, die in stau-
bigen Papptaschen an der Wand befestigt waren. Darunter waren einige, die offenbar das berühmte Ma-
donnen-Fresko zeigten.

Sie waren so übereinandergesteckt, daß man das
Bild nicht ganz sah. Aber was ich davon sehen konnte
(die Augen, die Brauen, den rötlichblonden Haaransatz der jungen Frau ...) frappierte, ja erschreckte
mich. Ich weiß nicht, Commissario, ob Sie diese Re-

aktion verstehen können. Jedenfalls schaffte ich es nicht, eine der Karten herauszuziehen, um sie genauer anzusehen, sondern wandte mich rasch ab, sobald mich der Mann wegen des Heftes, das er endlich gefunden hatte, ansprach.

A righe, fragte er, *o a quadretti?* Liniert oder kariert?

Am liebsten glatt, wollte ich sagen. Aber es fiel mir nicht ein, was das hieß.

Uguale, sagte ich. Obwohl es mir nicht wirklich egal war.

Va bene, sagte der Mann und gab mir ein liniertes.

Dann ging ich die Straße, an der das Dorf lag, zu Fuß ab. Ich notierte, welche Läden es gab. Es waren nicht viele, aber auf den rund zwei Kilometern, die mir nun als recht lange Strecke erschienen, kamen doch einige zusammen. Jetzt hatten sie schon zu, aber morgen würde ich mir einen nach dem anderen vornehmen.

Ich stieg wieder ins Auto. Für heute mußte ich nur noch ein Quartier finden. *Affittacamere*, Zimmervermietung, las ich auf einem Schild an der Ecke der letzten Seitengasse. Damit war das verbaute Gebiet zu Ende. Danach kam nur noch ein Sportplatz – zwei absurd aus dem mit einer leichten Schneeschicht bedeckten Feld wachsende Fußballtore.

Die Gasse – kurioserweise hieß sie Viale Michelangelo – bestand aus einer Reihe häßlicher, anscheinend noch nicht ganz fertiggestellter Häuser. In einem davon war die Post untergebracht, unmittelbar daneben gab es eine Gegensprechanlage. Ich klingelte. *Chi è?* fragte eine etwas verzerrte weibliche Stimme. *Buona sera*, sagte ich. *Ho bisogno di una camera per stanotte.*

Die Vermieterin, eine noch junge, aber abgearbeitet wirkende Frau, war sichtlich überrascht, anscheinend hatte sie sonst keine Gäste. Vielleicht war ich über-

haupt ihr erster, wahrscheinlich hatte sie erst in der
wärmeren Saison mit Nachfrage gerechnet. Wir gingen an einem Zimmer vorbei, in dem ein Fernseher
lief, ich sah nur die bläulichen Reflexe an der weißen
Wand. Die Person, die vor dem Fernseher saß, sah ich
nicht, aber da mußte jemand sein, denn die Frau
sprach im Vorbeigehen etwas in das Zimmer hinein.
Dann stiegen wir eine Treppe hoch, an der das Geländer erst montiert werden sollte. Der Raum, den die
Frau mir zeigte, roch noch nach Mörtel. Das Bett, offenbar für zwei gedacht, war nicht überzogen. Aber
wenn es mir recht sei, sagte die Frau, würde sie das
Bettzeug gleich bringen.

Ja, sagte ich. Es sei mir recht. Ich öffnete das Fenster. Über den Fußballtoren hing eine hauchdünne
Mondsichel. Mit dem Bettzeug brachte die Frau auch
einen Meldeschein. Wolfgang Barbach, schrieb ich.
Für die Nächtigung zahlte ich im voraus.

7

Wolfs Reisetassche ließ ich vorläufig verschlossen.
Aber die Tragtasche, die ich aus Marias Zimmer mitgenommen hatte, war offen. Ich nahm die Unterwäsche
heraus. Sie roch nach Maria. Doch der Versuchung,
mich auf die Wirkung dieses Dufts einzulassen, widerstand ich.

Der Versuchung, das Tagebuch zu öffnen, widerstand ich nicht. Es war in gelben Pappendeckel gebunden. Sein Rücken war durch blauen Jeansstoff verstärkt. Ich begann nicht am Anfang zu lesen, sondern
schlug es einfach in der Mitte auf.

Die Schrift war deutlich, mit sorgfältig ausgeführten
Schlingen. Vielleicht wäre auch ein Fremder auf die

Idee gekommen, daß die Schreiberin womöglich noch zur Schule ging. Ich stieß auf die Eintragung vom 1. Dezember. Es ist schon irgendwie irr, hatte Maria geschrieben, daß ich jetzt hier bin. Florenz ist sehr schön. Ich versuche es zu genießen. Auch wenn mich der Typ manchmal nervt, der Wolfs Auto geklaut hat. Stimmt, wie er sich um mich bemüht, das ist auch rührend. Er sagt, er heißt Josef. Ich bin nicht sicher, ob ich ihm das glauben soll.

Gestern nacht in Venedig hab ich ein bißchen zuviel getrunken. Hat er es darauf angelegt, mich herumzukriegen? Jedenfalls ist mir rechtzeitig schlecht geworden. Dann hab ich die Augen zugemacht, aber ich bin sicher, er hat mich noch lange angeschaut.

8

Später schrieb ich einen Brief an Pater Schwarz. Lieber, verehrter Pater Schwarz, ich habe schon vor einigen Wochen versucht, mit Ihnen Kontakt aufzunehmen. Ich habe im Priesterseminar angerufen, aber Sie waren nicht erreichbar. Dann habe ich Ihnen zu schreiben begonnen, aber ich habe den Brief damals nicht beendet.

Bestimmt ist es an gewissen Hemmungen gelegen. Gewissen Hemmungen, die damit zusammenhängen, daß ich all die Jahre nichts von mir habe hören lassen. Gewissen Hemmungen auch, die Darstellung meiner gegenwärtigen Situation betreffend. Die Umstände, in die ich geraten bin, genauer, die Umstände, in die ich eine andere Person gebracht habe ...

Herrgott, welche Wortwahl! Als wäre ich doch Priester geworden! Umständliches über Umstände! Sie können sich denken, worum es sich handelt. Eine junge Frau ist von mir schwanger, so etwas soll in der Welt, in der zu leben ich mich entschieden habe, vorkommen. Nur ist die junge Frau eine meiner Schülerinnen, und auch das ist noch lang nicht alles.

Genaugenommen ist das erst der Anfang der Geschichte, die ich mir von der Seele schreiben möchte. Ach, Pater, meine Seele ist schwer belastet. So schwer, daß ich fürchte, sie könnte untersinken. Aber wenn Gott will, so sinken die Seelen nicht; sehen Sie, Pater, dieser Brief ist ein Neuansatz; nach einer wahren Irrfahrt an einem entscheidenden Punkt angelangt, möchte ich alles besser machen, möchte ich meine Verantwortung wahrnehmen, möchte ich –

So weit kam ich. Aber an dieser Stelle wußte ich auch nicht weiter. Erneut von tiefer Müdigkeit erfaßt, schlief ich über dem Brief ein. Im Traum schlüpfte ich ins Bett, aber da lag schon Maria. Sie schien mich für Wolf zu halten und umarmte mich.

9

Ich erwachte mit einem starken Druck im Kopf und einem diffusen Angstgefühl im Bauch. Mir war, als sollte ich mich an etwas erinnern, aber mir fiel nicht ein, woran. Es war dicht unter der Oberfläche meines Bewußtseins, schwamm oder schwebte dort, aber tauchte nicht auf. Rasch erhob ich mich. Ich hatte in Kleidern geschlafen und mußte unter die Dusche.

Das Wasser war kalt, die Therme, die es wärmen sollte, schien noch nicht zu funktionieren. Ich trocknete mich ab und betrachtete mich im Spiegel. Ein nackter, zitternder Mann. Etwas an mir kam mir verändert vor. Ach ja, die Narbe! War sie nicht auf der anderen Seite gewesen?

Eine Narbe, Commissario, die von einer Leistenbruchoperation stammte. Ich war noch ein Kind gewesen, als man diesen Eingriff an mir vorgenommen hatte. Seit Jahren war mir die Narbe, über die in der Pubertät Schamhaare gewachsen waren, nicht mehr aufgefallen. Aber jetzt schien sie mir auf der falschen Seite zu sitzen.

Rasch zog ich mich an und verließ mein karges Quartier. Ging die geländerlose Treppe hinunter. Kam an dem Zimmer vorbei, in dem am Vorabend der Fernseher gelaufen war. Ein Kind weinte leise, aber das war in einem anderen Raum.

Ich öffnete die Haustür und trat hinaus unter den Himmel. Lichtstrahlen trafen mich mit fast schmerzhafter Intensität. Der Tag war nicht sonnig, aber offenbar zu hell für meine sonst gar nicht so lichtempfindlichen Augen. Unter den Läden, die ich mir am Vorabend notiert hatte, war auch ein Optikergeschäft gewesen, dort würde ich mir eine Sonnenbrille kaufen.

Zuerst aber brauchte ich unbedingt einen Kaffee. Die Bar an der Ecke zur Hauptstraße hatte geschlossen. Ich hatte eine weitere Bar in Erinnerung, wie hatte sie bloß geheißen. *Caronte*? War das die italienische Form des Namens Charon? Ich ging in die Richtung, in der ich gestern abend gekommen war. Der Gehsteig war schmal. Streckenweise befürchtete ich, das Gleichgewicht zu verlieren. Das Gleichgewicht zu verlieren und abzustürzen. Aber das war Unsinn. Links von mir war kein Abgrund, sondern die Straße. Auf der allerdings ein erstaunlich dichter Verkehr floß. Von den vorbeisausenden Autos ging ein beunruhigender Sog aus. Charon, der Fährmann über den Fluß Styx – jenseits war die Unterwelt. Bekam man die Lethe, den Vergessenstrunk, schon vor der Überfahrt verabreicht oder erst nachher?

Dann stand ich an einer Theke und trank Cappuccino. Stimmen waren um mich her, Geräusche, die eine Espressomaschine verursachte, Musik aus dem Radio. Zwischendurch Nachrichten, schwer zu verstehen, von den anderen Gästen kaum beachtet. Irgendwelche Truppen waren irgendwo einmarschiert. Irgendwelche Terroristen mußten unschädlich gemacht werden. Irgendeine Stadt war bombardiert worden.

Ich fühlte mich schwindlig. So durfte das nicht weitergehen.

Scusi, sagte ich also. *Una domanda.*

Si? sagte der Kellner, der an der Bar agierte. Er war ein großer, starker Mensch mit dichten, dunklen Augenbrauen.

Vielleicht war er auch der Wirt. Na, was wollten Sie fragen?

Er sagte es nebenher. Er war ziemlich beschäftigt.

Ich suche nämlich jemanden, sagte ich.

E allora? sagte er.

Vielleicht kennen Sie ihn.

Ja, sagte er. Vielleicht auch nicht.

Er schenkte Kaffee ein, er räumte leere Tassen ab, er kassierte.

Wenn er der Wirt war, hieß er dann wirklich Caronte?

Be', sagte er unerwartet. *Come si chiama il suo tizio?*

Wie heißt er, Ihr Typ. – Ob Sie es glauben oder nicht, Commissario – in diesem Augenblick fiel mir der Name nicht ein!

Wie hieß der *ragazzo*, bei dem ich Maria vermutete? Den Familiennamen wußte ich ohnehin nicht, aber in diesem Moment wußte ich auch keinen Vornamen. Soviel wußte ich, daß es ein ganz einfacher, sehr verbreiteter Vorname war. Aber welcher? *Lorenzo? Matteo? Luciano?*

Der Mann an der Bar faßte mich schärfer ins Auge. Er kam mir jetzt vor wie ein Schauspieler, den ich in einer Reihe von Stummfilmen gesehen hatte. An Sonntagvormittagen hatte mich mein Vater manchmal ins sogenannte Filmmuseum geführt. Da hatten wir Filme mit Charlie Chaplin und ebendiesem Schauspieler gesehen. Ich weiß nicht, wie er hieß. Er war groß, schwer, einschüchternd. Meist spielte er einen Polizisten, einmal einen Gefängniswärter. Seine Augenbrauen waren wie schwarze Schuhbürsten.

Na? fragte Charon. Um wen handelt es sich?

Gewiß hätte ich damit anfangen können, den jungen Mann, den ich suchte, zu beschreiben. Aber daß mir sein Name, dieser ganz einfache Name, auf der Zunge lag und nicht über die Lippen kam, bestürzte und beschämte mich. Ich spürte deutlich, wie mir das Blut in den Kopf stieg.

Scusi, mi sento un po' strano, sagte ich.

Ich stellte meine Cappuccinotasse auf die Theke und entwich auf die Toilette.

Ein bißchen eigenartig. Ein bißchen fremd.

Ich wusch mir das Gesicht und den Nacken, ich sah einen Ausdruck in meinen Augen, den ich darin noch nie gesehen hatte.

Ich ließ Wasser in meine hohlen Hände rinnen und trank.

In die Gaststube zurückkehrend, sah ich dann das Aquarium, das rechts neben dem Eingang in die Wand eingelassen war. Ich hatte es zuvor nicht bemerkt, vielleicht waren Menschen davorgestanden. Das Lokal war sehr voll gewesen. Nun war es fast leer. Das Aquarium leuchtete türkisfarben. Die Gebärden der Pflanzen darin hatten etwas Suggestives.

Geht es Ihnen jetzt besser? fragte Charon. Ich vergaß zu antworten.

Ich trat näher. Psychedelisch bunte Fische schwammen zwischen den Pflanzen hin und her.

Hinter einem bemoosten Stein lag ein Tier, das aussah wie eine Muräne. *È un aquario di mare*, sagte Charon, das ist ein Meeresaquarium.

Bello, wollte ich sagen oder *molto interessante*. Aber in diesem Augenblick sah ich den kleinen Mann auf dem Grund. Da lag er, zwischen Seeigeln und Einsiedlerkrebsen, sein Gesicht war sehr bleich. Es handelte sich um eine Plastikfigur, gewiß, aber so klein sie auch war, wirkte sie doch sehr lebensecht, das heißt tot.

Ich versank in den Anblick des kleinen Mannes. Auf seinen Plastikleib waren Sakko und Hose gemalt, nicht etwa ein Taucheranzug. Er war also nicht für die Existenz unter Wasser bestimmt, war anscheinend durch Zufall, aus einer Anwandlung zweifelhaften Humors, dem er ausgesetzt war, oder aus Zynismus in diese Lage geraten. Wieso, überlegte ich, bleibt er auf dem Grund und kommt nicht an die Oberfläche?

10

Dann wieder draußen auf der Straße, auf dem schmalen Gehsteig. Ich kam an all den Geschäften vorbei, die ich am Vorabend notiert hatte. Da waren sie, eins nach dem anderen, nur in umgekehrter Reihenfolge. Warum hatte ich sie notiert? Ach ja, wegen meiner Recherche.

Ich suchte nämlich jemanden. Nur hatte ich leider seinen Namen vergessen. Absurd, aber so war das. Er fiel mir nach wie vor nicht ein. *Giovanni? Giuseppe? Antonio? Marcello? Giuliano?* Drei Silben, da war ich sicher, aber mein Gehirncomputer, in dem offenbar gewisse Funktionen ausfielen, fand nicht die richtigen.

Natürlich, ich hätte den jungen Mann, bei dem ich Maria vermutete, einfach beschreiben können. Ungefähr Mitte Zwanzig, schlank, etwa einsfünfundsiebzig groß, auf dem Kopf eine beneidenswerte Haarpracht. Ja, vielleicht hätte ich einfach so vorgehen sollen. Aber daß mir der Name nicht einfiel, verursachte doch eine gewisse Hemmung.

So betrat ich zwar einige Geschäfte, kam aber nicht zur Sache. Kaufte ein paar Artikel, die ich nicht brauchte. Immerhin kaufte ich bei dieser Gelegenheit auch die Sonnenbrille. Und eine Packung Aspirin, aus der ich mit Hilfe eines vom Apotheker erbetenen Glases Wasser gleich zwei Tabletten hinunterspülte.

Hatte ich nicht irgendwo gelesen, daß Aspirin gegen Alzheimer wirkte? Das war zwar kaum zu glauben, die Behandlung der Krankheit wäre dann ja sehr einfach gewesen. Vielleicht nützte es allerdings, wenn man das Medikament rechtzeitig nahm. Vielleicht war es in meinem Fall noch nicht zu spät, vielleicht ließ sich die fatale Vergeßlichkeit in gewissen Grenzen halten, vielleicht ließ sich das Tempo des Krankheitsverlaufs zumindest drosseln.

Nach einer Weile ging es mir wirklich besser. Am Ufer des Flusses saß ich auf einer Bank. Zwar war die Temperatur nicht ganz danach, anfliegende Wildenten landeten auf Eis statt auf Wasser und kamen recht komisch ins Gleiten. Aber ich mußte ein wenig die Beine ausstrecken, mich entspannen, entkrampfen und eine neue Strategie entwickeln.

Es war doch alles nur halb so wild! Gewisse Ausfälle waren irritierend, das wohl, von gewissen Zwischenfällen ganz zu schweigen. Aber ich durfte sie nicht überbewerten. Ich mußte mich auf das Wesentliche konzentrieren.

Worum ging es? – Ich wollte Maria finden. – Warum denn so kompliziert, wenn es einfacher ging? – Mußte ich wirklich nach ihrem Jahrmarktsgaukler fragen, dessen Namen ich offenbar verdrängt hatte? – Warum fragte ich nicht gleich nach ihr selbst – wenn sie gestern oder vorgestern hier angekommen war, war sie vielleicht jemandem aufgefallen.

Una ragazza di diciannove anni. Capelli biondi, con un tinto rosso. Doch. Wenn man sie gegen die Sonne sah, hatten ihre Haare einen rötlichen Schimmer. Durch die Sonnenbrille würde er noch deutlicher werden.

Wissen Sie, sagte ich, ich suche eine Kleinigkeit für meine Tochter.

Das war in einem Geschäft für Geschenkartikel.

Articoli da regalo. Viel Firlefanz.

Aber es waren auch hübsche Sachen darunter.

Wie alt ist sie denn? Ach so, schon neunzehn. Also eine junge Dame.

Ja, sagte ich. Sie ist drauf und dran, mir über den Kopf zu wachsen ... Wir wollen uns hier treffen. Ich habe mich verspätet ... Sie sollte seit gestern hier sein. Sie haben sie nicht zufällig gesehen?

Nach diesem Schema agierte ich mehrere Male.

Binnen kurzem hatte ich tatsächlich eine Reihe von Geschenken beisammen.

Nicht nur den süßen Talisman (einen kleinen Stoffhund am silbernen Kettchen) aus dem Geschenkartikelladen, nein, auch die smarte Swatch vom Uhrmacher. Und die weichen Handschuhe aus dem Lederwarengeschäft.

So würde ich wenigstens nicht mit leeren Händen dastehen. Dachte ich. Wenn ich Maria tatsächlich traf.

Ein wenig würde ich aussehen wie ein Weihnachts-
mann. Und wenn schon! Sie sollte nur merken, wieviel mir an ihr lag.

*Una ragazza di circa un metro e settanta. Pelle
chiara. Con qualche lentiggine.* Ja. Sie hatte einige
Sommersprossen. Auch im Winter. Um die zu sehen,
würde ich die Sonnenbrille abnehmen.

II

Obwohl niemand Maria gesehen hatte, war ich jetzt
optimistisch. Ich hatte immerhin einen Tip bekommen. Das war in der Blumenhandlung gewesen, dem
Laden, in dem ich zuletzt gewesen war. *Casa del Fiore.*
Für die Jahreszeit gab es dort ein erstaunliches Angebot.

Die Verkäuferin hatte mir ein hübsches Bouquet aus
weißen und gelben Rosen gebunden. Sie war klein,
hielt sich ein bißchen schief, vielleicht war der linke
Fuß ein wenig kürzer als der rechte. Aber sie hatte
muntere, listige Augen. Wenn ich meine *fidanzata*
(hatte ich mich verhört, oder hatte sie wirklich Ver-
lobte statt Tochter gesagt?), also wenn ich eine gewisse, junge Person suche – keine hier Ansässige,
wenn sie mich recht verstanden habe, sondern eine
Durchreisende –, warum ginge ich dann nicht einfach
hinauf zur *Madonna*?

Bei der Madonna kämen die meisten vorbei. Wozu
kämen die Touristen denn nach Monterchi, wenn nicht
um ihretwillen? Die Madonna, sagte sie, ist unser
Schatz. Früher sei sie unten in der Friedhofskapelle zu
sehen gewesen, seit ihrer Restaurierung aber finde
man sie oben, in der ehemaligen Volksschule.

Natürlich! Die Madonna! Jetzt fiel es mir wieder

ein. Das Fresko, von dem Marias Typ geredet hatte. Wie immer er hieß ... Die Verkäuferin hatte sich wieder ihrem floristischen Werk zugewandt. *Rosso per l'amore*, hatte sie gesagt, *giallo per la gelosia.*

Ach was, der Kerl spielte doch nur eine Nebenrolle! Daß ich seinen Namen vergessen hatte, ergab vielleicht sogar Sinn. Maria und ich, wir waren die Protagonisten. Er war eine Nebenfigur und sollte es bleiben.

In dieser Geschichte. Die nun in die Endphase ging. Die Konstellation zwischen ihr und mir war entscheidend. Maria und Josef. Ich würde Maria finden. Vielleicht in der früheren Volksschule, vielleicht schon eher.

Ich konnte ihr schon an der nächsten Ecke begegnen. Mit oder ohne ihren Feuerschlucker. Auf den kam es nicht an. *Ich* mußte mich deklarieren. Steig ein, würde ich sagen, komm mit mir, und die Geschichte geht noch gut aus.

Für dich, für mich, für das Kind, für die Welt letzten Endes. Es geht nicht nur um unsere private Story. Maria, wir sind in Zusammenhänge geraten ... Unsere Geschichte ist Teil der Heilsgeschichte.

12

Vielleicht allerdings sollte ich, bevor wir uns trafen, noch etwas für mein Aussehen tun. Auf der anderen Straßenseite war ein Friseurladen. So kurz entschlossen querte ich die Straße, daß ein Autofahrer auf der glatten Fahrbahn scharf bremsen mußte und ins Schleudern kam. Er kurbelte die Fensterscheibe hinunter und fluchte hinter mir her.

Ich verstand ihn nicht, wollte ihn nicht verstehen.

Was hinter mir war, dem durfte ich nun keine große Bedeutung mehr beimessen. Es ging jetzt einzig und allein darum, was vor mir lag.

Buon giorno, sagte ich, ich würde mir gern den Bart stutzen lassen.

Buon giorno, sagte der Friseur. Sein Blick auf mich wirkte ein bißchen belustigt. Aber womöglich sah er immer so drein. Gesicht mit Lachfältchen. Großer Kopf auf langem Hals. Scharfe Nase, die wirkte, als ob sie etwas witterte.

Prego, sagte er und nahm mir die Tragtaschen ab, die ich in der Linken trug. Auch das Bouquet, das ich in der Rechten hielt. Soll ich die Blumen in eine Vase stellen? Ein schöner Strauß. Die Signora, der Sie ihn schenken wollen, wird sich freuen.

Es ist keine Signora, sagte ich, sondern eine Signorina.

Oh, sagte er, *fortunato Lei.* Sie Glücklicher! Mit einem kleinen Besen bürstete er einen Sessel für mich ab. *Si accomodi.* Bitte Platz zu nehmen.

Er legte mir einen Schutzmantel aus Plastik um und faßte mich ins fachmännische Auge.

Sollten wir nicht auch die Haare ein wenig schneiden?

Finden Sie? fragte ich.

Es würde Ihnen gut stehen, sagte er. Ihre Locken würden – verzeihen Sie – etwas weniger schütter wirken.

Tatsächlich, mein Haar war erschreckend dünn geworden. So wie ich es jetzt im Spiegel sah, hatte ich es noch nie gesehen. Vielleicht lag es an der Beleuchtung. Von schräg hinten strahlte ein Fokusscheinwerfer.

Na gut, sagte ich. Schneiden Sie. Aber schneiden Sie nicht zuviel.

Im Spiegel erkannte ich nach und nach auch das Poster. Eigenartigerweise hatte ich es beim Hereinkommen übersehen. Es hing an der Wand hinter mir, sozusagen über meinem Haupt.

Aber das ist doch ...

Ja, sagte der Friseur, das ist unsere Madonna.

Mit diesen Worten schob er ein fahrbares Waschbecken in meinen Nacken. Und trat akkurat zwischen das Plakat und mich. Vergebens versuchte ich ihn dazu zu bringen, noch einen Augenblick beiseite zu treten.

Lehnen Sie sich zurück, sagte er, und entspannen Sie sich.

Das warme Wasser und das Shampoo auf dem Kopf waren angenehm. Ich versuchte, vor meinem inneren Auge zu rekonstruieren, was ich soeben gesehen hatte, aber ich schlief wohl ein wenig ein. Maria stand auf einer Art Bühne – oder war es ein Jahrmarktszelt? Zwei Gestalten, die ich nicht genauer erkennen konnte, hatten den Vorhang links und rechts geöffnet und wiesen mit der jeweils freien Hand auf sie hin.

Ich wachte wieder auf, als der Friseur das Waschbecken gegen die Trockenhaube tauschte.

Cinque minuti, sagte er. Dann bringe ich Ihr Haar wieder in Form. Und dann, sagte er, werden wir uns an den Bart machen. Der könnte übrigens ein wenig Farbe vertragen.

Wie bitte?

Solo un po' di colore, sagte er. *Coraggio!* Sie würden um zehn Jahre jünger wirken.

Meinen Sie? sagte ich.

Sì, sagte er. *Di sicuro.*

Eine halbe Stunde später verließ ich sein Geschäft dezent verjüngt.

13

Ich ging zum Auto zurück. Ich sperrte es auf. Ich legte die Plastiktaschen und den Rosenstrauß auf den Rücksitz. Ich setzte mich ans Volant und ließ den Motor ein wenig warmlaufen. Dann fuhr ich wieder hinauf in den alten Ortsteil von Monterchi.

La Rocca. Der Fels, auf dem dieser Ortsteil gebaut war. Die Blumenhändlerin hatte mir den Weg zur ehemaligen Volksschule beschrieben. Sie fahren nicht nach *La Rocca* hinein, sondern außen herum. Rund um die Mauer. Das tat ich. Es war ganz einfach.

Dann kommen Sie, hatte die Blumenhändlerin gesagt, ans südliche Stadttor. Zur *Porta Romana.* Bis zur Volksschule sind es von dort keine hundert Meter. Tatsächlich, da war sie. Ein schlichtes, hinter einen Gartenzaun etwas zurückversetztes Gebäude. Ich fuhr zu, fand, perfekt reversierend, in eine Parklücke – und in diesem Moment sah ich Maria.

Kein Zweifel, sie war es. Ich sah ihren blonden Haarschopf. *Con un tinto rosso.* Der zuvor bedeckte Himmel war jetzt aufgerissen, und die Sonne schien. Da stand sie, im Vorgarten der zum Museum für ein einziges Kunstwerk umgewidmeten Schule. Und redete mit jemandem. Ich brachte den Wagen zum Stehen und drehte den Zündschlüssel nach links.

Rasch griff ich nach dem Rosenstrauß hinter mir. Dazu brauchte ich nur das Intervall zwischen zwei beschleunigt aufeinanderfolgenden Herzschlägen. Und trotzdem brauchte ich offenbar etwas zu lang. Denn als ich wieder in die Richtung schaute, in der ich den Haarschopf gerade noch gesehen hatte, war er verschwunden.

Ich schlug die Autotür hinter mir zu und lief, so rasch ich das mit dem Bouquet in der Hand konnte, auf dem Gehsteig, den Zaun entlang. Am Tor bog ich sehr scharf ein und verlor, einen Pfeiler streifend, ein paar Blütenblätter. Im Hof standen zwei Klosterschwestern mit asiatischem Gesichtsschnitt. *Dov'è Maria?* fragte ich atemlos. Ich war nicht sicher, ob sie mich verstanden.

Ou se trouve Marie? Donde esta Maria? Where is Mary?

Sie lächelten und wiesen auf den Eingang des Gebäudes.

Tatsächlich, Maria konnte nur dorthin verschwunden sein.

Die Schwestern nickten mir zu, ich hatte den Eindruck, ermutigend.

14

Innen ein Kartenschalter. Hinter dem Glas ein Mädchen mit aparter, schwarz gerahmter Brille. In einem kunstgeschichtlichen Buch lesend. Hastig verlangte ich ein Billet, schob zwanzig Euro hin, wartete nicht auf das Wechselgeld. *Ma Signore!* rief mir das Mädchen nach, doch da war ich schon durch die nächste Tür.

Der abgedunkelte Raum, in dem ich mich dann fand, ähnelte einem kleinen Kinosaal. Dort, wo ich die Leinwand vermutet hätte, war allerdings eine Vitrine aufgebaut. Hinter dem Glas das Fresko, ebenso dezent wie raffiniert beleuchtet. Aber das nahm ich vorerst nicht wirklich wahr, sah es, obwohl es im Zentrum stand, nur am Rande.

Was die Seitenwände des Raums anlangt, so waren daran Tafeln angebracht, die offenbar Fotos des Freskos in diversen Stadien der Restauration zeigten. Dar-

unter standen vermutlich kunstgeschichtliche Erklärungen. Auch daran streifte mein Blick vorerst nur
vorbei. Er war auf etwas anderes eingestellt. Er suchte
etwas anderes.

Jemand anderen. *Sie.* Nur wir zwei waren im Raum.
Maria?

Ihr Haar wirkte nun dunkler, aber das mußte an den
Lichtverhältnissen liegen.

Maria? wiederholte ich und berührte sie an der
Schulter.

What the hell is the matter?

Oh, I am sorry, sagte ich.

15

Danach fiel alle Spannung von mir ab, die sich zuvor
in mir aufgeladen hatte. Ich spürte, wie mich die
Energie verließ. Ich mußte mich setzen. Da war eine
Bank. Ich nahm darauf Platz. Die fremde Person,
ihrer artikulierten Aussprache nach zu schließen eine
echte Engländerin, verließ den Raum mit Schritten, in
denen ihre Empörung über meine Berührung nachklang.

Ich aber blieb allein zurück in der Camera obscura.
Versank in den Anblick des berühmten Freskos. Da
stand also die Madonna in ihrem Zelt. Flankiert von
zwei Engeln, die es geöffnet hielten.

Die Ähnlichkeit mit Maria war wirklich frappierend.

Zugegeben, so ins Zentrum gestellt war diese Maria
etwas erwachsener. Doch näher betrachtet erschien
sie mir immer jünger. Nicht viel über zwanzig. Vielleicht auch ein wenig darunter.

Schon wahr, die Frisur, die sie trug, war vollkommen
anders. Etwas streng geflochten, mit einem eigenartig

gewundenen Band zusammengehalten. Am Haaransatz ausrasiert, sodaß die Stirn höher aussah. Aber die Haarfarbe, der Gesichtsschnitt, der Teint, die Augen mit den langen Lidern, die etwas träg oder, in der Sprache heutiger Jugendlicher, cool wirken konnten, und der leicht gelangweilt oder genervt schmollende Mund – all diese Details kamen mir auf geradezu unverschämte Weise bekannt vor.

Zwei Engel also hatten das Zelt geöffnet, es sah tatsächlich aus wie ein Jahrmarktszelt, wenn auch ein prächtiges. Sie gaben den Blick auf die im Zentrum stehende junge Person frei. Der Höhepunkt der Attraktionen – vielleicht hatte man zuvor Liliputaner und Riesen gezeigt, Siamesische Zwillinge oder Damen ohne Unterleib. Die da jedoch wurde dargestellt als das große Wunder Gottes, die Tochter, ja, Tochter des Allerhöchsten auch sie, aber sie sollte dessen Mutter werden, das verstehe, wer kann, die schwangere Jungfrau.

Sie aber sieht trotzig drein, die Mundwinkel etwas nach unten gezogen, trotzig und stolz. Den Tratsch, den Spott, der über sie in Umlauf ist, den hört sie nicht mehr. Sie trägt den Kopf hoch auf einem starken Hals, obenauf liegt der Nimbus, der Heiligenschein, er sieht ein bißchen aus wie ein Brotwecken, man kann sich vorstellen, daß er duftet. Den linken Arm in die Hüfte gestemmt, so steht sie da, ihr Kleid ist sowohl an der Seite als auch vorne geschlitzt, wer will ihr am Zeug flicken, nichts da, hier wird nichts mehr verborgen, hier wird etwas offen gezeigt, eine nonchalante, rechte Hand öffnet den Spalt über dem sanft gerundeten Bauch.

Und auch die Engel werden sich auf keine Diskussion darüber einlassen, wie die so offensichtliche Schwangerschaft in die Wege geleitet wurde, ihr Gesichtsausdruck ist unerschütterlich. *Signore e Signori, siamo lieti di presentare, Ladies and Gentlemen, we proudly present.* Das Wunder der Wunder, dieser gesegnete Leib, siehe, die Jungfrau wird einen Sohn gebären. Mag sein auch eine Tochter, das würde eigentlich gut zu diesem Bild passen, das wäre einmal etwas Neues.

Ich weiß nicht, wie lang ich dort vor dem Fresko saß. Jedenfalls muß es länger gewesen sein, als ich glaubte. Die Stimme des Mädchens, das vorher an der Kasse gesessen war, riß mich aus meinen Gedanken. *Scusi, Signore,* aber für heute müssen wir schließen.

Ach so, sagte ich.

Sie können ja wiederkommen, sagte sie. Übrigens kriegen Sie noch Geld zurück.

Behalten Sie es, sagte ich.

Sie betrachtete mich mit durch ihre Brille vergrößerten, etwas erstaunt blickenden Augen. Während ich durch die Tür und dann durch den Hof ging, hatte ich das Gefühl, daß sie mir nachschaute.

Es hatte inzwischen wieder zu schneien begonnen. Der Schnee blieb nun sogar liegen, die Straße sah aus wie mit Mehl bestäubt. Ich wandte mich nach links, also dorthin, wo ich den Wagen geparkt hatte. Meiner Erinnerung nach waren es bis dorthin nur ein paar Schritte. Eigenartig, daß ich ihn noch nicht sah. Ich griff in die Manteltaschen, um den Schlüssel herauszunehmen. Erst links, dann rechts. Ich öffnete den Mantel und versuchte es auch in den Sakkotaschen. Ich fand weder den Schlüssel noch das dazugehörige Auto – offenbar hatte ich den Schlüssel stecken lassen.

Ich mußte lachen. Tatsächlich. Das Auto war weg. Dort, wo es offenbar noch vor kurzem gestanden war, lag weniger Schnee. Ein graues Rechteck, das erst nach und nach weiß wurde. Ich hörte das Rieseln, mit dem die Flocken fielen.

Zu Fuß dauerte der Rückweg in die Viale Michelangelo mehr als eine Stunde. Es war jetzt sehr kalt geworden. Der Wind blies mir die Schneeflocken ins Gesicht. Meine Barthaare froren, ich spürte jedes einzelne. Als ich in die Pension zurückkam, war es schon dunkel.

Ich sperrte die Haustür auf, ich schaltete das Licht im Korridor ein. Aus dem Zimmer, in dem nun wieder der Fernseher lief, trat die Vermieterin. Auf ihrem verhärmten Gesicht der Schimmer eines Lächelns. Anscheinend war mein vereister Anblick komisch.

Che tempo! sagte sie.

Ja, sagte ich, was für ein Wetter.

Oder meinte sie die Zeit, in der wir vergingen?

Bleiben Sie morgen noch? fragte sie.

Ja, sagte ich. Ich glaube schon.

Brauchen Sie heute noch was?

Nein, sagte ich. Ich glaube nicht.

Ich versperrte die Zimmertür hinter mir und legte mich aufs Bett. Mir fiel ein, daß ich die Rosen im Ausstellungsraum vergessen hatte. Vielleicht war das ja richtig so. Ein Bouquet für die Madonna. Vielleicht hatte sie das Mädchen mit der schwarz gerahmten Brille an sich genommen. Auch gut. Dann hätte sie die Blumen wohl nicht verdursten lassen. Ich lag lang ausgestreckt, ich war müde und schicksalsergeben. Ich fühlte die Neigung, in alles einzuwilligen. Daß mir das Auto gestohlen worden war, erschien mir nun wie eine Form höherer Gerechtigkeit.

Dio c'è. Vielleicht machte sich die Existenz Gottes ja auch so bemerkbar. In dieser Gerechtigkeit. Einer Gerechtigkeit mit Sinn für Humor. Diese Möglichkeit fand ich beinahe tröstlich. Allerdings war der Humor Gottes manchmal recht eigenwillig.

Wenn man bedachte, was Wolf widerfahren war. Ja, Commissario, ich erinnerte mich jetzt wieder daran. Kein Schock, nicht einmal ein großer Schreck – den Moment, in dem die Erinnerung wieder auftauchte, hatte ich gar nicht mitbekommen. Sie war nur ganz schlicht und einfach wieder da.

Das Morgengrauen des vorigen Tages, mein Ausparkmanöver an der Kaimauer. Wolf, wie er mir fragwürdige Signale gab und dann abrupt verschwand. Eine Szene aus einem Slapstick-Film. Der Regisseur neigt zu makabren Einfällen, aber dafür ist er bekannt.

17

Ich überlegte, ob ich dem Pater Schwarz noch einen Brief schreiben sollte. Dieses Mal in meinem eigenen Namen. Lieber Pater Schwarz, es tut mir leid und so fort. Aber ich hatte ja den anderen Brief weder vollendet noch abgeschickt. Es war also überhaupt kein Dementi vonnöten. Auch Beileidswünsche erschienen mir unangebracht. Zwar war Barbach, wenn ich es recht verstanden hatte, so etwas wie ein Lieblingsschüler des Paters gewesen. Aber das war lang her, und ich mußte den alten Mann, falls er überhaupt noch lebte, nicht durch die Nachricht von diesem unerwarteten Todesfall schockieren.

Daß es sich um etwas anderes als einen Todesfall handelte, darüber brauchte ich mir wohl keine Illusionen zu machen. Keine falschen Hoffnungen mußte ich hegen, keine überflüssigen Ängste. Nüchtern betrachtet war Wolf ganz einfach ertrunken. So besoffen, wie er gewesen war.

Dann blätterte ich erneut in Marias Notizbuch: 3. Dezember, las ich. Netter Typ namens Gianpiero. Gute Vibrations. Besonders beim Motorradfahren. Der Alte dagegen fängt langsam an, mich zu nerven.

Manchmal benimmt er sich, als wär er mein Vater. Dann wieder spielt er sich auf, als wär er mein Lover. Beides finde ich lästig und lächerlich. Aber bis auf weiteres bin ich auf ihn angewiesen.

War drauf und dran abzuhauen, hieß es ein paar Zeilen später. – Aber wohin? Zu Wolf? Den sollte ich lieber noch zappeln lassen. – Nach Haus zu Mama? Die fehlt mir in diesem Zustand gerade noch! – Zurück in die Schule? Wenn ich an die Mathe-Schularbeit denk, wird mir gleich wieder schlecht.

So ungefähr. Ich gebe Marias Notizen wieder, so gut ich mich an sie erinnere. Das Buch, in dem sie gestanden sind, habe ich in den Fluß geworfen. Etwa zweihundert Meter unterhalb der kleinen Brücke. Es kann auch zweihundert Meter oberhalb gewesen sein, ich erinnere mich nicht mit Sicherheit, in welche Richtung der Fluß fließt.

Ja, in den Fluß geworfen hab ich das Buch. Wenn Sie meine Aufzeichnungen zu Ende lesen, werden Sie mich vielleicht begreifen. Sie können es suchen lassen, das ist mir inzwischen auch recht. Allerdings muß das nicht sein. Ich kann lange Passagen auswendig.

Zum Beispiel die: Ich weiß nicht, wie ich mich ihm gegenüber verhalten soll. Er sieht mich so an mit seinen Dackelaugen. Manchmal tut er mir echt leid. Dann denk ich, vielleicht sollt ich ihm ein wenig entgegenkommen. Was wär schon dabei, denk ich. Aber dann ekelt mich ein bißchen vor ihm. – Er und Carlo, zwei verkappte Voyeure. Aber Carlo versteckt sich wenigstens hinter seiner Kamera. Und fährt wieder weg mit seinem Motorboot. Josef dagegen ist Tag und Nacht um mich herum.

Dann die: Meine Regel hat wieder eingesetzt. Oder war das was anderes? Weiß nicht, was ich davon halten soll. Slip und Pyjamahose am Morgen voll Blut. Bin rasch hinunter zum See, um das auszuwaschen. – Josef hat noch geschlafen und nichts bemerkt. Carlo, beim Fototermin, hat allerdings erwähnt, daß ich blaß aussehe. Ach ja? hab ich gesagt. Das liegt wahrscheinlich am Licht. Es war tatsächlich ein extrem trüber Tag.

Schließlich die Eintragung vom 10. 12.: Es scheint wirklich die normale Periode zu sein. Weiß nicht, ob ich lachen soll oder weinen. Irgendwie war ich jetzt schon auf all das eingestellt.

War das Testergebnis ganz einfach falsch? Oder hab *ich* da irgendwas falsch *verstanden*? Fühl mich ein bißchen leer (klingt blöd, aber ist wahr). *War* da was, oder war das alles nur Einbildung?

Vielleicht ist es ja besser so. Aber ein bißchen trist ist es trotzdem. Umso absurder das Theater, das Carlo um meinen Bauch macht. Auch Josef glaubt nach wie vor, daß ich schwanger bin. Wahrscheinlich sollte ich ihn in diesem Glauben lassen.

19

Ich las und las. Irgendwann nach Mitternacht stieß ich auf den Namen Francesco. Der war somit auch wieder da: In meinem Gehirncomputer auffindbar. Wie hatte er mir bloß entfallen können? So ein einfacher Name. Franz heißt die Kanaille.

Nein, das ist ungerecht. Ich habe nicht das Recht, etwas gegen ihn zu haben. Vielleicht ist er ja der Richtige für Maria. Francesco, die fleischgewordene Alternative. Vielleicht flammt der neue Heilige Geist aus ihm.

Francesco, schrieb sie, ein interessanter Mensch. Und so was von lieb. Diese prächtigen Wuschelhaare. Spontan der Wunsch, in diesen Haaren zu wühlen. Gleich dort, auf dem Platz in Florenz, als ich ihn zum ersten Mal gesehen hab.

Sie habe versucht, ihm eine SMS-Botschaft zu senden. Leider wisse sie nicht, ob sie angekommen sei. So eine Scheiße, schrieb sie. Mein Handy spinnt. Wahrscheinlich liegt das an dieser blöden Insel.

20

Am nächsten Tag gegen Mittag klopfte die Vermieterin an die Tür. Ob alles in Ordnung sei. Aber ja, sagte ich, kein Anlaß zur Sorge. Ob sie in absehbarer Zeit das Bett machen könne. Nicht notwendig, sagte ich, ich mache es selber. Dabei blieb es auch in den nächsten paar Tagen. Ich verließ das Haus in dieser Zeit nur zwei Mal. Das eine Mal kaufte ich ein paar Lebensmittel (Grissini, Mineralwasser, eine billige Flasche Grappa). Das andere Mal hatte ich die Idee, die Viale Michelangelo zu Ende zu gehen, aber das führte nicht weit, sie endete an einem Bretterzaun.

21

Ich rauchte. Ich trank. Feste Nahrung nahm ich kaum mehr zu mir. Einmal stellte mir die Vermieterin einen Teller mir Süßigkeiten vor die Tür, da war vielleicht Weihnachten. Ich weiß nicht genau. Ich hatte kein Zeitgefühl mehr. Ich schlief. Ich träumte. Möglicherweise habe ich die Feiertage verschlafen.

22

Dann aber fand ich Francescos Mobiltelefonnummer. Sie war auf einem Autobusticket notiert. Irgendein Linienbus, *Città di Firenze*. Wahrscheinlich hatte Francesco Maria den Fahrschein zugesteckt, als wir ihn bei unserer Abfahrt aus Florenz mitgenommen hatten. Jetzt steckte das Corpus delicti im Tagebuch. In einem Fach, das ich bis dahin übersehen hatte. Francesco, stand da geschrieben, *cellulare*. Von vegetabilen Ornamenten umrahmt.

Es war zwei oder drei Uhr früh, also nicht die Zeit, um jemanden anzurufen. Aber das war mir egal, ich wollte es trotzdem versuchen. Ging leise die Treppe hinunter, schloß vorsichtig die Haustür hinter mir, tauchte in den Nebel. Auf der Straße konnte man kaum zehn Meter weit sehen.

Vage erinnerte ich mich an eine Telefonzelle in der Nähe der Brücke. Bis dorthin waren es vielleicht zwei Kilometer, aber ich brauchte dazu mindestens eine Stunde. Die Füße gehen sehr langsam, wenn das Auge an nichts Halt hat. Nur zwei oder drei Mal auf diesem Weg tauchten gelbe Scheinwerferlichter auf, die Reifen der Autos, die mir entgegenkamen oder mich überholten, rollten sehr leise.

Die Telefonzelle gab es wirklich, aber der Hörer war abgerissen. Ich wußte nicht, wie spät oder früh es nun war, ich hatte die Uhr im Zimmer gelassen. Ich ging am Fluß entlang, erst flußabwärts, dann wieder flußaufwärts. Vielleicht war es auch umgekehrt. Es dauerte lang, bis es hell wurde.

23

Zwischen acht und neun betrat ich die *Bar Caronte*. Der kleine Mann im Aquarium war nicht mehr da, oder jedenfalls sah ich ihn nicht. Vielleicht hatte ihn ein Fisch verschluckt, der ihn zu gegebener Zeit wieder ausspeien würde. Jonas. Es gab eine auf den Propheten bezogene Notiz in Wolfs Vorbereitungsmappe.

Posso telefonare?

Ma sì, sagte der große Mann hinter der Bar. Es war heute ein anderer, Charon war vielleicht doch keine individuelle Person.

La linea è libera, sagte er.

Grazie, sagte ich.

Ich hob den Telefonhörer ab, hörte das Freigabezeichen und wählte die Nummer.

Pronto?

Buon giorno, sagte ich. Spricht dort Francesco?

No, sagte die Stimme, die ich erreicht hatte. *Sono Enzo.*

Ach so, sagte ich. Aber das sei doch Francescos Anschluß, oder?

Tanto è vero. Aber Francesco sei nicht da.

Wann er denn wiederkomme?

Der andere lachte.

Das könne diesmal vielleicht etwas länger dauern.

Ma quando ritorna? wiederholte ich.

Non si sa, lachte Enzo. Vielleicht in einem Jahr.

Wie bitte? Was?

Vielleicht auch in ein zwei Jahren ... *Dipende*, sagte Enzo.

Worauf käme das an?

Ob es ihm dort drüben im Regenwald wirklich so gut gefalle. Und wie das so klappe mit seiner neuen *ragazza*.

An dieser Stelle blieb mir die Stimme weg.

Enzo, offenbar ein Typ, der gern redete, schien das nicht weiter zu stören. Das sei ja nun, sagte er, alles sehr rasch gegangen. *All'improvviso*. Vielleicht ein bißchen allzu rasch.

Ob das gut geht? Vor sechs Tagen kommt sie an, heute fliegen sie miteinander ab. Aber so sei er nun einmal, der Francesco. Spontan. Impulsiv. *Infiamma-bile*. Hab ich nicht recht? Du kennst ihn ja auch. Du bist doch der Schweizer, oder?

Lo svizzero. Ich hatte keine Ahnung, Commissario, um welchen Schweizer es sich handelte. Doch war der vermutlich etwas jünger als ich. Es sei denn, dieser Enzo gehörte wie Francesco zu den Typen, die prinzipiell alle duzten. Falls er mich aber mit jemandem verwechselte, lag das vermutlich an meinem trans-alpinen Akzent.

Na ja, sagte Enzo. So ist das. Wenn das Flugzeug in Rom rechtzeitig gestartet ist, müssen sie jetzt schon in der Luft sein. *Questa ragazza* und *il caro Francesco*. Mir hat er jedenfalls sein *cellulare* hinterlassen. Wenn du diese Nummer wählst, erreichst du bis auf weiteres mich.

Ich habe die Nummer nicht mehr gewählt, Commissario. Zwar fielen mir, kaum hatte ich den Hörer aufgelegt, noch eine Reihe von Fragen ein, aber wahrscheinlich war es sinnlos, sie zu stellen. Kurz habe ich erwogen, die Fernauskunft anzurufen, um die Nummer von Marias Mutter zu bekommen. Aber wie hätte ich ihr erklären sollen, wer ich sei?

Ich trank einen *caffè corretto*. Dann machte ich mich auf den Weg zur alten Schule. Statt des bebrillten Mädchens, das drei Tage zuvor da gesessen war, saß nun ein junger Mann am Kartenschalter. Ein etwas schläfriger Typ, ich nehme an, man hat ihn einvernommen. Aber ich kann mir nicht vorstellen, daß er etwas mich Belastendes gesagt hat. Da war nichts. Ich löste ein Ticket, ich betrat den Ausstellungsraum. Ich setzte mich auf die Bank der Madonna gegenüber. Dort blieb ich vorerst bis zur Mittagspause. Um 13 Uhr verließ ich ordnungsgemäß das Gebäude.

Daß ich um 15 Uhr wiederkam, dürfte ihm nicht besonders aufgefallen sein. Vielleicht kommt so etwas öfter vor, die Madonna hat ja auch für andere Leute eine gewisse Anziehungskraft. Vielleicht hat er mich überhaupt nicht wiedererkannt. Von der besonderen Art Magnetismus, die mich anzog, konnte er nichts ahnen.

Am Vormittag war ich fast allein gewesen, am Nachmittag gab es doch einige Besucher. Ein paar Engländer und Amerikaner, ein Rudel Japaner. Eine Gruppe Russen. Auch deutsche und niederländische Laute habe ich gehört. Aber das alles an der Peripherie der Wahrnehmung.

Im Zentrum der Wahrnehmung war das Madonnenfresko. Je länger ich es betrachtete, desto tiefer versank ich in seinen Anblick. Die anderen Menschen empfand ich diffus als Störung. Ihr Kommen und Gehen stand im Gegensatz zu meinem Bleiben.

Nach und nach verschwanden die anderen alle. Ihre Anwesenheit hatte ich so weit wie möglich ausgeblendet, aber ihre Abwesenheit fiel mir nun doch auf. Nicht daß sie mich störte. Auch das Dunkel störte mich nicht. Die Madonna sah Maria im Dunkeln noch ähnlicher als im Hellen.

Für die freundliche Beratung in SMS-Fragen danke ich Anna Koch-Handschuh sowie den Schülerinnen & Schülern der 7 C des BORG 3.

Die zwei Songs, an deren Interpreten sich Urban auf Seite 240 leider nicht erinnert, klingen sehr nach *houseverstand*.

Brigitte Kronauer im dtv

»Brigitte Kronauer ist die beste
Prosa schreibende Frau der Republik.«
Marcel Reich-Ranicki

Die gemusterte Nacht
Erzählungen
ISBN 978-3-423-**11037**-2

Berittener Bogenschütze
Roman
ISBN 978-3-423-**11291**-8

Ein Junggeselle, Literatur-
wissenschaftler, auf der Suche
nach dem »schönen Quentchen
Verheißung«. »Voller Leben,
Gegenwart, direkt, komisch,
sinnlich.« (Frankfurter Allge-
meine Zeitung)

Rita Münster
Roman
ISBN 978-3-423-**11430**-1

Die Frau in den Kissen
Roman
ISBN 978-3-423-**12206**-1

Frau Mühlenbeck im Gehäus
Roman
ISBN 978-3-423-**12732**-5

Die Lebensgeschichten zweier Frauen, kunstvoll und
spannend erzählt. »Zwei
Möglichkeiten, Wirklichkeit
zu erleben.« (Salzburger
Nachrichten)

Das Taschentuch
Roman
ISBN 978-3-423-**12888**-9

Die Geschichte eines Apothe-
kers. »Die Galerie kunstvoll-
lebensnah erzählter Porträts
aus der bürgerlich-mittelstän-
dischen westdeutschen Gesellschaft ist um ein packendes
Beispiel reicher.« (Süddeutsche
Zeitung)

Schnurrer
Geschichten
ISBN 978-3-423-**12976**-3

Teufelsbrück
Roman
ISBN 978-3-423-**13037**-0

»Ein großer poetischer Roman
über die Elbe, die Liebe und
die Romantik in unromanti-
scher Zeit.« (Die Zeit)

**Verlangen nach Musik
und Gebirge**
Roman
ISBN 978-3-423-**13511**-5

»Ein Buch über die Macht
der Verführung, im Leben
wie in der Kunst – und eine
Herzklopfen verursachende
Lektüre.« (Focus)

Bitte besuchen Sie uns im Internet: www.dtv.de

Uwe Timm im dtv

*»Als Stilist und Erzähler sucht Uwe Timm
in Deutschland seinesgleichen.«
Christian Kracht in ›Tempo‹*

Heißer Sommer
Roman
ISBN 978-3-423-**12547**-5

Johannisnacht
Roman
ISBN 978-3-423-**12592**-5
»Ein witzig-liebevoller Roman
über das Chaos nach dem Fall
der Mauer.« (Wolfgang Seibel)

Der Schlangenbaum
Roman
ISBN 978-3-423-**12643**-4

Morenga
Roman
ISBN 978-3-423-**12725**-7

Kerbels Flucht
Roman
ISBN 978-3-423-**12765**-3

Römische Aufzeichnungen
ISBN 978-3-423-**12766**-0

**Die Entdeckung der
Currywurst** · Novelle
ISBN 978-3-423-**12839**-1
und dtv großdruck
ISBN 978-3-423-**25227**-0
»Eine ebenso groteske wie
rührende Liebesgeschichte ...«
(Detlef Grumbach)

Nicht morgen, nicht gestern
Erzählungen
ISBN 978-3-423-**12891**-9

Kopfjäger
Roman
ISBN 978-3-423-**12937**-4

Der Mann auf dem Hochrad
Roman
ISBN 978-3-423-**12965**-7

Rot
Roman
ISBN 978-3-423-**13125**-4

Am Beispiel meines Bruders
ISBN 978-3-423-**13316**-6
Eine typische deutsche Fami-
liengeschichte.

Uwe Timm Lesebuch
Die Stimme beim Schreiben
Hg. v. Martin Hielscher
ISBN 978-3-423-**13317**-3

Der Freund und der Fremde
ISBN 978-3-423-**13557**-3

Martin Hielscher
Uwe Timm
dtv portrait
ISBN 978-3-423-**31081**-9

Bitte besuchen Sie uns im Internet: www.dtv.de

Ulrich Woelk im dtv

>»Was Woelk zeigen will, zeigt er. Er kennt seine Figuren
genau und verrät sie nicht an Einsichten.«
Stephan Krass in der ›Neuen Zürcher Zeitung‹

Liebespaare
Roman

ISBN 978-3-423-13092-9

»Sollen wir es lassen?« fragt er.
Nora schüttelt den Kopf. »Jetzt
sind wir doch fast da.« Allmählich aber dämmert es Fred, daß
der Besuch in einem Swinger-
Club schwer verdaulich sein
könnte ... Nachrichten vom
Schlachtfeld Liebe: Paare von
heute auf der Suche nach dem
wahren, tiefen Gefühl.

Die letzte Vorstellung
Roman

ISBN 978-3-423-13253-4

Opernmusik aus einem verlas-
senen Haus am Strand führt
einen Jogger zu einer Leiche.
Ein gesellschaftspolitisches
Verwirrspiel um Gewalt, politische Macht, Verantwortung
und Gerechtigkeit. »Ein glanz-
voller Gegenwartsroman.«
(Tilman Krause in der ›Welt‹)

Freigang
Roman

ISBN 978-3-423-13397-5

Ein junger Physiker versucht
seine Vergangenheit zu rekonstruieren. »So klug und so
komisch zugleich unterhalten
neuere deutsche Prosaautoren
ihre Leser selten.« (Der Spiegel)

Rückspiel
Roman

ISBN 978-3-423-13559-7

Woelk erzählt vom Tod eines
Schülers, von der Schuld eines
alten Lehrers und vom Liebes-
drama zweier Männer und
einer Frau.

Einstein on the lake
Eine Sommer-Erzählung

ISBN 978-3-423-24427-5

Hat Einstein seine geheimsten
Unterlagen im Templiner See
versteckt? Mit seiner Frau
Gesine und seinem besten
Freund macht sich der Jurist
Anselm auf die Suche nach
dem wissenschaftlichen Schatz.

Schrödingers Schlafzimmer
Roman

ISBN 978-3-423-24561-6

Erwin Schrödinger, Vater der
Quantenmechanik, war ein
Bohemien und Frauenheld.
Daher ist der Optiker Oliver
Schwarz leicht beunruhigt, als
Balthasar Schrödinger in der
Nachbarschaft einzieht und
behauptet, ein Enkel des Physi-
kers zu sein. Sein Mißtrauen
wächst, als der Nachbar
Olivers Frau und Kinder mit
seinem Charme und seinen
Geschenken bezaubert.

Bitte besuchen Sie uns im Internet: www.dtv.de